KB262311

빈처

현진건 단편선

물레방아

나도향 단편선

책임편집·해설 - 정선태

문학평론가. 국민대학교 국어국문학과 교수.

저서로는 『개화기 신문 논설의 서사 수용 양상』, 『심연을 탐사하는 고래의 눈: 한국 근대문학의 형성과 그 외부』,
『한국근대문학의 수렴과 발산』, 『근대계몽기 지식 개념의 수용과 그 변용』(공저), 역서로 『동양적 근대의 창출』,
『일본문학의 근대와 반근대』, 『가네코 후미코: 식민지 조선을 사랑한 일본 제국의 아나키스트』, 『일본어의 근대』,
『생활 속의 식민지주의』, 『창씨개명: 제국주의 일본의 지배와 이름의 정치학』, 『일본 근대의 풍경』(공역),
『삼취인경륜문답』(공역), 『일본 근대사상사』(공역) 등이 있음.

근대계몽기 신문과 잡지들을 뒤지면서 근대성 형성의 원형을 탐색하고 있으며, 동아시아문학과 한국문학의 관련성,
번역론과 번역의 문제, 일제말 파시즘 체제하의 문학과 사상으로 관심의 영역을 넓혀가고 있는 중이다.

일러스트 - 이효정

문화진흥회주최 전래놀이, 라메르 수상전시, 자연과 생태 전시에 참여.
현재 그림책 작업 다수 진행. 출판미전 순수부문 금상 수상.

글누림한국소설전집 16

빈처 현진건 단편선
물레방아 나도향 단편선

초판발행 2008년 12월 24일

지 은 이 현진건·나도향
펴 낸 이 최종숙
펴 낸 곳 글누림출판사

편집기획 홍동선
진   행 이태곤
디 자 인 이홍주
본문편집 김지향
편   집 권분옥 이소희
마 케 팅 문택주 안현진

주   소 서울시 서초구 반포4동 577-25 문창빌딩 2층(137-807)
전   화 02-3409-2055(대표), 2058(영업), 2060(편집)
팩   스 02-3409-2059
전자메일 nurim3888@hanmail.net
홈페이지 www.geulnurim.com
등록번호 제303-2005-000038호(2005. 10. 5)

값 11,900원
ISBN 978-89-91990-09-8-04810
ISBN 978-89-91990-67-8(세트)

출력·안문화사 **스캔**·삼평프로세스 **용지**·화인페이퍼 **인쇄**·한교인쇄 **제책**·동신제책

글누림한국소설전집
16

빈처

현진건 단편선

물레방아

나도향 단편선

韓國現代小說

글누림

'글누림한국소설전집'을 새롭게 간행하며

　디지털 환경에 익숙해진 문학 독자들을 위해 '글누림한국소설전집'을 새롭게 간행한다.

　세계의 유수한 고전적 저작들의 목록 절반 이상이 소설이라는 것은 놀라운 일도 이상한 일도 아니다. 잘 짜인 한편의 이야기인 소설은 사회가 지향하는 꿈과 소망을 고스란히 담고 있다. 소설을 언어로 직조한 시대의 세밀한 풍경화라고 하는 말은 그래서 가능하다. 소설이 그 짧은 역사에도 불구하고 인류 문화의 벗으로 자리 잡을 수 있었던 것도 이러한 특성과 무관하지 않다. 시대의 격랑 속에 한치 앞도 전망할 수 없는 오늘날의 개인은 소설 속에 담긴 과거의 시대와 인간과의 조우를 통해 인간의 보편성을 확인하고 자신의 개별성을 확장하는 정서적 체험을 하게 된다. 소설과의 만남은 단지 즐거운 독서 체험에 그치는 것이 아니라, 삶의 저변을 확대하는 문화의 실천인 것이다.

　오늘날의 문학 환경은 과거에 비해 많이 변화되었다. 신세대를 위한 '글누림한국소설전집'은 시대의 디지털적 진화(?)를 고려하여 기획되었다. 무엇보다도 새로운 문화적 감수성으로 무장한 독자들에게 문자로 읽는 텍스트에 그치지 않고, 텍스트가 생산된 시대를 짐작하고 음미하며 즐길 수 있도록 배려한 것이 이 전집의 특징이다. 그 배려는 문학이 우리 삶에 기여하는 정서적·교육적 효과를 깊게 고려한 것이고, 동시에 역사가 주는 교훈과 달리 우리의 삶을 되비추는 거울과도 같은 성찰의 효과를 전제로 한 것이다.

'글누림한국소설전집'이 지향하는 기획 의도는 다음과 같다.

첫째, 이 기획은 문학교육 전문가들과 대학에서 문학을 강의하는 전공 교수들의 조언을 받아 이루어졌으며, 근대 초기로부터 한국전쟁 이전의 소설 중에서 특히 문학적 검증이 끝난, 이른바 정전(canon)에 해당하는 작품들을 중심으로 구성되었다. 정전이란 한 시대의 표준적 규범을 뜻하는 말로, 문학 정전이란 현대문학사에서 누구나 인정하는 성과와 질을 담보한 불후의 명작들을 의미한다. 이 전집을 통해서 근대 초기 이후 지금까지 삶의 이면을 관류하는 문학의 근원적 가치와 이념을 확인할 수 있을 것이다.

둘째, 이 전집은 디지털 환경에 익숙한 젊은 독자들의 취향을 고려한 편의성을 최대한 제고하고자 하였다. 이를 위해서 어려운 낱말에는 상세한 단어풀이를 붙여 이해를 돕고자 했고, 동시에 작품 속에 등장하는 인물들의 갈등과 내면세계를 삽화로 제시하는 한편 작품과 관계되는 당대의 풍속, 생활, 풍물 등의 사진을 본문과 함께 배치하여 다양한 볼거리를 제공하고자 했다. 아울러 작가의 산실이 된 생가와 집필 장소, 유품 등을 사진으로 수록하여 작가의 삶과 작품에 대한 총체적인 이해를 돕고자 했다.

셋째, 이 기획은 교양과목을 수강하는 대학생과 시험을 앞둔 수험생, 풍요로운 삶을 소망하는 일반 독자들에게 작가와 작품, 작품의 배경이 된 당대 현실에 대한 이해를 돕는 교양서로 기능하도록 배려하였다. 수록 작품들은 본래의 의미를 최대한 존중하면서 다양한 이본들을 발표 원문과 일일이 대조하면서 현대식으로 표기하였고, 박사과정 재학 이상 국문학 전공자의 교정 및 교열 작업을 거쳐 모범적인 판본을 만들었다.

 현재 우리 소설의 역사는 1백년을 넘어서 새로운 전통을 쌓아가고 있다. 우리 소설들에는 우리의 선조들이 고심했던 역사와 풍속, 삶의 내밀한 관심과 즐거움이 한데 녹아 있다. 독자들은 소설과의 만남을 통해 우리의 문화가 이룩해온 정체성을 확인하고 상상하는 즐거움을 만끽할 수 있을 것이다.

 '글누림한국소설전집'이 디지털 시대를 살아가는 21세기의 독자들에게 새로운 독서 체험을 제공해 주고 동시에 삶의 풍부한 자양분 역할을 하기를 희망한다.

글누림한국소설전집 간행위원회

목차

희생화

1

어머님은 우리 남매를 데리고 사직골 막바지에서 쓸쓸한 가정을 이루었다.

우리 아버지는 내가 세 살 먹던 가을에 돌아가셨다 한다. 어머님께서 시시로 눈물을 머금고 아버지께서 목사로 계시던 것이며, 그 열렬한 웅변이 죄 많은 사람을 감동시켜 하나님을 믿게 하던 것이며, 자기 몸은 죽음도 돌아보지 아니하고 교회 일에 *진심갈력하던 것을 이야기하신다. 나보다 4년 맏이인 누님은 이 말을 들을 적마다 그 맑고 고운 눈에 눈물이 어렸다. 철모르는 나는 그 이야기보다 어머님과 누님이 우는 것이 슬퍼서 눈물을 흘렸다.

집안은 넉넉지가 아니하나 많지 않은 식구라 아버지 생전에 장만해주신 몇 *섬지기나 추수하는 것으로 *기한은 면할 수 있었다.

아버지의 감화인지는 모르나 어머님은 우리 남매를 학교에 다니게 하였다. 벌써 10여 년 전 일이라 누님 공부시키는 데 대하여 별별 비평이 다 많았다. 그러나 어머님은 무슨 까닭에 여자교육이 필요한 것인 줄은 모르셨겠지만 아마 여자도 교육시키는 것이 좋은 줄로 아신 것 같다.

2

누님은 18세의 꽃 같은 처녀로 ○○학교 여자부 4년급에 우등 성적으로 진급되고 나도 그 학교 2년급에 진급되던 봄의 일이다.

나의 손을 붉게 하고 내 얼굴을 푸르게 하던 추위는 없어진 지 오래이다. 햇볕은 따뜻하고 바람 끝은 부드럽다. 잔디밭에는 새싹이 돋아나고 개나리와 진달래는 벌써 산야를 붉고 누렇게 수놓았다.

어느덧 버드나무 얽힌 곳에 꾀꼬리는 벗을 찾고 아지랑이 희미한 하늘에 종달새는 높이 떴다.

우리 집 뜰 앞에 심어 둔 두어 나무 월계화도 춘군(春君)의 고운 빛은 나도 받았노라는 듯이 *난만히 피었다.

하룻날, 떠오르는 선명한 햇빛이 어렴풋이 조는 듯한 아침 안개에 위황(煒惶)한 금색을 흩을 적에 누님은 가늘게 숨쉬는 춘풍에 머리카락을 날리며 어리인 듯이 월계화를 바라보고 섰다. 쏘아 오는 햇발이 그의 눈을 비추니 고개를 갸웃하며 한 손을 이마 위에 얹고 눈을 스르르 감더니 아직도 어슴프레하게 조는 월계화 그늘에 몸을 숨기매 이슬 젖은 꽃송이가 누님의 뺨을 스친다. 손으로 가벼이 *화판(化瓣)을 만지며 고개를 숙여 꽃을 들여다본다……

나도 한참 누님과 월계화를 바라보다가 학교에 갈 시간이나 아니 되었나 하고 방에 걸린 시계를 보니 아니나 다를까 벌써 시간이 다 되어 간다. 급히 건넌방에 들어가 책보를 싸 가지고 나오며,

"누님 어서 학교에 가요. 벌써 시간이 다 되었어요."

"응, 벌써!"

하고 누님은 내 말에 놀라 돌아서더니 허둥허둥 건넌방에 들어가 책보를 싸더니 또 망연히 앉아 있다.

"어서 가요."

나는 조급히 부르짖었다. 누님은 또 한 번 몸을 일으켰다.

진달래

버드나무

꾀꼬리

월계화

난만(爛漫)
꽃이 활짝 많이 피어 화려함.

화판
꽃잎.

요사이 누님이 하는 일이 매우 이상하였다. 그 열심히 하던 공부도 책을 보다가 말고 *망연자실하여 먼 산만 멀거니 바라보고 있을 적이 많았다.

누님이 잠은 어머님을 모시고 큰방에서 자되 공부는 나를 데리고 건넌방에서 하였으므로 누님이 정신 잃고 앉았는 것을 여러 번 보았다.

그날 밤 새로 한 시나 되어 잠을 깨니 갑자기 뒤가 보고 싶었다. 나는 급히 일어나 뒷간에 갔다. 뒤를 보고 나오니 이미 이지러진 어스름 반달이 중천에 걸려 있다. 나는 달을 쳐다보며 한 걸음 두 걸음 마당 가운데로 나왔다. 뜰 앞 월계화는 희미한 달빛에 어슴프레하게 비취는데 꽃 사이로 허여스름한 무엇이 보인다. 자세히 보니 누님이 꽃에다 머리를 파묻고 서 있다. 그의 흰 옥양목 겹저고리가 내 눈에 띔이라.

왜 누님이 저기 저러고 서 있나? 온 세상이 따뜻한 봄의 탄식에 싸여 고요히 잠든 이 밤중에 무슨 까닭으로 나와 섰나?

나는 어린 가슴을 두근거리며,

"누님, 거기서 무엇 해요?"

내 소리에 깜짝 놀랐는지 몸을 흠칫하더니 아무 대답이 없다. 가만히 가까이 가서 어깨를 가볍게 흔들었다. 숨을 급히 쉬는지 등이 들먹들먹한다. 나오는 울음을 물어 멈추는지 가늘고 떨리는 오수성(嗚愁聲)이 들린다. 나는 바싹 대들어 누님의 얼굴을 보았다.

분결 같은 두 손 사이로 보이는 얼굴은 발그레하였다. 나는 웬일인가 하고 얼굴 가린 두 손을 힘써 떼었다. 두 손은 젖어 있었다. 누님의 두 눈으로 눈물이 흘러내린다. 구슬 같은 눈물이 점점이 월계화에 떨어진다. 월계화는 그 눈물을 머금어 엷은 명주로 가린 듯한 달빛에 어렴풋이 우는 것 같다. 누님의 머리는 불덩이같이 더웠다.

"왜 안 자고 나왔니……."

하며 내 손을 밀치는 그 손은 떠는 듯하였다. 나는 목멘 소리로,

"누님 왜 우셔요? 네?"

하고 내 눈에도 눈물이 핑 돌았다.

이슬에 젖은 꽃향기는 사랑의 노래와 같이 살근살근 가슴을 여의고 따뜻한 미풍은 연애에 타는 피처럼 부드럽게 뺨을 스쳐 간다. 이런 밤에 부드러운 창자에 느낌이 없으랴! 꽃다운 마음에 수심이 없으랴!

철모르는 나는,

"누님, 어서 들어가셔요."

하고 누님의 손목을 이끌었다. 맥이 *종작없이 뛰는 것을 감각하였다. 누님은 눈물을 씻으며,

“먼저 들어가거라. 나도 곧 들어갈 것이니…….”

하였다.

“대관절 웬일이야요? 어데가 편찮으셔요?”

“아니, 공연히 마음이 뒤숭숭하구나.”

하더니 한 손으로 월계화 가지를 부여잡고 이마를 팔에다 대며 흑흑 느끼며 운다.

으스름 달빛은 쓰린 이별에 우는 눈의 시선같이 몽롱하게 월계화 나무 위에 흘러 있다.

3

이틀 후 공일날 누님과 나는 창경원 구경을 갔다.

창경원 사쿠라 꽃이 한창이란 기사가 수일 전부터 신문에 게재되고 일기도 화창하므로 구경꾼이 구름같이 모여들어 넓으나 넓은 *어원(御苑)이 희도록 덮여 있다. 과연 사쿠라는 필 댈 피어 동물원에서 식물원으로 가는 길 양편에는 만단홍금(萬端紅錦)이 펼친 듯하다.

“국주(國柱)야, 우리는 동물원은 그만두고 저 잔디밭에 앉아 꽃구경이나 실컷 하자.”

누님은 찬성을 구하는 듯이 나를 들여다보며 묻는다. 나도 짐승 곁에 가니 야릇한 무슨 냄새가 나던 것을 생각하고,

“그럽시다.”

라고 곧 찬성하였다.

우리는 길 옆 잔디밭 은근한 편 소나무 밑에 좌정하였다. 붉은 놀 같

창경원 벚꽃 놀이

어원(御苑)
금원(禁苑). 예전에, 궁궐 안에 있던 동산이나 후원.

은 꽃다리 밑으로 지나가는 흰옷 입은 유객들은 꽃빛에 비치어 불그스름해 보이는 것이 말할 수 없는 춘흥을 자아낸다. 어린 나도 따뜻한 듯한 부드러운 듯한 봄의 기쁨을 깨달아 웃는 낯으로 누님을 돌아보니 누님은 나직이 한숨을 쉬며 고개를 숙이더니 푸른 풀 사이에 핀 노란 꽃을 하나 꺾어 뺨에다 댄다. 무슨 걱정이나 있는 듯이 눈살을 찌푸렸다. 나는 그날 밤에 누님이 월계화 사이에서 울던 광경을 가슴에 그리면서 유심히 누님의 행동을 살폈다.

누님이 얼굴에 *수색(愁色)을 띤 것이 퍽 애처로워서 무슨 이야기를 하여 누님의 흥미를 끌까 하고 곰곰 생각하며 이리저리 살폈다. 우연히 식물원 편을 바라보다가 그곳을 가리키고 누님을 흔들며,

"저기를 좀 보셔요."

하였다. 웬일인지 누님은 깜짝 놀란다. 곤한 잠을 깬 사람에게 흔히 있는 표정으로 내가 가리키는 곳을 바라본다. 거기서 우리 학교 교복을 입은 학생 하나가 이리로 내려온다. 그는 우리 학교 4년급 급장이었다. 누님이 한참 멀거니 바라보다가 두 *추파(秋波)가 마주친 것 같다. 누님은 고개를 숙였다. 나는 누님의 귀밑이 발그레해진 것을 보았다. 누님이 내 무릎을 꼭 잡으며,

"거기 무엇이 있다고 날더러 보라니?"

간신히 귀에 들릴리만큼 말하였다.

"아야, 아이고 아파요. 왜 저이를 모르셔요? 그이가요, 이번에 첫째로 4년급에 진급한 이야요. 공부를 썩 잘하고 또 재주가 비범하대요. 게다가 얼굴이 저렇게 잘났겠지요."

나는 바로 내나 그런 듯이 기뻐하면서 입에 침이 없이 칭찬하였다. 누님은 부끄럽게 웃으며,

"왜 내가 그를 모른다디. 4년이나 한 학교에 다녔는데……그래서 그 사람 보라고 사람을 흔들고 야단을 했니?"

"그러면요……그런데요, 어저께 내가 누님보다 좀 일찍이 나왔지요? 집에 오니까 어머님 친구 몇 분이 오셨는데 누님 칭찬이 야단입디다. '어쩌면 인물도 그다지 잘나고, 재주도 그렇게 좋고, 참 복 많이 받았습디다' 라고요. 나는 그 말을 듣고 춤이라도 출 듯이 기뻐하였어요. 저 사람도 장하지만 누님은 더 장해요."

나는 그 사람을 너무 칭찬하여 행여나 누님이 그에게서 질까 보아서 또 한참 누님을 추어올렸다. 누님은 또 얼굴을 붉히며,

"너는 별소리를 다 하는구나. 누가 네게 칭찬 듣고 싶다디."

우리가 이런 *수작을 하는 틈에 그가 벌써 우리 앞을 지나가며 슬쩍 누님을 보았다. 두 시선은 또 한번 마주쳤다. 누님의 얼굴은 갑자기 다홍빛을 띠었다. 그가 중인(衆人) 총중(總中)에 섞여 점점 멀어 가는 양을 누님은 물끄러미 바라본다. 그는 나가 버렸다. 누님의 눈이 이리로

도는 바람에 그 사람의 뒷꼴을 보는 누님을 도적(盜賊)해 보던 내 눈이
잡혔다.

　"너는 남의 얼굴을 왜 빤히 들여다보니?"
하고 누님의 얼굴은 또다시 붉어졌다.

　"보기는 누가 보아요."
하고 나는 빙그레 웃었다.

4

　그 이튿날 아침에 누님은 좀처럼 바르지 않던 분을 약간 바르며 더
럽지도 않은 옷을 벗고 새옷을 갈아입었다.

　"네가 오늘은 웬일이냐?"
하고 어머님이 의아해하신다. 누님이 머뭇머뭇하더니 어린애 모양으
로 어머님 가슴에 안기며,

　"제가 오늘은 퍽 잘나 보이지요?"
하고 웃는다. 그 웃음과 함께 누님의 얼굴에 홍조가 퍼진다. 과연 오늘
은 누님이 더 어여뻐 보였다. 두 손으로 기운 없이 뒤로 큰방 문을 짚
고 비스듬히 문에다 몸을 반만 실려 웃는 양이 말할 수 없이 어여뻤다.
어리인 우유에 분홍물을 들인 듯한 두 뺨은 부풀어오른 듯하고 장미
꽃빛 같은 입술이 방실 벌어지며 비일 듯 말 듯이 희 이빨이 번쩍거린
다. 춘산(春山)을 그린 듯한 눈썹은 살짝 위로 치오른 듯하며, 그 밑에
서 *추수(秋水)가 맑은 눈이 웃음의 가는 물결을 친다.

　어머님이 누님을 보고 웃으시며,

“언제는 못났디.”

“그런데 오늘은요?”

누님이 되질러 묻는다.

“오냐, 오늘은 더 이뻐 보인다.”

“어머니, 정말이야요?”

하고 누님은 또 빵긋 웃는다. *수색(羞色)에 싸인 희색(喜色)이 드러난다.

“오늘은 정말 더 이뻐 보인다. 너희 부친이 보셨던들 *작히 기뻐하시겠니.”

하시며 어머님의 눈에는 눈물이 스르르 어렸다. 곱게 빛나던 누님의 얼굴에도 구름이 끼인 것 같다. 그러나 얼마 아니 되어 그 구름이 슬어지고 또다시 기쁨과 희망의 빛이 번쩍거린다.

우시는 어머님을 민망히 바라보던 누님이 지은 듯한 슬픈 어조로,

“어머님 마음 상하지 마셔요.”

하였다.

“애, 시간이 다 되었겠다. 내 걱정일랑 말고 어서 학교에나 가거라.”

하고 어머님은 눈물을 삼키셨다.

우리는 책보를 끼고 나섰다.

학교 문턱에 들어서니 종소리가 들린다. 우리는 달음박질하여 들어갔다. 전학도(全學徒)가 다 모였다. 모두 행렬과 번호를 마치자,

*“기착(氣着), 경례(敬禮), 출석원(出席員) 도합(都合) ○○명.”

이라 하는 카랑카랑한 소리가 들렸다. 그는 4년급 급장의 소리다. 이 소리가 끝나자 여자부 편에서도 이와 같은 호령과 보고를 하는 소리가 들렸다. 그는 옥을 바수는 듯한 날카로운 소리였다. 그는 우리 누

님의 소리다. 오늘은 웬 셈인지 이 두 소리가 나의 어린 가슴을 뛰게
하였다.

　그다음 토요일 하학한 후에 교우회가 모인다고 4년급 학교들이 학
교 문을 걸고 *파수를 보며, 철없는 1~2년급들이 나가는 것을 막아섰
다. 우리가 늘 모이는 강당에 들어가니 벌써 이편에는 남학생, 저편에
는 여학생이 빽빽이 앉아 있었다. 나도 거기 앉았노라니 무엇이니 무
엇이니 하고 한참 야단들이더니 얼마 아니 되어 4년급생이 흰 종잇조
각을 돌리며,

　"지육부(智育部) *간사(幹事) 투표권이요, 한 장에 한 명씩 쓰시오."
하며 외친다.

　내 곁에 앉은 녀석이 똑똑한 체로,

　"유기명 투표야요, 무기명 투표야요?"
하고 묻는다.

　"물론 무기명 투표지요."

　아까 외치던 4년급생이 대답한다. 저편에서,

　"무기명투표란 무엇이오?"
하는 녀석이 있다.

　"그것도 모르면서 회(會) 할 적마다 집에만 가려고 하지! 무기명 투
표란 것은 선거자의 이름을 쓰지 않는 것이오."

　꾸짖는 듯이 그 4년급생이 말하고 기색이 엄숙하다. 나는 무의식적
으로 *담박 4년급 급장 이름을 썼다. 필경 남자부에서는 최다점으로
그가 선거되고, 여자부에서는 최다점으로 우리 누님이 선거되었다.

　그 후부터 누님은 간사회 한다, 지육부 간사회 한다 하고 저녁 먹고
나가면 밤 아홉 *점, 열 점이나 되어 돌아오는 일이 빈번히 있었다. 그

회에 갈 적마다 안 보던 거울도 보고, 늘어진 머리카락도 쓰다듬어 올리며 옷고름도 고쳐 맸다.

하룻밤은 누님이 지육부 간사회 한다고 저녁 먹고 나가더니 열 점이나 되어도 돌아오지 않는다. 어머님은 별별 염려를 다 하시다가,

"네 누이가 여태껏 돌아오지를 않니? 회는 벌써 끝났을 것인데. 너 좀 가 보아라."

두루마기

나는 두루마기를 입고 집을 나와 사직골 막바지로부터 광화문 통에 가는 길로 타박타박 걸어간다. 달도 없는 5월 그믐 밤이었다. 전등도 별로 없고 행인도 희소한 어둠침침한 길을 걸어가려니 무시무시한 생각이 난다. 나는 무서운 생각을 쫓느라고 발을 쾅쾅 구르며 "하나, 둘" 하고 달음박질하였다. 한참 뛰어가니 숨이 헐떡거리고 진땀이 흐른다. 모자를 벗어 부채질하면서 천천히 걸어간다. 내 앞 멀지 않은 곳에서 이리로 향하여 젊은 남녀가 짝을 지어 올라온다. 그는 남학생과 여학생이었다. 그와 누님이었다. 나는 가슴이 철렁하며 일종 호기심이 일어났다. 살짝 남의 집 담 모퉁이에 은신하였다. 둘은 내가 거기 숨어 있는 줄은 모르고 영어로 뭐라고 소곤거리며 지나간다. 그중에 이 말이 제일 똑똑히 들렸다. (그때는 몰랐지만 지금 생각하니 아마 이 말인 것 같다,)

"Love is blind. (사랑은 맹목적이라지요.)"
라니까 누님은 소리를 죽여 웃으며,

"But, our love has eyes. (그런데 우리 사랑은 보는 사랑이지요.)"
하였다. 그들이 지나가자 나도 가만가만 뒤를 따랐다.

적삼

어두운 속이라 누님의 흰 적삼이 퍽 눈에 띈다. 전등 켠 뉘 집 대문 앞

을 지날 때에 나는 그의 바른손이 누님의 왼손을 꼭 쥔 것
을 보았다. 나는 웬일인지 싱긋이 웃었다. 그들이 행
여나 나를 돌아볼까 보아서 발자취를 죽이고
남의 담에 몸을 비비대며 꽤 멀리 떨어져
갔다. 우리 집 가까이 와서 둘이는 걸음을
멈추더니 서로 악수를 하고 또 악수를 하는
것 같았다. 연연히 서로 떠나기를 싫어하는
것 같다. 한참이나 그리 하다가 그가 손을
놓고 또 뭐라고 수군거리더니 그가 돌아서
온다. 누님은 우리 집 문 앞에 서서 한참이나
그의 가는 양을 바라보고 서 있다. 그는 또 내 곁으로 지나간
다. 그의 걸음걸이는 *허둥허둥하였다. 그가 지나간 후 나는
달음박질하여 집에 돌아왔다. 대문턱에 들어서니 어머님과 누님
의 문답하는 소리가 들린다.

　"왜 그처럼 늦었니? 나는 별별 근심을 다 했다."

　"오늘은 상의할 일이 좀 많아서……."

　누님이 머뭇머뭇한다.

　"그 애는 어디로 갔나? 같이 오지를 안 하니. 오는 길에 못 봤어?"

어머님이 묻는다.

　"그 애가 어디로 갔을꼬……길에서 만났을 것인데."

　누님이 걱정한다.

　나는 안방 문을 열고 시침을 뚝 따고,

　"누님, 인제 왔어요."

하고 빙그레 웃었다. 어머님은 놀라며,

"너 뺨에, 옷에 맨 흙투성이니 웬일이냐?"

하신다.

"담에 붙어 와……아니야요. 저기……."

하고 누님을 보고 빙글빙글 웃었다. 누님의 얼굴은 또 빨개졌다.

5

그 후 더운 날 달밤에 누님은 친구하고 어디를 간다, 어디를 간다하고 자주자주 나갔다. 누님은 늘 나를 따돌리고 혼자 나갔으므로 푸른 물 잦아진 곳과 달빛 고요한 데에서 그와 누님이 만나 꿀 같은 사랑의 속살거림을 몇 번이나 하였는지 나는 모른다.

누님의 출입이 자주롭고 기색이 수상하였던지 어머님이,

"인제 네가 어디 나가거든 꼭 네 동생을 데리고 다녀라."

하신 뒤로는 누님이 집에 들면 공연히 짜증을 내며 하염없는 수색(愁色)이 *적막한 *화용(花容)을 휩쌌다. 그리고 때때로 머리가 아프다 하며 이불을 쓰고 누웠다.

하루는 우리가 점심을 마친 후 누님이 날더러,

"너 나하고 남산 공원 산보 가련?"

하였다. 그때는 6월 염천이라 더운 기운이 사람을 찌는 듯하였다. 나도 거기 가서 서늘한 공기도 마시고 무성한 초목으로부터 뚝뚝 돋는 *취색(翠色)에 땀난 몸을 씻으리라 생각하고 곧 "네." 하였다.

우리는 광화문 통에서 전차를 타고 진고개를 거쳐 남산 공원을 올라갔다. 저편 언덕 위에 그가 기다리기 지루하다는 듯이 앉았다 섰다가

하는 것이 보였다. 누님이 갑자기 돌아서 나를 보며,

"너 이거 가지고 진고개 가서 과자 좀 사 와! 응."

하며 돈 20전을 주었다. 나는 급히 진고개로 나왔다. 얼른 과자를 사가지고 가 본즉 그와 누님은 그림자도 보이지 않는다,

전차

'어디로 갔을까?'

나는 누님이 무슨 위험한 곳에나 간 것같이 가슴이 팔딱거렸다. 이리저리 아무리 살펴도 그들은 없다. 나는 이편으로 기웃기웃, 저편으로 기웃기웃하였다. 한참이나 취색이 어린 남산 정상을 쳐다보다가 또다시 걸어갔다. 한동안 걸어가도 보이지 않는다.

'아이고, 어디로 또 그만 가 버렸어. 이리로는 아마 아니 갔나 보다.'

하고 돌아서 오던 길로 도로 온다.

'에이그, 그동안에 내가 척도 걸었네.'

속으로 중얼중얼하였다. 골딱지가 나니까 더 더운 것 같다. 대기는 횃불에 와글와글 끓는 것 같다. 나는 이 대기에 잠겨 몸이 삶아지는지 땀이 줄줄 흘러내리고 숨은 헐떡헐떡 차오른다. 모자를 벗으니 머리에서 김이 무럭무럭 난다. 나는 부글부글 고여 오르는 심술을 억지로 참으며 아까 그가 섰던 곳까지 돌아왔다.

"어디로 갔을까? 저리로 가 보자."

혼잣말로 투덜거리고 아까 갔던 남산 방면으로 걸어갔다. 한동안 걸어가도 그들은 또 보이지 않는다. 참고 참았던 짜증이 일시에 폭발이 되었다. 잔디밭에 털석 주저앉아 엉엉 울었다. 풀들을 쥐어뜯으며 한참 울다가 하도 내가 어린애 같은 것이 부끄럽고 우스웠다.

그렁그렁한 눈물을 씻고 히히 한번 웃은 뒤 이리저리 또 살펴보기

시작하였다.

저편 좀처럼 사람 눈에 뜨이지 안 할 소나무 그늘 밑에 그들이 나란히 앉아 있는 것을 보았다. 나는 잃었던 보배를 발견한 듯이 기뻐하였다.

"누님, 거기 계셔요?"

고함을 지르고 뛰어가려다가 에라, 무슨 이야기를 하는지 좀 엿들으리라 하고 어느 밤에 그들의 뒤를 따라가던 모양으로 가만가만 걸어 가까이 갔다. 한낮이므로 *유객(遊客)이 하나 없고 바람 한 점 불지 않는다. 더운 공기는 기름 언 것같이 조금도 파동이 없다. 남이 들을까 보아서 가만가만히 하는 이야기도 낱낱이 내 귀에 들렸다.

"물론 그렇게 해야지요. 그런데 요사이는 어째 볼 수가 없어요?"

그가 말하였다.

"어머님께서 어디 나가게 하셔야지요. 나가거든 꼭 네 동생을 데리고 다녀라 하시겠지요. 그래서 오늘도 같이 왔지요."

그리고 누님이 웃으며 말을 이어,

"딴 이야기 하느라고 잊었구려, 기다리신다고 우죽 *지난하셨겠어요."

"한 시간이나 넘어 기다렸어요. 오늘도 아마 못 오시는가 보다 하고 그만 가 버릴까까지 하였어요."

"네? 가 버릴까 하였어요? 제가 언제 약속 어긴 일이 있어요. 저는 어찌 급했던지 점심을 먹는데 밥이 입으로 들어가는지 코로 들어가는지 몰랐어요."

둘이 웃는다. 나도 웃었다. 나는 드디어 어린애가 꽃에 앉은 나비를 잡으러 갈 때에 가는 걸음걸이로 한 걸음 두 걸음 가까이 갔다. 사랑하는 이들은 달디단 이야기에 얼이 빠져 사람 오는 줄도 모른다. 그들 엎은 소나무 뒤에 살짝 붙어 섰다. 두 어깨가 닿아 있고 누님의 풀린 머리카락이 그의 뺨을 스친다. 그와 누님의 눈과 입에는 정이 찬 웃음이 넘친다. 그러다가 두 손길을 마주 잡고 실심한 사람 모양으로 서로 들여다본다. 누님의 몸으로부터 발산하는 따뜻하고 향기로운 기운에 나도 싸인 것 같았다. 나는 와락 달려들며,

“누님, 여기 계셔요, 나는 어디 가셨다고……아이, 사람 애도 척 먹이시지!”

둘은 깜짝 놀랐다. 누님의 모시 적삼이 달싹달싹하는 것을 보고 누님의 가슴이 팔딱거리는구나 하였다.

그는 시치미를 뚝 따려 하였으나 ‘부끄럼’ 이란 원소가 얼굴에 퍼뜨리는 붉은 빛을 감출 길이 없었다.

“에그, 나는 누구라구. 퍽도 놀랐다.”

누님은 두근거리는 가슴을 한 손으로 어루만지며 말하였다. 누님이 그를 향하며,

“이 애가 제 동생이야요. 아직 철이 안 나서……많이 사랑해 주셔요.”
한 뒤 나를 보고 그를 눈으로 가리키며,

“너 이보고 이후일랑은 형님이라 하여라.”

“어째서 형님이라 해요?”

내가 애를 먹였다. 누님의 얼굴은 새빨개지며 나를 흘겨본다.

“왜, 누님 성나셨소? 그러면 형님이라 하지요.”
하고 어리광을 부리며,

“ 형님, 누님 과자 잡수셔요.”
하고 쥐었던 과자를 앞에 내놓았다. 누님이 나를 보고 방그레 웃으며,

“우리는 먹기 싫으니 너 혼자 저쪽에 가서 먹고 있거라. 우리 갈 때

부를 것이니……."

　나도 길게 방해 놓기가 싫었다. 과자를 쥐고 나와 풀밭에 앉아 먹으며 혼잣말로,

　"네 뱃속에 영감쟁이가 열둘이나 들어앉았는데 어린애로만 여기지……."

하고 웃었다. 그 긴긴 해가 벌써 서산에 걸렸다. 낙조에 비치는 *녹수와 방초는 불이 붙은 것같이 붉어 보인다.

　나도 이 동안에 척도 심심하였다. 풀을 자리 삼아 눕기도 하고 기지개도 켜고 몸도 비비 틀기도 하며 곡조도 모르는 창가를 함부로 부르기도 하였다. 이제나 올까, 저제나 부를까 *고대고대하여도 그들의 그림자는 얼른도 아니한다. 무슨 이야기가 그렇게 많은고. 아마 사랑하는 사람끼리의 이야기는 끝이 없는가 보다. 벌써 이야기한 것이 수만 마디가 넘건만 말 몇 마디 못하여 해는 어이 쉬이 가나, 하는 것이다.

　남산 밑 풀과 나무에 빛나던 붉은빛은 점점 걷히고 *모색(暮色)이 가물가물 쳐들어온다. 햇빛은 쫓겨 남산 정상을 향하여 자꾸 기어올라가더니 남산 맨 꼭대기에 움츠리고 앉았을 뿐이다.

　검푸른 저문 빛이 남산 밑을 에워싸자 정상에 비치는 햇빛조차 슬어지고 저편 하늘에 붉은 놀이 흰 구름을 붉고 누렇게 물들인다.

　나는 참다 못하여 몸을 일으켜 그곳으로 갔다. 어두운 빛에 놀랐는지 그들도 일어섰다. 나는 걸음을 멈추고 나무로 깎아 세워 놓은 사람 모양으로 주춤 섰다. 누님의 걱정스러운 떨리는 소리가 나의 이막(耳膜)을 울림이라,

　"K씨! 우리가 목전의 즐거움만 다행히 여겨 그냥 이리 지내다가는 우리의 꿈 같은 행복이 끝에는 *소태 같은 고통으로 변할 것 같애요.

우리 각각 꼭 아까 말한 것과 같아야 됩니다.”

“아무렴요! 꼭 그리 해야 될 터인데…… 아까도 말했지만 우리 집이 워낙 완고라…….”

그의 말은 떨렸다. 나는 가슴이 선뜩하였다. 무슨 말을 하였나? 무슨 일을 하려는가? 엿듣지 못한 것이 한이 되었다. 둘은 이리로 걸어온다. 누님의 눈은 약간 발그레하였다. 그 고운 뺨에 눈물 흔적이 보였다. 나는 또 웬일인가 하고 가슴이 선뜩하였다.

소태
소태나뭇과의 낙엽 활엽 소교목. 열매와 나무진은 약재로 쓰는데 맛이 쓰다.

6

그날 밤에 나의 어린 소견에도 별별 생각을 다 하고 씩씩히 잠도 잘 자지 못하였다. 내가 어렴풋이 잠을 깰 적마다 큰방에서 어머님과 누님이 뭐라고 이야기하는 소리가 *간단없이 들렸다.

새로 한 점이나 되어 내가 또 잠을 깨니 큰방에서 훌쩍훌쩍 우는 소리가 들린다. 울음 섞인 어머님의 말소리가 난다.

간단없다
끊임없다.

“그래 네가 요사이 늘 *탈기(奪氣)를 하고 행동이 수상하더라…… 나는 허락한다 하더래도 만일 그 집에서 안 된다면 네 신세가 어떻게 되니…… 네가 다만 하나 있는 어미 몰래 그 사람과 약혼한 것이 괘씸하다. 아비 없는 너를 금옥과 같이 길러 내어 이런 일이 날 줄이야. 남편이 없다고 너까지 나를 업신여기는 게지…….”

탈기
몹시 지쳐서 기운이 빠짐.

누님은 흑흑 느끼며,

“어머님, 잘못하였습니다. 뭐라고 말씀을 여쭈어야 좋을지…… 친하기도 전에 말씀 여쭈기도 부끄러운 일이고…… 친한 뒤에 몇 번이나 말씀 여쭈려 하였지만 입이 잘 떨어지지를 않았어요…… 들어주셔요. 암만 어머님이라도 그때는 부끄러웠어요. 이젠 서로 약혼까지 해 놓았으니 몸과 마음이 달아 부끄러움도 돌아볼 수 없게 되었어요. 그래서 뻔뻔스럽게 여쭌 것이야요. 어머님 말씀같이 그가 저를 잊을 리는 없어요. 버릴 리는 없어요. 그다지 다정한 그가 그럴 리가 있다고요? 어제 공원에서 단단히 *맹서하였습니다. 각각 부모님께 여쭈어 들으시면 이 위에 더 좋은 일이 없거니와 만일 그렇지 않거든 멀리멀리 달아나겠다구요. 배가 고프고 옷이 차더래도, 부모님도 못 보고 형제도 못 보더래도 둘이 같이만 있으면 행복이라구요. 온갖 곤란과 같은 고통을 달게 겪겠다구요. 정말 그래요. 저도 그 없으면 미칠 것 같아요. 어머님이 허락을 아니하신다 할 것 같으면 저는 이 세상에 살아 있을 것 같잖아요."

밀려오는 물을 막았던 방축을 무너 버릴 때에 물밀 듯이 누님이 말하였다. 흔히 순결한 처녀가 사라의 불을 가슴속에 깊이깊이 숨겨 두고 행여나 남이 알까 보아서 *전전긍긍하며 홀로 간장을 태우다가도 한번 가지 친한 이에게 발설하기 시작하면 맹렬히 *소회를 베푸는 것이다.

나는 가슴을 울렁거리며 안방에 건너왔다.

누님은 어머님 무릎에 머리를 파묻고 울며, 어머님은 누님의 등에다 이마를 대고 운다. 나도 한참 초연히 섰다가 어머님 곁에 앉았다. 어머님을 흔들며 목멘 소리로,

"어머님 울지 마셔요."

이 말을 마치자 가슴이 찌르르해지며 흐르는 눈물을 금할 길

이 없었다. 어머님은 눈물을 삼키고 누님을 흔들며,

"이애, 이애, 그만 그쳐라."

누님은 더 섧게 운다.

"이애, 남부끄럽다, 가만두어라. 오냐, 네 원대로 하마. 그도 한번 데리고 오너라."

어머님은 그만 동곳을 빼었다. '여자가 수약(雖弱)이나 위모즉강(爲母則强)이란 말은 어찌 생각하고 한 소리인고?

이틀 후, 누님이 그를 데리고 왔다. 그의 곱상스러운 얼굴과 얌전한 거동이 어머님의 사랑을 이끌었다. 참 내 딸의 짝이라 하였다. 기쁜 날이 오리라 하였다. 더구나 맑은 눈과 까만 눈썹이 내 딸과 흡사하다 하였다. 누님과 그가 영어로 말하는 양을 보고 뜻도 모르면서 웃으셨다. 재미스러운 딸의 장래 가정을 꿈꾸고 사랑스러운 외손자를 꿈꾸었다.

그 후부터는 남의 이목을 피해 가며 몇 번이나 서로 맞추어서 길게 기다려 가지고 짧게 만났던 애인들은 자주 우리 집에서 만나 웃고 즐기게 되었다.

7

어떤 날 저녁에 그가 우리 집에 왔다. 그때 마침 어머님은 어디 가시고 나와 누님과 단둘이 있었다.

나는 와락 내달으며,

"형님 오셔요."

라고 반갑게 인사하였다. 누님도 반가이 맞으며,

“요사이는 왜 오시지 안 하셔요?”

“아니, 내가 언제 왔는데.”

하고 그는 지어서 웃는다. 누님은 눈을 스르르 감으며 무엇을 생각하는 듯하더니,

“오늘은 7월 초열흘이고 초칠일이 공일이라…… 공일날 오시고 오늘 처음이지요.”

“그래요. 한 사흘 밖에 더 되었어요?”

“사흘! 저는 한 3년이나 된 듯하였어요. 사흘 만에 한 번씩 만나?! 멀어요! 퍽 멀구말구요. 사흘이 그다지 가까운 것 같습니까?”

하고 누님은 무엇을 찾는 듯이 그를 바라본다.

“사흘 만에 한 번씩 와도 장하지요.”

하고 그는 또 웃는다.

“장해요! 사흘 동안에 제가 몇 번이나 문밖을 내다보는지 아셔요? 저는 온갖 걱정을 다 했지요. 몸이 편찮으신가, 꾸중이나 뫼셨는가…….”

하고 목소리는 *전성(顫聲)을 띠어 가며 눈에는 눈물이 괴여진다.

“저는 우리 일에 대하여 무슨 큰 걱정이나 생겼나 하고 얼마나 애간장을 태웠는지요!”

하고는 눈물이 그렁그렁 넘쳐흐른다.

“아니야요. 여하간 죄 없이 잘못하였습니다.”

그는 눈살을 찌푸리고 선웃음을 치며,

“어린애 모양으로 걸핏하면 울기는 왜 울어요. 저 동생 부끄럽지 않아요. (갑자기 어조를 야릇하게 변하며) 그런데 내가 어제도 올라 카고, 아래도 올라 카지만 올라 칼 때마다 동무가 찾아와서 올 수가 있어야지,”

울던 누님이 웃음을 띠었다. 나도 웃었다.

그는 대구 사람이다. 그의 부모는 아직도 대구에서 산다. 서울 있는 오촌 당숙 집에 *유숙하고 있다. 그는 서울 온 지가 벌써 5~6년이 지났으므로 사투리는 거의 안 쓰게 되었으나, 때때로 우리를 웃기려고 야릇한 말을 하였다.

"올라 카고, 갈라 카고."

흉내를 내며 나는 방바닥에 뚤뚤 굴러 가며 웃었다. 그는 시치미를 뚝 따고,

"남 이야기하는데 웃기는 와 웃소. 가 참 *얄궂다."

하였다. 누님은 어떻게 웃었는지 얼굴이 붉어지고 배를 움켜쥐고 숨찬 소리로,

"그만두셔요. 그만 웃기셔요."

한참 동안 우리는 이렇게 웃고 즐기다가 나를 누님이 또 심부름을 시켰다.

무슨 심부름이던가 생각이 아니 난다. 그가 오기만 하면 누님이 무엇 좀 사 오너라, 어디 좀 갔다 오너라 하고 늘 나를 따돌렸다.

"에고, 누님도 왜 나를 따돌려."

투덜투덜하면서 집을 나왔다. 반달은 비스듬히 푸른 하늘에 걸려있다. *만경창파에 외로이 떠가는 *일엽편주와 같았다.

나 없는 동안에 그들이 무슨 이야기를 하는지 듣고 싶어서 급히 오느라고 오는 것이 한 시간이 넘어 걸렸다. 나는 벌써 엿듣기에 익숙하여 사뿐 중문에 들어서며 가만히 살펴보니 애인들은 달 비치는 월계화 나무 밑에 평상을 내놓고 나란히 앉아서 뭐라고 소곤거린다. 나는 숨소리도 크게 아니 쉬고 귀를 기울였다.

평상

"그러면 어째요. 어머님께서는 좀처럼 올라오시지 않을 것이고⋯⋯ 왜, 그러면 *상서(上書)로 이 사정을 못 아뢸 것이야 있어요?"

누님의 애타는 소리가 들린다.

"글쎄요, 몇 번이나 상서를 썼지만⋯⋯ 부치지를 못하겠어요."

"만일 차일피일하다가 딴 데 혼인을 정해 놓으시면 어째요?"

"정해 놓아도 안 가면 그만이지요."

"그러면 어렵지 않아요."

"그런데 오촌 당숙 내외분은 아마 이 눈치를 아시는 것 같아서⋯⋯

네? 아마 그런 것 같아요, 그래서 집에서 무슨 *통기(通寄)가 있었는지 할아버지께서 일간 올라오신대요."

"올라오시면 죄다 여쭙겠단 말씀이구려."

"글쎄요. 그런데⋯⋯ 우리 할아버지는 참 호랑이 같은 어른이라⋯⋯ 완고, 완고, 참 완고하신데⋯⋯ 나도 어찌 할 줄을 모르겠어요. 그래서 밤에 잠이 잘 오지 않아요."

하고 머리를 긁적긁적하고 눈살을 찡기더니 또 말을 이어,

"오늘 또 아버지께서 *하서(下書)하셨는데 이번 울산 김 승지 집에서 너를 선보러 간다니 행동을 단정히 하여라 하는 뜻입니다. 참 기막힐 일이야요."

하고 한숨을 내쉰다.

"부모님께 하루바삐 이 사정을 여쭙지 않으면 큰일나겠습니다그려."

누님의 안타까운 소리가 들린다.

"여하한 꾸중을 모시더라도 장가를 못 가겠다 할 테야요. 조금도 걱정 마셔요,"

그는 결심한 듯이 고개를 들며 단연히 말하였다.

밝은 달은 애타는 양인의 가슴을 나는 몰라라 하는 듯이 이리저리로 미끄러져 가며 더운 공기에 맑은 빛을 흩날린다. 월계화는 더욱 붉고 더욱 곱다. *진세(塵世)의 우수 고뇌를 나는 잊었노라 하는 것 같았다.

8

해당화

그 이튿날 일어난 누님의 얼굴은 해쓱하였다. 머리카락이 흩어질대로 흩어진 것을 보아도 *작야에 잠을 못 이루어 몇 번이나 베개를 고쳐 벤 것을 가히 알 터다. 누님이 사랑의 맛이 쓰고 떫은 것을 처음으로 맛보았다. 행복의 해당화를 꺾으려면 가시가 손 찌르는 줄 비로소 알았도다.

하루가 가고, 이틀이 가고, 어느덧 일주일이 지났건만, 누님이 오늘이나 와서 *호음(好音)을 전해줄까, 내일이나 와서 희식(喜息)을 알려줄까 고대고대하는 그는 코끝도 보이지 않는다. (내가 학교에를 가도 그를 볼 수 없었고 누님도 이때부터 심사가 산란하여 학교에 못 갔었다.)

이 동안에 누님은 어찌 애를 태웠던지 *양협(兩頰)에 고운 빛이 사라져 가고 눈언저리는 푸른 기를 띠고 들어갔다. 입술은 까뭇까뭇 타들어 가고 두 팔은 맥없이 늘어졌다.

일주일 되던 날 누님은 생각다 못하여 편지 한 장을 주며,

"너 이 편지 가지고 그 댁에서 그가 있거든 전하고, 못 보거든 도로 가지고 오너라."

하였다. 전일(前日)에 그를 따라 한번 그 집에 갔던 일이 있으므로 그 집을 자세히 알아 두었다. 그 집 대문에 들어서니 행랑 사람도 없고 그

가 있던 사랑 문도 닫혀 있다.

안에서 기운찬 노인의 성난 말소리가 나의 귀를 울린다.

"이놈, 아직 학생이니 장가를 못 가겠다? 핑계야 좋지, 이놈, 괘씸한 놈. 들으니 네가 어떤 여학생을 얻어 가지고 미쳐 날뛴다는구나! 아니 야요란 다 무엇이야. 부모가 들이는 장가는 학생이라 못 가겠고, 학생 신분으로 계집은 해도 관계찮으냐, 이놈, 고약한 놈! 네 원대로 그 학교나 마치고 장가들일 것이로되, 벌써 어린놈이 못 견뎌서 여학생을 얻으니, 무엇을 얻으니, 그냥 두다간 네 신세를 망치고 가문을 더럽힐 터이야. 그래서 하루바삐 정혼하고 인유(姻儒)까지 보냈는데 지금 와서 가느니 마느니 하면 어찌하잔 말이냐. 암만 어린놈의 소견이기로…… 그 집은 울산 일판에 유명한 집안이라 재산도 있고, 양반도 좋고…… 다 된 혼일을 이편에서 퇴혼하면 그 신부는 생과부로 늙으란 말이냐. 일부함원(一婦含怨)에 *오월비상(五月飛霜)이란 말 못 들었어! 죽어도 못 가겠다. 허허, 이놈, 박살할 놈, 조부도 끊고, 부모도 끊고, 일가친척도 끊으려거든 네 마음대로 좀 해 보아라."

나는 이 말을 들으니 소름이 쭉 끼쳤다. 한편으로는 분하기 짝이 없었다. 깨끗한 누님이 이다지 모욕을 당한 것이 절절이 분하였다. 곧 들어가 분풀이나 할 듯이 작은 눈을 홉뜨고 고사리 같은 손을 불끈 쥐었다.

"허허, 이놈, 괘씸한 놈! 에이 화나. 거기 내 두루막 내."

하는 그 노인의 우렁찬 소리가 또 들린다. 나는 간담이 서늘하였다.

그 노인이 신을 찍찍 끌고 이리로 나오는 것 같다. 나는 무서운 증이 나서 급히 달음박질하여 그 집을 나왔다.

오월비상
여자가 품은 깊은 원한을 비유적으로 이르는 말. 한 여인이 왕에게 깊은 원한을 품었더니 오월인데도 서리가 내렸다는 데에서 유래한다.

고사리

9

그날 밤 어머님 잠드신 후 누님이 살짝 내게로 건너와서.

"이애, 너 본 대로 좀 이야기하여다고, 응?"

이 말을 하는 누님의 얼굴은 고뇌와 *수괴(羞愧)의 빛이 보인다. 어린 동생에게 애인의 말을 물어도 부끄러워하였다. 나는 입을 다물고 묵묵히 앉았다. 차마 그 이야기를 할 수가 없었다.

"왜, 또 심술이 났니? 어서 이야기를 좀 하려무나. 편지를 도로 가지고 온 것을 보니 형님을 못 만났니? 만나도 못 전했지? 혹은 무슨 일이 났더냐? 남의 속 고만 태고 어서 좀 이야기하여다고. 가련한 네 누이의 청이 아니냐."

이 말소리는 애원처량하였다. 나의 어린 가슴이 찌르는 듯하며 눈물이 넘쳐 나온다. 이다지 나에게 정다이 구는 누님이 가슴에 그리던 꿀 같은 장래가 물거품에 돌아가고 만 것이 슬펐음이라. 그리고 순결한 우리 누님이 그 노인에게 '어떻다' 든가, '계집을 했다' 든가 하는 더러운 소리를 들은 것이 이가 떨렸다.

　나는 *비분한 어조로 그 집에서 들은 것을 이야기하였다. 정신없이 듣고 있던 누님은 내 말이 끝나자 기운 없이 쓰러지며 이 이야기를 들을 적부터 괴였던 눈물이 불덩이 같은 뺨에 쉴 새 없이 줄줄 흘러내린다.

　"누님, 누님."

하고 나도 누님의 가슴에 안기며 울었다. 이럴 즈음에 누가 대문을 가벼이 흔들며 떨리는 소리로,

　"S씨, S씨, 주무셔요?"

한다. 누님은 이 소리를 듣고 얼른 일어났다. 애인의 음성은 이럴 때라도 잘 들리는 것이다. 나올 듯, 나올 듯하는 울음을 입술로 꼭 다물어 막으며 급히 나갔다. 대문 소리가 나더니,

　"K씨! 오셔요."

하며 우는 소리가 들린다. 나도 나갔다. 둘은 서로 붙들고 눈물비가 요란히 떨어진다. 누님이 울음 반 말 반으로,

　"저는 또다시…… 못…… 뵈올 줄…… 알았지요."

하였다. 그도, 흑흑 느끼며,

　"다 내 잘못이야요."

하였다.

　"저 까닭에 오늘 매우 꾸중을 뫼셨지요?"

　"어떻게 알았어요?"

　누님이 내가 편지를 가지고 그 집에 갔다가 내가 들은 이야기를 하였다. 그리고 우는 소리로,

　"좀 들어가셔요."

하였다.

"아니야요, 명일(明日)은 할아버지께서 꼭 데리고 가실 모양이야요. 지금 곧 멀리 달아나려고 합니다. 그래서 이런 말이나 몇 마디 할 양으로 왔어요."

누님은 자기의 귀를 의심하는 듯이,

"네? 멀리멀리 가셔요? 부모를 버리시고, 형제를 버리시고 멀리 가셔요? 제 신세는 벌써 불쌍하게 되었습니다. 불쌍한 저 때문에 ※전정(前程)이 구만리 같은 당신을 또 불행하게 만들 것이야 무엇 있습니까. 절랑 영영 잊으시고 부모님 말씀으로 장가드셔요. 장가드시는 이하고 나 백년이 다 진토록 정다운 짝이 되어 주셔요, 아들 낳고, 딸 낳고…… 저의 모든 것을 바쳐도 당신이 행복되신다면 그만 이야요! 곧 당신의 기쁨이 제 기쁨이 아니야요. 당신의 행복의 그늘에서 웃어 볼까 합니다."

열정 찬 눈으로부터 하염없이 흘러내리는 눈물에 적막한 화용이 아롱진다.

"아아, S씨를 내 손으로 불행하게 맨들고 나 혼자 행복을…… 사랑을 떠나 행복이 있을까요? 나에게 행복을 줄 S씨가 눈물바다에 허우적거릴 때 나 혼자 행복의 정상에서 내려다보며 웃을 수가 있을까요? 없어요! S씨 없고는 나 혼자 행복을 누릴 수가 없어요!"

"제 불행은 제 손으로 맨든 것입니다. 그러나 우리가 오늘날 이렇게 된 것이 당신의 잘못도 아니고, 저의 잘못도 아니야요. 그 묵고 썩은 관습이 우리를 이렇게 맨든 것입니다. 그러하지만 저 때문에 당신의 마음을 ※수란(愁亂)하게 맨든 것 같아서 어떻게 가엾고 애달픈지 몰라요. 그런데 이 위에 더 당신을 영영 불행하게 하겠어요. 당신이 행복되신다면, 저는 오늘 죽어도 아깝잖아요.”

“안 될 말씀입니다. 그런 말씀을 들을수록…… 기가 막혀요! 해야 늘
그 말이니까 길게 말할 것 없이 나는 가겠어요. S씨, 부디 안녕히.”

그는 흐르는 눈물을 씻으며 결심한 듯이 돌아서 가려 한다.

“K씨!”

안타까운 떠는 소리로 부르더니 복받쳐 나오는 울음이 말을 막는다.
그는 또 한번 돌아다보고,

“S씨! 부디 안녕히…….”

말을 마치자 그는 떨어지지 않는 발길을 돌려 마음은 이리로, 몸
은 저리로 멀어 간다…….

나는 심장을 누가 칼로 싹싹 에는 것 같았다.

연화(연꽃)

10

그 후 그는 어디로 갔는지 영영 소식을 들을 수가 없고 누님은
시름시름 병들기 시작하여 날이 가고 달이 갈수록 병은 점점 깊어
온다.

이화(배꽃)

임금
능금.

이슬 젖은 연화(蓮花) 같이 불그스름하던 얼굴이 청색창경(靑色窓
鏡)에 비티는 이화(梨花)처럼 해쓱하였다. 익어 가는 *임금(林檎)
같이 혈색 좋던 살이 서리 맞은 황엽(黃葉)처럼 배배 말라 간다. 거
슴츠레한 눈은 흰 눈물에 붉어졌다.

그러다가 차마 볼 수 없이 바싹 말라 버렸다. 마치 백골을 엷은
백지로 덮어 두고 물을 흠씬 품어 놓은 것같이 되고 말았다. 마침

내 한강 얼음 얼고, 남산에 눈 쌓일 제, 누님은 그에게 한숨을 주고 눈물을 주던 이 세상을 떠나 버렸다.

아아, 사랑아, 사랑의 불아! 네가 부드럽고 따뜻함으로 철없는 청춘들은 그의 연하고 부드러운 심장에 너를 보배만 여겨 강징난다. 잔인한 너는 그만 그 심장에다 불을 붙인다. 돌기둥 같은 불길이 종작없이 오른다. *옥기(玉肌)조차 버리고 *홍안(紅顔)도 타 버리고 금심(錦心)도 타 버리고 *수장(繡腸)도 타 버린다! 방 안에 켰던 촉(燭)불 홀연히 꺼지거늘 웬일인가 살펴보니 초가 벌써 다 탔더라! 양협에 젖던 눈물 갑자기 마르거늘 무슨 연유 묻잤더니 숨이 벌써 끊어졌더라.

《개벽》, 1920.

옥기
옥같이 깨끗하고 고운 살갗.

홍안
붉은 얼굴이라는 뜻으로, 젊어서 혈색이 좋은 얼굴을 이르는 말.

수장
수를 놓은 창자라는 뜻으로, 시문(詩文)의 재능이 풍부함을 이르는 말.

빈처(貧妻)

"그것이 어째 없을까?"

아내가 *장문을 열고 무엇을 찾더니 *입안말로 중얼거린다.

"무엇이 없어?"

나는 우두커니 책상머리에 앉아서 책장만 뒤적뒤적하다가 물어 보았다.

"*모본단 저고리가 하나 남았는데……."

"……."

나는 그만 묵묵하였다. 아내가 그것을 찾아 무엇 하려는 것을 앎이라. 오늘 밤에 옆집 할멈을 시켜 잡히려 하는 것이다.

이 2년 동안에 돈 한 푼 나는 데는 없고 그대로 주리면 시장할 줄 알아 기구(器具)와 의복을 전당국 창고(典當局倉庫)에 들이밀거나 고물상 한구석에 세워 두고 돈을 얻어 오는 수밖에 없었다. 지금 아내가 하나 남은 모본단 저고리를 찾는 것도 아침거리를 장만하려 함이라.

나는 입맛을 쩍쩍 다시고 폈던 책을 덮으며 후— 한숨을 내쉬었다.

봄은 벌써 반이나 지났건마는 이슬을 실은 듯한 밤기운이 방구석으로부터 슬금슬금 기어나와 사람에게 안기고 비가 오는 까닭인지 밤은 아직 깊지 않건만 인적조차 끊어지고 온 천지가 빈 듯이 고요한데 투닥투닥 떨어지는 빗소리가 한없는 구슬픈 생각을 자아낸다.

"빌어먹을 것 되는 대로 되어라."

나는 점점 견딜 수 없어 두 손으로 흩어진 머리카락을 쓰다듬어 올리며 중얼거려 보았다. 이 말이 더욱 처량한 생각을 일으킨다. 나는 또 한

장문(欌門)
장에 달린 문.

입안말
입속말.

모본단(模本緞)
비단의 하나. 본래 중국에서 난 것으로, 짜임이 곱고 윤이 나며 무늬가 아름답다.

번, "후—" 한숨을 내쉬며 왼팔을 베고 책상에 쓰러지며 눈을 감았다.

이 순간에 오늘 지낸 일이 불현듯 생각이 난다.

늦게야 점심을 마치고 내가 막 궐련[卷煙] 한 개를 피워 물 적에 한성은행(漢城銀行) 다니는 T가 공일이라고 놀러 왔었다.

친척은 다 멀지 않게 살아도 가난한 꼴을 보이기도 싫고 찾아갈 적마다 무엇을 뀌어 내라고 조르지도 아니하였건만 행여나 무슨 구차한 소리를 할까 봐서 미리 방패막이를 하고 눈살을 찌푸리는 듯하여 나는 발을 끊고 따라서 찾아오는 이도 없었다. 다만 이 T는 촌수가 가까운 까닭인지 자주 우리를 방문하였다.

그는 성실하고 공순하며 *소소한 소사(小事)에 슬퍼하고 기뻐하는 인물이었다. 동년배(同年輩)인 우리 둘은 늘 친척간에 비교(比較) 거리가 되었었다. 그리고 나의 평판이 항상 좋지 못했다.

"T는 돈을 알고 위인이 진실해서 그 애는 돈푼이나 모을 것이야! 그러나 K(내 이름)는 아무짝에도 못 쓸 놈이야. 그 잘난 언문(諺文) 섞어서 무어라고 끄적거려 놓고 제 주제에 무슨 조선에 유명한 문학가가 된다니! *시러베아들놈!"

이것이 그네들의 평판이었다. 내가 문학인지 무엇인지 하는 소리가 까닭 없이 그네들의 비위에 틀린 것이다. 더군다나 나는 그네들의 생일이나 혹은 대사(大事) 때에 돈 한 푼 이렇다는 일이 없고 T는 소위 착실히 돈벌이를 하여 가지고 국수밥 소래나 보조를 하는 까닭이다.

"얼마 아니 되어 T는 잘살 것이고 K는 거지가 될 것이니 두고 보아!"

오촌 당숙은 이런 말씀까지 하였다 한다. 입 밖에는 아니 내어도 친부모 친형제까지라도 심중(心中)으로는 다 이렇게 생각할 것이다. 그

소소하다
대수롭지 아니하고 자질구레하다.

시러베아들
실없는 사람을 낮잡아 이르는 말.

래도 부모는 달라서 화가 나시면, "네가 그리하다가는 말경(末境)에 비렁뱅이가 되고 말 것이야"라고 꾸중은 하셔도, "사람이란 늦복 모르느니라", "그런 사람은 또 그렇게 되느니라" 하시는 것이 스스로 위로하는 말씀이고 또 며느리를 위로하는 말씀이었다. 이것을 보아도 하는 수 없는 놈이라고 단념(斷念)을 하시면서 그래도 잘되기를 바라시고 축원하시는 것을 알겠더라.

여하간 이만하면 T의 사람됨을 가히 알 수가 있다. 그러고 그가 우리집에 올 것 같으면 지어서 쾌활하게 웃으며 힘써 자미스러운 이야기를 하였다. 단둘이 고적(孤寂)하게 그날그날을 보내는 우리에게는 더할 수 없이 반가웠었.

오늘도 그가 활발하게 집에 쑥 들어오더니 신문지에 싼 기름한 것을 '이것 봐라' 하는 듯이 마루 위에 올려놓고 분주히 구두끈을 끄른다.

"이것은 무엇인가!"

나는 물어 보았다.

양산

"저— 제 처의 양산(洋傘)이야요. 쓰던 것이 벌써 다 낡았고 또 살이 부러졌다나요."

그는 구두를 벗고 마루에 올라서며 나오는 웃음을 참지 못하여 벙글벙글하면서 대답을 한다. 그는 나의 아내를 보며 돌연히,

"아주머니 좀 구경하시렵니까?"

하더니 싼 종이와 집을 벗기고 양산을 펴 보인다. 흰 비단 바탕에 두어 가지 매화를 수놓은 양산이었다.

매화

"검정이는 좋은 것이 많아도 너무 칙칙해 보이고…… 회색이나 누렁이는 하나도 그것이야 싶은 것이 없어서 이것을 산걸요."

그는 '이것보다 더 좋은 것을 살 수가 있나' 하는 뜻을 보이려고 애

를 쓰며 이런 발명까지 한다.

"이것도 퍽 좋은데요."

이런 칭찬을 하면서 양산을 펴 들고 이리저리 홀린 듯이 들여다보고 있는 아내의 눈에는, '나도 이런 것을 하나 가졌으면' 하는 생각이 역력(歷歷)히 보인다.

나는 갑자기 불쾌한 생각이 와락 일어나서 방으로 들어오며 아내의 양산 보는 양을 빙그레 웃고 바라보고 있는 T에게,

"여보게, 방에 들어오게그려, 우리 이야기나 하세."

T는 따라 들어와 물가폭등에 대한 이야기며 자기의 월급이 오른 이야기며 *주권(株券)을 몇 주 사두었더니 꽤 이익이 남았다든가 이번 각 은행 사무원 경기회(競技會)에서 자기가 우월한 성적을 얻었다든가 이런 것 저런 것 한참 이야기하다가 돌아갔었다.

T를 보내고 책상을 향하여 짓던 소설의 결미(結尾)를 생각하고 있을 즈음에,

"여보!"

아내의 떠는 목소리가 바로 내 귀 곁에서 들린다. 핏기 없는 얼굴에 살짝 붉은빛이 돌며 어느결에 내 곁에 바싹 다가앉았더라.

"당신도 살 도리를 좀 하셔요."

"……."

나는 또 '시작하는구나' 하는 생각이 번개같이 머리에 번쩍이며 불쾌한 생각이 벌컥 일어난다. 그러나 무어라고 대답할 말이 없이 묵묵히 있었다.

"우리도 남과 같이 살아 보아야지요!"

아내가 T의 양산에 단단히 자극(刺戟)을 받은 것이다. 예술가의 처

노릇을 하려는 독특(獨特)한 결심이 있는 그는 좀처럼 이런 소리를 입 밖에 내지 아니하였다. 그러나 무엇에 상당한 자극만 받으면 참고 참았던 이런 소리를 하게 되는 것이다. 나도 이런 소리를 들을 적마다 '그럴 만도 하다' 는 동정심이 없지 아니하나 심사가 어쩐지 좋지 못하였다. 이번에도 '그럴 만도 하다' 는 동정심이 없지 아니하되 또한 불쾌한 생각을 억제키 어려웠다. 잠깐 있다가 불쾌한 빛을 드러내며,

"급작스럽게 살 도리를 하라면 어찌할 수가 있소. 차차 될 때가 있겠지!"

"아이구, 차차란 말씀 그만두구려, 어느 천년에……."

아내의 얼굴에 붉은빛이 짙어지며 전에 없던 흥분한 어조로 이런 말까지 하였다. 자세히 보니 두 눈에 은은히 눈물이 괴었더라.

나는 잠시 멍멍하게 있었다. 성낸 불길이 치받쳐 올라온다. 나는 참을 수 없다.

"막벌이꾼한테 시집을 갈 것이지 누가 내게 시집을 오랬어! 저 따위가 예술가의 처가 다 뭐야!"

사나운 어조로 *몰풍스럽게 소리를 꽥 질렀다.

"에그……!"

살짝 얼굴빛이 변해지며 어이없이 나를 보더니 고개가 점점 수그러지며 한 방울 두 방울 방울방울 눈물이 장판 위에 떨어진다.

나는 이런 일을 가슴에 그리며 그래도 내일 아침거리를 장만하려고 옷을 찾는 아내의 심중을 생각해 보니, 말할 수 없는 슬픈 생각이 가을 바람과 같이 설렁설렁 *심골(心·骨)을 분지르는 것 같다.

쓸쓸한 빗소리는 굵었다 가늘었다 의연(依然)히 적적한 밤공기에 더욱 처량히 들리고 그을음 앉은 *등피(燈皮) 속에서 비추는 불빛은 구름

몰풍스럽다
성격이나 태도가 정이 없고 냉랭하며 퉁명스러운 데가 있다.

심골
마음과 뼈를 아울러 이르는 말. 깊은 마음속.

등피
등불이 꺼지지 않도록 바람을 막고 불빛을 밝게 하기 위하여 남포등에 씌우는 유리로 만든 물건.

에 가린 달빛처럼 우는 듯 조는 듯 *구차(苟且)히 얻어 산 몇 권 양책 (洋冊)의 표제(表題) 금자가 번쩍거린다.

2

장 앞에 초연히 서 있던 아내가 무엇이 생각났는지 고개를 끄덕끄덕 하며 들릴 듯 말 듯 목 안의 소리로,

"으흐…… 옳지 참 그날……."

"찾았소!"

"아니야요, 벌써…… 저 인천(仁川) 사시는 형님이 오셨던 날……."

"……."

아내가 애써 찾던 그것도 벌써 전당포의 고운 먼지가 앉았구나! 종지 하나라도 차근차근 아랑곳하는 아내가 그것을 잡혔는지 아니 잡혔 는지 모르는 것을 보면 빈곤(貧困)이 얼마나 그의 정신을 물어뜯었는 지 가히 알겠다.

"……."

"……."

한참 동안 서로 아무 말이 없었다. 가슴이 어째 답답해지며 누구하 고 싸움이나 좀 해보았으면 소리껏 고함이나 질러 보았으면 실컷 울어 보았으면 하는 일종 이상한 감정이 부글부글 피어 오르며, 전신에 이 가 스멀스멀 기어다니는 듯 옷이 어째 몸에 끼여 견딜 수가 없다.

나는 이런 감정을 노골적으로 드러내며,

"점점 구차한 살림에 싫증이 나서 못 견디겠지?"

종지

아내는 무엇을 생각하는지 모르게 정신을 잃고
섰다가 그 게슴츠레한 눈이 둥그래지며,

"네에? 어째서요?"

"무얼 그렇지!"

"싫은 생각은 조금도 없어요."

이렇게 말이 오락가락함을 따라 나는 흥분의
도(度)가 점점 짙어 간다.

그래서 아내가 떨리는 소리로,

"어째 그런 줄 아셔요?"

하고 반문할 적에,

"나를 ※숙맥(菽麥)으로 알우?"
라고, 격렬(激烈)하게 소리를 높였다.

아내는 살짝 분한 빛이 눈에 비치어 물끄러미 나를 들여다본다. 나
는 괘씸하다는 듯이 흘겨보며,

"그러면 그것 모를까! 오늘날까지 잘 참아 오더니 인제는 점점 기색
이 달라지는걸 뭐! 물론 그럴 만도 하지마는!"

이런 말을 하는 내 가슴에는 지난 일이 활동사진
모양으로 얼른얼른 나타난다.

육 년 전에(그때 나는 십육 세이고 저는 십팔 세였
다) 우리가 결혼한 지 얼마 아니 되어 지식에 목마
른 나는 지식의 바닷물을 얻어 마시려고 표
연히 집을 떠났었다. 광풍(狂風)에 나부끼는
버들잎 모양으로 오늘은 지나(支那) 내일은
일본으로 굴러다니다가 금전의 탓으로 지식

숙맥
사리 분별을 못하고 세
상 물정을 잘 모르는
사람. '숙맥불변'에서 나
온 말이다.

의 바닷물도 흠씬 마셔 보지도 못하고 *반거들충이가 되어 집에 돌아오고 말았다. 내게 시집 올 때에는 방글방글 피려는 꽃봉오리 같던 아내가 어느결에 기울어 가는 꽃처럼 두 뺨에 *선연(鮮妍)한 빛이 스러지고 이마에는 벌써 두어 금 가는 줄이 그리어졌다.

처가 덕으로 집간도 장만하고 세간도 얻어 우리는 소위 살림을 하게 되었다. 처음에는 그럭저럭 지내었지마는 한 푼 나는 데 없는 살림이라 한 달 가고 두 달 갈수록 점점 곤란해질 따름이었다. 나는 보수(報酬) 없는 독서와 가치 없는 창작으로 해가 지고 날이 새며 쌀이 있는지 나무가 있는지 망연케 몰랐다. 그래도 때때로 맛있는 반찬이 상에 오르고 입은 옷이 과히 추하지 아니함은 전혀 아내의 힘이었다. 전들 무슨 벌이가 있으리요, 부끄럼을 무릅쓰고 친가에 가서 눈치를 보아 가며 구차한 소리를 하여 가지고 얻어 온 것이었다. 그것도 한 번 두 번 말이지 장구한 세월에 어찌 늘 그럴 수가 있으랴! 말경에는 아내가 가져온 세간과 의복에 손을 대는 수밖에 없었다. 잡히고 파는 것도 나는 알은 체도 아니하였다. 그가 애를 쓰며 통명스러운 옆집 할멈에게 돈푼을 주고 시켰었다.

이런 고생을 하면서도 그는 나의 성공만 마음속으로 깊이깊이 믿고 빌었었다. 어느 때에는 내가 무엇을 짓다가 마음에 맞지 아니하여 쓰던 것을 집어던지고 화를 낼 적에,

"왜 마음을 조급하게 잡수셔요! 저는 꼭 당신의 이름이 세상에 빛날 날이 있을 줄 믿어요. 우리가 이렇게 고생을 하는 것이 장래에 잘 될 근본이야요."

하고 그는 스스로 흥분되어 눈물을 흘리며 나를 위로한 적도 있었다.

내가 외국으로 돌아다닐 때에 소위 신풍조(新風潮)에 띄어 까닭 없

이 구식 여자가 싫어졌다. 그래서 나의 일찍이 장가든 것을 매우 후회하였다. 어떤 남학생과 어떤 여학생이 서로 연애를 주고받고 한다는 이야기를 들을 적마다 공연히 가슴이 뛰놀며 부럽기도 하고 비감(悲感)스럽기도 하였었다.

다듬이

그러나 낫살이 들어갈수록 그런 생각도 없어지고 집에 돌아와 아내를 겪어 보니 의외에 그에게 따뜻한 맛과 순결한 맛을 발견하였다. 그의 사랑이야말로 이기적 사랑이 아니고 헌신적(獻身的) 사랑이었다. 이런 줄을 점점 깨닫게 될 때에 내 마음이 얼마나 행복스러웠으랴! 밤이 깊도록 다듬이를 하다가 그만 옷 입은 채로 쓰러져 곤하게 자는 그의 파리한 얼굴을 들여다보며,

"아아, 나에게 위안을 주고 원조를 주는 천사여!"
하고 감격이 극하여 눈물을 흘린 일도 있었다.

내가 알다시피 내가 별로 천품은 없으나 어쨌든 무슨 저작가(著作家)로 몸을 세워 보았으면 하여 나날이 창작과 독서에 전심력을 바쳤다. 물론 아직 남에게 인정(認定)될 가치는 없는 것이다. 그 영향으로 자연 일상생활이 말유(末由)하게 되었다.

이런 곤란에 그는 근 이 년 견디어 왔건마는 나의 하는 일은 오히려 아무 보람이 없고 방 안에 놓였던 세간이 줄어 가고 장농에 찼던 옷이 거의 다 없어졌을 뿐이다.

그 결과 그다지 견딜성 있던 저도 요사이 와서는 때때로 쓸데없는 탄식을 하게 되었다. 손잡이를 잡고 마루 끝에 우두커니 서서 하염없이 먼산만 바라보기도 하며 바느질을 하다 말고 실심(失心)한 사람 모양으로 멍멍히 앉았기도 하였다. 창경(窓鏡)으로 비치는 어스름한 햇빛에 나는 흔히 그의 눈물 머금은 근심 있는 눈을 발견하였다. 이럴 때

에는 말할 수 없는 쓸쓸한 생각이 들며 일없이,

　"마누라!"

하고 부르면 그는 몸을 흠칫 하고 고개를 저리로 돌리어 치맛자락으로 눈물을 씻으며,

　"네에?"

하고 울음에 떨리는 가는 대답을 한다. 나는 등에 찬물을 끼얹는 듯 몸이 으쓱해지며 처량한 생각이 싸늘하게 가슴에 흘렀었다. 그렇지 않아도 자비(自卑)하기 쉬운 마음이 더욱 심해지며,

　'내가 무자격한 탓이다.'

하고 스스로 멸시를 하고 나니 더욱 견딜 수 없다.

　'그럴 만도 하다.'

는 동정심이 없지 아니하되 그래도 그만 불쾌한 생각이 일어나며,

　'계집이란 할 수 없어.'

　혼자 이런 불평을 중얼거리었다.

　*환등(幻燈) 모양으로 하나씩 둘씩 이런 일이 가슴에 나타나니 무어라고 말할 용기조차 없어졌다. 나의 유일의 신앙자(信仰者)이고 위로자이던 저까지 인제는 나를 아니 믿게 되고 말았다.

　그는 마음속으로,

　'네가 육 년 동안 내 살을 깎고 저미었구나! 이 원수야!'

할 것이다. 이렇게 생각하매 그의 불 같던 사랑까지 엷어져 가는 것 같았다. 아니 흔적도 없이 사라지고 만 것 같았다. 나는 감상적으로 허둥허둥하며,

　"낸들 마누라를 고생시키고 싶어 시켰겠소! 비단옷도 해주고 싶고 좋은 양산도 사주고 싶어요! 그러길래 왼종일 쉬지 않고 공부를 아니

환등
그림, 사진, 실물 따위에 강한 불빛을 비추어 그 반사광을 렌즈에 의하여 확대하여서 영사(映射)하는 조명기구. 또는 그 불빛.

하우. 남 보기에는 편편히 노는 것 같아도 실상은 그렇지 안해! 본들 모른단 말이요.”

나는 점점 강한 가면(假面)을 벗고 약한 진상(眞相)을 드러내며 이와 같은 가소로운 변명까지 하였다.

“왼 세상 사람이 다 나를 비소(誹笑)하고 모욕하여도 상관이 없지만 마누라까지 나를 아니 믿어 주면 어찌한단 말이요.”

내 말에 스스로 자극이 되어 마침내,

“아아.”

길이 탄식을 하고 그만 쓰러졌다. 이 순간에 고개를 숙이고 아마 하염없이 입술만 물어뜯고 있던 아내가 홀연,

“여보!”

울음 소리를 떨면서 무너지는 듯이 내 얼굴에 쓰러진다.

“용서⋯⋯.”

하고는 북받쳐 나오는 울음에 말이 막히고 불덩이 같은 두 뺨이 내 얼굴을 누르며 흑흑 느끼어 운다. 그의 두 눈으로부터 샘솟 듯 하는 눈물이 제 뺨과 내 뺨 사이를 따뜻하게 젖어 퍼진다.

내 눈에서도 눈물이 흘러내린다. 뒤숭숭하던 생각이 다 이 뜨거운 눈물에 봄눈 슬듯 스러지고 말았다.

한참 있다가 우리는 눈물을 씻었다. 내 속이 얼마큼 시원한 듯하였다.

“용서하여 주셔요! 그렇게 생각하실 줄은 몰랐어요.”

이런 말을 하는 아내는 눈물에 불어 오른 눈꺼풀을 아픈 듯이 꿈적거린다.

“암만 구차하기로니 싫증이야 날까요! 나는 한번 먹은 마음이 있는데⋯⋯.”

가만가만히 변명을 하는 아내의 눈물 흔적이 어룽어룽한 얼굴을 물 끄러미 바라보며 겨우 심신이 가뜬하였다.

3

어제 일로 심신이 피곤하였던지 그 이튿날 늦게야 잠을 깨니 간밤에 오던 비는 어느결에 그치었고 명랑한 햇발이 미닫이에 높았더라. 아내가 다시금 장문을 열고 잡힐 것을 찾을 즈음에 누가 중문을 열고 들어온다. 우리는 누군가 하고 귀를 기울일 적에 밖에서,

"아씨!"

하는 소리가 들렸다.

아내는 급히 방문을 열고 나갔다. 그는 처가에서 부리는 할멈이었다. 오늘이 장인 생신이라고 어서 오라는 말을 전한다.

"오늘이야! 참 옳지, 오늘이 이월 열엿샛날이지, 나는 깜빡 잊었어!"

"원 아씨는 딱도 하십니다. 어쩌면 아버님 생신을 잊으신단 말씀이요. 아무리 살림이 자미가 나시더래도……."

시큰둥한 할멈은 선웃음을 쳐가며 이런 소리를 한다.

가난한 살림에 골몰하느라고 자기 친부의 생신까지 잊었는가 하매 아내의 *정지(情地)가 더욱 측은하였다.

"오늘이 본가 아버님 생신이라요. 어서 오시라는데……."

"어서 가구려……."

"당신도 가셔야지요. 우리 같이 가셔요."

하고 아내는 하염없이 얼굴을 붉힌다.

정지
딱한 사정에 있는 처지.

나는 처가에 가기가 매우 싫었었다. 그러나 아니 가는 것도 내 도리가 아닐 듯하여 하는 수 없이 두루마기를 입었다.

아내는 머뭇머뭇하며 양미간을 보일 듯 말 듯 찡그리다가 곁눈으로 살짝 나를 엿보더니 돌아서서 급히 장문을 연다.

'흥, 입을 옷이 없어서 망설거리는구나' 나도 슬쩍 돌아서며 생각하였다. 우리는 서로 등지고 섰건만 그래도 아내가 거의 다 빈 장 안을 들여다보며 입을 만한 옷이 없어 눈살을 찌푸린 양이 눈앞에 선연함을 어찌할 수가 없었다.

"자아, 가셔요."

무엇을 생각하는지 모르게 정신을 잃고 섰다가 아내의 부르는 소리를 듣고 나는 기계적으로 고개를 돌리었다. 아내는 당목옷을 갈아입고 내 마음을 알았던지 나를 위로하는 듯이 방그레 웃는다. 나는 더욱 쓸쓸하였다.

우리집은 천변 배다리 곁에 있고 처가는 안국동에 있어 그 거리가 꽤 멀었다. 나는 천천히 가느라고 가고 아내는 속히 오느라고 오건마는 그는 늘 뒤떨어 졌었다. 내가 한참 가다가 뒤를 돌아보면 그는 늘 멀리 떨어져 나를 따라오려고 애를 쓰며 주춤주춤 걸어온다. 길가에 다니는 어느 여자를 보아도 거의 다 비단옷을 입고 고운 신을 신었는데 아내만 당목옷을 허술하게 차리고 *청목당혜로 타박타박 걸어오는 양이 나에게 얼마나 *애연(哀然)한 생각을 일으켰는지!

한참 만에 나는 넓고 높은 처가 대문에 다다랐다. 내가 안으로 들어갈 적에 낯선 사람들이 나를 흘끔흘끔 본다. 그들의 눈에,

'이 사람이 누구인가. 아마 이 집 하인인가 보다.'

하는 경멸히 여기는 빛이 있는 것 같았다. 안 대청 가까이 들어오니 모

청목당혜
예전에, 기름에 결은 가죽신의 하나. 흰 바탕이나 붉은 바탕에 푸른 무늬를 놓은 신으로, 주로 여자나 아이들이 신었다.

애연하다
슬픈 듯하다.

두 내게 분분히 인사를 한다. 그 인사하는 소리가 내 귀에는 어째 비소하는 것 같기도 하고 모욕하는 것 같기도 하여 공연히 가슴이 두근거리고 얼굴이 후끈거리었다.

그 중에 제일 내게 친숙하게 인사하는 사람이 있다. 그는 아내보다 삼 년 맏이인 처형이었다. 내가 어려서 장가를 들었으므로 그때 그는 나를 못 견디게 시달렸다. 그때는 그가 싫기도 하고 밉기도 하더니 지금 와서는 그때 그러한 것이 도리어 우리를 무관하고 정답게 만들었다. 그는 인천 사는데 자기 남편이 *기미(期米)를 하여 가지고 이번에 돈 십만 원이나 착실히 땄다 한다. 그는 자기의 잘사는 것을 자랑하고자 함인지 비단을 내리감고 치감고 얼굴에 부유한 태(態)가 질질 흐른다. 그러나 분으로 숨기려고 애쓴 보람도 없이 눈 위에 퍼렇게 멍든 것이 내 눈에 띄었다.

"왜 마누라는 어쩌고 혼자 오셔요!"

그는 웃으며 이런 말을 하다가 중문편을 바라보더니,

"그러면 그렇지! 동부인 아니하고 오실라구!"

혼자 주고받고 한다.

나도 이 말을 듣고 슬쩍 돌아다보니 아내가 벌써 중문 안에 들어섰더라. 그 수척한 얼굴이 더욱 수척해 보이며 눈물 괸 듯한 눈이 하염없이 웃는다. 나는 유심히 그와 아내를 번갈아 보았다. 처음 보는 사람은 분간을 못 하리만큼 그들의 얼굴은 *혹사(酷似)하다. 그런데 얼굴빛은 어쩌면 저렇게 틀리는지! 하나는 이글이글 만발한 꽃 같고 하나는 시들시들 마른 낙엽 같다. 아내를 형이라 하고, 처형을 아우라 하였으면 아무라도 속을 것이다. 또 한번 아내를 보며 말할 수 없는 쓸쓸한 생각이 다시금 가슴을 누른다. 딴 음식은 별로 먹지도 아니하고 못 먹는 술을 넉 잔이나 마시었다. 그래도 바늘방석에 앉은 것처럼 앉아 견딜 수가 없다. 집에 가려고 나는 몸을 일으켰다. 골치가 띵 하며 내가 선 방바닥이 마치 폭풍에 *도도(滔滔)하는 파도같이 높았다 낮았다 어질어질해서 곧 쓰러질 것 같다. 이 거동을 보고 장모가 *황망(惶忙)히 일어서며,

"술이 저렇게 취해 가지고 어데로 갈라구. 여기서 한잠 자고 가게."

나는 손을 내저으며,

"아니에요. 집에 가겠어요."

취한 소리로 중얼거리었다.

"저를 어쩌나!"

장모는 걱정을 하시더니,

"할멈! 어서 인력거 한 채 불러 오게."

한다.

취중에도 인력거를 태우지 말고 그 인력거 삯을 나를 주었으면 책 한 권을 사보련만 하는 생각이 있었다. 인력거를 타고 얼마 아니 가서 그만 잠이 들고 말았다.

인력거

남포

화로

한참 자다가 잠을 깨어 보니 방 안에 벌써 남폿불이 키었는데 아내는 어느결에 왔는지 외로이 앉아 바느질을 하고 화로에서는 무엇이 끓는 소리가 보글보글하였다. 아내가 나의 잠 깬 것을 보더니 급히 화로에 얹은 것을 만져 보며,

"인제 그만 일어나 진지를 잡수셔요."

하고 부리나케 일어나 아랫목에 파묻어 둔 밥그릇을 꺼내어 미리 차려 둔 상에 얹어서 내 앞에 갖다 놓고 일변 화로를 당기어 더운 반찬을 집어 얹으며,

"자아 어서 일어나셔요."

나는 마지못하여 하는 듯이 부시시 일어났다. 머리가 오히려 아프며 목이 몹시 말라서 국과 물을 연해 들이켰다.

"물만 잡수셔서 어째요. 진지를 좀 잡수셔야지."

아내는 이런 근심을 하며 밥상머리에 앉아서 고기도 뜯어 주고 생선 뼈도 추려 주었다. 이것은 다 오늘 처가에서 가져온 것이다. 나는 맛나게 밥 한 그릇을 다 먹었다. 내 밥상이 나매 아내가 밥을 먹기 시작한다. 그러면 지금껏 내 잠 깨기를 기다리고 밥을 먹지 아니하였구나 하고 오늘 처가에서 본 일을 생각하였다. 어제 일이 있은 후로 우리 사이에 무슨 벽이 생긴 듯하던 것이 그 벽이 점점 엷어져 가는 듯하며 가엾고 사랑스러운 생각이 일어났었다. 그래서 우리는 정답게 이런 이야기 저런 이야기를 하게 되었다. 우리의 이야기는 오늘 장인 생신 잔치로부터 처형 눈 위에 멍든 것에 옮겨 갔다.

처형의 남편이 이번 그 돈을 딴 뒤로는 주야 요리점과 기생집에 돌아다니더니 일전에 어떤 기생을 얻어 가지고 미쳐 날뛰며 집에만 들면 집안 사람을 들볶고 걸핏하면 처형을 친다 한다. 이번에도 별로 대단

치 않은 일에 처형에게 밥상으로 냅다 갈겨 바로 눈 위에 그렇게 멍이
들었다 한다.

"그것 보아 돈푼이나 있으면 다 그런 것이야."

"정말 그래요. 없으면 없는 대로 살아도 의좋게 지내는 것이 행복이
야요."

아내는 *충심(衷心)으로 *공명(共鳴)해 주었다.

이 말을 들으매 내 마음은 말할 수 없이 만족해지며 무슨 승리자나
된 듯이 득의양양하였다.

그리고 마음속으로,

'옳다, 그렇다. 이렇게 지내는 것이 행복이다.'

하였다.

4

이틀 뒤 해 어스름에 처형은 우리집에 놀러 왔었다. 마침 내가 정신
없이 무엇을 생각하고 있을 즈음에 쓸쓸하게 닫혀 있는 중문이 찌긋둥
하며 비단옷 소리가 사으락사으락 들리더니 아랫목은 내게 빼앗기고
웃목에 바느질을 하고 있던 아내가 문을 열고 나간다.

"아이고 형님 오셔요."

아내의 인사하는 소리가 들리더니 처형이 계집 하인에게 무엇을 들
리고 들어온다.

나도 반갑게 인사를 하였다.

"그날 매우 욕을 보셨지요. 못 잡숫는 술을 무슨 짝에 그렇게 잡수셔요."

그는 이런 인사를 하다가 급작스럽게 계집 하인이 든 것을 빼앗더니 그 속에서 신문지로 싼 것을 끄집어내어 아내를 주며,

"내 신 사는데 네 신도 한 켤레 샀다. 그날 청목당혜를……."

말을 하려다가 나를 곁눈으로 흘끗 보고 그만 입을 닫친다.

"그것을 왜 또 사셨어요."

해쓱한 얼굴에 꽃물을 들이며 아내가 치사하는 것도 들은 체 만 체하고 처형은 또 이야기를 시작한다.

"올 적에 사랑양반을 졸라서 돈 백 원을 얻었겠지. 그래서 오늘 종로에 나와서 옷감도 바꾸고 신도 사고……."

그는 자랑과 기쁨의 빛이 얼굴에 퍼지며 싼 보를 끌러,

"이런 것이야!"

하고 우리 앞에 펼쳐 놓는다.

자세히는 모르나 여하간 값 많은 품 좋은 비단일 듯하다.

무늬 없는 것, 무늬 있는 것, 회색·옥색·초록색·분홍색이 갖가지로 윤이 흐르며 색색이 빛이 나서 나는 한참 황홀하였다. 무슨 칭찬을 해야 되겠다 싶어서,

"참 좋은 것인데요."

이런 말을 하다가 나는 또 쓸쓸한 생각이 일어난다. 저것을 보는 아내의 심중이 어떠할까? 하는 의문이 문득 일어남이라.

"모다 좋은 것만 골라 샀습니다그려."

아내는 인사를 차리느라고 이런 칭찬은 하나마 별로 부러워하는 기색이 없다.

나는 적이 의외의 감이 있었다.

처형은 자기 남편의 흉을 보기 시작하였다. 그 밉살스럽다는 둥 그

*추근추근하다는 둥 말끝마다 자기 남편의 *불미한 점을 들다가 문득 이야기를 끊고 일어선다.

"왜 벌써 가시려고 하셔요. 모처럼 오셨다가 반찬은 없어도 저녁이나 잡수셔요."

하고 아내가 만류를 하니,

"아니 곧 가야지. 오늘 저녁 차로 떠날 것이니까 가서 짐을 매어야지. 아직 차 시간이 멀었어? 아니 그래도 정거장에 일찍이 나가야지 만일 기차를 놓치면 오죽 기다리실라구. 벌써 오늘 저녁 차로 간다고 편지까지 했는데……."

재삼 만류함도 돌아보지 아니하고 그는 홀홀히 나간다. 우리는 그를 보내고 방에 들어왔다.

나는 웃으며 아내에게,

"그까짓 것이 기다리는데 그다지 급급히 갈 것이 무엇이야."

아내는 하염없이 웃을 뿐이었다.

"그래도 옷감 바꿀 돈을 주었으니 기다리는 것이 애처롭기는 하겠지."

밉살스러우니 추근추근하니 하여도 물질의 만족만 얻으면 그것으로 위로하고 기뻐하는 그의 생활이 참 가련하다 하였다.

"참, 그런가 보아요."

아내도 웃으며 내 말을 받는다. 이때에 처형이 사준 신이 그의 눈에 띄었는지 (혹은 나를 꺼려 보고 싶은 것을 참았는지 모르나) 그것을 집어 들고 조심조심 펴보려다가 말고 머뭇머뭇한다. 그 속에 그를 해케할 무슨 위험품이나 든 것같이.

"어서 펴보구려."

추근추근
성질이나 태도가 검질기고 끈덕진 모양.

불미하다
아름답지 못하고 추잡하다.

아내가 하도 머뭇머뭇하기로 보다못하여 내가 재촉〔催促〕을 하였다.

아내는 이 말을 듣더니,

'작히 좋으랴.'

하는 듯이 활발하게 싼 신문지를 헤친다.

"퍽 이쁜걸요."

그는 근일에 드문 기쁜 소리를 치며 방바닥 위에 사뿐 내려놓고 버선을 당기며 곱게 신어 본다.

"어쩌면 이렇게 맞어요!"

연해연방 감탄사를 부르짖는 그의 얼굴에 *흔연한 희색이 넘쳐흐른다.

"……."

묵묵히 아내의 기뻐하는 양을 보고 있는 나는 또다시,

'여자란 할 수 없어!'

하는 생각이 들며,

'조심하였을 따름이다!'

하매 밤빛 같은 검은 그림자가 가슴을 어둡게 하였다.

그러면 아까 처형의 옷감을 볼 적에도 물론 마음속으로는 부러워하였을 것이다. 다만 표면에 드러내지 않았을 따름이다. 겨우,

"어서 펴보구려."

하는 한마디에 가슴에 숨겼던 생각을 속임 없이 나타내는구나 하였다.

내가 무엇을 생각하고 있는지 저는 모르고 새 신 신은 발을 조금 쳐들며,

"신 모양이 어때요."

"매우 이뻐!"

겉으로는 좋은 듯이 대답을 하였으나 마음은 쓸쓸하였다. 내가 제게 신 한 켤레를 사주지 못하여 남에게 얻은 것으로 만족하고 기뻐하는도 다……

웬일인지 이번에는 그만 불쾌한 생각이 일어나지 아니하였다. 처형이 동서(同壻)를 밉다거니 무엇이니 하면서도 기차를 놓치면 남편이 기다릴까 염려하여 급히 가던 것이 생각난다. 그것을 미루어 아내의 심사도 알 수가 있다. 부득이한 경우라 하릴없이 정신적 행복에만 만족하려고 애를 쓰지마는 기실(其實) 부족한 것이다. 다만 참을 따름이다. 그것은 내가 생각해야 된다. 이런 생각을 하니 전날 아내에게 그런 말을 한 것이 후회가 난다.

'어느 때라도 제 은공을 갚아 줄 날이 있겠지!'

나는 마음을 좀 너그럽게 먹고 이런 생각을 하며 아내를 보았다.

"나도 어서 출세를 하여 비단신 한 켤레쯤은 사주게 되었으면 좋으련만……."

아내가 이런 말을 듣기는 참 처음이다.

"네에?"

아내는 제 귀를 못 미더워하는 듯이 의아(疑訝)한 눈으로 나를 보더니 얼굴에 살짝 열기가 오르며,

"얼마 안 되어 그렇게 될 것이야요!"

라고 힘있게 말하였다.

"정말 그럴 것 같소?"

나는 약간 흥분하여 반문하였다.

"그러문요, 그렇고말고요."

아직 아무도 인정해 주지 않은 무명작가인 나를 다만 저 하나가 깊

이깊이 인정해 준다. 그러기에 그 강한 물질에 대한 본능적 요구도 참아 가며 오늘날까지 몹시 눈살을 찌푸리지 아니하고 나를 도와 준 것이다.

'아아, 나에게 위안을 주고 원조를 주는 천사여!'

마음속으로 이렇게 부르짖으며 두 팔로 덤썩 아내의 허리를 잡아 내 가슴에 바싹 안았다. 그 다음 순간에는 뜨거운 두 입술이……

그의 눈에도 나의 눈에도 그렁그렁한 눈물이 물 끓듯 넘쳐흐른다.

「타락자」, 조선도서, 1922.

술 권하는 사회

"아이그, 아야."

홀로 바느질을 하고 있던 아내는 얼굴을 살짝 찌푸리고 가늘고 날카로운 소리로 부르짖었다. 바늘 끝이 왼손 엄지손가락 손톱 밑을 찔렸음이다. 그 손가락은 가늘게 떨고 하얀 손톱 밑으로 앵두빛 같은 피가 비친다. 그것을 볼 사이도 없이 아내는 얼른 바늘을 빼고 다른 손 엄지손가락으로 그 상처를 누르고 있다. 그러면서 하던 일가지를 팔꿈치로 고이고이 밀어 내려 놓았다. 이윽고 눌렀던 손을 떼어 보았다. 그 언저리는 인제 다시 피가 아니 나려는 것처럼 혈색(血色)이 없다. 하더니, 그 희던 꺼풀 밑에 다시금 꽃물이 차츰차츰 밀려온다. 보일 듯 말 듯한 그 상처로부터 좁쌀 낟 같은 핏방울이 송송 솟는다. 또 아니 누를 수 없다. 이만하면 그 구멍이 아물었으려니 하고 손을 떼면 또 얼마 아니되어 피가 비치어 나온다.

인제 헝겊 *오락지로 처매는 수 밖에 없다. 그 상처를 누른 채 그는 *바느질고리에 눈을 주었다.

오락지
'오라기'의 방언. 실, 헝겊, 종이, 새끼 따위의 길고 가느다란 조각.

바느질고리
반짇고리.

    거기 쓸만한 오락지는 실패 밑에 있다. 그 실패를 밀어내고 그 오락지를 두 새끼 손가락 사이에 집어 올리려고 한동안 애를 썼다. 그 오락지는 마치 풀로 붙여둔 것같이 고리 밑에 착 달라붙어 세상 잡혀지지 않는다. 그 두 손가락은 헛되이 그 오락지 위를 긁적거리고 있을 뿐이다.

"왜 집혀지지를 않아!"

그는 마침내 울 듯이 부르짖었다. 그리고 그것을 집어 줄 사람이 없나 하는 듯이 방안을 둘러보았다. 방안은 텅 비어 있다. 어느 뉘 하나 없다. 호젓한 허영(虛影)만 그를 휩싸고 있다. 바깥도 죽은 듯이 고요하다. 시시로 퐁퐁 하고 떨어지는 수도의 물방울 소리가 쓸쓸하게 들릴 뿐, 문득 전등불이 광채(光彩)를 더하는 듯하였다. 벽상(壁上)에 걸린 괘종(掛鍾)의 거울이 번들하며, 새로 한 점을 가리키려는 시침(時針)이 위협하는 듯이 그의 눈을 쏜다. 그의 남편은 그때껏 돌아오지 않았었다.

　아내가 되고 남편이 된 지는 벌써 오랜 일이다. 어느덧 7, 8년이 지냈으리라. 하건만 같이 있어 본 날을 헤아리면 단 일 년이 될락말락 한다. 막 그의 남편이 서울서 중학을 마쳤을 제 그와 결혼하였고, 그러자마자 고만 동경(東京)에 *부급한 까닭이다. 거기서 대학까지 졸업을 하였다. 이 길고 긴 세월에 아내는 얼마나 괴로왔으며 외로왔으랴! 봄이면 봄, 겨울이면 겨울, 웃는 꽃을 한숨으로 맞았고 얼음 같은 베개를 뜨거운 눈물로 데웠다. 몸이 아플 때, 마음이 쓸쓸할 제, 얼마나 그가 그리웠으랴! 하건만 아내는 이 모든 고생을 이를 악물고 참았었다. 참을 뿐이 아니라 달게 받았었다. 그것은 남편이 돌아오기만 하면! 하는 생각이 그에게 위로를 주고 용기를 준 까닭이었다. 남편이 동경에서 무엇을 하고 있나? 공부를 하고 있다. 공부가 무엇인가? 자세히 모른다. 또 알려고 애쓸 필요도 없다. 어찌하였든지 이 세상에 제일 좋고 제일 귀한 무엇이라 한다. 마치 옛날 이야기에 있는 도깨비의 부자(富者)방망이 같은 것이어니 한다. 옷 나오라면 옷 나오고, 밥 나오라면 밥 나오고, 돈 나오라면 돈 나오고…… 저 하고 싶은 무엇이든지 청해서 아니되는 것이 없는 무엇을, 동경에서 얻어가지고 나오려니 하였었다. 가끔 놀러오는 친척들이 비단 옷 입은 것과 금지환(金指環) 낀 것을 볼 때에 그 당장엔 마음 그윽히 부러워도 하였지만 나중엔 「남편만 돌아오면……」 하고 그것에 경멸하는 시선을 던지었다.

　남편이 돌아왔다. 한 달이 지나가고 두 달이 지나간다. 남편의 하는

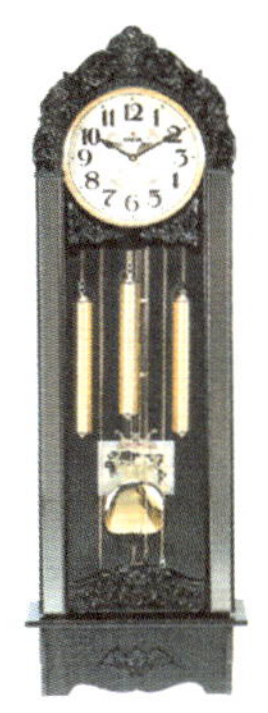

괘종시계

부급
책 상자를 진다는 뜻으로, 타향으로 공부하러 감을 이르는 말.

금가락지

행동이 자기의 기대하던 바와 조금 배치(背馳)되는 듯하였다. 공부 아
니한 사람보다 조금도 다른 것이 없었다. 아니다, 다르다면 다른 점도
있다. 남은 돈벌이를 하는데 그의 남편은 도리어 집안 돈을 쓴다. 그러
면서도 어디인지 분주히 돌아다닌다. 집에 들면 정신 없이 무슨 책을
보기도 하고 또는 밤새도록 무엇을 쓰기도 하였다.

“저러는 것이 참말 부자 방망이를 맨드는 것인가 보다.”

아내는 스스로 이렇게 해석한다.

또 두어 달 지나갔다. 남편의 하는 일은 늘 한 모양이었다. 한 가지
더한 것은 때때로 깊은 한숨을 쉬는 것 뿐이었다. 그리고 무슨 근심이
있는 듯이 얼굴을 펴지 않았다. 몸은 나날이 축이 나간다.

“무슨 걱정이 있는고?”

아내는 따라서 근심을 하게 되었다. 하고는 그 여윈 것을 보충하려
고 갖가지로 애를 썼다. 곧 될 수 있는 대로 그의 밥상에 맛난 반찬가
지를 붙게 하며 또 고음 같은 것도 만들었다. 그런 보람도 없이 남편은
입맛이 없다 하며 그것을 잘 먹지도 않았다.

또 몇 달이 지나갔다. 인제 출입을 뚝 끊고 늘 집에 붙어 있다. 걸핏
하면 성을 낸다. 입버릇 모양으로 화난다, 화난다 하였다.

어느 날 새벽, 아내가 어렴풋이 잠을 깨어, 남편의 누웠던 자리를 더
듬어 보았다. 쥐이는 것은 이불자락뿐이다. 잠결에도 조금 실망을 아
니 느낄 수 없었다. 잃은 것을 찾으려는 것처럼, 눈을 부시시 떴다. 책
상 위에 머리를 쓰러뜨리고 두 손으로 그것을 움켜쥐고 있는 남편을
보았다. 흐릿한 의식이 돌아옴에 따라, 남편의 어깨가 덜석덜석 움직
임도 깨달았다. 흑 흑 느끼는 소리가 귀를 울린다. 아내는 정신을 바짝
차리었다. 불현듯이 몸을 일으켰다. 이윽고 아내의 손은 가볍게 남편

의 등을 흔들며 목에 걸리고 나오지 않은 소리로,

"왜 이러고 계셔요."

라고 물어 보았다.

"……."

남편은 아무 대답이 없다. 아내는 손으로 남편의 얼굴을 괴어 들려고 할 즈음에, 그것이 뜨뜻하게 눈물에 젖는 것을 깨달았다.

또 한 두어 달 지나갔다. 처음처럼 다시 출입이 자주로 왔다. 구역이 날 듯한 술냄새가 밤늦게 돌아오는 남편의 입에서 나게 되었다. 그것은 요사이 일이다. 오늘 밤에도 지금까지 돌아오지 않았다. 초저녁부터 아내는 별별 생각을 다 하면서 남편을 *고대고대하고 있었다. 지리한 시간을 속히 보내려고 치웠던 일가지를 또 꺼내었다. 그것조차 뜻같이 아니 되었다. 때때로 바늘이 헛되이 움직이었다. 마침내 그것에 찔리고 말았다.

"어데를 가서 이때껏 오시지 않아!"

아내는 이제 아픈 것도 잊어버리고 짜증을 내었다. 잠깐 그를 떠났던 공상과 환영이 다시금 그의 머리에 떠돌기 시작하였다. 이상한 꽃을 수놓은, 흰 보(褓) 위에 맛난 요리를 담은 접시가 번쩍인다. 여러 친구와 술을 권커니 잡거니 하는 광경이 보인다. 그의 남편은 미친 듯이 껄껄 웃는다. 나중에는 검은 휘장이 스르르 하는 듯이 그 모든 것이 사라져 버리더니 *낭자(狼藉)한 요리상만이 보이기도 하고, 술병만 희게 빛나기도 하고, 아까 그 기생이 한 팔로 땅을 짚고 *진저리를 처가며 웃는 꼴이 보이기도 하였다. 또한 남편이 길바닥에 쓰러져 우는 것도 보이었다.

“문 열어라!”

문득 대문이 덜컥 하고 혀가 꼬부라진 소리로 부르는 듯하였다.

“네.”

저도 모르게 대답을 하고 급히 마루로 나왔다. 잘못 신은, 발에 아니 맞는 신을 질질 끌면서 대문으로 달렸다. 중문은 아직 잠그지도 않았고 행랑방에 사람이 없지 않지마는 으레히 깊은 잠에 떨어졌을 줄 알고 자기가 뛰어 나감이었다. 가느름한 손이 어둠 속에서 희게 빗장을 잡고 한참 실랑이를 한다. 대문은 열렸다.

밤바람이 선득하게 얼굴에 안친다. 문 밖에는 아무도 없다! 온 골목에 사람의 그림자도 볼 수 없다. 검푸른 밤빛이 허연 길 위에 그믈그믈 깃들였을 뿐이었다.

아내는 무엇에 놀란 사람 모양으로 한참 멀거니 서 있었다. 문득 급거히 대문을 닫친다. 마치 그 열린 사이로 악마나 들어올 것처럼.

“그러면 바람소리였구먼.”

하고 싸늘한 뺨을 쓰다듬으며 해쭉 웃고 발길을 돌리었다.

“아니 내가 분명히 들었는데…… 혹 내가 잘못 보지를 않았나?…… 길바닥에나 쓰러져 있었으면 보이지도 않을 터야…….”

중간문까지 다다르자 별안간 이런 생각이 그의 걸음을 멈추게 하였다.

“대문을 또 좀 열어볼까?…… 아니야, 내가 헛들었지. 그래도 혹…… 아니야, 내가 헛들었지.”

망설거리면서도 꿈꾸는 사람 모양으로 저도 모를 사이에 마루까지 올라왔다. 매우 기묘한 생각이 번개같이 그의 머리에 번쩍인다.

“내가 대문을 열었을 제 나 몰래 들어오지나 않았나?……”

과연 방안에 무슨 소리가 나는 것 같았다. 확실히 사람의 기척이 있다. 어른에게 꾸중 모시러 가는 어린애처럼 조심조심 방문 앞에 왔다. 그리고 문간 아래로 손을 대며 하염없이 웃는다. 그것은 제 잘못을 용서해 줍시사 하는 어린애 같은 웃음이었다. 조심조심 방문을 열었다. 이불이 어째 움직움직 하는 듯하였다.

"나를 속이랴고 이불을 쓰고 누웠구면."

하고 마음속으로 소곤거렸다. 가만히 내려 앉는다. 그 모양이 이것을 건드려서는 큰일이 나지요 하는 듯하였다. 이불을 펄쩍 쳐들었다. 비인 요가 하얗게 드러난다. 그제야 확실히 아니 온 줄 안 것처럼,

"아니 왔구면, 안 왔어!"

라고 울 듯이 부르짖었다.

남편이 돌아오기는 새로 두 점이 훨씬 지난 뒤였다. 무엇이 털썩 하는 소리가 들리고 잇달아,

"아씨, 아씨!"

라고 부르는 소리가 귀를 때릴 때에야 아내는 비로소 아직도 앉았을 자기가 이불 위에 쓰러져 있음을 깨달았다. *기실, 잠귀 어두운 할멈이 대문을 열었으리만큼 아내는 깜박 잠이 깊이 들었었다. 하건만 그는 몽경(夢境)에서 방황하는 정신을 당장에 수습하였다. 두어 번 얼굴을 쓰다듬자 마자 불현듯 밖으로 나왔다.

남편은 한 다리를 마루 끝에 걸치고 한 팔을 베고 옆으로 누워 있다. 숨소리가 씨근씨근 한다. 막 구두를 벗기고 일어나 할멈은 검붉은 상을 찡그려 붙이며,

"어서 일어나 방으로 들어가세요."

라고 한다.

"응, 일어나지."

나리는 혀를 억지로 돌리어 코와 입으로 대답을 하였다. 그래도 몸은 꿈적도 않는다. 도리어 그 개개 풀린 눈을 자려는 것처럼 스르르 감는다. 아내는 눈만 비비고 서 있다.

“어서 일어나셔요. 방으로 들어가시라니까.”

이번에는 대답조차 아니한다. 그 대신 무엇을 잡으려는 것처럼 손을 내어젓더니,

“물, 물, 냉수를 좀 주어.”

라고 중얼거렸다.

할멈은 얼른 물을 따라 이 취자(醉者)의 코밑에 놓았건만, 그 사이에 벌써 아까 청(請)을 잊은 것같이 취한 이는 물을 먹으려고도 않는다.

“왜 물을 아니 잡수셔요.”

곁에서 할멈이 깨우쳤다.

“응 먹지 먹어.”

하고, 그제야 주인은 한 팔을 짚고 고개를 든다. 한꺼번에 물 한 대접을 다 들이켜 버렸다. 그리고는 또 쓰러진다.

“에그, 또 눕네.”

하고, 할멈은 우물로 기어드는 어린애를 안으려는 모양으로 두 손을 내어민다.

“할멈은 고만 가 자게.”

주인은 귀치않다는 듯이 말을 한다.

이를 어찌해, 하는 듯이 멀거니 서 있는 아내도, 할멈이 고만 갔으면 하였다. 남편을 붙들어 일으킬 생각이야 간절하였지마는, 할멈이 보는 데 어찌 그럴 수 없는 것 같았다. 혼인 한 지가 칠, 팔년이 되었으니 그런 파수(破羞)야 되었으련만 같이 있어 본 날을 꼽아보며, 그는 아직

갓 시집 온 색시였다.

"할멈은 가 자게."

란 말이 목까지 올라왔지만 입술에서 사라지고 말았다. 마음 그윽히 할멈이 돌아가기만 기다릴 뿐이었다.

"좀 일으켜 드려야지."

가기는커녕, 이런 말을 하고, 할멈은 *선웃음을 치면서 마루로 부득부득 올라온다. 그 모양은 마치, 주인 나리가 약주가 취하시거든, 방에까지 모셔다 드려야 제 도리에 옳지요, 하는 듯하였다.

"자아, 자아."

할멈은 아씨를 보고 히히 웃어가며, 나리의 등 밑으로 손을 넣는다.

"왜 이래, 왜 이래. 내가 일어날 테야."

하고, 몸을 움직이더니, 정말 주인이 부시시 일어난다. 마루를 쾅쾅 눌러 디디며, 비틀비틀, 곧 쓰러질 듯한 *보조(步調)로 방문을 향하여 걸어간다. 와지끈 하며 문을 열어 젖히고는 방안으로 들어간다. 아내도 뒤따라 들어왔다. 할멈은 중간턱을 넘어설 제, 몇 번 혀를 차고는, 저 갈 데로 가 버렸다.

벽에 엇비슷하게 기대어 있는 남편은 무엇을 생각하는 듯이 고개를 숙이고 있다. 그의 말라 붙은 관자놀이에 펄떡거리는 푸른 맥(脈)을 아내는 걱정스럽게 바라보면서 남편 곁으로 다가온다.

아내의 한 손은 양복 깃을, 또 한 손은 그 소매를 잡으며 화(和)한 목성으로,

"자아, 벗으셔요."

하였다.

남편은 문득 미끄러지는 듯이 벽을 타고 내려 앉는다. 그의 쭉 뻗친

선웃음
우습지도 않은데 꾸며서 웃는 웃음.

보조
걸음걸이의 속도나 모양 따위의 상태.

발끝에 이불자락이 저리로 밀려간다.

"에그, 왜 이리 하셔요. 벗자는 옷은 아니 벗으시고."

그 서슬에 넘어질 뻔한 아내는 애타게 부르짖었다. 그러면서도 같이 따라 앉는다. 그의 손은 또 옷을 잡았다.

"옷이 구겨집니다. 제발 좀 벗으셔요." 라고 아내는 애원을 하며, 옷을 벗기려고 애를 쓴다. 하나, 취한 이의 등이 천근(千斤)같이 벽에 척 들러붙었으니 벗겨질 리(理)가 없다. 애를 쓰다쓰다 옷을 놓고 물러 앉으며,

"원 참, 누가 술을 이처럼 권하였노."

라고 짜증을 낸다.

"누가 권하였노? 누가 권하였노? 흥 흥."

남편은 그 말이 몹시 귀에 거슬리는 것처럼 *곱삶는다.

"그래, 누가 권했는지 마누라가 좀 알아내겠소?"

하고 낄낄 웃는다. 그것은 절망의 가락을 띤, 쓸쓸한 웃음이었다. 아내도 따라 방긋 웃고는 또 옷을 잡으며,

"자아, 옷이나 먼저 벗으셔요. 이야기는 나중에 하지요. 오늘 밤에 잘 주무시면 내일 아침에 이르켜 드리지요."

"무슨 말이야, 무슨 말이야. 왜 오늘 일을 내일로 미루어. 할 말이 있거든 지금 해!"

"지금은 약주가 취하셨으니, 내일 약주가 깨시거든 하지요."

"무엇? 약주가 취해서?"

하고 고개를 쩔레쩔레 흔들며,

"천만에, 누가 술이 취했단 말이요. 내가 공연히 이러지, 정신은 말똥말똥 하오. 꼭 이야기하기 좋을 만해. 무슨 말이든지…… 자아."

곱삶다
두 번 거듭하여 삶다.

"글쎄, 왜 못 잡수시는 약주를 잡수셔요. 그러면 몸에 축이 나지 않아요."

하고 아내는 남편의 이마에 흐르는 진땀을 씻는다.

이 취자(醉者)는 머리를 흔들며,

"아니야, 아니야, 그런 말을 듣자는 것이 아니야."

하고 아까 일을 *추상하는 것처럼, 말을 끊었다가 다시금 말을 이어,

"옳지, 누가 나에게 술을 권했단 말이요? 내가 술이 먹고 싶어서 먹었단 말이요?"

"자시고 싶어 잡수신 건 아니지요. 누가 당신께 약주를 권하는지 내가 알아낼까요? 저…… 첫째는 홧증이 술을 권하고 둘째는 *하이칼라가 약주를 권하지요."

아내는 살짝 웃는다. 내가 어지간히 알아맞췄지요 하는 모양이었다.

남편은 *고소(苦笑)한다.

"틀렸소, 잘못 알았소. 홧증이 술을 권하는 것도 아니고, 하이칼라가 술을 권하는 것도 아니요. 나에게 술을 권하는 것은 따로 있어. 마누라가, 내가 어떤 하이칼라한테나 흘려다니거나, 그 하이칼라가 늘 내게 술을 권하거니 하고 근심을 했으면 그것은 헛걱정이지. 나에게 하이칼라는 아무 소용도 없소. 나의 소용은 술 뿐이요. 술이 창자를 휘돌아, 이것 저것을 잊게 맨드는 것을 나는 취(取)할 뿐이요."

하더니, 홀연 어조(語調)를 고쳐 감개무량하게,

"아아, 유위유망(有爲有望)한 머리를 알코올로 마비 아니시킬 수 없게 하는 그것이 무엇이란 말이요."

하고, 긴 한숨을 내어 쉰다. 물큰물큰한 술 냄새가 방안에 흩어진다.

아내에게는 그 말이 너무 어려웠다. 고만 묵묵히 입을 다물었다. 눈

에 보이지 않는 무슨 벽이 자기와 남편 사이게 깔리는 듯하였다. 남편의 말이 길어질 때마다 아내는 이런 쓰디쓴 경험을 맛보았다. 이런 일은 한두 번이 아니었다. 이윽고 남편은 기막힌 듯이 웃는다.

"흥 또 못 알아 듣는군. 묻는 내가 그르지, 마누라야 그런 말을 알 수 있겠소. 내가 설명해 드리지. 자세히 들어요. 내게 술을 권하는 것은 홧증도 아니고 하이칼라도 아니요, 이 사회란 것이 내게 술을 권한다오. 이 조선 사회란 것이 내게 술을 권한다오. 알았소? 팔자가 좋아서 조선에 태어났지, 딴 나라에 났더면 술이나 얻어 먹을 수 있나……."

사회란 무엇인가? 아내는 또 알 수가 없었다. 어찌하였든 딴 나라에는 없고 조선에만 있는 요리집 이름이어니 한다.

"조선에 있어도 아니 다니면 그만이지요."

남편은 또 아까 웃음을 *재우친다. 술이 정말 아니 취한 것같이 또렷또렷한 어조로,

"허허, 기막혀. 그 한 분자(分子)된 이상에야 다니고 아니 다니는 게 무슨 상관이야. 집에 있으면 아니 권하고, 밖에 나가야 권하는 줄 아는가 보아. 그런게 아니야. 무슨 사회란 사람이 있어서 밖에만 나가면 나를 꼭 붙들고 술을 권하는 게 아니야…… 무어라 할까…… 저 우리 조선 사람으로 성립된 이 사회란 것이, 내게 술을 아니 못 먹게 한단 말이요. ……어째 그렇소?…… 또 내가 설명을 해 드리지. 여기 회를 하나 꾸민다 합시다. 거기 모이는 사람놈 치고 처음은 민족을 위하느니, 사회를 위하느니 그러는데, 제 목숨을 바쳐도 아깝지 않으니 아니하는 놈이 하나도 없어. 하다가 단 이틀이 못 되어 단 이틀이 못되어……."

한층 소리를 높이며 손가락을 하나씩 둘씩 꼽으며,

"되지 못한 명예싸움, 쓸데없는 지위 다툼질, 내가 옳으니 네가 그르

니, 내 권리가 많으니 네 권리 적으니…… 밤낮으로 서로 찢고 뜯고 하지, 그러니 무슨 일이 되겠소. 회(會)뿐이 아니라, 회사이고 조합이고…… 우리 조선놈들이 조직한 사회는 다 그 조각이지. 이런 사회에서 무슨 일을 한단 말이요. 하려는 놈이 어리석은 놈이야. *적이 정신이 바루 박힌 놈은 피를 토하고 죽을 수밖에 없지. 그렇지 않으면 술밖에 먹을 게 도무지 없지. 나도 전자에는 무엇을 좀 해 보겠다고 애도 써보았어. 그것이 모다 수포야. 내가 어리석은 놈이었지. 내가 술을 먹고 싶어 먹는 게 아니야. 요사이는 좀 낫지마는 처음 배울 때에는 마누라도 아다시피 죽을 애를 썼지. 그 먹고 난 뒤에 괴로운 것이야 겪어 본 사람이 아니면 알 수 없지. 머리가 지끈지끈 아프고 먹은 것이 다 돌아올라오고……그래도 아니 먹은 것 보담 나았어. 몸은 괴로와도 마음은 괴롭지 않았으니까. 그저 이 사회에서 할 것은 주정꾼 노릇밖에 없어…….”

　“공연히 그런 말 말아요. 무슨 노릇을 못해서 주정꾼 노릇을 해요! 남이라서…….”

　아내는 부지불식간(不知不識間)에 흥분이 되어 열기(熱氣) 있는 눈으로 남편을 바라보고 불쑥 이런 말을 하였다. 그는 제 남편이 이 세상에 가장 거룩한 사람이어니 한다. 따라서 어느 뉘보다 제일 잘 될 줄 믿는다. 몽롱하나마 그의 목적이 원대하고 고상한 것도 알았다. 얌전하던 그가 술을 먹게 된 것은 무슨 일이 맘대로 아니 되어 화풀이로 그러는 줄도 어렴풋이 깨달았다. 그러나 술은 노상 먹을 것이 아니다. 그러면 패가망신하고 만다. 그러므로 하루 바삐 그 화가 풀리었으면, 또다시 얌전하게 되었으면 하는 생각이 그의 머리를 떠날 때가 없었다. 그리고 그날이 꼭 올 줄 믿었다. 오늘부터는, 내일부터는…… 하건

적이
꽤 어지간한 정도로.

만, 남편은 어제도 술이 취하였다. 오늘도 한 모양이다. 자기의 기대는 나날이 틀려 간다. 좇아서 기대에 대한 자신도 엷어 간다. 애닯고 원(寃)한 생각이 가끔 그의 가슴을 누른다. 더구나 수척해 가는 남편의 얼굴을 볼 때에 그런 감정을 걷잡을 수 없었다. 지금 저도 모르게 흥분한 것이 또한 무리가 아니었다.

"그래도 못 알아듣네그려. 참, 사람 기막혀. 본 정신 가지고는 피를 토하고 죽든지, 물에 빠져 죽든지 하지, 하루라도 살 수가 없단 말이야. 흉장(胸腸)이 막혀서 못 산단 말이야. 에엣, 가슴 답답해."
라고 남편은 소리를 지르고 괴로와서 못 견디는 것처럼 얼굴을 찌푸리며 미친 듯이 제 가슴을 쥐어 뜯는다.

"술 아니 먹는 다고 흉장이 막혀요?"
남편의 하는 짓은 본체만체하고 아내는 얼굴을 더욱 붉히며 부르짖었다.

그 말에 몹시 놀랜 것처럼 남편은 어이 없이 아내의 얼굴을 바라보더니 그 다음 순간에는 말할 수 없는 고뇌(苦惱)의 그림자가 그의 눈을 거쳐 간다.

"그르지, 내가 그르지. 너같은 숙맥(菽麥)더러 그런 말을 하는 내가 그르지. 너한테 조금이라도 위로를 얻으려는 내가 그르지. 후후."
스스로 탄식한다.

"아아 답답해!"
문득 기막힌 듯이 외마디 소리를 치고는 벌떡 몸을 일으킨다. 방문을 열고 나가려 한다. 왜 내가 그런 말을 하였던고? 아내는 불시에 후회하였다. 남편의 저고리 뒷자락을 잡으며 안타까운 소리로,

"왜 어디로 가셔요. 이 밤중에 어디를 나가셔요. 내가 잘못하였습니

다. 인제는 다시 그런 말을 아니하겠습니다. ……그러게 내일 아침에
말을 하자니까…….”

　“듣기 싫어, 놓아, 놓아요.”
하고 남편은 아내를 떠다밀치고 밖으로 나간다. 비틀비틀 마루 끝까지
가서는 털썩 주저앉아 구두를 신기 시작한다.

　“에그, 왜 이리 하셔요. 인제 다시 그런 말을 아니한대도…….”

　아내는 뒤에서 구두 신으려는 남편의 팔을 잡으며 말을 하였다. 그
의 손을 떨고 있었다. 그의 눈에는 *담박에 눈물이 쏟아질 듯하였다.

　“이건 왜 이래, 저리고 가!”

　배앝는 듯이 말을 하고 휙 뿌리친다. 남편의 발길이 뚜벅뚜벅 중문
에 다다랐다. 어느덧 그 밖으로 사라졌다. 대문 빗장소리가 덜컥 하고
난다. 마루 끝에 떨어진 아내는 헛되어 몇 번,

　“할멈! 할멈!”
하고 불렀다. 고요한 밤공기를 울리는 구두소리는 점점 멀
어간다. 발자취는 어느덧 골목 끝으로 사라져 버렸다. 다시
금 밤은 적적히 깊어간다.

　“가버렸구면, 가버렸어!”

　그 구두소리를 영구히 아니 잃으려는 것처럼
귀를 기울이고 있는 아내는 모든 것을 잃었다 하
는 듯이 부르짖었다. 그 소리가 사라짐과 함께 자
기의 마음도 사라지고, 정신도 사라진 듯하였다.
심신(心身)이 텅 비어진 듯하였다. 그의 눈은 하
염없이 검은 밤안개를 물끄러미 바라보고 있다.

　그 사회란 독(毒)한 꼴을 그려보는 것같이.

쏠쏠한 새벽바람이 싸늘하게 가슴에 부딪친다. 그 부딪치는 서슬에 잠 못자고 피곤한 몸이 부서질 듯이 지긋하였다.

죽은 사람에게서나 볼 수 있는 해쓱한 얼굴이 경련적으로 떨며 절망한 어조로 소근거렸다.

"그 몹쓸 사회가, 왜 술을 권하는고!"

《개벽》, 1921.

할머니의 죽음

"조모주 병환 위독"

3월 그믐날 나는 이런 전보를 받았다. 이는 ××에 있는 생가(生家)에서 놓은 것이니 물론 생가 할머니의 병환이 위독하단 말이다. 병환이 위독은 하다 해도 기실 모나게 무슨 병이 있는 게 아니다. 벌써 여든 둘이나 넘은 그 할머니는 작년 봄부터 시름시름 기운이 쇠진해서 가끔 가물가물하기 때문에 그 동안 자손들로 하여금 한두 번 아니게 바쁜 걸음을 치게 하였다.

그 할머니의 오 년 맏인 양조모(養祖母)는 갑자기 울기 시작하였다.

"아이고…… 이승에서는 다시 못 보겠다. 동서라도 의로 말하면 친형제나 다름이 없었다…… 육십 년을 하루같이 어디 뜻 한 번 거실러 보았을까……."

*연해연방 이런 넋두리를 섞어 가며 양조모는 울었다. 운다 하여도 눈 가장자리가 붉어지고 목소리가 떨릴 뿐이었다. 워낙 *연만(年滿)한 그는 제법 울음답게 울 근력조차 없었다.

"그래도 그 할머니는 팔자가 좋으시다. 자손이 늘은 듯하고…… 아이고."

끝으로 이런 말을 하며 울음이 한숨으로 변하였다. 자기가 너무 수(壽)한 까닭으로 외동자들을 앞세워 원이 되고 한이 되어 노상 자기의 생을 저주하는 그는 아들이 둘(본래 셋이더니 그 중에 *중부(仲父)가 일찍이 돌아갔다), 직손자가 여덟이나 되는 그 할머니를 언제든지 부러워하였다.

"지금 돌아가시면 *호상(好喪)이지. 아드님이 백발이 허연데……."라고, 양모(養母)도 맞방망이를 치며 눈을 멍하게 뜬다. 나도 과연 그렇기도 하겠다 싶었다.

　　나는 그날 ×차로 ××를 향하고 떠났다. 새로 석 점이 지나 기차를 내린 나는 벌써 돌아가시지나 않았나하고 염려를 마지않으며 캄캄한 좁은 골목을 돌아들어 생가(生家)의 *삽짝 가까이 다다를 제 곡성이 나는 듯 나는 듯하여 마음이 조마조마 하였다. 하건만 다행히 그 불길한 소리가 들리지 않았다. 삽짝은 빠끔히 열려 있었다.

　　마당에 들어서니 추녀 끝에 달린 그을음 앉은 *괘등(掛燈)이 간 반밖에 아니되는 마루와 좁직한 뜰을 쓸쓸하게 비추고 있었다. 우물 둑과 장독간의 사이에 위는 *거적으로 덮고 양 가는 *삿자리로 두른 울막을 보고 나는 가슴이 덜컥하고 내려앉았다. *상청(喪廳)이 아닌가.

　　그러나 나는 어림의 짐작은 틀리었다. 마루에 올라선 내가 안방 아랫방에서 뛰어나온 잠 못 잔 피로한 얼굴들에게 이끌리어 할머니의 거처하는 단칸 건넌방으로 들어가니 할머니는 깔아진 듯이 아랫목에 누웠으되 오히려 숨은 붙어 있었다. 그 앞에 앉은 나를 생선의 그것 같은 흐릿한 눈자위로 *의아롭게 바라본다.

　　"얘가 누구입니까. 어머니 얘가 누구입니까."

　　예안(禮安) 이씨로, 예절 알기와 효성 있기로 집안 중에 유명한 중모(仲母)는 나를 가리키며 병자의 귀에 대고 부르짖었다.

　　"몰라……."

　　"환자는 담이 그르렁그르렁하면서 귀찮은 듯이 대꾸하였다.

　　"제가 누구입니까, 할머니!"

　　나는 그 검버섯이 어릉어릉한 뼈만 남은 손을 만지면 물어 보았다. 나의 소리는 떨리었다.

　　"저를 모르시겠습니까. 제가 ○○이 아닙니까."

삽짝
'사립문'의 방언.

추녀

괘등
누각이나 전각의 천장에 매다는 등.

거적
짚을 두툼하게 엮거나, 새끼로 날을 하여 짚으로 쳐서 자리처럼 만든 물건. 허드레로 자리처럼 쓰기도 하며, 한데에 쌓은 물건을 덮기도 한다.

삿자리
갈대를 엮어서 만든 자리

상청
'궤연(죽은 사람의 영궤와 그에 딸린 모든 것을 차려 놓는 곳)'을 속되게 이르는 말.

의아
의심스럽고 이상함.

“응, 네가 ○○이냐……."

우는 듯이 이런 말을 하고 그윽하나마 내가 잡은 손에 힘을 주는 듯
하였다. 그 개개풀린 눈동자 가운데도 반기는 빛이 역력(歷歷)히 움직
였다.

할머니의 병환이 어젯밤에는 매우 위중해서 모두 밤새움을 한 일,
누구누구 자손을 찾던 일, 그 중에 내 이름도 부르던 일, 지금은 한결
돌린 일…… 온갖 것을 중모는 나에게 *아르켜 주었다. 나는 그날 밤을
누울락 앉을락, 깰락 졸락 할머니 곁에서 밝혔다. 모였던 자손들이 제
각기 돌아간 뒤에도 중모만은 할머니 곁을 떠나지 않았다. 불교의 도
신자인 그는 잠오는 눈을 비비기도 하고 기침으로 목청을 가다듬기도
하면서 밤새도록 염불을 그치지 않았다. 그 소리는 적적한 새벽녘에
해가(薤歌)와 같이 처량히 들렸다. 나는 새삼스럽게 그 효심의 지극함
과 그 정서의 놀라움에 탄복하였다.

아침저녁으로 각지에 흩어져 있는 자손들이 모여들기 시작하였다.
방이라야 단지 셋밖에 없는데, 안방은 어머니, 형수들이 점령하고 뜰 아랫방 하나 있는 것은 아버지, 삼촌, 당숙들에게 빼앗긴 우리 젊은이 패…… 사, 육촌 형제들은 밤이 되어도 단 한 시간을 눈 붙일 곳이 없었다. 이웃집에 누누이 교섭한 끝에 방 한 칸을 빌려서 번 차례로 조금씩 쉬기로 하였다. 이 짧은 휴식이나마 *곰비임비 교란 되었나니 그것은 십분들이로 집에서 불러들이는 까닭이다. 아버지와 삼촌네들의 큰 심부름 잔심부름도 적지 않았지만 할머니 곁에 혼자 앉은 중모의 꾸준한 명령일 때가 많았다. 더욱이 밤새 한 시에나 두 시에나 간신히 잠을 들어 꿀보다 더 단잠이 온몸에 나른하게 퍼진 새벽녘에 우리는 끄들리어 일어나는 수밖에 없었다.

"할머니 병환이 이렇듯 위중하신데 너희는 태평치고 잠을 잔단 말이냐."

우리가 건넌방에 들어서면 그는 다짜고짜로 야단을 쳤다. 그 중에도 가장 나이 어리고 만만한 내가 이 꾸중받이가 되었다. 인정사정 없는 그의 태도가 불쾌는 하였지만 도덕적 우월을 빼앗긴 우리는 대꾸 한마디 할 수 없었다.

"다들 뭐란 말이냐. 나는 한 달이나 밤을 새웠다. 며칠들이나 된다고."

졸음 오는 눈을 비비는 우리를 보고 그는 자랑스럽게 또 이런 꾸중도 하였다.

'놀라운 효성을 부리는 게 도무지 우리 야단칠 밑천을 장만하는 게로구나.'

나는 속으로 꿀꺽꿀꺽하며 이런 생각을 하였다.

한 번은 또 그의 명령으로 우리는 건넌방에 모여들었다. 그 방문은 열어 젖히었는데 문지방 위에 할머니의 지팡이가 놓이고 그 밑에 또

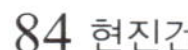

신으시던 신이 놓여 있었다. 방안 할머니의 머리맡에는 다라니가 걸려
있다.

'할머니가 운명을 하시나 보다!'

우리는 번개같이 이런 생각을 하며 할머니 곁으로 다가들었다. 그는
담을 그르렁그르렁거리며 혼혼히 누워 있었다. 중모는 흐르는 눈물을
걷잡지 못하며 그의 귀에 들이대고 울음소리로 *아미타불과 *지장보
살을 구슬프게 부르짖고 있었다.

한동안 엄숙한 긴장이 여기 있었다. 모두 같은 일을 기대하면서.

십 분! 이십 분! 환자의 신상에는 아무 별증이 나타나지 않았다.

"아마, 잠이 드신 모양입니다."

이윽고 아버지가 이 긴장한 침묵을 깨뜨렸다. 그리고 중모를 향하여,
"잠 주무시게스리 염불(念佛)을 고만 뫼십시오."하고, 나가 버렸다.
그 뒤를 따라 빽빽하게 들어섰던 자손들이 하나씩 둘씩 헤어졌다.

그래도 눈물을 섞어가며 염불을 말지 않던 중모가 얼마 뒤에 제물에
부처님 찾기를 그치었다. 그리고 끝끝내 남아 있던 나에게 할머니가
중부가 왔다고 하던 일, 자기를 데리고 *교군이 왔다던 일, 중모의 손
을 비틀며 어서 가자고 야단을 치던일을 이야기 하였다. 그러다가 숨
구멍에서 무엇이 꿀꺽하더니 그만 저렇게 정신을 잃으신 것을 설
명해 듣기었다.

그날 저녁때에 할머니는 여상히 깨어나셨다. 이런 일이 한두 번
이 아니었다. 몇 번이나 신과 지팡이가 놓였다 치었다, 다라니가
벽에 걸리었다 떼었다 하였다. 그러는 동안에 자손의 얼굴은 자꾸자꾸
축이 나가었다. 말하기는 안되었지만 모두 불언 중에 할머니의 하루바
삐 끝장나기를 기다리고 있었다. 관조차 맞추어서 칠까지 먹여 놓았

다. 내가 처음 오던 날 상청(喪廳)이 아닌가고 놀래던 그 울 막도 이 관
을 놓아두려는 의짓간이었다.

그러하건만 할머니는 연하 한 모양으로 그물그물하다가 또 정신을
차리었다. 아니 정신이 돌아오는 때가 도리어 많아간다. 자기 앞에 들
어서는 자손들을 거의 틀림없이 알아맞췄다.

그리고 가끔 몸부림을 치면서 일으켜 달라고 야단을 쳤다. 이럴 때
에 중모는 거북스럽게도 염불(念佛)을 모시었다

"어머니 어머니, 가만히 계셔요. 가만히 계셔요."

그는 몸부림하는 할머니를 제지하면서 이렇게 타일렀다.

"저를 따라 염불을 뫼셔요. 나무 아미타불, 나무 아미타불."

"나 일어 날란다."

"에그, 왜 그러셔요. 가만히 계셔요, 제발 덕분에. 나무 아미타불, 나
무 아미타불……."

"나무 아미타불, 나무 아미타불."

할머니는 마지못하여 중모를 따라 두어 번 입술을 달싹달싹하더니
또 얼굴을 찡그리며 애원하는 어조로,

"인제 고만 뫼시고 날 좀 일으켜 다고. 내 인제 고만 가련다."

"인제 가세요! 가만히 누워 가시지요. 왜 일어나시긴. 나무 아미타
불…… ※왕생극락…… 나무 아미타불……."

할머니는 귀찮아 못 견디겠다는 듯이 팔을 내어 저으며,

"듣기 싫다, 염불 소리 듣기 싫다! 인제 고만 해라." 하며 몸을 일으
키려고 애를 쓴다.

"그게 무슨 말씀입니까."

중모는 질색을 하며 더욱 비장(悲壯)하게 부처님을 찾았다.

왕생극락
극락왕생(極樂往生),
죽어서 극락세계에 다
시 태어남.

“듣기 싫다! 듣기 싫어. 나는 고만 갈 테야.”

할머니는 또 이렇게 재우쳤다.

나는 이 광경을 보고 적이 의외의 감이 있었다. ……할머니는 중모보다 못하지 않은 불교의 독신자이다. 몇 십 년을 하루 같이 새벽마다 *만수향을 켜 놓고 염불 모시기를 잊지 않은 어른이다. 정신이 *혼혼된 뒤에도 염주(念珠) 담은 상자와 만수향만은 일일이 아랑곳하던 어른이다.

만수향(萬壽香)
부처 앞에 태우는 향.

“……하루에도 만수향을 세 갑 네 갑 켜시겠지. 금방 사다 드리면 세 개씩 네 개씩 당장 다 켜 버리시고 또 안 사온다고 꾸중이시구나…….”

작년 가을 내가 귀성하였을 제 계모가 웃으며 할머니의 노망 이야기를 하는 가운데 만수향 켜는 것을 그 하나로 헤아렸다.

혼혼
정신이 가물가물하고
희미한 모양.

그러하던 할머니가 왜 지금 와서 염불을 듣기 싫다는가? 그다지 할머니는 일어나고 싶으신가? 죽어 가면서도 일어나려는 이 본능 앞에는 모든 것이 권위를 잃은 것인가?

“저렇게 일어나시랴니 좀 일으켜 드리지요.”

염주

나는 보다 못해 이런 말을 했다.

“안 된다, 일으켜 드릴 수가 없다. 하도 저러시길래 한 번 일으켜 드렸더니 어떻게 아파하시는지 차마 뵈올수가 없었다.”

“어째 그래요?”

나는 이렇게 반문하였다. 이 반문에 대한 중모의 설명은 더욱 놀란 것이었다.

할머니가 작년 봄부터 맑은 정신을 잃은 결과에 늙은이가 어린애 된다고, 뒤를 가리지 않게 되었다. 게다가 이 두어 달 전부터 물을 자꾸 청해 잡수시고 옷에고 욧바닥에 함부로 뒤를 보았다. 그것을 얼른 빨아 드리지 못한 때문에 제물에 뭉쳐지고 말라붙은데다가 뜨거운 불 목에 데이어 궁중이 언저리가 모두 벗겨졌다. 그러므로 일어나려면 그곳이 땅기고 박이어 아파하는 것이라 한다.

이 말을 들은 나는 할머니를 모로 누이고 그 상처를 보았다. 그 자리는 손바닥 넓이만치나 빨갛게 단 쇠로 지진 듯이 시커멓게 벗겨졌는데 그 위에는 하얀 해가 징그럽게 끼었고 그 가장자리는 독기를 품고 아른아른히 부르터 올라 있다. 나는 차마 더 볼 수가 없었다. 이것이 무슨 일인가! 양조모, 양모가 부러워하던 늘은 듯한 자손은 다 무엇을 하고 우리 할머니를 이 지경이 되게 하였는가? 왜 자주 옷을 갈아입혀 드리며 빨아 드리지 못하였는가? 이 직접 책임자인 계모가 더할 수 없이 괘씸하였다.

그러나 가만히 생각해 보면 그를 그르다고도 할 수 없다. 위에도 말하였거니와 할머니가 이리된지는 하루 이틀이 아니다. 벌써 몇 달이 흘리는 뒤를 그때 족족 빨아낼 수 없으리라. 더구나 밤에 그런 것이야, 일일이 알 수도 없으리라. 하물며 계모는 시집오던 첫날부터 골머리를 앓으리만큼 큰 병객이다. 병명은 의원을 따라 혹은 변두리머리라고도 하고 혹은 뇌진이라고도 하고 혹은 선천 부족(先天 不足)이라고도 하였지마는 하나도 고쳐 주지는 못하였다. 삼십이 될락말락하건만 육십이나 칠십이 다 된 노인 모양으로 *주야장천 *자리보전하고 누워 있는 터이다. 제 몸이 괴로우니 모든 것이 싫은 것이다. 그리고 나까지 아우르면 아버지 슬하에 아들만 넷이나 되건마는 지금 육십 노경에 받드는 어느 아들, 어느 며느리 하나이 없다. 집안이 넉넉지 못한 탓으로 사방에 흩어져서 제 입 풀칠하기에 눈코를 못 뜨는 까닭이다.

주야장천(晝夜長川)
밤낮으로 쉬지 아니하고 연달아.

자리보전
병이 들어서 자리를 깔고 몸져누움.

이 책임을 누구에게 돌릴까? 나는 알 수가 없었다. 쓴 물만 입안에 돌뿐이다.

그 후에 또 이런 일이 있었다. 어느 때 내가 할머니 곁에 갔을 적이었다. 할머니는 그 뼈만 남은 손으로 나의 손을 만지고 있었다.

"○○아, ○○아."

할머니는 문득 나를 불렀다.

"인제는 다시 못 보겠다, 인제는 다시 못 보겠다."

"왜 그런 말씀을 하십니까?"

"인제 내가 안 죽니, 그런데 너, 내 청하나 들어주겠니."

"네?" 무슨 말씀입니까. "

"나, 나 좀 일으켜 다고."

나는 눈물이 날듯이 감동하였다. 어찌 차마 이 청을 떼칠건가. 나는 다짜고짜로 두 손을 할머니 어깨 밑으로 넣으려 하였다. 이것을 본 중모는 깜짝 놀라며 나를 말렸다.

"애, 네가 왜 또 그러니 일으켜 드리면 아파하신대두 그애가 그리네."

"그때 약을 사다 드렸으니 그 자리가 인제는 아물었겠지요."

나는 데었단 말을 듣던 그날 약 사다 드린 것을 생각하고 이런 말을 하였다.

"어머니! 어머니! 가만히 누워 계셔요, 네? 일어나시면 아프십니다."

중모는 또 잔상히 타이르듯 말하였다. 할머니는 물끄러미 나와 중모를 번갈아 보시더니 단념한 듯이 눈을 감았다. 한참 앉아 있다가 나는 몸을 일으켰다. 이 때에 할머니가 눈을 번쩍 뜨며 문득,

"어데를 가?"라고 물었다. 나는 주춤 발길을 멈추었다.

할머니는 퀭한 눈으로 이윽고 나를 쳐다보더니 무엇을 잡을 듯이 손을 내어 저으며 우는 듯한 소리로,

"서방님! 제발 나를 좀 일으켜 주십시오. 서방님, 제발 나를 좀 일으켜 주십시오."라고 부르짖었다.

"에그머니! 그게 무슨 말입니까? 그애가 ○○이 아닙니까. 서방님이 무엇이 야요."

중모는 바싹 할머니에게 다가들며 애처롭게 아르켜 드렸다. 이때 마침 할머니가 잡수실 배즙을 가지고 들어오던 둘째 형수가 무슨 구경거리나 생긴 듯이 안방을 향하고 외쳤다.

"에그, 할머니 좀 보아요! 서울 아우님더러 서방님! 서방님! 하십니다."

이 외침을 듣고 자부들은 모여들었다. 그들의 눈은 호기심에 번쩍이고 있었다. 나는 또 할머니의 청을 물리칠 수는 없었다.

그것이 어떻나 나쁜 영향을 *초치할지라도 아니 일으켜 드릴 수 없었다.

그러나 할머니는 요바닥 위로 반 *자를 떠나지 못하여,

"아야야……." 라고 외마디 소리를 쳤다. 나는 얼른 들어올리던 손을 뺄 수밖에 없었다.

다시금 눕기 싫어하던 요 위에 누운 뒤에도 할머니는 앓기를 말지 않았다. 적지 아니한 꾸중을 모시었다.

이윽고 조금 진정이 되더니만 또 팔을 내저으며 기를 쓰고 가슴을 덮은 이불자락을 자꾸자꾸 밀어 내리었다. 감기나 들까 염려하는 중모는 그것을 꾸준히 도로 집어 올렸다.

할머니는 손을 내어밀더니 이번에는 내 조끼 단추를 붙잡아 당기었다.

초치(招致)
불러서 안으로 들임.

자
길이의 단위. 한 자는 한 치의 열 배로 약 30.3cm에 해당한다.

"왜 이리 하십니까? 단추를 빼란 말씀입니까?"

할머니는 고개를 끄덕이었다. 끄덕였다 하여도 끄덕이려는 의사를 보였을 뿐이었다. 나는 단추 한 개를 빼었다. 그래도 할머니는 자꾸 쪼기의 단추와 씨름을 말지 아니하였다. 나는 단추를 낱낱이 빼는 수밖에 없었다. 그리고 나니 그는 또 옷고름과 실랑이를 시작하였다.

"옷고름을 끄를까요?"

"응!"

나는 옷고름을 끌렀다. 끄른 뒤에 할머니는 또 소매를 잡아당기었다.

"왜 이리 하셔요?"

"버, 벗어라, 답답치 않니?"

여기저기서 물어 멈추려고 애쓰는 웃음이 키키하였다.

나는 경멸과 모욕의 시선을 그들에게 던졌다. 자기가 얼마나 답답하고 갑갑하길래 남의 단추 끼운 것과 옷고름 맨 것과 저고리 입은 것조차 답답해 보일 것이랴! 여기는 쓰디쓴 눈물과 살을 더미는 슬픔이 있어야 하겠거늘, 이 기막힌 광경을 조소로 맞아야 옳을까?

나는 곧 그들에게 침이라도 뱉고 싶었다. 하되 나의 마음을 냉정하게 살펴본 즉 슬프다! 나에게는 그들을 모욕할 권리가 없었다. 형수들 앞에서 앞가슴을 줄어젖히라는 할머니가 민망스럽기도 하고 딱하기도 하였다. 환자를 가엾다고 생각하면서도 나의 속 어딘지 웃음이 움직인 것은 부정할 수 없는 사실이었다. 더구나 내가 젊은이 패가 모은 이웃집 방에 들어갔을 제 무슨 재미스러운 일이나 보고 온 사람 모양으로 득의양양히 이 이야기를 하고서 허리를 분질렀다……

거기에서는 할머니의 병세에 대하여 의논이 분분하였다. 그들은 하나도 한가한 이가 없었다. 혹은 변호사, 혹은 은행원, 혹은 회사원으로

다 *무한년하고 있을 수 없는 형편이었다.

"나는 암만해도 내일은 좀 가 보아야 되겠는데 나는 그 전보를 보고 벌써 돌아가신 줄 알았어. 올 때에 친구들이 *북포(北布)니 뭐니 *부의(賻儀)를 주길래 아직 돌아가시지도 않았는데 이게 웬일이냐 하니까, 그 사람들 말이, 돌아가셔도 자손들에게 그렇게 전보를 놓으니, 하데그려. 그래 모두 받아 왔는데…… 허허허……."

그 중에 제일 연장자로 쾌활하고 말 잘하는 *백형(佰兄)은 웃음 섞어 이런 말을 하고 있었다.

"암만해도 오늘 내일 돌아가실 것 같지는 않는데…… 이거 큰일 났는걸, 가는 수도 없고."

"딴은 곧 돌아가실 것 같지는 않아……."

은행원으로 있는 육촌은 이렇게 맞방망이를 쳤다.

"의사를 불러서 진단을 해 보는 것이 어떨까요?"

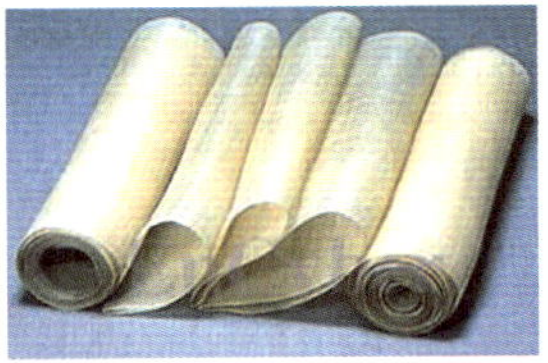

부산 방직 회사에 다니는 사촌이 이런 제의를 하였다.

"옳지, 참 그래 보아야 되겠군."

아버지께 이 사연을 아뢰었다.

"시방 그물그물하시지 않나, 그러면 하여간 의원을 좀 불러 올까."

의원은 아버지와 절친한 김 주부(金主簿)를 청해 오기로 하였다.

갓을 쓴 그 의원은 얼마 아니 되어 미륵(彌勒)같은 몸뚱이를 환자방에 나타내었다. 매우 정신을 모으는 듯이 눈을 내리감고 한나절이나 진맥을 하더니 고개를 절레절레 흔들며 물러앉는다.

"매우 말씀하기 안되었소마는 아마 오늘밤이 아니면 내일은 못 넘길 것 같소."

매우 말하기 어려운 듯이. 기실 조금도 말하기 어렵지 않은 듯이, 그 의원은 최후의 판결을 언도하였다.

"글쎄 그래 워낙 노쇠하여서 오래 부지를 하실 수 없지……."

그러면 그렇지 하는 얼굴로 아버지는 맞방망이를 쳤다.

가려던 자손은 또 붙잡히었다. 그러나 할머니는 그날 저녁부터 한결 돌리었다. 가끔 잡수실 것을 찾기도 하였다. 잡숫는 건 고작해야 배즙, 국물에 만 한 술도 안 되는 진지였다. 죽과 미음은 입에 대기도 싫어하였다. 그리고 전일에 발라 드린 양약(洋藥)의 효험이 나서 상처가 아물었든지 자부와 손부에게 부축되어 꽤 오래 일어나 앉게도 되었다.

그 이튿날이 무사히 지나가자 한의(韓醫)의 무지를 *비소(誹笑)하고 다른 것은 몰라도 환자의 수명이 어느 때까지 계속될 시간 아는 데 들어서는 양의(洋醫)가 나으리라는 우리 젊은 패의 주장네 의하여 xx의원 원장으로 있는 천엽 의학사(千葉醫學士)를 불러오게 되었다.

그는 진찰한 결과에 다른 증세만 겹치지 않으면 이삼 주일은 *무려

(無慮)하리라 하였다.

"그래, 그저 그럴꺼야. 아직 괜찮으신데 백주에 서둘고 야단을 했지."하고, 일이 바쁜 백형(伯兄)은 그날 밤으로 떠나갔다.

그 이튿날 아침이었다.

우리가 집에 돌아오니까 할머니 곁을 떠난 적 없는 중모가 마당에서 한가롭게 할머니의 뒤 흘린 바지를 빨고 있다가 웃는 낯으로 우리를 맞으며,

"할머님이 오늘 아침에는 혼자 일어나셨다. 시방 진지를 잡수시고 계시다. 어서 들어가 뵈어라."

나는 뛰어들어갔다. 자부와 손부의 신기해 여기는 시선을 받으면서 할머니는 정말 진지를 잡숫고 있었다.

나는 빙글빙글 웃으며,

"할머니, 어떻게 일어나셨습니까?"

할머니는 합죽한 입을 오물오물하여 막 떠 넣은 밥 알맹이를 삼키고,

"내가 혼자 일어났지, 어떻게 일어나긴. 흉악한 놈들, 암만 일으켜 달라니 어데 일으켜 주어야지. 인제 나 혼자라도 일어난다." 하며 자랑스럽게 대답하였다.

"어제 의원이 왔지요. 인제 할머니가 곧 나으신대요."

"정말 낫겠다고 하든, 응?"

하고 검버섯 핀 주름을 밀며 *흔연(欣然)한 웃음의 그림자가 오래간만에 그의 볼을 스쳤다. 나의 눈엔 어쩐지 눈물이 핑 돌았다.

그날 밤차로 모였던 자손들은 제각기 흩어졌다. 나도 그날 밤에 서울로 올라왔다.

어느 아름다운 봄날이었다…… 말갛게 개인 하늘은 구름 한 점도 없

흔연하다
기쁘거나 반가워 기분
이 좋다.

고 아른아른한 아지랑이가 그 하늘거리는 *깁 올이로 봄 비단을 짜내는 어느 아름다운 봄날이었다. 나는 깨끗하게 춘복(春服)을 차리고 친구 몇몇과 우이동 앵화(櫻花) 구경을 막 나가려던 때이었다. 이때에 뜻 아니한 전보 한 장이 닥치었다.

"오전 3시 조모주 별세"

『조선의 얼굴』, 글벗집, 1926.

앵화

운수 좋은 날

새침하게 흐린 품이 눈이 올 듯하더니 눈은 아니 오고 얼다가 만 비가 추적추적 내리는 날이었다.

이날이야말로 *동소문 안에서 인력거꾼 노릇을 하는 김첨지에게는 오래간만에도 닥친 운수 좋은 날이었다. 문안에(거기도 문밖은 아니지만) 들어간답시는 앞집 마마님을 전찻길까지 모셔다 드린 것을 비롯으로 행여나 손님이 있을까 하고 정류장에서 어정어정하며 내리는 사람 하나하나에게 거의 비는 듯한 눈결을 보내고 있다가 마침내 교원인 듯한 양복쟁이를 *동광학교(東光學校)까지 태워다 주기로 되었다.

첫 번에 삼십 전, 둘째 번에 오십 전—아침 *댓바람에 그리 흉치 않은 일이었다. 그야말로 재수가 옴붙어서 근 열흘 동안 돈 구경도 못한 김첨지는 십 전짜리 백동화 서 푼, 또는 다섯 푼이 찰깍 하고 손바닥에 떨어질 제 거의 눈물을 흘릴 만큼 기뻤었다. 더구나 이날 이때에 이 팔십 전이라는 돈이 그에게 얼마나 유용한지 몰랐다. 컬컬한 목에 *모주 한 잔도 적실 수 있거니와 그보다도 앓는 아내에게 설렁탕 한 그릇도 사다 줄 수 있음이다.

그의 아내가 기침으로 쿨룩거리기는 벌써 *달포가 넘었다. 조밥도 굶기를 먹다시피 하는 형편이니 물론 약 한 첩 써본 일이 없다. 구태여 쓰려면 못 쓸 바도 아니로되 그는 병이란 놈에게 약을 주어 보내면 재미를 붙여서 자꾸 온다는 자기의 신조(信條)에 어디까지 충실하였다. 따라서 의사에게 보인 적이 없으니 무슨 병인지는 알 수 없으되 반듯이 누워 가지고 일어나기는 새로 모로도 못 눕는 걸 보면 중증은 중증인 듯. 병이 이대도록 심해지기는 열흘 전에 조밥을 먹고 체한 때문이다. 그때도 김첨지가 오래간만에 돈을 얻어서 좁쌀 한 되와 십 전짜리 나무 한 단을 사다 주었더니 김첨지의 말에 의지하면 그 *오라질 년이

*천방지축으로 냄비에 대고 끓였다. 마음은 급하고 불길은 달지 않아 채 익지도 않은 것을 그 오라질 년이 숟가락은 고만두고 손으로 움켜서 두 뺨에 주먹덩이 같은 혹이 불거지도록 누가 빼앗을 듯이 처박질 하더니만 그날 저녁부터 가슴이 땡긴다, 배가 켕긴다고 눈을 *흡뜨고 지랄병을 하였다. 그때 김첨지는 열화와 같이 성을 내며,

"에이, 오라질 년, 조랑복은 할 수가 없어, 못 먹어 병, 먹어서 병! 어쩌란 말이야! 왜 눈을 바루 뜨지 못해!"

하고 앓는 이의 뺨을 한 번 후려갈겼다. 흡뜬 눈은 조금 바루어졌건만 이슬이 맺히었다. 김첨지의 눈시울도 뜨끈뜨끈하였다.

이 환자가 그러고도 먹는 데는 물리지 않았다. 사흘 전부터 설렁탕 국물이 마시고 싶다고 남편을 졸랐다.

"이런 오라질 년! 조밥도 못 먹는 년이 설렁탕은. 또 처먹고 지랄병을 하게."

라고, 야단을 쳐보았건만, 못 사주는 마음이 시원치는 않았다.

인제 설렁탕을 사줄 수도 있다. 앓는 어미 곁에서 배고파 보채는 개똥이(세살먹이)에게 죽을 사줄 수도 있다— 팔십 전을 손에 쥔 김 첨지의 마음은 *푼푼하였다.

그러나 그의 행운은 그걸로 그치지 않았다. 땀과 빗물이 섞여 흐르는 목덜미를 기름주머니가 다된 *왜목 수건으로 닦으며, 그 학교 문을 돌아 나올 때였다. 뒤에서 "인력거!" 하고 부르는 소리가 난다. 자기를 불러 멈춘 사람이 그 학교 학생인 줄 김첨지는 한 번 보고 짐작할 수 있었다. 그 학생은 다짜고짜로,

"남대문 정거장까지 얼마요."

라고 물었다. 아마도 그 학교 기숙사에 있는 이로 동기방학을 이용하

설렁탕

천방지축(天方地軸)
너무 급하여 허둥지둥 함부로 날뜀.

흡뜨다
'홉뜨다(눈알을 위로 굴리고 눈시울을 위로 치뜨다)'의 잘못.

푼푼하다
모자람이 없이 넉넉하다.

왜목(倭木)
광목(廣木). 무명실로 서양목처럼 너비가 넓게 짠 베.

여 귀향하려 함이리라. 오늘 가기로 작정은 하였건만 비는 오고, 짐은 있고 해서 어찌할 줄 모르다가 마침 김첨지를 보고 뛰어나왔음이리라. 그렇지 않으면 왜 구두를 채 신지 못해서 질질 끌고, 비록 고구라 양복 일망정 *노박이로 비를 맞으며 김첨지를 뒤쫓아 나왔으랴.

"남대문 정거장까지 말씀입니까."

하고 김첨지는 잠깐 주저하였다. 그는 이 우중에 *우장도 없이 그 먼 곳을 철벅거리고 가기가 싫었음일까? 처음 것 둘째 것으로 고만 만족하였음일까? 아니다 결코 아니다. 이상하게도 꼬리를 맞물고 덤비는 이 행운 앞에 조금 겁이 났음이다. 그리고 집을 나올 제 아내의 부탁이 마음이 켕기었다 — 앞집 마마님한테서 부르러 왔을 제 병인은 그 뼈만 남은 얼굴에 유일의 샘물 같은 유달리 크고 움푹한 눈에 애걸하는 빛을 띄우며,

"오늘은 나가지 말아요. 제발 덕분에 집에 붙어 있어요. 내가 이렇게 아픈데……."

라고, 모기 소리같이 중얼거리고 숨을 걸그렁걸그렁하였다. 그때에 김첨지는 대수롭지 않은 듯이,

"아따, 젠장맞을 년, 별 빌어먹을 소리를 다 하네. 맞붙들고 앉았으면 누가 먹여 살릴 줄 알아."

하고 훌쩍 뛰어나오려니까 환자는 붙잡을 듯이 팔을 내저으며,

"나가지 말라도 그래, 그러면 일찍이 들어와요."

하고, 목메인 소리가 뒤를 따랐다.

정거장까지 가잔 말을 들은 순간에 경련적으로 떠는 손 유달리 큼직한 눈 울 듯한 아내의 얼굴이 김첨지의 눈앞에 어른어른하였다.

"그래 남대문 정거장까지 얼마란 말이요?"

하고 학생은 초조한 듯이 인력거꾼의 얼굴을 바라보며 혼자말같이,

"인천 차가 열 한 점에 있고 그 다음에는 새로 두 점이든가."

라고 중얼거린다.

"일 원 오십 전만 줍시요."

이 말이 저도 모를 사이에 불쑥 김첨지의 입에서 떨어졌다. 제 입으로 부르고도 스스로 그 엄청난 돈 액수에 놀랐다. 한꺼번에 이런 금액을 불러라도 본 지가 그 얼마 만인가! 그러자 그 돈벌 용기가 병자에 대한 염려를 사르고 말았다. 설마 오늘 내로 어쩌랴 싶었다. 무슨 일이 있더라도 제일 제이의 행운을 곱친 것보다도 오히려 갑절이 많은 이 행운을 놓칠 수 없다 하였다.

"일 원 오십 전은 너무 과한데."

이런 말을 하며 학생은 고개를 기웃하였다.

"아니올시다. 잇수로 치면 여기서 거기가 시오 리가 넘는답니다. 또 이런 *진날은 좀 더 주셔야지요."

하고 빙글빙글 웃는 차부의 얼굴에는 숨길 수 없는 기쁨이 넘쳐흘렀다.

"그러면 달라는 대로 줄 터이니 빨리 가요."

관대한 어린 손님은 이런 말을 남기고 총총히 옷도 입고 짐도 챙기러 갈 데로 갔다.

그 학생을 태우고 나선 김첨지의 다리는 이상하게 거뿐하였다. 달음질을 한다느니보다 거의 나는 듯하였다. 바퀴도 어떻게 속히 도는지 구른다느니보다 마치 얼음을 지쳐 나가는 스케이트 모양으로 미끄러져 가는 듯하였다. 언 땅에 비가 내려 미끄럽기도 하였지만.

이윽고 끄는 이의 다리는 무거워졌다. 자기 집 가까이 다다른 까닭이다. 새삼스러운 염려가 그의 가슴을 눌렀다. "오늘은 나가지 말아요.

내가 이렇게 아픈데" 이런 말이 잉잉 그의 귀에 울렸다. 그리고 병자의 움쑥 들어간 눈이 원망하는 듯이 자기를 노리는 듯하였다. 그러자 엉엉 하고 우는 개똥이의 곡성을 들은 듯싶다. 딸국딸국 하고 숨 모으는 소리도 나는 듯싶다.

"왜 이리우, 기차 놓치겠구먼."

하고 탄 이의 초조한 부르짖음이 간신히 그의 귀에 들어왔다. 언뜻 깨달으니 김첨지는 인력거를 쥔 채 길 한복판에 엉거주춤 멈춰 있지 않은가.

"예, 예."

하고, 김첨지는 또다시 달음질하였다. 집이 차차 멀어 갈수록 김첨지의 걸음에는 다시금 신이 나기 시작하였다. 다리를 재게 놀려야만 쉴 새없이 자기의 머리에 떠오르는 모든 근심과 걱정을 잊을 듯이.

정거장까지 끌어다 주고 그 깜짝 놀란 일 원 오십 전을 정말 제 손에 쥠에 제 말마따나 십 리나 되는 길을 비를 맞아 가며 질퍽거리고 온 생각은 아니하고 거저나 얻은 듯이 고마웠다. 졸부나 된 듯이 기뻤다. 제

자식뻘밖에 안 되는 어린 손님에게 몇 번 허리를 굽히며,

　"안녕히 다녀옵시요."

라고 깍듯이 재우쳤다.

　그러나 빈 인력거를 털털거리며 이 우중에 돌아갈 일이 꿈밖이었다. 노동으로 하여 흐른 땀이 식어지자 굶주린 창자에서, 물 흐르는 옷에서 어슬어슬 한기가 솟아나기 비롯하매 일 원 오십 전이란 돈이 얼마나 괜찮고 괴로운 것인 줄 절절히 느끼었다. 정거장을 떠나는 그의 발길은 힘 하나 없었다. 온몸이 *옹송그려지며 당장 그 자리에 엎어져 못 일어날 것 같았다.

　"젠장맞을 것, 이 비를 맞으며 빈 인력거를 털털거리고 돌아를 간담. 이런 빌어먹을 제 할미를 붙을 비가 왜 남의 상판을 딱딱 때려!"

　그는 몹시 화증을 내며 누구에게 반항이나 하는 듯이 *게걸거렸다. 그럴 즈음에 그의 머리엔 또 새로운 광명이 비쳤나니 그것은 '이러구 갈 게 아니라 이 근처를 빙빙 돌며 차 오기를 기다리면 또 손님을 태우게 될는지도 몰라'란 생각이었다. 오늘 운수가 괴상하게도 좋으니까 그런 요행이 또 한 번 없으리라고 누가 보증하랴. 꼬리를 굴리는 행운이 꼭 자기를 기다리고 있다고 내기를 해도 좋을 만한 믿음을 얻게 되었다. 그렇다고 정거장 인력거꾼의 등쌀이 무서우니 정거장 앞에 섰을 수는 없었다. 그래 그는 이전에도 여러 번 해본 일이라 바로 정거장 앞 전차 정류장에서 조금 떨어지게 사람 다니는 길과 전찻길 틈에 인력거를 세워 놓고 자기는 그 근처를 빙빙 돌며 형세를 관망하기로 하였다. 얼마 만에 기차는 왔고 수십 명이나 되는 손이 정류장으로 쏟아져 나왔다. 그 중에서 손님을 물색하는 김첨지의 눈엔 양머리에 뒤축 높은 구두를 신고 망토까지 두른 기생 퇴물인 듯 *난봉 여학생인 듯한 여편

네의 모양이 띄었다. 그는 슬근슬근 그 여자의 곁으로 다가들었다.

"아씨, 인력거 아니 타시랍시요."

그 여학생인지 먼지가 한참은 매우 때깔을 빼며 입술을 꼭 다문 채 김첨지를 거들떠보지도 않았다. 김첨지는 구걸하는 거지나 무엇같이 연해연방 그의 기색을 살피며,

"아씨, 정거장 애들보담 아주 싸게 모셔다 드리겠습니다. 댁이 어디 신가요."

하고 추근추근하게도 그 여자의 들고 있는 일본식 버들고리짝에 제 손을 대었다.

"왜 이래, 남 귀치않게."

소리를 벽력같이 지르고는 돌아선다. 김첨지는 어랍시요 하고 물러섰다.

전차는 왔다. 김첨지는 원망스럽게 전차 타는 이를 노리고 있었다. 그러나 그의 예감(豫感)은 틀리지 않았다. 전차가 빡빡하게 사람을 싣고 움직이기 시작하였을 제 타고 남은 손 하나가 있었다. 굉장하게 큰 가방을 들고 있는 걸 보면 아마 붐비는 차 안에 짐이 크다 하여 차장에게 밀려 내려온 눈치였다. 김첨지는 대어섰다.

"인력거를 타시랍시요."

한동안 값으로 *승강이를 하다가 육십 전에 인사동까지 태워다 주기로 하였다. 인력거가 무거워지매 그의 몸은 이상하게도 가벼워졌고 그리고 또 인력거가 가벼워지니 몸은 다시금 무거워졌건만 이번에는 마음조차 초조해 온다. 집의 광경이 자꾸 눈앞에 어른거리어 인제 요행을 바랄 여유도 없었다. *나무등걸이나 무엇 같고 제 것 같지도 않은 다리를 연해 꾸짖으며 질팡갈팡 뛰는 수밖에 없었다. 저놈의 인력거꾼

승강이
서로 자기 주장을 고집하며 옥신각신하는 일.

나무등걸
줄기를 잘라 낸 나무의 밑동.

이 저렇게 술이 취해 가지고 이 진땅에 어찌 가노, 라고 길 가는 사람이 걱정을 하리만큼 그의 걸음은 황급하였다. 흐리고 비 오는 하늘은 어둠침침하게 벌써 황혼에 가까운 듯하다. 창경원 앞까지 다다라서야 그는 턱에 닿은 숨을 돌리고 걸음도 늦추잡았다. 한 걸음 두 걸음 집이 가까워 갈수록 그의 마음조차 괴상하게 누그러웠다. 그런데 이 누그러움은 안심에서 오는 게 아니요 자기를 덮친 무서운 불행을 빈틈없이 알게 될 때가 박두한 것을 두리는 마음에서 오는 것이다. 그는 불행에 다닥치기 전 시간을 얼마쯤이라도 늘이려고 버르적거렸다. 기적(奇蹟)에 가까운 벌이를 하였다는 기쁨을 할 수 있으면 오래 지니고 싶었다. 그는 두리번두리번 사면을 살피었다. 그 모양은 마치 자기 집—곧 불행을 향하고 달아가는 제 다리를 제 힘으로는 도저히 어찌할 수 없으니 누구든지 나를 좀 잡아 다고, 구해 다고 하는 듯하였다.

그럴 즈음에 마침 길가 선술집에서 그의 친구 치삼이가 나온다. 그의 우글우글 살찐 얼굴에 주홍이 덧는 듯, 온 턱과 뺨을 시커멓게 구레나룻이 덮였거늘 노르탱탱한 얼굴이 바짝 말라서 여기저기 고랑이 패고 수염도 있대야 턱밑에만 마치 솔잎 송이를 거꾸로 붙여 놓은 듯한 김첨지의 풍채하고는 기이한 대상을 짓고 있었다.

솔잎

"여보게 김첨지, 자네 문안 들어갔다 오는 모양일세그려. 돈 많이 벌었을 테니 한잔 빨리게."

뚱뚱보는 말라깽이를 보던 맡에 부르짖었다. 그 목소리는 몸집과 딴판으로 연하고 싹싹하였다. 김첨지는 이 친구를 만난 게 어떻게 반가운지 몰랐다. 자기를 살려 준 은인이나 무엇같이 고맙기도 하였다.

"자네는 벌써 한잔한 모양일세그려. 자네도 오늘 재미가 좋아 보이."

하고 김첨지는 얼굴을 펴서 웃었다.

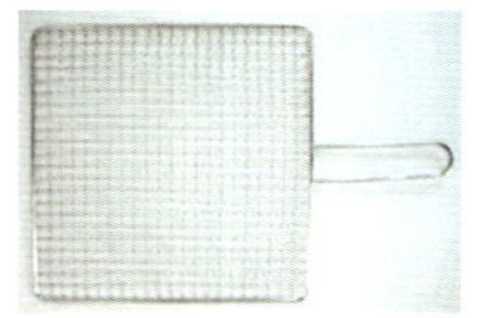

석쇠

너비아니

북어

빈대떡

미꾸리
'미꾸라지'의 방언.

막걸리

"아따, 재미 안 좋다고 술 못 먹을 낸가. 그런데 여보게, 자네 왼몸이 어째 물독에 빠진 새앙쥐 같은가. 어서 이리 들어와 말리게."

선술집은 훈훈하고 뜨뜻하였다. 추어탕을 끓이는 솥뚜껑을 열 적마다 뭉게뭉게 떠오르는 흰 김 석쇠에서 뻐지짓뻐지짓 구워지는 너비아니구이며 제육이며 간이며 콩팥이며 북어며 빈대떡……이 너저분하게 늘어놓인 안주 탁자에 김첨지는 갑자기 속이 쓰려서 견딜 수 없었다. 마음대로 할 양이면 거기 있는 모든 먹음먹이를 모조리 깡그리 집어삼켜도 시원치 않았다 하되 배고픈 이는 위선 분량 많은 빈대떡 두 개를 쪼이기도 하고 추어탕을 한 그릇 청하였다. 주린 창자는 음식맛을 보더니 더욱더욱 비어지며 자꾸자꾸 들이라 들이라 하였다. 순식간에 두부와 *미꾸리 든 국 한 그릇을 그냥 물같이 들이켜고 말았다. 셋째 그릇을 받아 들었을 제 데우던 막걸리 곱배기 두 잔이 더웠다. 치삼이와 같이 마시자 원원이 비었던 속이라 찌르를 하고 창자에 퍼지며 얼굴이 화끈하였다. 눌러 곱배기 한 잔을 또 마셨다.

김첨지의 눈은 벌써 개개 풀리기 시작하였다. 석쇠에 얹힌 떡 두 개를 숭덩숭덩 썰어서 볼을 불룩거리며 또 곱배기 두 잔을 부어라 하였다.

치삼은 의아한 듯이 김첨지를 보며,

"여보게 또 붓다니, 벌써 우리가 넉 잔씩 먹었네, 돈이 사십 전일세."
라고 주의시켰다.

"아따 이놈아, 사십 전이 그리 끔찍하냐. 오늘 내가 돈을 막 벌었어. 참 오늘 운수가 좋았느니."

"그래 얼마를 벌었단 말인가."

"삼십 원을 벌었어, 삼십 원을! 이런 젠장맞을 술을 왜 안 부어……
괜찮다 괜찮다, 막 먹어도 상관이 없어. 오늘 돈 산더미같이 벌었는데."

"어, 이 사람 취했군, 그만두세."

"이놈아, 그걸 먹고 취할 내냐, 어서 더 먹어."

하고는 치삼의 귀를 잡아 치며 취한 이는 부르짖었다. 그리고 술을 붓
는 열다섯 살 됨직한 *중대가리에게로 달려들며,

"이놈, 오라질 놈, 왜 술을 붓지 않어."

라고 야단을 쳤다. 중대가리는 희희 웃고 치삼을 보며 문의하는 듯이
눈짓을 하였다. 주정꾼이 이 눈치를 알아보고 화를 버럭 내며,

"에미를 붙을 이 오라질 놈들 같으니, 이놈 내가 돈이 없을 줄 알고."

하자마자 허리춤을 훔칫훔칫하더니 일 원짜리 한 장을 꺼내어 중대가
리 앞에 펄쩍 집어던졌다. 그 *사품에 몇 푼 은전이 잘그랑 하며 떨어
진다.

"여보게 돈 떨어졌네, 왜 돈을 막 끼얹나."

이런 말을 하며 일변 돈을 줍는다. 김첨지는 취한 중에도 돈의 거처
를 살피는 듯이 눈을 크게 떠서 땅을 내려다보다가 불시에 제 하는 짓
이 너무 더럽다는 듯이 고개를 소스라치자 더욱 성을 내며,

"봐라 봐! 이 더러운 놈들아, 내가 돈이 없나, 다리뼉다구를 꺾어 놓
을 놈들 같으니."

하고 치삼의 주워 주는 돈을 받아,

"이 원수엣돈! 이 *육시를 할 돈!"

하면서 풀매질을 친다. 벽에 맞아 떨어진 돈은 다시 술 끓이는 양푼에
떨어지며 정당한 매를 맞는다는 듯이 쨍 하고 울었다.

곱배기 두 잔은 또 부어질 겨를도 없이 말려 가고 말았다. 김첨지는

입술과 수염에 붙은 술을 빨아들이고 나서 매우 만족한 듯이 그 솔잎
송이 수염을 쓰다듬으며,

"또 부어, 또 부어."

라고 외쳤다.

또 한 잔 먹고 나서 김첨지는 치삼의 어깨를 치며 문득 껄껄 웃는다.
그 웃음 소리가 어떻게 컸던지 술집에 있는 이의 눈은 모두 김첨지에
게로 몰리었다. 웃는 이는 더욱 웃으며,

"여보게 치삼이, 내 우스운 이야기 하나 할까. 오늘 손을 태고 정거
장에 가지 않았겠나."

"그래서."

"갔다가 그저 오기가 안됐데그려. 그래 전차 정류장에서 어름어름하
며 손님 하나를 태울 궁리를 하지 않았나. 거기 마침 마마님이신지 여
학생이신지 (요새야 어디 *논다니와 아가씨를 구별할 수가 있던가) 망
토를 잡수시고 비를 맞고 서 있겠지. 슬근슬근 가까이 가서 인력거 타
시랍시요 하고 손가방을 받으랴니까 내 손을 탁 뿌리치고 홱 돌아서더
니만 '왜 남을 이렇게 귀찮게 굴어!' 그 소리야말로 꾀꼬리 소리지, 허
허!"

김첨지는 교묘하게도 정말 꾀꼬리 같은 소리를 내었다. 모든 사람은
일시에 웃었다.

"빌어먹을 깍쟁이 같은 년, 누가 저를 어쩌나, '왜 남을 귀찮게 굴
어!' 어이구 소리가 *처신도 없지, 허허."

웃음 소리들은 높아졌다. 그러나 그 웃음 소리들이 사라도 지기 전
에 김첨지는 훌쩍훌쩍 울기 시작하였다.

치삼은 어이없이 주정뱅이를 바라보며,

"금방 웃고 지랄을 하더니 우는 건 또 무슨 일인가."

김첨지는 연해 코를 들이마시며,

"우리 마누라가 죽었다네."

"뭐, 마누라가 죽다니, 언제?"

"이놈아 언제는, 오늘이지."

"엣기 미친놈, 거짓말 말아."

"거짓말은 왜, 참말로 죽었어, 참말로…… 마누라 시체를 집에 뻐들쳐 놓고 내가 술을 먹다니, 내가 죽일 놈이야, 죽일 놈이야."

하고 김첨지는 엉엉 소리를 내어 운다.

치삼은 흥이 조금 깨어지는 얼굴로,

"원 이 사람이, 참말을 하나 거짓말을 하나. 그러면 집으로 가세, 가."

하고 우는 이의 팔을 잡아당기었다.

치삼의 끄는 손을 뿌리치더니 김첨지는 눈물이 글썽글썽한 눈으로 싱그레 웃는다.

"죽기는 누가 죽어."

하고 득의가 양양.

"죽기는 왜 죽어, *생때같이 살아만 있단다. 그 오라질 년이 밥을 죽이지. 인제 나한테 속았다."

하고 어린애 모양으로 손뼉을 치며 웃는다.

"이 사람이 정말 미쳤단 말인가. 나도 아주먼네가 않는단 말은 들었는데."

하고 치삼이도 어느 불안을 느끼는 듯이 김첨지에게 또 돌아가라고 권하였다.

"안 죽었어, 안 죽었대도 그래."

김첨지는 *화증을 내며 확신 있게 소리를 질렀으되 그 소리엔 안 죽은 것을 믿으려고 애쓰는 가락이 있었다. 기어이 일 원 어치를 채워서 곱배기 한 잔씩 더 먹고 나왔다. 궂은비는 의연히 추적추적 내린다.

김첨지는 취중에도 설렁탕을 사가지고 집에 다다랐다. 집이라 해도 물론 셋집이요 또 집 전체를 세든 게 아니라 안과 뚝 떨어진 행랑방 한 간을 빌려 든 것인데 물을 길어 대고 한 달에 일 원씩 내는 터이다. 만일 김첨지가 주기를 띠지 않았던들 한 발을 대문에 들여놓았을 제 그곳을 지배하는 무시무시한 정적(靜寂)—폭풍우가 지나간 뒤의 바다 같은 정적에 다리가 떨렸으리라. 쿨룩거리는 기침 소리도 들을 수 없다. 그르렁거리는 숨소리조차 들을 수 없다. 다만 이 무덤 같은 침묵을 깨뜨리는—깨뜨린다느니보다 한층 더 침묵을 깊게 하고 불길하게 하는 빡빡 하는 그윽한 소리, 어린애의 젖 빠는 소리가 날 뿐이다. 만일 청각(聽覺)이 예민한 이 같으면 그 빡빡 소리는 빨 따름이요, 꿀떡꿀떡 하고 젖 넘어가는 소리가 없으니 빈 젖을 빤다는 것도 짐작할는지 모르리라.

혹은 김첨지도 이 불길한 침묵을 짐작했는지도 모른다. 그렇지 않으면 대문에 들어서자마자 전에 없이,

"이 *난장맞을 년, 남편이 들어오는데 나와 보지도 않아, 이 오라질 년."

이라고 고함을 친 게 수상하다. 이 고함이야말로 제 몸을 엄습해 오는 무시무시한 증을 쫓아 버리려는 *허장성세인 까닭이다.

하여간 김첨지는 방문을 왈칵 열었다. 구역을 나게 하는 추기—떨어진 삿자리 밑에서 나온 먼지내, 빨지 않은 기저귀에서 나는 똥내와 오줌내, 가지각색 때가 켜켜이 앉은 옷내, 병인의 땀 썩은 내가 섞인 추

기가 무딘 김첨지의 코를 찔렀다.

방 안에 들어서며 설렁탕을 한구석에 놓을 사이도 없이 주정꾼은 목청을 있는 대로 다 내어 호통을 쳤다.

"이런 오라질 년, 주야장천 누워만 있으면 제일이야. 남편이 와도 일어나지를 못해."

라는 소리와 함께 발길로 누운 이의 다리를 몹시 찼다. 그러나 발길에 채이는 건 사람의 살이 아니고 나무등걸과 같은 느낌이 있었다. 이때에 빽빽 소리가 응아 소리로 변하였다. 개똥이가 물었던 젖을 빼어 놓고 운다. 운대도 온 얼굴을 찡그려 붙여서 운다는 표정을 할 뿐이다. 응아 소리도 입에서 나는 게 아니고 마치 뱃속에서 나는 듯하였다. 울다가 울다가 목도 잠겼고 또 울 기운조차 *시진한 것 같다.

발로 차도 그 보람이 없는 걸 보자 남편은 아내의 머리맡으로 달려들어 그야말로 까치집 같은 환자의 머리를 *꺼들어 흔들며,

"이년아, 말을 해, 말을! 입이 붙었어, 이 오라질 년!"

"……."

"으응, 이것 봐, 아무 말이 없네."

"……."

"이년아, 죽었단 말이냐, 왜 말이 없어."

"……."

"으응, 또 대답이 없네. 정말 죽었나 버이."

이러다가 누운 이의 흰 창을 덮은 위로 치뜬 눈을 알아보자마자,

"이 눈깔! 이 눈깔! 왜 나를 바라보지 못하고 천장만 보느냐, 응."

하는 말 끝엔 목이 메였다. 그러자 산 사람의 눈에서 떨어진 닭의 똥 같은 눈물이 죽은 이의 뻣뻣한 얼굴을 어룽어룽 적시었다. 문득 김첨

시진(澌盡)
기운이 빠져 없어짐.

까치집

꺼들다
잡아 쥐고 당겨서 추켜들다.

지는 미친 듯이 제 얼굴을 죽은 이의 얼굴에 한데 비비대며 중얼거렸다.

"설렁탕을 사다 놓았는데 왜 먹지를 못하니, 왜 먹지를 못하니……
괴상하게도 오늘은! 운수가, 좋더니만……."

『조선의 얼굴』, 글벗집, 1926.

불

시집 온 지 한 달 남짓한 금년에 열다섯 살밖에 안 된 순이는 잠이 어릿어릿한 가운데도 숨길이 갑갑해짐을 느꼈다. 큰 바위로 내리눌리는 듯이 가슴이 답답하다. 바위나 같으면 싸늘한 맛이나 있으련마는, 순이의 비둘기 같은 연약한 가슴에 얹힌 것은 마치 장마지는 여름날과 같이 눅눅하고 축축하고 무더운데다가 천 근의 무게를 더한 것 같다. 그는 복날 개와 같이 헐떡거렸다. 그러자 허리와 *엉치가 뼈개 내는 듯, 쪼개 내는 듯, 갈기갈기 찢는 것같이, 산산이 바수는 것같이 욱신거리고 쓰라리고 쑤시고 아파서 견딜 수 없었다. 쇠막대 같은 것이 오장육부를 한편으로 치우치며 가슴까지 치받쳐 올라 콱콱 뼈지를 때엔 순이는 입을 딱딱 벌리며 몸을 위로 치수른다…… 이렇듯 아프니 적이 하면 잠이 깨이련만 온종일 물 이기, 절구질하기, 물방아찧기, 논에 나간 일꾼들에게 밥 나르기에 더할 수 없이 지쳤던 그는 잠을 깨랴 깰 수 없었다. 그렇다고 그가 혼수상태에 떨어진 것은 물론 아니니 '이러다간 내가 죽겠구먼! 죽겠구먼! 어서 잠을 깨야지, 잠을 깨야지.' 하면서도 풀칠이나 한 듯이 죄어 붙는 눈을 뜰 수가 없었다. 흙물같이 텁텁한 잠을 물리칠 수가 없었다. 연해 입을 딱딱 벌리며 몸을 치수르다가 나중에는 지긋지긋한 고통을 억지로 참는 사람 모양으로 이까지 빠드빠드득 갈아붙이었다…… 얼마 만에야 무서운 꿈에 가위눌린 듯한 눈을 어렴풋이 뜰 수 있었다. 제 얼굴을 솥뚜껑 모양으로 덮은 남편의 얼굴을 보았다. *함지박만한 큰 상판의 검은 부분은 어두운 밤빛과 어우러졌는데 번쩍이는 눈깔의 흰자위, 침이 게 흐르는 입술, 그것이 삐뚤어지게 열리며 드러난 누른 이빨만 무시무시하도록 뚜렷이 알아볼 수가 있었다. 그러자 가뜩이나 큰 얼굴이 자꾸자꾸 부어오르더니 주악빛으로 지져 놓은 암갈색의 어깨판도 따라서 확대되어서 *깍짓동

엉치
'엉덩이'의 방언.

함지박
통나무의 속을 파서 큰 바가지같이 만든 그릇.

깍짓동
몹시 뚱뚱한 사람의 몸집을 비유적으로 이르는 말.

만하게 되고 집채만하게 된다. 순이는 배꼽에서 솟아오르는 공포와 창
자를 뒤트는 고통에 몸을 떨었다가 버르적거렸다가 하면서 염치없는
잠에 뒷덜미도 잡히기도 하고 무서운 현실에 눈을 뜨기도 하였다.

그 고통으로부터 겨우 벗어난 때엔 유월의 단열밤〔短夜〕이 벌써 새
었다. 사내의 어마어마한 윤곽이 방이 비좁도록 움직이자 밖으로 나간
다. 들에 새벽일하러 나감이리라. 그제야 순이도 긴 한숨을 쉬며 잠을
깰 수 있었다. 짙은 먹칠이나 한 듯하던 들창이 잿빛으로 변하며 가물
가물한 가운데 노릿노릿이 삿자리의 눈이 드러난다. 웃목에 놓인 허술
한 경대 위에 번들번들하는 석경이라든지 머리맡 벽에 걸려 있는 누럭
장이라든지 '원수의 방'이 분명하다. 더구나 제 등때기 밑에는 요까지
깔려 있다. '이것은 어찌 된 셈인구?' 순이는 정신을 차리며 생각해 보
았다. 어젯밤에 그가 잔 데는 여기가 아닐 테다. 밤이 되면 으레 당하
는 이 몹쓸 노릇을 하루라도 면하려고 저녁 설거지를 마치는 맡에 아
무도 몰래 헛간으로 숨었었다. 단지 둘밖에 아니 남은 볏섬을 의지삼

아 빈 섬거적을 깔고 두 다리를 쭉 뻗칠 사이도 없이 고만 고달픈 잠에 떨어지고 말았었다. 그런데 어찌 또 방으로 들어왔을까? 그 원수의 놈이 육욕에 번쩍이는 눈알을 부라리며 사면팔방으로 찾다가 마침내 그를 발견하였음이리라. 억센 팔로 어렵지 않게 자는 그를 안아다가 또 '원수의 방' 에 갖다 놓았음이리라. 그리고는 또 원수의 그 노릇…….

이런 생각을 끝도 맺기 전에 흐리터분한 잠이 다시금 그의 사개 물러난 몸을 엄습하였다…….

집안이 떠나갈 듯한 시어미의 소리가 일어났다.

"안 일어났니! 어서 쇠죽을 끓여야지!"

그 소리가 끝도 나기 전에 순이는 빨딱 몸을 일으킨다. 한 손으로 눈을 비비며 또 한 손으로 남편이 벗겨 놓은 옷을 주섬주섬 총망히 주워 입는다. 그는 시방껏 자지 않았던가? 그 거동을 보면 자기는 새로 정신을 한껏 모으고 호령일하를 기다리던 군사나 질 바 없었다. 그리리만큼 잠든 잠결에도 시어미의 호령은 무서웠음이다.

총총히 마루로 나오니 아직 날은 다 밝지 않았다. 자욱한 안개를 격해서 광채를 잃은 흰 달이 죽은 사람의 눈깔 모양으로 희멀겋게 서으로 기울고 있다.

저녁에 앉혀 놓은 쇠죽 솥에 가자 불을 살랐다. 비록 여름일망정 새벽 공기는 찼다. 더욱이 으슬한 기를 느끼던 순이는 번쩍 하고 불붙은 모양이 매우 좋았다. 새빨간 입술이 날름날름 집어 주는 솔개비를 삼키는 꼴을 그는 흥미있게 구경하고 있었다. 고된 하룻밤으로 말미암아 더욱 고된 순이의 하루는 또 시작되었다.

쇠죽을 다 끓이자 아침밥 지을 물을 또 아니 이어 올 수 없었다. 물동이를 이고 두 팔을 치켜 그 귀를 잡으니 겨드랑이로 안개 실린 공기가 싸늘싸늘하게 기어들었다. 시냇가에 나와서 물동이를 놓고 한 번 기지개를 켰다. 안개에 묻힌 올망졸망한 산과 등성이는 아직도 몽롱한 꿈길을 헤매는 듯. 엊그제 농부를 기뻐 뛰게 한 큰비의 덕택으로 논이란 논엔 물이 질번질번한데 흰 안개와 어우러지니 마치 수은이 엉킨 것 같고 벌써 옮겨 놓은 모들은 파릇파릇하게 졸음 오는 눈을 비비고 있다. 이런 가운데 저 혼자 깨었다는 듯이 시내는 쫄쫄 소리를 치며 흘러간다. 과연 가까이 앉아서 들여다보니 새맑은 그 얼굴은 잠 하나 없는 눈동자와 같다. 순이는 퐁 하며 바가지를 넣었다. 생채기 난 데를 메우려는 듯이 사방에서 모여든 물이 바가지 들어갔던 자리를 둥글게 에워싸며 한동안 *야료를 치다가 그리 중상은 아니라고 안심한 것같이 너르게 너르게 둘레를 그리며 물러 나갔다. 순이는 자꾸 물을 퍼내었다.

　한 동이를 여다 놓고 또 한 동이를 이러 왔을 제 그가 벌써부터 잡으려고 애쓰던 송사리 몇 마리가 겁 없이 동실동실 떠다니는 걸 보았다. 욜랑욜랑하는 그 모양이 퍽 얄미웠다. 숨소리를 죽이고 가만히 두 손을 넣어서 움키려 하였건만 고놈들은 용하게 빠져 달아나곤 한다. 몇 번을 헛애만 쓴 순이는 그만 화가 더럭 나서 이번에는 돌멩이를 주워다가 함부로 물 속의 고기를 때렸다. 제 얼굴에, 옷에, 물만 뛰었지, 고놈들은 도무지 맞지를 않았다. 짜증이 나서 울고 싶다. 돌질로 성공을 못 할 줄 안 그는 다시금 손으로 움켜 보았다. 그 중에 불행한 한 놈이 마침내 순이의 손아귀에 들고 말았다. 손 새로 물이 빠져가자 제 목숨도 잦아 가는 것에 독살이나 난 듯이 파득파득하는 꼴이 순이에게는 재미있었다. 얼마 안 되어 가련한 물짐승이 죽은 듯이 지친 몸을 손바닥에 붙이고 있을 제 잔인하게도 순이는 땅바닥에 태기를 쳤다. 아프

송사리

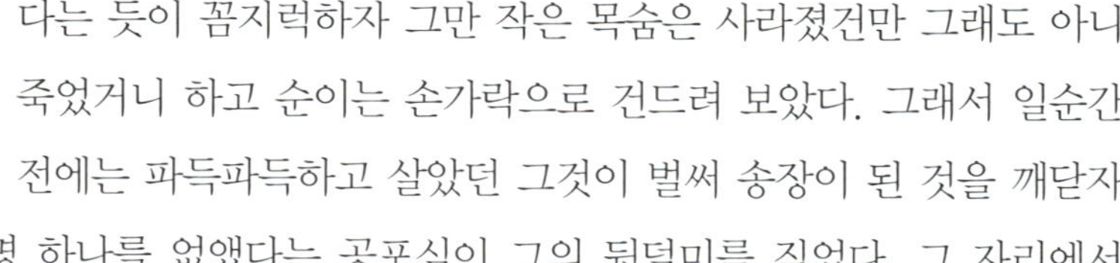
절구

다는 듯이 꼼지럭하자 그만 작은 목숨은 사라졌건만 그래도 아니 죽었거니 하고 순이는 손가락으로 건드려 보았다. 그래서 일순간 전에는 파득파득하고 살았던 그것이 벌써 송장이 된 것을 깨닫자 생명 하나를 없앴다는 공포심이 그의 뒷덜미를 짚었다. 그 자리에서 곧 송사리의 원혼이 날 듯싶었다. 갈팡질팡 물을 긷고 돌아서는 그는 누가 뒤에서 머리카락을 잡아당기는 듯하였다.

눈코를 못 뜨게 아침을 치르자마자 그는 또 보리를 찧어야 한다. 절구질을 하노라니 허리가 부러지는 것 같다. 무거운 절구에 끌려서 하마터면 대가리를 절구통 속에 찧을 뻔도 하였다. 팔이 떨어지는 것 같다. 그래도 그는 깽깽하며 끝까지 절구질을 아니할 수 없었다.

또 점심이다. 부랴부랴 밥을 다 지어서는 모심기하는 일꾼(거기는 자기 남편도 끼었다)에게 밥을 날라야 한다. 국이며 밥을 잔뜩 담은 목판이 그의 정수리를 내리누르니 모가지가 자라의 그것같이 옴츠려지는 것은 물론이려니와 키까지 졸아든 듯하였다. 이래 가지고 떼어 놓기 어려운 발길을 옮기며 삽짝 밖을 나섰다.

새말갛게 갠 하늘엔 구름 한 점도 없고 중천에 솟은 햇님이 불 같은 볕을 내리퍼붓고 있었다. 질펀한 들에는 '흙의 아들'이 하얗게 흩어져 응석 피듯 어머니의 기름진 젖가슴을 철벅거리며 모내기에 한창 바쁘다. 그들이 굽혔다 폈다 하는 서슬에 옷으로 다 여미지 못한 허리는 새까맣게 찢어 놓은 듯하고 염치없이 눈에까지 흘러드는 팥죽 같은 땀을 닦느라고 얼굴은 모두 흙투성이가 되었다. 그래도 한시라도 속히 한 포기라도 많이 옮기려고 *골똘한 그들은 뼈가 휘어도 괴로운 한숨 한 번 쉬지 않는다. 도리어 그들은 노래를 부른다. 가장 자유로운 곡조로 가장 신나게 노래를 부른다.

골똘하다
한 가지 일에 온 정신을 쏟아 딴 생각이 없다.

땅은 흠씬 젖은 물을 끓는 햇발에 바래이고 있다. 논두렁에 엉크러진 잡풀들은 사람의 발이 함부로 밟음에 맡기며, 발이 지나가기를 기다려 고개를 쳐들고 부신 햇발에 푸른 웃음을 올리고 있다. 거기는 굳세게 힘있게 사는 생명의 기쁨이 있고 더욱더욱 삶을 충실히 하려는 든든한 노력이 있었다. 간단히 말하면 건강이 넘치는 천지였다. 불건강한 물건의 존재를 허락지 않는 천지였다.

이 강렬한 광선의 바다 싱싱한 공기를 마시기엔 순이의 몸은 너무나 불건강하였었다. 눈이 핑핑 내어둘리며 머리가 어찔어찔하다. 온몸을 땀으로 미역감기면서도 으쓱으쓱 한기가 들었다. 빗물이 괸 데를 건너뛰렬 제 물 속에 잠긴 태양이 번쩍 하자 그의 눈앞은 캄캄해졌다. 문득 아침에 제가 죽인 송사리란 놈이 퍼드득 하고 내달으며 방어만치나 어마어마하게 큰 몸뚱이로 그의 가는 길을 막았다. 속으로 '악' 외마디 소리를 치며 몸을 빼쳐 달아나려고 할 제 그는 그만 무엇이 무엇인지 분간을 못 하게 되었다. 누가 저의 머리채를 잡아서 *회술레를 돌리는 듯한 느낌이었다. 그럴 사이에 그는 벼락치는 소리를 들은 채 정신을 잃었다…….

한참 만에야 순이는 깨어났건만 본정신이 다 돌아오지는 않았다. 어리둥절하게 눈만 멀뚱거리고 있는 사이 점심밥을 이고 나가던 일, 넓은 들에서 눈을 부시게 하던 햇발, 길을 막던 송사리 생각이 차례차례로 떠올랐다. 그러면 이고 가던 점심은 어떻게 되었는가? 하면서 휘사방을 둘러볼 겨를도 없이 그는 외마디 소리를 치며 몸을 소스라쳤다. 또다시 그 '원수의 방'에 누웠을 줄이야! 미친 듯이 마루로 뛰어나왔다. 그의 눈은 마치 귀신에게 홀린 사람 모양으로 두려움과 무서움에 호동그래졌다.

방어

회술레
예전에, 목을 벨 죄인을 처형하기 전에 얼굴에 회칠을 한 후 사람들 앞에 내돌리던 일.

마당에 널어 놓은 밀을 고밀개로 젓고 있는 시어미는 뛰어나오는 며느리에게 날카로운 눈살을 던지었다. 국과 밥을 모두 못 먹게 만든 것은 그만두더라도 몇 개 아니 남은 그릇을 깨뜨린 것이 한없이 미웠으되 까무러치기까지 한 며느리를 일어나는 맡에 나무라기는 어려웠음이리라.

"인제 정신을 차렸느냐. 왜 더 누워서 조리를 하지. 방정을 떨고 나오니. 어서 방으로 들어가서 누워 있으려무나."

부드러운 목소리를 짓느라고 매우 애를 쓰는 모양이다.

그래도 순이는 비실비실하는 걸음걸이로 부득부득 마당으로 내려온다.

"방에 들어가서 조리를 하래도 그래."

이번에는 어성이 조금 높아진다.

"싫어요, 싫어요. 괜찮아요."

순이는 방에 다시 들어가기가 죽기보다 싫었다.

"또 고분고분 말을 아니 듣고 *악지를 부리는군."

하다가 속에서 치받치는 미움을 걷잡지 못하겠다는 듯이 고밀개 자루를 거꾸로 들 사이도 없이 시어미는 며느리에게 달려들었다.

"요 방정맞은 년 같으니, 어쩌자고 그릇을 다 부수고 아실랑아실랑 나오는 건 뭐냐. 요 얌치없는 년 같으니, 저번 장에 산 사발을 두 개나 산산조각을 맨들고……."

하고 푸념을 섞어 가며 고밀개 자루로 머리, 등, 다리 할 것 없이 함부로 두들기기 시작한다. 순이는 맞아도 아픈 줄을 몰랐다. 으스러지는 듯이 찌뿌드드한 몸에 툭툭 하고 떨어지는 매가 도리어 괴상한 쾌감을 일으켰다.

"요런 악지 센 년 좀 보아! 어쩌면 맞아도 울지도 않고 요렇게 있담."

하고 또 한참 매질을 하다가 스스로 지친 듯이 고밀개를 집어던지며,

"요년, 보기 싫다. 어서 부엌에 가서 저녁이나 지어라."

순이는 또 시키는 대로 부엌에 들어가서 밥을 안쳤다.

그럭저럭 하루 해는 저물어 간다. 으슥한 부엌은 벌써 저녁이나 된 듯이 어둑어둑해졌다. 무서운 밤, 지겨운 밤이 다시금 그를 향하여 시커먼 아가리를 벌리려 한다. 해 질 때마다 느끼는 공포심이 또다시 그를 엄습하였다. 번번이 해도 번번이 실패하는 밤 피할 궁리로 하여 그의 좁은 가슴은 쥐어뜯기었다. 그럴 사이에 그 궁리는 나서지 않고 제 신세가 어떻게 불쌍하고 가엾은지 몰랐다. 수백 리 밖에 부모를 두고 시집을 온 일 온 뒤로 밤마다 날마다 당하는 지긋지긋한 고생 더구나 오늘 시어머니한테 두들겨 맞은 일이 한없이 서럽고 슬퍼서 솟아오르는 눈물을 걷잡을 수 없었다. 주먹으로 씻다가 팔까지 젖었건만 눈물은 그치지 않았다…… 그때였다. 누가 뒤에서 그의 어깨를 흔들었다. 순이는 무심코 돌아보자마자 간이 오그라붙는 듯하였다. 낮일을 다하고 돌아왔음이리라. 그의 남편이 몸을 굽혀서 어깨너머로 그를 들여다보고 있지 않은가. 그 옆에 그을은 험상궂은 얼굴엔 어울리지 않게 보드라운 표정과 불쌍해하는 빛이 역력히 흘렀다. 그러나 솔개에 채인 병아리 모양으로 숨 한 번 옳게 쉬지 못하는 순이는 그런 기색을 알아볼 여유도 없었다.

"왜 울어, 울지 말아, 울지 말아!"
라고 꺽세인 몸을 떨어뜨리며 위로를 하면서

그 솥뚜껑 같은 손으로 우는 순이의 눈을 씻어 주고는 나가 버린다.

남편을 본 뒤로는 더욱 견딜 수 없었다. 가슴을 지질러서 숨길을 막는 바위 온몸을 바스러 내는 쇠몽둥이 시방껏 흐르던 눈물도 간 데 없고 다시금 이 지긋지긋한 '밤 피할 궁리'에 어린 머리를 짰다. 아니 밤 탓이 아니다. 온전히 그 '원수의 방' 때문이다. 만일 그 방만 아니면 남편이 또한 눈물을 씻어 주고 나갈 따름이다. 그 방만 아니면 그런 고통을 주려야 줄 곳이 없을 것이다. 고 원수의 방!을 없애 버릴 도리가 없을까? 입때 방을 피하려다가 뜻을 이루지 못한 순이는 인제 그 방을 없애 버릴 궁리를 하게 되었다.

밥이 보그르를 하고 넘었다. 순이는 솥뚜껑을 열려고 일어섰을 제 부뚜막에 얹힌 성냥이 그의 눈에 띄었다. 이상한 생각이 번개같이 그의 머리를 스쳐 나간다. 그는 성냥을 쥐었다. 성냥 쥔 그의 손은 가늘게 떨렸다. 그러자 사면을 한번 돌아볼 겨를도 없이 그 성냥을 품속에 감추었다. 이만하면 될 일을 왜 여태껏 몰랐던가 하면서 그는 생그레 웃었다.

그날 밤에 그 집에는 난데없는 불이 건넌방 뒤꼍 추녀로부터 일어났다. 풍세를 얻은 불길이 삽시간에 온 지붕에 번지며 훨훨 타오를 제 그 뒷집 담 모서리에서 순이는 근래에 없이 환한 얼굴로 기뻐 못 견디겠다는 듯이 가슴을 두근거리며 모로 뛰고 세로 뛰었다…….

「조선의 얼굴」, 글벗집, 1926.

B사감과 러브 레터

굴비

C여학교에서 교원 겸 기숙사 *사감(舍監) 노릇을 하는 B여사라면 *딱장대요 독신주의자요 찰진 *야소꾼으로 유명하다. 사십에 가까운 노처녀인 그는 주근깨투성이 얼굴이 처녀다운 맛이란 약에 쓰려도 찾을 수 없을 뿐인가, 시들고 거칠고 마르고 누렇게 뜬 품이 곰팡 슬은 굴비를 생각나게 한다.

여러 겹 주름이 잡힌 훨렁 벗겨진 이마라든지, 숱이 적어서 법대로 쪽찌거나 틀어 올리지를 못하고 엉성하게 그냥 빗어 넘긴 머리꼬리가 뒤통수에 염소똥만하게 붙은 것이라든지, 벌써 늙어 가는 자취를 감출 길이 없었다. 뾰족한 입을 앙다물고 돋보기 너머로 쌀쌀한 눈이 노릴 때엔 기숙생들이 오싹 하고 몸서리를 치리만큼 그는 엄격하고 매서웠다.

이 B여사가 질겁을 하다시피 싫어하고 미워하는 것은 소위 '러브 레터'였다. 여학교 기숙사라면 으레 그런 편지가 많이 오는 것이지만 학교로도 유명하고 또 아름다운 여학생이 많은 탓인지 모르되 하루에도 몇 장씩 죽느니 사느니 하는 사랑 타령이 날아 들어왔었다. 기숙생에게 오는 *사신을 일일이 검사하는 터이니까 그 따위 편지도 물론 B여사의 손에 떨어진다. 달짝지근한 사연을 보는 족족 그는 더할 수 없이 흥분되어서 얼굴이 붉으락푸르락, 편지 든 손이 발발 떨리도록 성을 낸다.

아무 까닭 없이 그런 편지를 받은 학생이야말로 큰 재변이었다. 하학하기가 무섭게 그 학생은 사감실로 불리어 간다. 분해서 못 견디겠다는 사람 모양으로 쌔근쌔근하며 방 안을 왔다갔다하던 그는, 들어오는 학생을 잡아먹을 듯이 노리면서 한 걸음 두 걸음 코가 맞닿을 만치 바싹 다가들어서서 딱 마주선다. 웬 영문인지 알지 못하면서도 선생의

기색을 살피고 겁부터 집어먹은 학생은 한동안 어쩔 줄 모르다가 간신

히 모기만한 소리로,

　"저를 부르셨어요?"

하고 묻는다.

　"그래 불렀다. 왜!"

　팍 무는 듯이 한마디하고 나서 매우 못마땅한 것처럼 교의를 우당퉁

탕 당겨서 철썩 주저앉았다가 학생이 그저 서 있는 걸 보면,

　"장승이냐. 왜 앉지를 못해."

하고 또 소리를 빽 지르는 법이었다.

장승

　스승과 제자는 조그마한 책상 하나를 새에 두고 마주앉는다.

앉은 뒤에도,

　"네 죄상을 네가 알지!"

하는 것처럼 아무 말 없이 눈살로 쏘기만 하다가 한참 만에야 그 편지

를 끄집어내어 학생의 코앞에 동댕이를 치며,

　"이건 누구한테 오는 거냐."

하고 *문초를 시작한다.

　앞장에 제 이름이 씌었는지라,

　"저한테 온 것이야요."

하고 대답 않을 수 없다. 그러면 발신인이 누구인 것을 채쳐 묻는다.

　그런 편지의 *항용으로 발신인의 성명이 똑똑지 않기 때문에 주저

주저하다가 자세히 알 수 없다고 내대일 양이면,

　"너한테 오는 것을 네가 모른단 말이냐."

고 불호령을 내린 뒤에 또 사연을 읽어 보라 하여 무심한 학생이 나즉

나즉하나마 꿀 같은 구절을 입술에 올리면, B여사의 역정은 더욱 심해

문초
죄나 잘못을 따져 묻거
나 심문함.

항용
흔히 늘.

져서 어느 놈의 *소위인 것을 기어이 알려 한다. 기실 보도 듣도 못한 남성의 한 노릇이요, 자기에게는 아무 죄도 없는 것을 변명변명하여도 곧이 듣지를 않는다. 바른 대로 아뢰어야 망정이지 그렇지 않으면 퇴학을 시킨다는 둥, 제 이름도 모르는 여자에게 편지할 리가 만무하다는 둥, 필연 행실이 부정한 일이 있으리라는 둥…….

하다못해 어디서 한 번 만나기라도 하였을 테니 어찌해서 남자와 접촉을 하게 되었느냐는 둥, 자칫 잘못하여 학교에서 주최한 음악회나 바자에서 혹 보았는지 모른다고 졸리다 못해 주워댈 것 같으면 사내의 보는 눈이 어떻더냐, 표정이 어떻더냐, 무슨 말을 건네더냐, *미주알고주알 캐고 파며 얼르고 볶아서 넉넉히 십년감수는 시킨다.

두 시간이 넘도록 문초를 한 끝에는 사내란 믿지 못할 것, 우리 여성을 잡아먹으려는 마귀인 것, 연애가 자유이니 신성이니 하는 것도 모두 악마의 지어 낸 소리인 것을 입에 침이 없이 열에 띄어서 한참 설법을 하다가 닦지도 않은 방바닥(침대를 쓰기 때문에 방이라 해도 마룻바닥이다)에 그대로 무릎을 꿇고 기도를 올린다. 눈에 눈물까지 글썽거리면서 말끝마다 하느님 아버지를 찾아서 악마의 유혹에 떨어지려는 어린 양을 구해 달라고 뒤삶고 곱삶는 법이었다.

그리고 둘째로 그의 싫어하는 것은 기숙생을 남자가 면회하러 오는 일이었다. 무슨 핑계로 하든지 기어이 못 보게 하고 만다. 친부모, 친동기간이라도 규칙이 어떠니 상학중이니 무슨 핑계를 하든지 따돌려 보내기가 일쑤다. 이로 말미암아 학생이 동맹휴학을 하였고 교장의 *설유까지 들었건만 그래도 그 버릇은 고치려 들지 않았다.

이 B사감이 감독하는 그 기숙사에 금년 가을 들어서 괴상한 일이 '생겼다' 느니보다 '발각되었다' 는 것이 마땅할는지 모르리라. 왜 그런고 하면 그 괴상한 일이 언제 '시작된' 것은 귀신밖에 모르니까.

그것은 다른 일이 아니라 밤이 깊어서 새로 한 점이 되어 모든 기숙생들이 달고 곤한 잠에 떨어졌을 제 난데없는 깔깔대는 웃음과 속살속살하는 말낱이 새어 흐르는 일이었다. 하루 밤이 아니고 이틀 밤이 아닌 다음에야 그런 소리가 잠귀 밝은 기숙생의 귀에 들리기도 하였지만 자던 잠결이라 뒷동산에 구르는 마른 잎의 노래로나, 달빛에 날개를 번뜩이며 울고 가는 기러기의 소리로나 흘려 들었다. 그렇지 않으면 도깨비의 장난이나 아닌가 하여 무시무시한 증이 들어서 동무를 깨웠다가 좀처럼 동무는 깨지 않고 제 생각이 너무나 어림없고 어이없음을 깨달으면, 밤소리 멀리 들린다고, 학교 이웃집에서 이야기를 하거나 또 딴 방에 자는 제 동무들의 잠꼬대로만 여겨서 스스로 안심하고 그대로 자버리기도 하였다. 그러나 이 수수께끼가 풀릴 때는 왔다. 이때 공교롭게 한 방에 자던 학생 셋이 한꺼번에 잠을 깨었다. 첫째 처녀가 소변을 보러 일어났다가 그 소리를 듣고 둘째 처녀와 셋째 처녀를 깨우고 만 것이다.

"저 소리를 들어 보아요. 아닌 밤중에 저게 무슨 소리야."
하고 첫째 처녀는 호동그래진 눈에 무서워하는 빛을 띄운다.

"어제 밤에 나도 저 소리에 놀랐었어. 도깨비가 났단 말인가."
하고, 둘째 처녀도 잠 오는 눈을 비비며 수상해한다. 그 중에 제일 나이 많을 뿐더러(많았자 열여덟밖에 아니 되지만) 장난 잘 치고 짓궂은 짓 잘 하기로 유명한 셋째 처녀는 동무 말을 못 믿겠다는 듯이 이윽히 귀를 기울이다가,

"딴은 수상한걸. 나도 언젠가 한번 들어 본 법도 하구면. 무얼 잠 아니 오는 애들이 이야기를 하는 게지."

이때에 그 괴상한 소리는 땍때굴 웃었다. 세 처녀는 으쓱하며 귀를 소스라쳤다. 적적한 밤 가운데 다른 파동 없는 공기는 그 수상한 말마디를 곁에서나 나는 듯이 또렷또렷이 전해 주었다.

"오, 태훈 씨! 그러면 작히 좋을까요."

간드러진 여자의 목소리다.

"경숙 씨가 좋으시다면 내야 얼마나 기쁘겠습니까. 아아, 오직 경숙 씨에게 바친 나의 타는 듯한 가슴을 인제야 아셨습니까!"

정열에 뜨인 사내의 목청이 분명하였다. 한동안 침묵…….

"인제 고만 놓아요. 키스가 너무 길지 않아요. 행여 남이 보면 어떡해요."

아양떠는 여자 말씨.

"길수록 더욱 좋지 않아요. 나는 내 목숨이 끊어질 때까지 키스를 하여도 길다고는 못 하겠습니다. 그래도 짧은 것을 한하겠습니다."

사내의 피를 뿜는 듯한 이 말 끝은 계집의 자지러진 웃음으로 묻혀 버렸다.

그것은 묻지 않아도 사랑에 겨운 남녀의 허물어진 수작이다. 감금이 지독한 이 기숙사에 이런 일이 생길 줄이야! 세 처녀는 얼굴을 마주보았다. 그들의 얼굴은 놀랍고 무서운 빛이 없지 않았으되 점점 호기심에 번쩍이기 시작하였다. 그들의 머릿속에는 한결같이 로맨틱한 생각이 떠올랐다. 이 안에 있는 여자 애인을 보려고 학교 근처를 뒤돌고 곰돌던 사내 애인이, 타는 듯한 가슴을 걷잡다 못하여 밤이 이슥하기를 기다려 담을 뛰어넘었는지 모르리라.

모든 불이 다 꺼지고 오직 밝은 달빛이 은가루처럼 서리인 창문이 소리 없이 열리며 여자 애인이 흰 수건을 흔들어 사내 애인을 부른지도 모르리라.

　활동사진에 보는 것처럼 기나긴 피륙을 내리어서 하나는 위에서 당기고 하나는 밑에 매달려 디룽디룽하면서 올라가는 정경이 있었는지 모르리라.

　그래서 두 애인은 만나 가지고 저와 같이 사랑의 속살거림에 잦아졌는지 모르리라…… 꿈결 같은 감정이 안개 모양으로 부시게 세 처녀의 몸과 마음을 휩싸돌았다.

　그들의 뺨은 후끈후끈 달았다. 괴상한 소리는 또 일어났다.

　"난 싫어요. 난 싫어요. 당신 같은 사내는 난 싫어요."

이번에는 매몰스럽게 내어대는 모양.

"나의 천사, 나의 하늘, 나의 여왕, 나의 목숨, 나의 사랑, 나를 살려 주어요, 나를 구해 주어요."

사내의 애를 졸리는 간청…….

"우리 구경가 볼까."

짓궂은 셋째 처녀는 몸을 일으키며 이런 제의를 하였다. 다른 처녀들도 그 말에 찬성한다는 듯이 따라 일어섰으되 의아와 *공구와 호기심이 뒤섞인 얼굴을 서로 교환하면서 얼마쯤 망설이다가 마침내 가만히 문을 열고 나왔다. 쌀벌레 같은 그들의 발가락은 가장 조심성 많게 소리나는 곳을 향해서 곰실곰실 기어간다. 컴컴한 복도에 자다가 일어난 세 처녀의 흰 모양은 그림자처럼 소리 없이 움직였다.

소리나는 방은 어렵지 않게 찾을 수 있었다. 찾고는 나무로 깎아 세운 듯이 주춤 걸음을 멈출 만큼 그들은 놀랐다. 그런 소리의 출처야말로 자기네 방에서 몇 걸음 안 되는 사감실일 줄이야! 그렇듯이 사내라면 못 먹어하고 침이라도 뱉을 듯하던 B여사의 방일 줄이야. 그 방에 여전히 사내의 *비대발괄하는 푸념이 되풀이되고 있다…….

나의 천사, 나의 하늘, 나의 여왕, 나의 목숨, 나의 사랑, 나의 애를 말려 죽이실 테요. 나의 가슴을 뜯어 죽이실 테요. 내 생명을 맡으신 당신의 입술로…….

셋째 처녀는 대담스럽게 그 방문을 빠끔히 열었다. 그 틈으로 여섯 눈이 방 안을 향해 쏘았다. 이 어쩐 기괴한 광경이냐. 전등불은 아직 끄지 않았는데 침대 위에는 기숙생에게 온 소위 '러브 레터'의 봉투가 너저분하게 흩어졌고 그 알맹이도 여기저기 두서없이 펼쳐진 가운데 B여사 혼자—아무도 없이 제 혼자 일어나 앉았다. 누구를 끌어당길 듯이 두 팔을 벌리고 안경을 벗은 근시안으로 잔뜩 한곳을 노리며 그 굴비쪽 같은 얼굴에 말할 수 없이 애원하는 표정을 짓고는 키스를 기다리는 것같이 입을 쭝긋이 내어민 채 사내의 목청을 내어 가면서 아깟말을 중얼거린다. 그러다가 그 넋두리가 끝날 겨를도 없이 급작스레 *앵돌아지는 시늉을 내며 누구를 뿌리치는 듯이 연해 손짓을 하면서 이번에는 톡톡 쏘는 계집의 음성을 지어,

　　"난 싫어요. 당신 같은 사내는 난 싫어요."

하다가 제물에 자지러지게 웃는다. 그러더니 문득 편지 한 장(물론 기숙생에게 온 '러브 레터'의 하나)을 집어 들어 얼굴에 문지르며,

　　"정 말씀이야요. 나를 그렇게 사랑하셔요. 당신의 목숨같이 나를 사랑하셔요? 나를, 이 나를."

하고 몸을 치수르는데 그 음성은 분명히 울음의 가락을 띠었다.

　　"에그머니, 저게 웬일이야!"

　　첫째 처녀가 소곤거렸다.

　　"아마 미쳤나 보아, 밤중에 혼자 일어나서 왜 저리고 있을꾸."

　　둘째 처녀가 맞방망이를 친다…….

　　"에그 불쌍해!"

하고 셋째 처녀는 손으로 괸 때 모르는 눈물을 씻었다…….

　　　　　　　　　　　『조선의 얼굴』, 글벗집, 1926.

앵돌아지다
노여워서 토라지다.

고향

대구에서 서울로 올라오는 차 중에서 생긴 일이다. 나는 나와 마주
앉은 그를 매우 흥미있게 바라보고 또 바라보았다. 두루마기격으로 기
모노를 둘렀고, 그 안에서 옥양목 저고리가 내어 보이며, 아랫도리엔
중국식 바지를 입었다. 그것은 그네들이 흔히 입는 유지 모양으로 번
질번질한 암갈색 피륙으로 지은 것이었다. 그리고 발은 ＊감발을 하였
는데 짚신을 신었고, 고부가리로 깎은 머리엔 모자도 쓰지 않았다. 우
연히 이따금 기묘한 모임을 꾸미는 것이다. 우리가 자리를 잡은
찻간에는 공교롭게 세 나라 사람이 다 모였으니, 내 옆에는 중국
사람이 기대었다. 그의 옆에는 일본 사람이 앉아 있었다. 그는 동
양 삼국 옷을 한 몸에 감은 보람이 있어 일본 말로 곧잘 철철대이
거니와 중국 말에도 그리 서툴지 않은 모양이었다.

짚신

“도꼬마데 오이데 데수까(어디까지 가십니까)” 하고 첫마디를 걸더
니만 동경이 어떠니 대판이 어떠니 조선 사람은 고추를 끔찍이 많이
먹는다는 둥 일본 음식은 너무 싱거워서 처음에는 속이 뉘엿거린다는
둥 횡설수설 지껄이다가 일본 사람이 엄지와 검지 손가락으로 짜르게
끊은 꼿꼿한 윗수염을 비비면서 마지못해 깟댁깟댁하는 고개와 함께
“소오데수까(그렇습니까)”란 한마디로 ＊코대답을 할 따름이요 잘 받아
주지 않으매 그는 또 중국인을 붙들고서 실랑이를 한다. “니쌍나올
취─” “니씽섬마” 하고 덤벼 보았으나 중국인 또한 그 기름 낀 뚜우한
얼굴에 수수께끼 같은 웃음을 띠울 뿐이요 별로 대꾸를 하지 않았건
만, 그래도 무에라도 연해 웅얼거리면서 나를 보고 웃어 보였다.

그것은 마치 짐승을 놀리는 요술쟁이가 구경꾼을 바라볼 때처럼 훌
륭한 제 재주를 ＊갈채해 달라는 웃음이었다. 나는 쌀쌀하게 그의 시선
을 피해 버렸다. 그 주적대는 꼴이 어쭙지않고 밉살스러웠다. 그는 잠

무료
재미 있는 일이 없어
심심하고 지루함.

깐 입을 닫치고 *무료한 듯이 머리를 덕억덕억 긁기도 하며 손톱을 이로 물어뜯기도 하고 멀거니 창 밖을 내다보기도 하다가 암만해도 지절대지 않고는 못 참겠던지 문득 나에게로 향하며 "어디꺼정 가는 기오"라고 경상도 사투리로 말을 붙인다.

"서울까지 가오."

"그런기오. 참 반갑구마. 나도 서울꺼정 가는데. 그러면 우리 동행이 되겠구마."

나는 이 지나치게 반가워하는 말씨에 대하여 무어라고 대답할 말도 없고 또 굳이 대답하기도 싫기에 덤덤히 입을 닫쳐 버렸다.

"서울에 오래 살았는기오?"

그는 또 물었다.

"육칠 년이나 됩니다."

조금 성가시다 싶었으되 대꾸 않을 수도 없었다.

"에이구, 오래 살았구마. 나는 처음 길인데 우리 같은 막벌이꾼이 차를 내려서 어디로 찾아가야 되겠는기오? 일본으로 말하면 '기진야도' 같은 것이 있는기오."

하고 그는 답답한 제 신세를 생각했던지 찡그려 보였다. 그때 나는 그의 얼굴이 웃기보다 찡그리기에 가장 적당한 얼굴임을 발견하였다. 군데군데 찢어진 *겅성드뭇한 눈썹이 올올이 일어서며 아래로 축 처지는 서슬에 양미간에는 여러 가닥 주름이 잡히고 광대뼈 위로 뺨살이 실룩실룩 보이자 두 볼은 쪽 빨아든다. 입은 소태나 먹은 것처럼 왼편으로 삐뚤어지게 찢어 올라가고 조이던 눈엔 눈물이 괸 듯, 삼십 세밖에 안 되어 보이는 그 얼굴이 십 년 가량은 늙어진 듯하였다. 나는 그 *신산스러운 표정에 얼마쯤 감동이 되어서 그에게 대한 반감이 풀려

겅성드뭇하다
많은 수효가 듬성듬성
흩어져 있다.

신산스럽다
보기에 사는 것이 힘
들고 고생스러운 데
가 있다.

지는 듯하였다.

　"글쎄요, 아마 노동 숙박소란 것이 있지요."

　노동 숙박소에 대해서 미주알고주알 묻고 나서,

　"시방 가면 무슨 일자리를 구하겠는기요."

라고 그는 매달리는 듯이 또 재우쳤다.

　"글쎄요, 무슨 일자리를 구할 수 있을는지요."

　나는 내 대답이 너무 냉랭하고 불친절한 것이 죄송스러웠다. 그러나 일자리에 대하여 아무 지식이 없는 나로서는 이 외에 더 좋은 대답을 해줄 수가 없었던 것이다. 그 대신 나는 은근하게 물었다.

　"어디서 오시는 길입니까."

　"흥, 고향에서 오누마."

하고 그는 휘 한숨을 쉬었다. 그러자 그의 신세타령의 실마리는 풀려 나왔다. 그의 고향은 대구에서 멀지 않은 K군 H란 외딴 동리였다. 한 백 호 남짓한 그곳 주민은 전부가 *역둔토를 파먹고 살았는데 역둔토로 말하면 사삿집 땅을 붙이는 것보다 떨어지는 것이 후하였다. 그러므로 넉넉지는 못할망정 평화로운 농촌으로 남부럽지 않게 지낼 수 있었다. 그러나 세상이 뒤바뀌자 그 땅은 전부가 동양척식회사의 소유에 들어가고 말았다. 직접으로 회사에 소작료를 바치게나 되었으면 그래도 나으련만 소위 중간 소작인이란 것이 생겨나서 저는 손에 흙 한 번 만져 보지도 않고 동척엔 소작인 노릇을 하며 실작인에게는 지주 행세를 하게 되었다. 동척에 소작료를 물고 나서 또 중간 소작인에게 긁히고 보니 실작인의 손에는 *소출의 삼 할도 떨어지지 않았다. 그 후로 '죽겠다', '못 살겠다' 하는 소리는 중이 염불하듯 그들의 입길에서 오르내리게 되었다. *남부여대하고 타처로 *유리하는 사람만 늘고 동리

역둔토(驛屯土)
역의 경비를 충당하는 역토(驛土)와, 경비(警備)를 위하여 역에 주둔하는 군대가 자급자족을 위하여 경작하는 둔전(屯田)을 아울러 이르는 말이다.

소출
논밭에서 나는 곡식. 또는 그 곡식의 양.

남부여대(男負女戴)
남자는 지고 여자는 인다는 뜻으로, 가난한 사람들이 살 곳을 찾아 이리저리 떠돌아다님을 비유적으로 이르는 말.

유리
유리표박(流離漂泊), 일정한 집과 직업이 없이 이곳저곳으로 떠돌아다님.

는 점점 쇠진해 갔다.

　지금으로부터 구 년 전 그가 열일곱 살 되던 해 봄에(그의 나이는 실상 스물여섯이었다. 가난과 고생이 얼마나 사람을 늙히는가) 그의 집안은 살기 좋다는 바람에 서간도로 이사를 갔었다. 쫓겨 가는 운명이거든 어디를 간들 신신하랴. 그곳의 비옥한 전야도 그들을 위하여 열려질 리 없었다. 조금 좋은 땅은 먼저 간 이가 모조리 차지를 하였고 황무지는 비록 많다 하나 그곳 당도하던 날부터 아침거리 저녁거리 걱정이라 무슨 행세로 적어도 일 년이란 장구한 세월을 먹고 입어 가며 거친 땅을 풀 수가 있으랴. 남의 밑천을 얻어서 농사를 짓고 보니 가을이 되어 얻는 것은 빈주먹뿐이었다. 이태 동안을 사는 것이 아니라 억지로 버티어 갈 제 그의 아버지는 우연히 병을 얻어 타국의 외로운 혼이 되고 말았다. 열아홉 살밖에 안 된 그가 홀어머니를 모시고 악으로 악으로 모진 목숨을 이어 가는 중 사 년이 못 되어 영양 부족한 몸이 심한 노동에 지친 탓으로 그의 어머니 또한 죽고 말았다.

　“모친꺼정 돌아갔구마,”“돌아가실 때 흰 죽 한 모금 못 자셨구마” 하고 이야기하던 이는 문득 말을 뚝 끊는다. 그의 눈이 번들번들함은 눈물이 쏟아졌음이리라. 나는 무엇이라고 위로할 말을 몰랐다. 한동안 머뭇머뭇이 있다가 나는 차를 탈 때에 친구들이 사 준 정종병 마개를 빼었다. 찻잔에 부어서 그도 마시고 나도 마셨다. *악착한 운명이 던져준 깊은 슬픔을 술로 녹이려는 듯이 연거푸 다섯 잔을 마신 그는 다시 말을 계속하였다. 그 후 그는 부모 잃은 땅에 오래 머물기 싫었다. 신의주로 안동현으로 품을 팔다가 일본으로 또 벌이를 찾아가게 되었다. 구주 탄광에 있어도 보고 대판 철공장에도 몸을 담아 보았다. 벌이는 조금 나았으나 외롭고 젊은 몸은 자연히 방탕해졌다. 돈을 모으려야 모을 수 없고 이따금 울화만 치받치기 때문에 한곳에 주접을 하고 있을 수 없었다. 화도 나고 고국 산천이 그립기도 하여서 훌쩍 뛰어나왔다가 오래간만에 고향을 둘러보고 벌이를 구할 겸 서울로 올라가는 길이라 한다.

"고향에 가시니 반가워하는 사람이 있습디까?"

나는 탄식하였다.

"반가워하는 사람이 다 뭐기오, 고향이 통 없어졌더마."

"그렇겠지요. 구 년 동안이면 퍽 변했겠지요."

"변하고 뭐고 간에 아무것도 없더마. 집도 없고 사람도 없고 개 한 마리도 얼씬을 않더마."

"그러면 아주 폐농이 되었단 말씀이오."

"흥, 그렇구마. 무너지다가 담만 즐비하게 남았즈마. 우리 살던 집도 터야 안 남았겠는기오."

하고 그의 짜는 듯한 목은 높아졌다.

"썩어 넘어진 서까래, 뚤뚤 구르는 [*]주추는! 꼭 무덤을 파서 해골을 헐어 젖혀 놓은 것 같더마. 세상에 이런 일도 있는기오? 백여 호 살던 동리가 십 년이 못 되어 통 없어지는 수도 있는기오, 후!"

하고 그는 한숨을 쉬며 그때의 광경을 눈앞에 그리는 듯이 멀거니 먼 산을 보다가 내가 따라 준 술을 꿀꺽 들이켜고,

"참! 가슴이 터지드마, 가슴이 터져."

하자마자 굵직한 눈물 뒤 방울이 뚝뚝 떨어진다.

나는 그 눈물 가운데 음산하고 비참한 조선의 얼굴을 똑똑히 본 듯싶었다.

이윽고 나는 이런 말을 물었다.

서까래

주추
기둥 밑에 괴는 돌 따위의 물건.

“그래, 이번 길에 고향 사람은 하나도 못 만났습니까.”

“하나 만났구마, 단지 하나.”

“친척 되시는 분이던가요.”

“아니구마, 한이웃에 살던 사람이구마.”

하고 그의 얼굴은 더욱 침울해진다.

“여간 반갑지 않으셨겠지요.”

“반갑다마다, 죽은 사람을 만난 것 같더마. 더구나 그 사람은 나와
까닭도 좀 있던 사람인데…….”

“까닭이라니?”

“나와 혼인말이 있던 여자구마.”

“하―!”

나는 놀란 듯이 벌린 입이 닫혀지지 않았다.

“그 신세도 내 신세만이나 하구마.”

하고 그는 또 이야기를 계속하였다. 그 여자는 자기보다 나이 두 살 위
였는데 한이웃에 사는 탓으로 같이 놀기도 하고 싸우기도 하며 자라났
었다. 그가 열네 살 적부터 그들 부모 사이에 혼인말이 있었고 그도 어
린 마음에 매우 탐탁하게 생각하였었다. 그런데 그 처녀가 열일곱 살
된 겨울에 별안간 간 곳을 모르게 되었다. 알고 보니 그 아비 되는 자
가 이십 원을 받고 대구 *유곽에 팔아먹은 것이었다. 그 소문이 퍼지자
그 처녀 가족은 그 동리에서 못 살고 멀리 이사를 갔는데 그 후로는 물
론 피차에 한 번 만나 보지도 못하였다. 이번에야 빈터만 남은 고향을
구경하고 돌아오는 길에 읍내에서 그 아내 될 뻔한 댁과 마주치게 되
었다. 처녀는 어떤 일본 사람 집에서 아이를 보고 있었다. *궐녀는 이
십 원 몸값을 십 년을 두고 갚았건만 그래도 주인에게 빚이 육십 원이

유곽
많은 창녀를 두고 매음
영업을 하는 집. 또는
그런 집이 모여 있는 곳.

궐녀
말하는 이와 듣는 이가
아닌 여자를 낮잡아 이
르는 삼인칭 대명사.

나 남았었는데 몸에 몹쓸 병이 들고 나이 늙어져서 산송장이 되니까
주인 되는 자가 특별히 빚을 탕감해 주고 작년 가을에야 놓아 준 것이
었다. 궐녀도 자기와 같이 십 년 동안이나 그리던 고향에 찾아오니까
거기에는 집도 없고 부모도 없고 쓸쓸한 돌무더기만 눈물을 자아낼 뿐
이었다. 하루 해를 울어 보내고 읍내로 들어와서 돌아다니다가 십 년
동안에 한 마디 두 마디 배워 두었던 일본 말 덕택으로 그 일본 집에
있게 되었던 것이었다.

  "암만 사람이 변하기로 어째 그렇게도 변하는기오? 그 숱 많던 머리
가 훌렁 다 벗어졌더마. 눈은 푹 들어가고 그 *이들이들하던 얼굴빛도
마치 유산을 끼얹은 듯하더마."

“서로 붙잡고 많이 우셨겠지요.”

“눈물도 안 나오드마. 일본 우동집에 들어가서 둘이서 정종만 열 병 따라 뉘고 헤어졌구마.”

하고 가슴을 짜는 듯이 괴로운 한숨을 쉬더니만 그는 지낸 슬픔을 새록새록이 자아내어 마음을 새기기에 지쳤음이더라.

“이야기를 다 하면 무얼 하는기오.”

하고 쓸쓸하게 입을 다문다. 내 또한 너무도 참혹한 사람살이를 듣기에 쓴물이 났다.

“자, 우리 술이나 마저 먹읍시다.”

하고 우리는 서로 주거니 받거니 한 되 병을 다 말리고 말았다. 그는 취흥에 겨워서 우리가 어릴 때 멋모르고 부르던 노래를 읊조렸다.

벗섬이나 나는 전토는
신작로가 되고요—
말마디나 하는 친구는
감옥소로 가고요—
담뱃대나 떠는 노인은
공동묘지 가고요—
인물이나 좋은 계집은
유곽으로 가고요—

『조선의 얼굴』, 글벗집, 1926.

사립정신
병원장

포플러 나무

생각하면 재작년 겨울 일이다. 나는 오래간만에야 고향에 돌아갔었다. 10여 호가 넘던 일갓집들이 가을바람에 나부끼는 포플러 잎보다도 더 하잘것없이 흩어진 오늘날에야 말이 고향이지 기실 쓸쓸한 타향일 따름이다. 비록 초가일망정 20여 칸이나 되는 우리 집도 다섯 칸 오막살이로 찌그러 들어 성 밖 외따른 동리에 초라하게 남았고, 기기는 칠순에 가까운 아버지와 마흔이 넘은 계모가 턱을 고이고 앉았을 뿐. 아들도 남부럽지 않게 많지만 제 입 풀칠하기에 바쁜 그들은 부모님 봉양할 이는 하나도 없었던 것이다. 몇 달 만에야 한 번, 몇 해 만에야 한 번 집안으로 기어드는 자식은 자식이 아니요 손님이었다. 쌀밥 한 그릇 고깃국 한 대접을 만들어 먹이기에 아버지와 어머니가 얼마나 고심하는 것을 잘 아는 나는 얼른 들여다보고는 선선히 일어서는 것이 항례였다. 그러나 내가 여기서 내 시세(時勢)와 우리 집안 형편을 늘어놓자는 것은 아니다. 음산하고 참담한 내 동무 하나의 이야기를 기념 삼아 적어 두자는 것이다.

아버지 집을 총총히 뛰어나와 나의 발길은 몇 아니 되는 친구가 *구락부 삼아 모이는 L군의 사랑으로 향하였다. 그들은 무조건으로 나를 환영해 주었다. 반가움 즐거움은 이야기의 즐거움으로 옮겨갔다. 서울 형편 이야기, 글 이야기를 비롯하여 친구들의 가정에 일어난 에피소드까지 우리의 화제에 올랐다.

"W군이 어째 보이지 않나. 요새도 은행에 잘 다니나?"

나는 그 사랑의 단골 축의 하나인 W군의 소식을 물어보았다.

"이번 정리 통에 그나마 미역국을 먹었네."

하고 주인 되는 L군이 얼굴을 찌푸린다. 나는 그 말을 듣고 놀랐다. 이 W군으로 말하면 그야말로 헐길할길 없는 형편이었다. 본디 서발막대

거칠 것 없는 가난한 집안에 태어난 그는 열여덟 살 때에 백부에게로
*출계(出系)를 하게 되었다.

　양자 간 덕택으로 즉시 장가는 들 수 있었으나 사람 좋은 양부는 남
의 *빚봉수로 말미암아 씩씩치 않은 시골 살림이 일조에 *판들고 말았
다. 그는 처가에 몸을 의탁하는 수밖에 없게 되었다. 그러나 처가 또한
넉넉지 못한 형세이다. *조반석죽도 *궐(闕)할 때가 많았다. 넉넉한 처
가살이도 하기 어렵다 하거늘 하물며 가난한 처가살이랴. 목으로 넘어
가는 밥 한 알 두 알이 바늘과 같이 그의 창자를 찔렀으리라.

　이토록 고생에 부대끼면서도 그는 얼굴 한 번 찡그리는 법이 없었
다. 그는 언제든지 싱글싱글 웃었다. 그는 말 한마디를 해도 웃지 않고
는 못하는 낙천가였다. 서울에 올라와서 고학을 할 때 살을 에이는 듯
한 겨울날 속옷을 빨다가 손이 몹시 쓰리면 그는 벌떡 일어나 손을 쩔
레쩔레 흔들며,

　“이놈의 손가락이 별안간에 왜 뻣뻣해지나.”
하고는 웃었다. 밥을 짓다가 연기가 눈으로 들어가면
눈물이 그렁그렁한 눈을 비비면서도 그는 히히
하고 웃기를 잊지 않았다. 그 대신 그의 몸은 여
지없이 말라 갔다. 뼈하고 가죽으로만 접한 듯한
얼굴은 바늘로 찔러도 피 한 점 날 것 같지 않았다.
가장 기쁜 듯이 웃을 때면 입가는 마치 누비를 누
벼 놓은 듯이 여러 가닥 주름이 잡혔다.

　만사를 웃고 지내는 그이언만 처가살이는 견디지 못
하였던지 작년 봄에 남의 *협호(夾戶)를 얻어 자기 식구를 끌고
나왔다. *백관(白官)으로 살림을 차리고 보니 그 군색한 것이야 당자

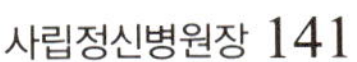

아닌 남으론 상상도 못할 일이 있었으리라. 있는 친구에게 쌀 되를 꾸어 가면서 그날그날을 보내던 중 여러가지로 주선한 끝에 T은행의 *고원(雇員)으로 채용이 되었다. 25원이란 월급이 비록 적지만 그들의 가정에겐 생명의 줄이었다. 그런데 그 줄이나마 끊어졌으니 그는 또 무엇을 하며 지낼 것인가. 더구나 그는 벌써 열두 살 먹은 맏딸, 여덟 살 되는 둘째 딸, 네 살 먹은 아들의 아버지가 아니냐.

"그러면 무엇을 먹고 산단 말인가."

나는 탄식하였다.

"요새는 사립 정신병원장이 되셨지요."

하고 익살을 잘 부리는 S군이 낄낄 웃었다. 온 방은 이 말에 땍때그르 웃었다.

"사립 정신병원장이라니?"

나는 웬 까닭을 몰라서 채쳐 물었다.

"출근 오전 7시, 퇴근 오후 6시, 집무 중 면회 절대 사절, 일시라도 환자의 곁은 떠나지 못할지니 변소 출입도 엄금……."

하고 S군의 북받치는 웃음을 못 참을 제 방안에 웃음소리는 또 한 번 높아졌다.

S군의 설명을 들으면 W군에게 P란 친구가 있었다. 워낙 체질이 나약한 그는 어릴 적부터 병으로 자라났다. 성한 날이라고는 단지 하루가 없었다. 가난한 집 자식 같으면 땅김을 벌써 말았으련만 다행히 수천 석 꾼의 외동아들로 태어난 덕택에 삼과 녹용의 힘이 그의 끊어지려는 목숨을 간신히 부지해 왔었다. 자식이 그렇게 허약하거든 장가나 들이지 않았으면 좋을 걸 재작년에 혼인을 한 뒤부터 그의 병세는 더욱더 처진 모양이었다. 금년 봄에 첫딸을 낳은 뒤론 그는 실성실

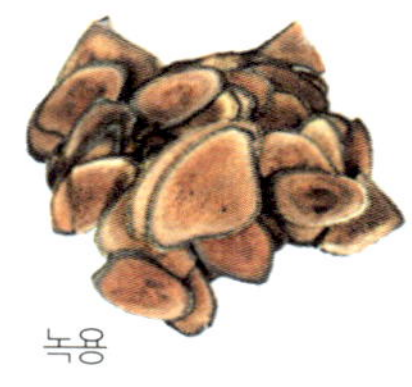

녹용

성 정신에 이상이 생기고 말았다.

미치고 보니 자연히 찾아오는 친구도 없고 부모 친척까지 그와 오래 앉아 있기를 꺼리게 되었다. 그렇다고 병자를 내보낼 수도 없고 혼자 한방에 감금해 두는 것도 또한 염려스러운 일이다. 그래 W군이 '사립 정신병원장'이 된 것이다. 날이 낮도록 미친 이의 말벗이 되고 보호병 노릇을 하는 보수로 W군은 한 달에 쌀 한 가마니, 돈 10원씩을 받게 된 것이다.

'사립 정신병원장!'

나는 속으로 한 번 외어 보았다. 나의 가슴은 한그믐밤같이 캄캄해졌다.

그날 저녁에는 W군을 만났다.

"원장 영감, 이제야 퇴근하셨습니까."

하고 S군은 또 낄낄댄다. 방 안에 다시금 웃음이 터졌다. W군도 또한 빙그레 웃었으되 그 샛노란 얼굴엔 잠깐 검은 그림자가 지나가는 듯하였다.

"오늘은 별일 없었나?"

친구들은 W군을 중심으로 둘러앉으며 L군이 물었다. 그들의 눈에는 호기심이 번쩍였다.

"여보게, 말도 말게, 오늘은 정말 혼이 났네."

하고 W군은 역시 싱글싱글 웃는다.

"왜?"

여러 사람의 눈은 휘둥그레졌다.

"지랄이 점점 늘어가나 보네. 오늘은 문을 첩첩이 닫고 늘 하는 그 지랄을 하더니만 칼을 가지고 나를 찌르려고 덤비데."

“칼은 또 웬 칼인고?”

“낮에 밤 깎으라고 내온 것을 어느새 집어넣었던가 보데.”

“그래 그 칼을 빼앗았나?”

“그까짓 것 안 빼앗으면 어떨라고. 설마 미친놈이 사람 죽이겠나.”

하고 W군은 또 웃었다. 그러나 그의 몸은 웬일인지 추운 듯이 떨고 있었다.

“자네도 좀 실성실성하이그려, 미친놈이 사람을 죽이지 성한 놈이 사람을 죽이나.”

거기 모인 친구의 하나인 K군이 그 귀공자다운 흰 얼굴이 조금 푸르러지며 이런 말을 하였다.

“성한 사람 같으면 푹 찌르지만 칼을 들고 남의 목을 겨누며 한참 지랄을 하더니 그대로 퍽 쓰러지데그려.”

“자네 오늘은 운수가 좋았네. 문을 첩첩이 잠그고 그 어둠침침한 방 안에서 정말 찔렀으면 어쩔 뻔했나.”

하고 L군은 아찔아찔한 듯이 몸서리를 친다.

“문은 왜 처잠그는가?”

나는 또 설명을 요구하였다.

“자네는 참 모를 걸세.”

하고 W군은 설명해 주었다. P의 증세는 소위 공인증(恐人症)이란 것이었다. 천연스럽게 앉아 있다가 문득 눈을 홉뜨고 그 백지장 같은 얼굴이 파랗게 질려 가지고,

“아이구, 저놈들이 또 온다. 아이구, 저놈이 나를 잡으러 온다.”

하고 황급하게 중얼거리며 숨을 곳을 찾는 듯이 방 안을 쩔쩔매다가,

“여보게, W군. 문 좀 닫아 주게.”

하고 *비두발괄하는 법이었다. 그러면 W군은 하릴없이 사랑 중문을 닫고, 그들이 있는 방문이란 방문은 미닫이며 덧창이며 바깥문까지 모조리 닫아 걸어야 한다. 그래서 방 안이 침침해지면 개한테 쫓긴 닭 모양으로 방 한구석에 고개를 처박고 있는 미친 이는 고개를 번쩍 들고 사면을 두리번두리번 살핀다. 그러다가 별안간 "히, 히, 히"라고 마디마디 끊어진 웃음을 웃는다.

이 웃음소리를 따라 그의 홉뜬 눈이 점점 번들번들해지자,

"이놈들아, 너희들이 나를 잡아가. 어림 반 푼어치 없어. 히, 히, 히……."

하면서 소리를 고래고래 지르다가 한 시간가량 지나면 제풀에 지쳐서 그대로 쓰러지는 법이었다. 그런데 오늘도 법대로 또한 문을 다 잠그고 한참 발광을 하다가 문득 품속에서 창칼을 쑥 빼어 들더니 W군에게 달려들어 그 칼을 목에다 겨누며,

"이 죽일 놈, 네가 나 잡으러 온 것이지. 이놈, 내 칼에 죽어 보아라."

하고 소리소리 지르다가 다행히 그대로 쓰러졌다고 한다.

"자네 오늘 십년감수는 했겠네."

하고 L군이 소리를 떨어뜨린다.

"글쎄, 원장 노릇도 못 해 먹겠는걸."

하고 W군은 또 히히 웃어 보였다.

K군의 주최로 그날 밤에 우리는 해동관이란 요릿집에 가게 되었다. 일행이 거의 다 외투를 걸쳤지만 W군 홀로 옥양목 겹두루마기 자락을 찬바람에 날리며 가는 다리를 꼬는 듯이 하며 걸어가는 양이 눈물겨웠다.

요리상은 벌어졌다. 셋이나 부른 기생의 기름내와 분내가 신선로 김과 한데 서렸다. 장구 소리와 가야금 자락이 서로 어우러지자 한가한

신선로

장구

가야금

고로 웅장한 단가며 멋지고 구슬픈 *육자배기가 단 입김과 함께 둥둥 떠돌았다.

술은 여러 차례 돌았건만 나는 조금도 취해지지를 않는다. W군의 존재가 어쩐지 나의 마음을 어둡게 하였다. 첫째로 그의 주량이 나를 놀라게 하였다. 서울에서 고학하던 시절, 학비를 넉넉히 갖다 쓰는 친구가 청요릿집으로 가난한 놀이를 하려면 강권하는 것을 떨치다 못하여 배갈 한 잔에 누른 얼굴이 홍당무로 변하며 그대로 쓰러지던 그였다. 그런데 오늘 저녁엔 비록 정종일 망정 열 잔이 넘었으되 조금도 취하는 기색이 보이지 않았다. 빼빼 마른 팔뚝을 반만 걷어 요리상 위에 세울 채 기생이 따라 주는 대로 그는 꿀꺽꿀꺽 들이켜고 있었다.

"자네 웬 술을 그렇게 먹나?"

마침내 나는 W군을 향해서 의아한 듯이 물었다.

"왜 나는 술도 못 먹는 줄 알았나."

하고 W군은 또 히히 웃어 보였다.

"여보게, W군 술이 어떤 줄 알고 그런 말을 하나. 한 동이를 가지고는 못 가도 먹고는 간다네. 식전 해장도 세 사발은 먹어야 견디네."

S군이 도리어 내 말을 의아하게 여기는 듯이 가로채더니만,

"여보게 W군, 자네는 자네 말짝으로 그 눈알만 한 잔 가지고는 턱이 아니 될 터이니 컵으로 하게."

"그것도 좋지. 나만 그럴 것 있나, 우리 모두 컵으로 하게그려."

컵이 들려 왔다. 처음에는 먹을 듯이 모두들 W군의 말에 찬동을 하더니만 컵에 술을 붓고 보니 끔찍하던지 감히 마시려 들지 않았다. W군 홀로 세 컵을 기울이고 말았다.

"자네들도 들게그려."

하고 한 두어 번 권해 보았으나 잘들 들지 않으매 저 혼자 연거푸 다섯 잔을 들이켰다. 그는 자기의 *비색한 신수와 악착한 형편을 도무지 잊은 듯하였다. 그와 반대로 모인 중에도 자기 혼자 유쾌하고 기쁜 듯 하였다.

기생 하나가 장구를 메고 일어서자 앞장 서서 얼신덜신 춤을 춘 이도 W군이었다. 꽉 잠긴 목으로 남 먼저 '에라만수'를 찾은 이도 W군이었다.

놀이는 끝장날 때가 왔다. 꽹과리 소리가 사람의 귀를 찢었다. 춤추다가 쓰러지는 사람이 하나씩 둘씩 늘게 되었다.

"인제 그만 가세그려."

술이 덜 취한 L군이 마침내 이런 제의를 하였다. 우리는 그 말에 찬동을 하며 외투를 떼어 입었다.

그때에도 한 팔로 요리상을 짚고 몸을 가누지 못하면서도 아직 술병을 기울이고 있던 W군은 문득 보이를 불러서 신문지를 가져오라 하였다. 신문지를 받아 들자 그는 약식이며 떡 같은 것을 주섬주섬 싸기 시작하였다.

"여보게 창피하이, 그만두게."

K군이 눈썹을 찡그리며 말렸다.

"어떤가. 내 돈 준 것 내가 가져가는데,"

하고 W군은 역시 웃으며 벌벌 떠는 손으로 쌀 것을 줍기에 바쁘다.

"인제 그만 싸게, 에이 창피스러워."

하고 K군은 고개를 돌린다. 마침내 W군은 쌀 것을 다 싸 가지고 송편과 약식이 삐죽삐죽 나오는 봉지를 들고 비슬비슬 일어선다.

꽹과리

약식

　　그때 K군의 '나지미'라는 명옥이가 입을 삐죽거리면서 그 광경을 바라보다가,

　　"원장 영감 댁은 오늘 밤에 큰 잔치를 하겠구먼."

하고 비우적거렸다. 그 말이 떨어지자마자 W군은 나는 듯이 명옥에게로 달겨들었다.

　　"이년, 뭣이 어째?"

라는 고함과 함께 W군의 손은 철썩하고 명옥의 뺨에 올라 붙었다. 명옥은 "에고고!" 외마디 소리를 치고 쓰러지자 W군은 미워서 못 견디겠다는 듯이,

　　"원장 댁 큰 잔치? 큰 잔치?"

라고 뇌면서 발길로 엎어진 계집의 허리를 찼다. 이 야단 통에 W군의 떡 싼 봉지는 방바닥에 떨어져 흩어졌다. 나는 이 싸움의 원인이요 사랑의 뭉치인 봉지를 얼른 주워서 방 한구석 장구 엎혔던 자리위에 올려 두었다.

싸움은 벌어졌다. K군이 명옥이 역성을 들며 W군에게 덤빈 까닭이다. K군은 W군의 목덜미를 잡아 회술레 돌리다가,

"이 자식 미친놈하고 같이 있더니 미쳤나뵈. 왜 사람을 차며 지랄 발광을 하노."

하며 획 뿌리치자 W군은 비슬비슬 몇 걸음 걸어 나오다가 방바닥에 얼굴을 처박고 푹 꺼꾸러졌다. 그럴 겨를도 없이 엎어진 이는 벌떡 몸을 일으켜서 곧 K군에게로 달겨들었다. 우리는 황망히 그의 팔을 잡아 만류를 하였는데 그때 그의 얼굴은 지금 생각해 보아도 몸서리가 끼친다. 엎어질 때 다쳤음이리라. 악다문 이빨엔 피가 흘렀다. 그 겅성드뭇한 눈썹이 알알이 일어섰으며 핏발 선 눈엔 그야말로 불이 나는 듯하였고, 이마엔 마른 가죽을 뚫고 나올 듯이 푸른 힘줄이 섰다. 그러나 그것보다도 마치 납을 끓여 부은 듯한 그 얼굴, 실룩실룩하는 살점 하나하나가 떠는 듯한 그 꼴이란 더할 수 없이 무서웠다. 입에 거품을 버글버글 흘리고,

"미친놈하고 같이 있으면 어쨌단 말이냐. 미쳤으면 어쨌단 말이냐. 오! 너는 돈 있다고, 너는 돈 있다고."

하고 이를 빠드득빠드득 갈아붙이며 K군을 향해 몸부림을 쳤다. 순한 양 같은 이 낙천가가 비록 취중일 망정 사나운 짐승같이 날뛰며 악마보다도 더 지독한 표정을 할 줄이야 누가 꿈엔들 생각하였으랴.

간신히 뜯어말려서 먼저 K군을 보내고 L군과 S군과 나는 이 W군을 진정시켜서 얼마 만에야 그 요릿집 방문을 나오려 하였다. 그때 W군은 무엇을 찾는 듯이 연해 방 안을 살피다가 아까 내가 엎어 둔 봉지를 발견하자 그의 눈은 이상하게 번쩍였다. 그의 뜻을 지레짐작한 나는 얼른 그 봉지를 집자 그는 내 손에서 그 봉지를 빼앗 듯이 받아 가지고

방바닥에 *태질을 쳤다. 그러자 그는 흩어진 음식 위에 꺼꾸러지며 엉엉 울기 시작하였다. 그의 얼굴과 손은 약식투성이가 되고 말았다.

"복돌아, 약식 안 먹어도 산다. 복돌아, 송편 안 먹어도 산다."

한동안 그는 제 아들 이름을 부르며 목을 놓고 울었다. 문득 울음을 뚝 그친 그는 무엇을 노리는 듯이 제 앞을 바라보더니만 나를 향하며,

"여보게, 칼로 푹 찔러 죽이는 것이 어떻겠나?"

우리는 어리둥절하며 그의 입만 바라보았다.

"아니 그럴 일이 아니다. 고 어린 것을 칼로 찌를 거야 있나. 차라리 목을 눌러 죽이지. 목을 누르면 내 손아귀 밑에서 파득파득하겠지."

"여보게, 누구를 죽인단 말인가?"

마침내 나는 물어보았다.

"우리 복돌이를 말일세. 하나씩 하나씩 죽이는 것보다 모두 *비끄러매 놓고 불을 질러 버릴까."

나는 그 말을 듣고 전신에 소름이 끼쳤다.

"흥, 내 자식 죽이면 저희들은 성할 줄 알고. 흥, 그놈들도 내 손에 좀 죽어야 될걸."

하고 별안간 그는 소리쳐 웃었다.

S군이 W군과 바로 한 이웃에 살기 때문에 우리는 그에게 취한 이를 맡기고 돌아왔다.

그 이튿날, S군의 말을 들은즉 W군의 집에서 *악머구리 떼 같은 어른과 아이의 울음이 하도 요란하기에 자다가 말고 가 보니 W군의 부인은 어떻게 맞았던지 마루에 늘어진 채 갱신도 못하고, 아이새끼는 기둥 하나에 하나씩 바로 친친 매어 두었으며, W군은 손에 성냥을 쥔 대로 마당에 쓰러져 쿨쿨 코를 골고 있었다고 한다.

태질
세게 메어치거나 내던지는 짓.

비끄러매다
줄이나 끈 따위로 서로 떨어지지 못하게 붙잡아 매다.

악머구리
잘 우는 개구리라는 뜻으로, '참개구리'를 이르는 말. 또는 아주 시끄럽게 소리를 내는 것을 비유적으로 이르는 말.

그다음 날 차로 나는 서울로 올라왔다. W군은 사립 정신병원의 사무가 바빠 나를 전송도 해 주지 못하였다. 그런 일이 있은 후 다섯 달가량 지냈으리라.

나는 L군으로부터 편지를 받았다.

……W군이 마침내 미치고 말았다. 그는 오늘 아침에 P군을 단도로 찔러 그 자리에 죽이고 말았다. P군의 미친 칼에 죽을 뻔하던 그는 도리어 P군을 죽이고 만 것일세…….

나는 이 편지를 보고 물론 놀랐으되 어쩐지 으레 생길 *참극이 마침내 실연되고 만 것 같았다.

참극(惨劇)
슬프고 끔찍한 사건을 비유적으로 이르는 말.

《개벽》, 1926.

나도향 단편선

별을 안거든
울지나 말걸

건반 위에 피곤한 손을 한가히 쉬이시는 만하(晩霞) 누님에게 한 구절 애달픈 울음의 노래를 드려 볼까 하나이다.

1

저는 이 글을 쓰기 전에 우선 누님 누님 누님 하고 눈물이 날 만치 감격에 떨리는 목소리로 누님을 불러 보고 싶습니다.

그것도 한낱 꿈일까요? 꿈이나 같으면 오히려 허무로 돌리어 보내일 얼마간의 위로가 있겠지만 그러나 그러나 그것도 꿈이 아닌가 하나이다. 시간을 타고 뒷걸음질 친 또렷하고 분명한 현실이었나이다. 저의 일생의 짧은 경로의 한마디를 꾸미고 쓰러진 또다시 얻기 어려운 과거이었나이다.

그러나 꿈도 슬픈 꿈을 꾸고 나면 못 견딜 울음이 복받쳐 올라오는데, 더구나 그 저의 작은 가슴에 쓰리고 아픈 전상(箭傷)을 주고 푸른 비애로 물들여 주고 빼지 못할 애달픈 인상을 박아 준 그 몽롱한 과거를 지금 다시 돌아다볼 때 어찌 눈물이 아니 나고 어째 가슴이 못 견디게 쓰리지 않을 수가 있을까요?

그러나 멀리 멀리 간 과거는 어쨌든 가버리었습니다. 저의 일생을 꽃다운 역사, 행복스러운 역사로 꾸미기를 간절히 바라는 바가 아닌 게 아니지마는 지나갔는지라 어찌할까요. 다시 뒷걸음질을 칠 수도 없고 다만 우연히 났다 우연히 사라지는 우리 인생의 사람들이 말하는 바 운명이라 덮어 버리고 다만 때없이 생각되는 기억의 안타까움으로 녹는 듯한 감정이나 맛볼까 할 뿐이외다.

2

　그날도 그전과 같이 고개를 숙이고 무엇을 생각하였는지 몽롱한 의식 속에 C동 R의 집에를 갔었나이다. R는 여전히 나를 보더니 반가워 맞으면서 그의 파리한 바른손을 내밀어 악수를 하여 주었나이다. 저는 그의 집에 들어가 마루 끝에 앉으며,

　"오늘도 또 자네의 집 단골 나그네가 되어 볼까?"

하고 구두끈을 끄르고 방 안으로 들어가 모자를 벗어 아무 데나 홱 내던지며 방바닥에 가 펄썩 주저앉았다가 그 R의 외투 주머니에 손을 넣어 담배 한 개를 꺼내어 피워 물었나이다.

　바깥에서는 거의 거의 그쳐 가는 가는 눈이 사르락사르락 힘없이 떨어지고 있었나이다.

　그때 R의 얼굴은 어째 그전과 같이 즐겁고 사념 없는 빛이 보이지 않고 제가 주는 농담에 다만 입 가장자리로 힘없이 도는 쓸쓸한 미소를 줄 뿐이었나이다. 저는 그것을 보고 아주 마음이 공연히 힘이 없어지며 다만 멍멍히 담배 연기만 뿜고 있었나이다.

　R은 무엇을 생각하였는지 멀거니 앉았다가,

　"DH."

하고 갑자기 부르지요. 그래 나는,

　"왜 그러나?"

하였더니,

　"오늘 KC에 갈까?"

하기에 본래 돌아다니기 좋아하는 저는 아주 시원하게,

"가지."

하고 대답을 하였더니 R은 아주 만족한 듯이 웃음을 웃으며,

"그러면 가세."

하고 어디 갈 것인지 편지 한 장을 써가지고 곧 KC를 향하여 떠났나이다.

KC가 여기서부터 육십 리. R의 말을 들으면 험한 산로를 넘어가지 않으면 안 된다 하지요. 그리고 벌써 열한 시나 되었으니 거기를 가자면 어두워서나 들어갈 곳인데 거기다가 오다가 스러지는 함박눈이 태산같이 쌓였나이다.

어떻든 우리는 떠났나이다. 어린아이들같이 기꺼운 마음으로 뛰어갈 듯이 떠났나이다.

우리가 수구문에서 전차를 타고 왕십리 정류장에 가서 내릴 때에는 검은 구름이 흩어지기를 시작하고 눈이 부신 햇발이 구름 사이를 통하여 새로 덮인 흰눈을 반짝반짝 무지갯빛으로 물들였었나이다. 저는 그 눈을 밟을 때마다 처녀의 붉은 입술 사이에서 때없이 지저귀는 어린 꾀꼬리의 그 소리같이 연하고도 애처롭게 얼크러지는 듯한 눈소리를 들으며 무슨 *법열 *권내에 들어나 간 듯이 다만 R의 손만 붙잡고 멀리 보이는 구부러진 넓은 시골길만 내려다보며 천천히 걸어갔을 뿐이외다.

그러나 R의 기색은 그리 좋지 못하였나이다. 무슨 푸른 비애의 기억이 그를 싸고 돌아가는 것같이 그의 앞을 내다보는 두 눈에는 검은 그림자가 덮여 있는 듯하였나이다. 그리고 때때 내가 주는 말에 대답도 하지 않고 보이지 않게 가벼운 한숨을 쉬며 그의 괴로운 듯한 가슴을 내려 앉혔나이다.

전차

법열(法悅)
참된 이치를 깨달았을 때 느끼는 황홀한 기쁨.

권내(圈內)
일정한 범위나 테두리의 안.

때때 거리거리 서울로 향하여 떠들어온 시골 나무장수의 소몰이 소리가 한적한 시골의 가만한 공기를 울리어 부질없이 뜨겁게 돌아가는 저의 핏속으로 쓸쓸하게 기어들어올 뿐이었나이다.

넓고 넓은 벌판에는 보이는 것이 눈뿐이요, 여기저기 군데군데 서 있는 *수척한 나무가 보일 뿐이었나이다. 저는 이것을 볼 때마다 저 북쪽 나라를 생각하였으며 정처없는 방랑의 생활을 생각하였나이다.

그리고 지금 우리 두 사람이 방랑의 길을 떠난다고 가정까지 하여보았나이다. R은 다만 나의 유쾌하게 뛰어가는 것을 보고 쓸쓸한 웃음을 웃을 뿐이었나이다.

우리가 SC강을 건널 때에는 참으로 유쾌하였지요. 회오리바람만 이 귀퉁이에서 저 귀퉁이로 저 귀퉁이에서 이 귀퉁이로 획획 불어 갈 때에 발이 빠지는 눈 위로 더벅더벅 걸어갈 제 은싸라기 같은 눈가루가 이리로 사르락 저리로 사르락 바람에 불려 가는 것은 참으로 껴안을 듯이 깜찍하게 귀여웠나이다. 우리는 그 눈 덮인 모래톱으로 두 손을 마주 잡고 하나, 둘을 부르며 달음질을 하였나이다. 그리고 또다시 SP강에 다다랐을 때에는 보기에는 무서워 보이는 푸른 물결이 음녀의 남치맛자락이 바람에 불리어 그의 구김살이 *울멍줄멍하는 것같이 움실 움실 출렁출렁하고 있었습니다.

우리는 나룻배를 타고 그 강을 건너 주막거리에서 점심을 먹을 때에 R이 나에게 말하기를,

"술 한잔 먹으려나?"

하기에, 나는 하도 이상하여,

"술!"

하고 아무 소리도 못 하였습니다. 여태까지 술을 먹을 줄 모르는 R이 자진하여 술을 먹자는 것은 한 가지 이상한 일이었나이다.

KC를 무엇 하러 가는지도 모르고 가는 저는 또한 R이 술 먹자는 것을 또다시 그 이유까지 물어 볼 필요가 없었나이다.

그는 처음으로 술을 먹었나이다.

우리는 또다시 걸어갔나이다. 마액은 그 쓸쓸스러운 R을 무한히 흥분시켰나이다. 그는 팔을 내저으며 목소리를 크게 하여 말하기를 시작하였나이다. 그는 나의 손을 힘있게 쥐며,

"DH."

하고 부르더니 무슨 감격한 듯한 어조로,

"날더러 형님이라고 하게."

하고, 조금 있다가 다시,

"나는 DH를 얼마간 이해하고 또한 어디까지 인정하는데."

하였나이다.

아, 얼마나 고마운 소리일까요? 저는 손아랫동생은 있어도 손위의 형님을 가질 운명에서 나지를 못하였나이다. 손목 잡고 뒷동산 수풀 사이나, 등에 업고 앞세워 물가로 데리고 다녀 줄 사람이 없었나이다. 무릎에 얼굴을 비벼 가며 어리광부려 말할 사람이 없었나이다. 다만

어린 마음 외로운 감정을 그렁그렁한 눈물 가운데 맛볼 뿐이었나이다.

그리고 그리고 할아버지나 할머니의 머리를 쓰다듬어 주시는 부드러운 사랑을 맛보지 못하였나이다. 그리고 아버지 어머니는 본래 젊으시니까…….

그리고 어려서부터 오늘날까지 지낸 과거를 생각하여 보면 웬일인지 한 귀퉁이 가슴속이 메인 듯해요.

그런데 '형님'이라 부르고 '아우'라고 부르라는 소리를 듣는 저는 그 얼마나 *기꺼웠을까요? 그 얼마나 반가웠을까요. 그리고 나를 이해하고 나를 얼마간일지라도 인정하여 준다는 말을 들은 나는 그 얼마나 감사하였을까요?

그러나 그 감사하고 반갑고 기꺼운 말소리에 나는 얼핏 '네' 하지를 아니하였나이다.

그 '네' 하지 않은 것이 잘못일는지 잘못 아닐는지 알 수 없으나 어찌하였든 저는 '네' 소리를 하지 못하였습니다. 그러면 그것이 나를 이해하고 나를 인정하여 주는 그 R의 마음을 더 슬프게 하였을는지 더 무슨 만족을 주었을는지는 알 수 없으나 나는 거기에 이렇게 대답을 하였나이다.

"좋은 말이오. 우리 두 사람이 어떠한 공통선상에 서서 서로 인정하고 서로 이해함을 서로 받고 주면 그만큼 더 행복스러운 일이 없지. 그러하나 형이라 부르거나 아우라 부르지 않고라도 될 수 있는 일이 아닐까? 도리어 형이라 아우라는 형식을 만들 것이 없지 아니하냐?"
고 말을 하였더니, 그는 무엇을 깨달은 듯이,

"딴은 그것도 그렇지."
하고 나의 손을 더 힘있게 쥐었나이다.

3

금빛 나는 종소리가 파랗게 갠 공중을 울리고 어디로 사라져 버리는지? 그렇지 아니하면 온 우주에 가득 찬 에테르를 울리며 멀리멀리 자꾸자꾸 끝없이 가는지, 어떻든 그 예배당 종소리가 우두커니 장안을 내려다보는 인왕산 아래 붉은 벽돌집에서 날 때 저와 R은는 C예배당으로 들어갔나이다.

인왕산

그때에 누님도 거기에 앉아 계시었지요. 그리도 그 MP양도……

처음 보지 않는 MP양이지마는 보면 볼수록 그에게서 볼 수 있는 것이 자꾸자꾸 변하여 갔나이다. 지난번과 이번이 또 다르지요. 지난번 볼 때에는 적지 않은 불안을 가지고 그 여성을 보았습니다. 그리고 얼마간의 낙망을 가지고 보았을는지도 모르지요. 그러나 이번의 그를 볼 때에는 웬일인지 그에게서 보이지 않게 새어 나오는 무슨 매력이 나의 온 감정을 몽롱한 안개 속으로 헤매이는 듯하게 하였나이다.

그리고 그의 육체의 미도 지난번 볼 때에는 어째 흙내음새가 나는 듯이 누런 감정을 나에게 주더니 오늘에는 불그레하게 황금색이 나는 빛을 나에게 던져 주더이다. 그리고 그 황금색이 농후한 액체가 평평한 곳으로 퍼지는 듯이 점점점점 보이지 않게 변하여 동색의 붉은빛으로 변하고 나중에는 어여쁜 처녀의 분홍저고릿빛으로 변하기까지 하였나이다.

그리고 그가 고개를 돌릴 듯 돌릴 듯할 때마다 나의 전신의 혈액은 타오르는 듯하고 천국의 햇발 같은 행복의 빛이 나의 온몸 위에 내리붓는 듯하였나이다.

그리고 한 시간밖에 아니 되는 예배시간이 나의 마음을 공연히 못 살게 굴었나이다.

어찌하였든 예배는 끝이 났지요. 그리고 나와 R은 바깥으로 나왔지요. 그때 누님은 나를 기다리었지요. 그리고 저와 누님은 무슨 이야기던가 그 이야기를 할 때 아아, 왜 MP양이 누님을 쫓아오다가 저를 보고 부끄러워 고개를 돌리고 저편으로 줄달음질쳐 달아났을까요?—그 그렇지 않다는 그 MP양이.

누님, 그 MP양이 고개를 돌리고 줄달음질을 하거나 부끄러워 얼굴빛이 타오르는 저녁노을빛 같거나 그것이 나에게 무엇이 되겠습니까?

그러나 왜 나를 보고만 그리하였을까요? 아마 다른 남성을 보고는 그리 안 했을 터이지요? 그리고 그 줄달음질하여 저쪽으로 돌아가서는 그의 마음이 어떠하였을까요? 더욱 부끄럽지나 아니하였을까요? 그렇지 않으면 후회하는 마음이 나지나 아니하였을까요?

어떻든 그것이 나에게 준 MP의 첫째 인상이었나이다. 그리하고 환희와 번뇌의 분기점에 나를 세워 논 첫째 동기였나이다.

저는 언제든지 이 시간과 공간을 떠날 날이 있겠지요. 그러나 그 깊이 박힌 인상은 두렵건대 그 시간과 공간에 영원한 흔적을 남겨 둘는지요?

4

사랑하는 누님, 왜 나의 원고는 도적하여 갖다가 그 MP양을 보게 하였어요? 그 MP양이 그 글을 보고 얼마나 웃었을까요?

아아, 그러나 그 누님의 나의 원고를 도적하여다가 그 MP양을 보게 한 것이 나의 마음을 얼마나 즐겁게 하였을까요?

누님의 도적질한 것은 그것을 죄를 정할까요, 상을 주어야 할까요? 저는 꿇어 엎디어 절을 하겠습니다. 그리고 천국의 문을 열어 드릴 터입니다.

그런데 그 원고 ○○○이라 한 곳에 서투른 필적이 새로 생기었어요. 그리고 지울 수도 없는 잉크로 나의 글씨를 흉내를 낸 것인지 그렇지 않으면 그의 필적을 자랑하려 한 것인지?

그렇지만 그런 것은 아니겠지? 그렇지요, 그렇지는 않지요.

그러나 나의 원고를 더럽힌 그에게는 무엇이라 말을 하여야 좋을까요?

그러나 그러나 그 필적은 나의 가슴에 무엇인지를 전하여 주는 듯하였나이다. 사람이 입으로나 붓으로는 조금도 흉내 낼 수 없는 그 무엇을 전하여 주더이다. 다만 취몽 중에 헤매는 젊은이의 가슴을 못살게 구는 그 무엇을?

5

고맙습니다. 누님은 그 MP양과는 또다시 더 어떻게 할 수 없는 형제와 같다 하였지요? 그리고 서로서로 형님 아우 하고 지낸다지요. 저는 다만 감사할 뿐이외다. 그리고 영원한 무엇을 바랄 뿐이외다.

그러나 저에게는 그 누님과 MP 사이를 얽어 놓은 형제라 하는 형식의 줄이 나를 공연히 못살게 구나이다. 그리고 모든 불안과 낙망 사이에서 헤매이게 하나이다.

누님의 동생이면 나의 누이지요. 아니 나의 누님이지요—그 MP양은 나보다 한 살이 더하니까 —그러면 나도 그 MP양을 누님이라 불러야 할 것이지요?

아아, 그러나 그것이 될 일일까요. 누님이라 부르기가 어려운 일이 아니지마는 나의 입으로 그를 누님이라고 부른다 하면 그 부르는 그날로부터는 그의 전신에서 분홍빛 나는 무슨 타는 듯한 빛을 무슨 날카로운 칼로 잘라 버리는 듯이 사라져 버릴 터이지. 아니 사라져 없어지지는 않더라도 제가 이 눈을 감아야지요.

아아, 두려운 누님이란 말, 나는 이 두려운 소리를 입에 올리기도 두려워요.

6

오늘 저는 PC에 보낼 원고를 쓰고 있었습니다. 머리가 아프고 *신흥(神興)이 나지가 않아서 펴놓은 종이를 척척 접어 내던져 버리고 기지개를 한번 켜고 대님을 한번 갈아 매고 모자를 집어 쓰고 바깥으로 나갔습니다. 시계는 벌써 일곱 시를 십 분이나 지나고 있었나이다.

저의 가는 곳은 말할 것도 없이 R의 집이지요. 저는 R의 집을 가는 길 가운데에서도 다만 생각하는 것은 MP양뿐이었지요. 그리고 내가 책을 볼 때에나 글씨를 쓸 때에나 길을 걷거나 천장을 바라보고 누워 있을 때나 눈을 감고 명상할 때에나 나의 눈앞을 떠나지 않는 그 MP양을 오늘 R의 집에를 가면서도 또 보았습니다.

저는 언제든지 MP양을 생각합니다. 허무한 환영과 노래하며 춤추며 이야기하며 나중에는 두렵건대 손목 잡고 이 세상의 모든 *유열을 극도로 맛보았습니다. 그러나 그것이 한낱 공상인 것을 깨달을 때에는 저도 공연히 *심증이 나고 모든 것이 귀찮고 모든 것이 비관의 종자가 될 뿐이었나이다. 그리고 아아, 과연 다만 일 찰나 사이라도 그 MP의 머릿속에서 나의 환영을 찾아낸다 하면 그 얼마나 나의 행복일까 하였나이다. 그리고 그 MP는 나를 조금도 생각지 않는 것만 같아서 공연히 마음이 애달팠나이다.

그날 R는 집에 있지 않았습니다. 저의 마음은 눈물이 날 듯이 공연히 센티멘틀로 변하여졌나이다. 그래서 정처없이 방황하기로 정하고 우선 L의 집으로 가보았습니다.

제가 그 처녀와 같이 조금도 거짓 없음을 부러워하는 L은 나를 보더니 그 검은 얼굴에 반가워 죽을 듯한 웃음을 띄우고 손목을 잡아 자기 방으로 끌어들이더니 어저께도 왔었는데,

"왜 그 동안에 그렇게 오지를 않았나?"

하지요. 그래 나는 그 얼마나 고독히 지내는 그 L을 보고 이때껏 계속하여 왔던 감상이 가슴 한복판으로 모여드는 듯하더니 공연히 눈물이 날 듯…… 하지요. 그래 억지로 그것을 참고 *멀거니 앉아 있었더니 그 L은 또 날더러 독창을 하라지요. 다른 때 같으면 귀가 아프다고 야단을 쳐도 자꾸자꾸 할 저이지마는 오늘은 목구멍에서 무엇이 잡아당기는지 그 목소리가 조금도 나오지를 아니하였나이다. 그래 공연히 앙탈을 하고 일어나기를 싫어하는 그 L을 옷을 입혀 끌고 바깥으로 나갔습니다.

저녁 안개는 달빛을 가리고 붉은 전등불만이 어두움 속에 진주를 꿰뚫어 논 듯이 종로 큰거리에 나란히 켜 있을 뿐이었나이다.

두 사람이 나오기는 나왔으나 어디로 갈 곳이 없었나이다. 주머니에 돈이 없으니 하루 저녁을 유쾌히 놀 수도 없고 또 갈 만한 친구의 집도 없고 마음만 점점 더 귀찮고 쓸쓸스러운 생각을 하였나이다.

우리 두 사람은 결국 때없이 웃는 이의 집으로 가기로 하였나이다. 우리는 한 집에를 갔으나 우리를 기다리지 않는 그는 있지 않았나이다. 그래 하는 수 없이 설영의 집으로 가기를 정하고 천변으로 내려섰나이다. 골목 안의 전깃불은 누구를 기다리는 것같이 빙그레 웃으며 켜 있었지요. 우리는 그 집에를 들어가 "설영이!" 하고 불렀나이다. 안방에서 영리한 목소리로,

"누구요?"

하는 설영의 목소리가 났습니다. 우리 두 사람은,

"있고나."

하였습니다. 그리고 공연히 마음이 반가웠나이다. 그리고 설영이는 마루 끝까지 나와,

"아이그, 어서 오세요. 왜 그렇게 한 번도 아니 오세요."

하지요.

아, 누님 그 소리가 진정이거나 거짓이거나 *관성으로 인하여 우연히 나온 말이거나 아무것이거나 나는 그것을 생각하려고 하지는 않습니다. 다만 감상에 쫓기어 정처 없이 방황하려는 이 불쌍한 사람에게 향하여 그의 성대를 수고롭게 하여 발하여 주는 그의 환영의 말이 얼마나 나의 피곤한 심령을 위로하여 주었을까요.

그는 날더러 '오라버니'라 하여 주기를 맹서하여 주었습니다. 그리고 영원히 오라버니가 되어 달라 하였습니다.

누님, 과연 내가 남에게 오라버니라는 존경을 받을 만한 자격의 소

관성
타성. 오래되어 굳어진 좋지 않은 버릇. 또는 오랫동안 변화나 새로움을 꾀하지 않아 나태하게 굳어진 습성.

유자가 될 수 있을까요? 물론 그것도 나의 원치 않는 형식입니다. 그러나 나는 그 설영을 친누이동생같이 사랑하렵니다. 그리고 영원히 영원히 나의 누이동생을 만들려 하나이다. 그리고 다만 독신인 설영이도 진정한 오라비 같은 어떠한 남성의 남매 같은 애정을 원하겠지요? 그러나 그러나, 무상(無常)인 세상에 그것을 과연 허락할 참신(神)이 어느 곳에 계실는지요? 생각하면 안타까울 뿐이외다.

그날 L은 설영을 공연히 못살게 놀려 먹었나이다. 물론 사념 없는 어린애 같은 유희지요. 그때 L은 설영을 잡으려고 달려들었습니다. 설영은 소리를 지르며 간지러운 웃음을 웃으면서 나의 앞으로 달려들며,

"오라버니! 오라버니!"

하고 그 L을 피하였나이다. 나는 그때 그 설영이 비록 희롱에서 나왔다 하더라도 L에게 쫓기어 나에게 구호함을 청할 때에 아아, 과연 내가 이와 같은 여성의 구호를 청함을 받을 만한 자격의 소유자일까 하였나이다. 그리고 모든 여성은 다 나를 보려고 하지도 않는 생각을 하고 혼자 이 설영이가 나에게 구호함을 청한다는 것은…… 그 설영을 껴안을 듯이 귀여운 생각이 났나이다. 그러나 그러나 나타났다 사라지는 환영의 그림자일까? 팔팔팔 날리는 봄날의 아지랑이일까? 영원이란 무엇일는지요…….

7

날이 매우 따뜻하여졌습니다. 내일쯤 한번 가서 뵈오려 하나이다. *하오에 기다려 주십시오. 그리고 W군은 어저께 동경으로 떠나갔다는 말

하오
오후(午後).

을 들었습니다. 만나 보지 못한 것이 매우 섭섭하외다. 그리고 S군 Y
군도 그리로 향하여 수일 후에 떠나간다는 말을 들었습니다. 아아, 저
는 외로운 몸이 홀로 이 서울에 남아 있게 되겠지요. 정다운 친구들은
모두 다 저 갈 곳으로 가버리고…….

내일 만나 뵈옵겠습니다.

8

왜 어저께 저는 누님에게를 갔을까요? 그 간 것이 나에게 좋은 기회
이었을까요? 그렇지 않으면 좋지 못한 기회이었을까요?

어떻든 어저께 나는 처음으로 그 MP와 말을 하게 되었습니다. 그리
고 가까이 서로 보고 앉아 간질간질한 시선으로 그를 보게 되었습니
다. 그리고 나의 눈에서 방산하는 시선의 몇 줄기 위로 나의 쉴새 없이
뛰는 영의 사자를 태워 보내었나이다.

그는 그때 그 예배당 앞에서 나를 보고 고개를 돌리고 줄달음질하던
때와는 아주 달랐습니다. 그의 마음속으로는 나의 전신의 귀퉁이로부
터 귀퉁이까지 호의의 비평을 하였을는지 악의의 비평—그렇지는 않
겠지?— 을 하였을는지 어떻든 *부단의 관찰로 비평을 하였겠지요. 그
러나 그의 눈과 안색은 아주 침착하였나이다. 그리고 그에게서 가장
아름다운 목소리는 아주 나의 마음을 취하게 할 듯이 부드럽고 연하며
은빛이 났나이다.

그리고 그가 나의 글을 너무 *칭상(稱賞)하는 것이 조금 나를 부끄
럽게 하였으며 또는 선생님이라는 경어가 아주 나를 괴롭게 하였나이다.

누님, 만일 그가 날더러 선생이라 그러지 않고 오라비라고 하였더라
면? 그 찰나의 나의 모든 것은 다 절망이 되어 버렸을 터이지요. 그 선
생이라는 말을 듣기 싫어하는 제가 도리어 그 선생이라는 말을 듣는
것이 행복인 것을 깨달을 날이 있을 줄은 이제 처음으로 알게 되었나
이다.

어떻든 저는 그 MP와 만날 기회를 얻었습니다. 그리고 서로 말소리
를 바꾸게 되었습니다. 아마 이것이 저와 그 MP 사이에 처음 바꾸는
말소리가 되었겠지요? 그리고 우주의 생명 중에 또다시 없는 그 어떠
한 마디이었겠지요?

그러나 저는 불안을 깨닫습니다. 마음이 못 견딜 만치 불안합니다.
다만 한 번 있는 그 기회의 순간이 좋은 순간이었을까요. 이쁜 순간이
었을까요? 무한한 희망과 영원한 행복을 저에게 열어 주는 그 열쇠 소
리가 한 번 째깍 하는 그 순간이었을까요. 그렇지 아니하면 끝없는 의
혹과 *오뇌 속에서 만일의 요행만 한줄기 믿음으로 몽롱한 가운데 살
아 있다 그대로 사라져 없어졌다면 도리어 행복일걸 하는 회한의 탄식
을 나에게 부어 줄 그 순간이었을까요?

어찌하였든 저는 한옆으로 요행을 꿈꾸며 한옆으로 부질없는 낙망
에 헤매이나이다.

오뇌(懊惱)
뉘우쳐 한탄하고 번뇌함.

9

오늘은 아침 아홉 시에 겨우 잠을 깨었나이다. 그것도 어제 저녁에
공연히 돌아다니느라고 늦게 잔 덕택으로 아침에 일어나지 못하는 행

복을 얻었더니 그나마 행복이 되어 그리하였는지 R이 찾아와서 못 살게 굴지요. 못살게 구는 데 쪼들리어 겨우 잠을 깨어 세수를 하였나이다.

이상한 일이었나이다. 제가 R의 집을 가기는 하여도 R이 저의 집에 찾아오는 일이 없는 그가 오늘 식전 아침에 저를 찾아온 것은 참으로 뜻밖이고 이상합니다.

그는 매우 갑갑한 모양이었나이다. 그리고 요사이 며칠 동안 그의 얼굴은 그리 좋지 못하였으며 언제든지 무슨 실망의 빛이 있었나이다.

오늘도 그는 침묵 속에 있었나이다. 그리고 먼산만 바라보고 있었나이다.

그는 어디로 산보를 가자 하였나이다. 저는 아침도 먹지 않고 그와 함께 정처없이 나섰나이다.

우리는 전차를 타고 H와 P의 집에를 가보았으나 H는 아침 먹고 막 어딘지 가고 없다 하고 P는 집에 일이 있어서 가지를 못하겠다 하지요. 그래 하는 수 없이 우리 단 두 사람이 또다시 HC를 향하여 떠났나이다.

천기는 청명, 가는 바람은 살살, 아주 좋은 봄날이었나이다. 우리는 전차에서 내렸나이다. *오포(午砲)가 탕 하였나이다.

멀리멀리 흐르는 HC강은 옛적과 같이 고요히 흐르고 있었나이다. 아무 소리도 없고 아무 향기도 없고 아무 웃는 것도 없고 다만 푸른 물 속에 취색의 산그림자를 비추고 있어 다만 "아아 아름답다" 하는 우리 두 사람의 못 견디어 나오는 탄성뿐이 고요한 침묵을 가늘게 울릴 뿐이었나이다. 우리는 언덕으로 내려가 한가히 매여 있는 주인 없는 배 위에 앉아 아무 소리 없이 물 위만 바라보았나이다. 푸른 물 위에는 때때 *은사(銀絲)의 맴도는 듯한 파련(波漣)이 가늘게 떨 뿐이었나이다.

오포
오정포. 낮 12시를 알리는 대포.

은사(銀絲)
은실(銀−). 은을 얇게 입힌 실. 또는 은으로 가늘게 만든 실.

그리고 사르렁사르렁 하는 은사의 풀렸다 감겼다 하는 소리가 들리는
듯하였나이다.

우리는 한참이나 앉아 있었나이다.

우리는 문득 저쪽을 바라보았나이다. 그리고 나의 가슴은 공연히 덜
렁덜렁하고 전신에 식은땀이 흐르는 듯하였나이다. 저기 저쪽에는 그
비단결 같은 물 위에 한가히 떠 있어 물 속으로 녹아들 듯이 가만히 있
는 그 요트 위에는 참으로 뜻밖이었어요. 그 MP가 어떠한 다른 동무
하고 나란히 앉아 있었나이다.

그러나 그 MP는 나를 보고도 모르는 체하는지 보지 못하고 모르는
체하는지 다만 저의 볼 것, 저의 들을 것만 보고 들을 뿐이었나이다.

저는 그 MP에게로 달려가고 싶었습니다. 아, 그러나 만일 그가 나
를 보고도 못 본 체한다 하면.

불과 몇십 *간 되지 않는 거기에 있는 그가 어째 나를 보지 못하였
을까? 못 보았을 리가 있나? 라고만 생각하는 저는 그에게로 가기가
두렵고 공연히 무엇인지 보이지 않는 무엇이 원망스러웠을 뿐이었나
이다.

간
길이의 단위. 한 간은
여섯 자로, 1.81818미
터에 해당한다.

그런데 웬일일까요—MP를 나 혼자만 아는 줄 아는 저는 R의 기색에 놀라지 아니치 못하였나이다.

R은 나의 손을 잡아당기며,

"MP가 왔네."

하였습니다. 그 소리를 듣는 저는 R이 어떻게 MP를 아는가 하였나이다. 그리고 무엇인지 번개와 같이 저의 머리를 스치고 지나가는 것이 있더니 저는 그 R에게서 무슨 공포를 깨달은 것이 있었나이다.

R은 대담하게 MP에게로 갔습니다. 저도 그를 따라갔습니다. R은 모자를 벗고 그에게 예를 하였나이다. 아아, 그러나 그 정성을 다하여 바치는 예에 그로부터 주는 답례는 차디찬 눈동자로 귀찮게 흘겨보는 그것이었나이다. 아아, 그러나 누님, 정성을 다하지 않고 몽롱한 의심과 적지 않은 불안으로 주는 저의 예에는 그의 입 가장자리로 불그레한 미소가 떠돌았으며 따뜻한 눈동자의 금빛 광채이었나이다. 그리고,

"아이고, 어떻게 이렇게 오셨에요?"

하는 그의 전신을 녹이는 듯한 독특한 어조가 저를 그 순간에 환희의 정화 속으로 스며들게 하였나이다.

우리 두 사람은 그를 작별하고 바로 시내로 들어왔나이다. 웬일인지 저의 마음은 한없이 기뻤나이다. 그리고 전신의 혈액은 더욱더 펄펄 끓기를 시작하였나이다.

그러나 R의 얼굴은 그전보다 더 비애롭고 실망의 빛이 떠돌았나이다. 쓸쓸한 미소와 쓸쓸한 어조가 노는 저의 동정의 마음을 일으킬 만치 처참한 듯하였나이다. 저는 R에게,

"어떻게 MP를 알든가?"

하였습니다. 그는 무슨 옛날의 환상을 보는 듯한 표정으로,

"그전부터 알어."

하였나이다. 이 소리를 듣는 저는 '그러면 이성 사이에 만나면 생기는 사랑의 카락[絡]이 그 MP와 이 R 사이에 매여지지나 아니하였나' 하고 여태껏 기꺼웁던 것이 점점 무슨 실망의 감상으로 변하여 버리었나이다. 그리고 차차 의혹 속에 방황하게 되었나이다.

그리하다가도 그 R의 실망하는 빛과 MP의 냉담한 답례가 저에게 눈물 날 만치 R을 동정하는 생각을 나게 하면서도 또 한옆으로는 무슨 승자의 자랑을 마음 한 귀퉁이에서 만족히 여기었으며 불행한 R을 옆에 세우고 다행히 환희를 맛보았습니다.

그날 저는 R의 집에서 자기로 정하였나이다. 밤 열한시가 지나도록 별로 서로 말을 한 일이 없는 R와 저 두 사람 사이에는 공연히 마음이 괴로운 간격을 깨닫게 되었나이다. 그리고 그의 푸른 비애와 회색 실망의 빛이 그의 얼굴로 가끔가끔 농후하게 지나갈 때마다 저는 공연히 불안하였나이다.

저는 R에게 그 기색이 좋지 못한 이유를 묻기를 두려워하였나이다. 그리고 만일 그 비애의 빛과 실망의 빛이 그 MP로 인한 것이 아니고 다른 것으로 인한 것이라 하면 저는 그때 그 R의 그 비애와 실망과 또 같은 비애 실망을 맛보았을 것이지요?

그러나 저는 형제와 같은 그 R의 비애 실망을 그 MP로 인하여서라고 인정하였나이다. 인정하지를 아니하면 저의 마음이 불안하여 못 견디겠으므로.

그날 저녁 R은 자리에 누워서도 한잠을 자지 못하는 모양이었나이다. 다만 눈만 멀뚱멀뚱하고 천장만 바라보고 있었나이다. 그리고 머리를 짚고 눈을 감고 무엇인지 명상하듯이 가만히 있었을 뿐이었나이다. 그의 얇은 눈썹은 가늘게 떨리고 있었습니다.

저도 웬일인지 잠이 오지 않았습니다. 그래 머리맡 서가에 놓여 있는『온 디 이브(On the Eve)』를 집어 들고 한참이나 보다가 잠이 깜빡 들었습니다.

10

저는 어리석은 사람이 되어 버리었나이다. 꿈을 믿고 길에서 장님을 만나면 두 다리에 풀이 다하도록 실망을 하게 되었나이다.

그리고 꽃의 *화판(花瓣)을 '하나 둘' 하며 'MP가 나를 사랑하느냐? 사랑하지 않느냐?' 하며 차례차례 따보게 되었습니다. 그리고 만일 '사랑한다' 하는 곳에서 '맨 나중 꽃잎사귀가 떨어지면' 성공한 것처럼 춤을 출 듯이 만족하였으며 그렇지 않고 사랑하지 않는다는 곳에 와서 그 맨 나중 꽃잎사귀가 떨어지면 공연히 낙망하는 생각이 나며 비로소 그 헛된 것을 조소합니다. 그러나 어느 틈에 또다시 그 꽃잎사귀를 따보고 싶어 못 견디게 되나이다. 저는 요행을 바라는 동시에 말할 수 없는 미신자가 되었습니다.

오늘은 제가 누님을 만나 뵈러 가지 않으려 하였으나 W군이 *Piece를 찾아 달라 하여서 누님에게로 갔었습니다.

누님이 나오기를 기다리고 있을 동안에 나는 다만 침착하고 고요한 마음으로 정문 앞 플랫폼을 왔다갔다하였나이다.

그러다가 문 열리는 소리가 나더니 나오는 사람은 누님이 아니고 그 MP였습니다. MP는 나를 보더니 쌩긋 웃으며 고개를 숙여 예를 하여 주었나이다. 그리고 그곳에 서 있었나이다. 그 뒤를 따라 나온 이가 누님이었지요!

저의 마음은 이상하게 기뻤나이다. 그리고 아주 무슨 희망을 얻은 듯하였나이다. 길거리로 걸어다니면서도 혹시나 MP를 만나 인사를 주고받을 만한 순간의 기회를 기대하는 저는, 누님에게로 갈 때마다 그 MP를 만날 수가 있을까 하는 기대를 가지고 다니었나이다. 오늘도 그 기대를 조금일지라도 아니 가지고 간 것이 아니었건마는 그 MP가 있지 않을 줄 안 저는 아주 단념을 하고 갔었습니다. 그래 그 MP를 만난 것은 아주 의외이었지요.

누님, 그 MP가 무엇 하러 누님보다도 먼저 저를 보러 나왔을까요. 어린 아우를 만나려는 누님의 마음이었을까요? 반가운 정인(情人)을 만나려는 애인의 마음이었을까요? 무엇이었을까요?

그는 저와 오랫동안 말을 하였나이다. 그리고 동청(冬靑)이 푸른 잔디 사이를 누님과 저 세 사람이 산보하였지요? 저희가 그 좁은 길로 지나올 때 저는 그 MP에게,

"R을 어떻게 아셨던가요?"

하고 물어 보았습니다. 그 MP는 조금 얼굴이 붉그레한 중에도 미소를 띄우며,

"녜, 그전에 한두어 번 만나 본 일이 있었어요."

하고 대답을 하였지요. 그 소리를 듣는 저는 곧,

"R은 참 좋은 사람이야요."

하였지요. 그러니까 그 MP는 곧 다른 말로 옮기어 버렸나이다.

그렇게 한 지 십 분쯤 되어 누님과 우리 두 사람은 무슨 조용히 할 말이나 있는 것처럼 주저주저하였나이다. 그러니까 그 MP는 곧 영리

하게 그것을 알아차리고 안으로 들어가 버렸지요.

아아, 그때 저의 마음은 아주 섭섭하였습니다. 우리가 우리의 필요한 이야기를 하지 못한다 하더라도 그 MP는 떠나기가 싫었나이다. 그러나 그의 검은 치맛자락의 그림자는 보이지 않게 사라져 버리었나이다. 그때 누님은 절더러 이야기를 하여 주었지요. 그 MP를 R이 사랑하려다가 그 MP가 배척을 하였다는 것을…… 그리고 그 MP가 저의 그 누님이 도적하여 간 원고를 보고 아주 *도외(度外)의 *찬상(讚賞)을 하더라는 것과, 그러나 그가 한 가지 불만으로 생각하는 것은 신앙이 적더라는 것을.

저는 누님과 작별을 하고 문 밖으로 나오며 뛰어갈 듯이 걸음을 속히 하여 걸어가며,

"내가 행복한 자냐? 불행한 자냐?"

하고 혼자 소리를 질러 보았습니다. 그러다가는 그 신앙이 적다고 하는 데 대하여는 적지 않은 불쾌와 또 한옆으로는 희미한 실망을 깨달았습니다.

그래 집에 돌아와 아랫목에 누워서 여러 가지로 그 MP와 저 사이를 무지갯빛 나는 아름답고 거룩한 것으로만 얽어 놓아 보다가도 그 신앙이란 말을 생각하고는 곧 의혹 속에 헤매었나이다. 그러다가는 그의 집에서 본 『온 디 이브』를 읽던 것이 생각되며 그 여주인공 에레나의 일기가 생각났습니다.

그의 애인 인사로프와 그의 아버지가 그와 결혼시키려는 크르나도스키를 비교하여, 인사로프에게는 신앙이 있을지라도 크르나도스키에게는 신앙이 없었다. 자기를 믿는 것만으로는 신앙이 있다고 말할 수 없으니까……

누님, 저는 이 글을 볼 때 공연히 실망하였습니다. 에레나는 신앙있는 사람을 사랑하였습니다. 그리고 신앙 없는 사람을 사랑치 않았습니다. 그러면 MP도 언제든지 신앙 있는 사람을 사랑할 터이지요? 그러면 MP가 저에게 신앙이 없다고 한 말은 저를 동생이나 친우로 여길는지는 알 수 없으나 애인으로 생각지는 못하겠다는 것이지요.

누님, 그러면 저는 실망할까요, 낙담할까요? 신앙이란 무엇일까요? 물론 누구에게든지 신앙이 없는 사람이 없습니다. 누구든 예수를 믿고 석가를 믿고 *우상을 믿고 여러 가지를 믿습니다.

그리고 또 자기를 믿는 사람이 있기도 합니다. 그리고 누님, 저도 무엇인지 신앙하는 것이 있겠지요? 신앙이 없는 사람이 이 세상에서 생명을 가지고 살아 있다는 것은 거짓말이니까—누구든지 각각 자기가 신앙하는 것이 있기 때문에 이 세상에 살아 있으니까, 저도 또한 이 세상에 살아 있는 사람이라 어떠한 신앙이든지 가지고 있겠지요.

저 어떠한 종교를 어리석게 믿는 사람들은 각각 자기의 신앙만이 참신앙으로 생각합니다. 그리고 남의 신앙을 조소합니다. 그러나 한번 더 크게 눈을 뜨고 고개를 돌리어 사면을 둘러보는 자는 각각 이것과 저것을 대조할 수가 있을 것이지요. 그리고 각각 *장처와 결점을 찾아낼 수가 있을 것이지요. 이불을 뒤집어쓰고는 물론 그 이불 속뿐이 세상인 줄 알 터이지요. 그리고 그 속에만 참진리가 있는 줄 알 터이지요. 그러하나 그 이불 속만이 세상이 아니고 그 속에만 진리가 있는 것이 아닌 줄 아나 그 이불을 벗어 버린 자는 그 이불 쓴 사람을 불쌍히 여기었을 터이지요. 그러면 이 세상에는 그 이불을 벗은 사람이 여럿이 있었습니다. 그리하여 그 이불을 뒤집어쓴 사람들을 아주 불쌍히 여기었습니다.

우상
나무, 돌, 쇠붙이, 흙 따위로 만든 신불(神佛)이나 사람의 형상.

장처(長處)
장점(長點).

그러면 저도 그 이불을 벗은 사람의 하나가 되려 합니다. 다만 어떠한 이름 아래서든지 그 온 우주에 가득 차서 영원부터 영원까지 변치 않는 진리를 믿는 사람이 되려 하나이다. 그리하고 다만 그것을 구할 뿐이요, 그것을 체험하려 할 뿐이외다.

물론 사람은 약한 것이지요. 심신이 다 강하지는 못하지요. 제가 어떠한 때 본의 아닌 일을 할 때가 있다 하더라도 그것은 다만 약한 까닭이겠지요. 그리고 그것을 깨닫는 때는 그것을 고치겠어요.

그리고 누님, 한 가지 끊어 말하여 둘 것은 『쿠오바디스(Quo Vadis)』에 있는 비니큐스와 같이 리디아의 신앙과 같은 신앙으로 인하여서 저도 그 비니큐스는 되지 않겠지요.

아아, 그러나 누님, 제가 어찌하여 이와 같은 말을 쓸까요. 사랑보다 더 큰 신앙이 이 세상에 또 어디 있을까요. 자기의 생명까지 희생하는 것은 사랑이 있을 뿐이지요. 사람이 사랑으로 나고 사랑으로 죽고 사랑으로 살기만 하면 그 사람의 생은 참생이 되겠지요. 그러하나 저희는 사랑을 생각할 때마다 마음이 두근거립니다. 처음은 이성에게 사랑을 구하는 자가 누가 주저하지 않는 자가 있고 누가 가슴이 떨리지 않는 자가 있을까요? 그러면 사랑이란 죄악일까요? 죄 지은 자와 똑같은 떨림과 불안을 깨닫는 것은 어찌함일까요.

그렇습니다. 우리 인생에게는 두 가지 큰 문제가 있습니다. 그것은 열정과 *이지입니다. 이 세상의 역사는 이 두 가지의 싸움입니다. 그리고 모든 불행의 근원은 이 열정과 이지가 서로 용납하지 않는 곳에 있는 것입니다.

그리운 이성을 보고 자기 마음을 피력지 못하고 혼자 의심하고 오뇌하는 것도 이 이지로 인함이지요. 저는 어떻게 하면 이 이지를 몰각한

이지(理智)
이성과 지혜를 아울러 이르는 말. 또는 본능이나 감정에 지배되지 않고 지식과 윤리에 따라 사물을 분별하고 깨닫는 능력.

열정만의 인물이 되려 하나, 그 이지를 몰각한 열정의 인물이 되겠다
는 것까지도 이지의 부르짖음이지요. 시간이 없어서 두어 마디로 대강
만 쓰고 요 다음 언제든지 기회가 있으면 열정과 이지에 대하여 좀 써
보내려 하나이다.

11

조용한 저녁날에 술주정꾼같이 저는 정처없이 헤매이나이다. 안갯
빛 저의 가슴에는 눈물이 때 없이 솟나이다.

아아, 누님, 누님은 다만 참사람이 되어 주시오, 저도 또한 그렇게
되려 하나이다.

오늘 저는 또다시 R의 집에를 갔었나이다. 그 R은 있지 않았습니다.
그러나 얼마 있지 않으면 곧 들어오리라는 그 집 사람의 말을 듣고 저
는 그의 방에서 기다리게 되었나이다. 그러나 R이 저와 형제같이 친하
지가 않으면 그와 같이 주인 없는 방 안에 들어가 앉아 있지를 못하였
을 터이지요. 그래 그와 친하다 하는 무엇이 저를 그의 방으로 들어가
게 하였나이다.

저는 그의 방에 들어가 그의 책상 앞에 앉았나이다. 그때 문득 저의
눈에 보이는 것은 그가 써서 놓은 편지였나이다. 그리고 그 편지 피봉
에는 MP라 씌어 있었습니다. 저의 마음은 공연히 시기하는 마음이 나
며 또한 그 편지를 기어이 보고 싶은 생각이 났었습니다. 마침 다행한
것은 그 편지를 봉하지 않은 것이었나이다.

저는 그것을 보았습니다.

Bourgeois(부르주아)
근대 사회에서, 자본가
계급에 속하는 사람.

그 속에는 이러한 말이 씌어 있었습니다.

……DH는 미숙한 문사이오. 그리고 일개 ※Bourgeois(부르주아)에 지나지 못하는 사람이오…… 라고.

아아, 누님, 저는 손이 떨리었나이다. 그리고 그 편지를 다시 그 자리에 놓고 그대로 바깥으로 뛰어나왔습니다. 그리고 길거리로 걸어오며 눈물이 날 만치 모든 것이 원망스럽고 또 한옆으로는 분한 생각이 나서 못 견디었나이다.

그리고 그 사랑하는 R이 그와 같은 말을 써보낼 줄은 참으로 알지 못하였나이다. 누님, 그렇지요. 저는 글쓰는 데 미숙하겠지요. 저는 거기에 조금이라도 이의를 말하려 하지 않나이다. 그러나 그 말을 무엇하러 MP에게 할 것일까요?

아아, 누님, 저는 일개 참사람이 되려 할 뿐이외다.

저는 문학가 문사라는 칭호를 원치 않아요. 다만 참사람이 되기 위하여 글을 봅니다. 그리고 느끼는 바를 견딜 수 없었습니다. 그리고 나와 같은 느낌과 깨달음이 우리 인생을 위하여 조금이라도 보탬이 될까 하였습니다.

그러나 저 일개인의 성공은 얻기가 어려울 터이지요. 제가 느끼고 깨닫는 것은 길고 긴 우주의 생명과 함께 많고 많은 사람들이 깨달은 것에 다만 몇천만억 분의 일이 될락말락 할 터이지요. 그리고 그 저의 생명이 그치는 날에는 그것보다 조금 더하여질 뿐이지요. 그리고 그것보다 더 큰 무엇을 원할지라도 유한한 저의 육체와 정신을 그것은 용서치 않을 터이지요.

그러면 제가 부르주아나 프롤레타리아나 무엇 어떠한 부름을 듣든지 언제든지 참사람이 되려 할 뿐이외다.

아마 이 세상의 모든 진리를 혼자 깨달은 줄 아는 사람일지라도 이 참사람이 되려는 데서 더 벗어나지는 못하였을 터이지요.

그러나 저는 오늘부터 친애하는 친우 하나를 잃어버리게 되었나이다. 아무리 아무리 제가 너그러운 마음으로써 그전과 같이 R을 대하려 하나 그는 나를 모함한 자이지요. 어찌 그전과 같은 *정의(情誼)를 계속할 수가 있을까요.

그러나 저의 마음은 괴롭습니다. 그리고 그 KC를 가면서 저에게 형제와 같이 지내자던 것을 생각하고 또는 그 동안 지내 오던 정분을 생각하고 그것이 다만 한순간에 깨어지는 것을 생각할 때 저의 마음은 아주 안타까웠나이다. 그러다가도 그 R의 손을 잡고 기꺼워하고 싶었습니다.

12

집에서 나올 때 동생 L이 울며 쫓아 나오면서,

"형님 형님, 나하고 가."

하고 부르짖었나이다. 그리고 두 팔을 벌리고 저를 바라보고 있었습니다. 그러나 발이 떨어지지 않지만 하는 수 없이 어머니에게 L은 맡기고 또다시 R을 찾아갔나이다.

어제 저녁 늦도록 잠을 자지 못한 저는 오늘 또다시 새벽에 일찍 일어났으므로 몸이 조금 피곤하였나이다.

저는 R의 집으로 가면서 몇 번이나 가지 않으리라 하여 보았습니다. 날마다 가는 R의 집에를 일주일이나 가지 않은 저는 오늘도 또 가볼 마음이 그리 많지는 않았습니다. R을 생각하면 할수록 분하고 답답한 저는 언제든지 그 마음을 누르려 하였으나 그리 속마음이 편치는 못하였습니다.

제가 R의 집에 들어갈 때에는 아주 마음이 유쾌치 못하였습니다. R은 저를 보고 힘없이 저의 손을 잡고 인사를 하여 주었습니다. 그리고,

"어서 오게."

하는 소리가 아주 반갑지 못하였습니다. 저는 그 R을 보기 전에는 반갑게 인사를 하리라 한 것이 지금 그를 만나 보니까 공연히 그와 함께 있는 것이 싫은 생각이 나서 그대로 바깥으로 나오고 싶었습니다.

저는 그대로 서서,

"여러 날 만나지 못하여서 조금 보고나 갈까 하고……."

하며 그를 쳐다보았습니다. 그는 다만 고개를 끄덕하며,

"응……."

할 뿐이었나이다. 저는 갑자기 뛰어나오고 싶었습니다. 그래,

"내일 또 봅시다."

하고 그대로 뛰어나왔습니다. 그 R은 아무 말도 없이 자기 방으로 들어가 버렸습니다.

아아, 누님, 우리 두 사람 사이는 어째 이리 멀어졌을까요? 무슨 간격이 생겼을까요? 그리고 무슨 줄이 끊어졌을까요? 저는 그것을 알 수가 없습니다.

제가 종로를 걸어올 때였습니다. 저쪽에서 뜻밖에 그 MP가 걸어왔습니다. 그때 저는 그 MP와 만나 인사를 하리라 하였습니다.

그러나 그 MP는 어떠한 양복 입은 이와 함께 저를 보았는지 못 보았는지 저의 곁으로 그대로 지나가 버렸나이다. 저는 다만 지나가는

그만 바라보고 있다가 손을 단단히 쥐고, '에— 고만두어라' 하였습
니다.

　저는 말할 수 없는 번뇌 가운데 '에, 설영에게나 가리라' 하였나이다.
그리고 천변으로 그의 집을 찾아갔습니다. 그때 저의 마음에도 '설영
이가 있지 않으리라'는 생각은 없이 으레 만나려니 하였나이다. 그러
나 설영을 부르는 저의 목소리에 그 영리하고 귀여운 우리 누이동생의
목소리는 나지 않고 그의 어머니가 "없소" 하고 냉대하듯 보통 손님과
같이 대답을 하였습니다. 그 소리를 듣는 저는 공연히 섭섭한 생각이
나며 또는 설영이가 저를 한낱 지나가는 손처럼 생각하는 듯하고 또한
어떠한 정인이나 찾아가지 않았나 할 때 오라비 노릇을 하려는 저도
공연히 질투스러운 마음이 나며, '다 고만두어라' 하는 생각이 나고 공
연히 감상의 마음이 났습니다.

　저는 그대로 집으로 갔습니다. 집 문간에서 놀던 L은 반기어 맞으면
서 두 팔을 벌리고 저에게 턱 안기며 몸을 비비 꼬고 그의 가는 손으로
간지럽고 차디차게 저의 뺨을 문질러 주었나이다. 그때 저 모든 감상
의 감정은 가슴 한복판으로 모아드는 듯하더니 눈물이 날 듯하였나이
다. 그때 그 L은,

　"형님, 입마……."
하였나이다. 그래 저는 그에게 입을 맞추려 하니까, 그는 무엇이 만족
지 못한지,

　"아니 아니, 귀 붙잡고."
하며 그의 손으로 저의 두 귀를 붙잡고 입을 맞추어 주려다가 또다시,

　"형님도 내 귀 붙잡어."
하였나이다. 저는 그 L의 귀를 붙잡고 입을 맞추었나이다. 그러나 그

때 L은 저를 쳐다보며,

　"형님이 우네."

하였나이다. 아아, 누님, 저의 눈에는 눈물이 나왔었습니다. 그리고 마음껏 그 L을 껴안고 울고 싶었습니다.

『백조』, 1922. 5.

나도향 단편선

옛날 꿈은 창백하더이다

감나무

　　내가 열두 살 되던 어떠한 가을이었다. 근 오 리나 되는 학교에를 다녀온 나는 책보를 내던지고 두루마기를 벗고 뒷동산 감나무 밑으로 달음질하여 올라갔다.

　　쓸쓸스러운 붉은 감잎이 죽어 가는 생물처럼 여기저기 휘둘러서 휘날릴 때 말없이 오는 가을 바람이 따뜻한 나의 가슴을 간지르고 지나가매, 나도 모르는 쓸쓸한 비애가 나의 두 눈을 공연히 울고 싶게 하였다. 이웃집 감나무에서 감 따는 늙은이가 나뭇가지를 흔들 때마다 떼지어 구경하는 *떠꺼머리 아이들과 나이 어린 처녀들의 침 삼키는 고개들이 일제히 위로 향하여지며 붉고 연한 커다란 연감이 힘 없이 떨어진다.

떠꺼머리
장가나 시집 갈 나이가 넘은 총각이나 처녀가 땋아 늘인 머리. 또는 그런 머리를 한 사람.

　　음습한 땅 냄새가 저녁 연기와 함께 온 마을을 물들이고 구슬픈 갈가마귀 소리 서편 숲속에서 났다. 울타리 바깥 콩나물 우물에서는 저녁 콩나물에 물 주는 소리가 척척하게 들릴 적에 촌녀의 행주치마 두른 *짚세기 걸음이 물동이와 달음박질한다.

갈가마귀

　　나는 날마다 학교에서 돌아오는 길로 하는 것이라고는 이것이 첫째 번 과목이다. 공연히 뒷동산으로 왔다갔다한다.

　　그날도 감나무 동산에서 반숙한 연감 하나를 따먹고서 배추밭 무밭 틈으로 돌아다녔다. 지렁이 똥이 몽글몽글하게 올라온 습기 있는 밭이랑과 고양이밥이 나 있는 빈 터전을 쓸데없이 돌아다닐 때 건너편 철도 연변에 서 있는 전깃불이 어느틈에 반짝반짝한다.

행주치마

　　그때에 *징신 신은 나의 아우가 뒷문에 나서면서 부엌에서 밥투정을 하다 나왔는지 열 손가락과 입 가장자리에는 밥알투성이를 하여 가지고 딴사람은 건드리지도 못하는 저의 백동 숟가락을 거꾸로 들고 서서,

　　"언니, 밥 먹으래."

짚세기
'짚신'의 잘못.

징신
징을 박은 신.

하고 내가 바라보고 서 있는 곳을 덩달아 쳐다본다.

"그래."

하고 대답을 한 나는 아무 소리도 없이 마루 끝에 가 앉으며 차려 논 밥상을 한 귀퉁이 점령하였다. 밥 먹는 이라고는 우리 어머니와 일해 주는 마누라와 나와 나의 다섯 살 먹은 아우뿐이다.

소학교 4학년을 다니는 내가 무엇을 알며 무엇을 감득할 능력을 가졌으며 안다 하면 얼마나 알고 *감득하면 몇 푼 어치나 감득하리요. 그러나 웬일인지 그때부터 나의 어린 마음은 공연히 쓸쓸하고 우울하여졌다. 나뭇가지 하나가 바람에 흔들리는 것이나, 저녁 참새가 처마 끝에서 옹송그리고 재재거리는 것이나, 한가한 *오계(午鷄)가 길게 목늘여 우는 것이나, 하늘 위에 솟는 별이 종알거리는 것이나, 저녁 달이 눈〔雪〕 위에 차디차게 비추인 것이나, 차르럭거리며 흐르는 냇물이나, 더구나 나무 잎사귀와 채소 잎사귀에 얼킨 *백로(白露)의 뻔지르하게 흐르는 것이 왜 그리 그 어린 나의 감정을 창백한 감상의 와중으로 처틀어박는지 약한 심정과 연한 감정은 공연한 비애 중에서 때 없는 눈물을 흘리었었다.

그것을 시상의 발아라 할는지 현묘유원(玄妙幽遠)한 그 무슨 *경역(境域)을 동경하는 첫째 번 *동구(洞口)일는지는 알지 못하겠으나 어떻든 나는 다른 이의 어린 때와 다른 생애의 일절을 밟아 왔다. 그러나 그것은 몽롱한 과거이며 흐릿한 기억이다.

그날 저녁에도 어둠침침한 마루 끝에서 갓 지은 밥을 한 숟가락 두 숟가락 퍼먹을 때에 공연히 쓸쓸하고 적적하다. 어렴풋한 연기 냄새가 더구나 마음을 괴롭게 한다. 침묵이 침묵을 낳고 침묵이 침묵을 이어

배추밭

무밭

감득
느껴서 앎.

오계
한낮에 우는 닭.

백로
'이슬'을 아름답게 이르는 말.

경역
경계가 되는 구역.

동구(洞口)
동네 어귀.

침침한 저녁을 더 어둡게 할 때 나는 웬일인지 간지럽게 그 침묵이 싫었다. 더구나 초가집 처마 끝에서 이리 얽고 저리 얽어 놓은 왕거미 한 마리가 어느덧 나의 눈에 뜨일 때에 나는 공연히 으쓱하여 무엇을 생각하시는지 입에 든 밥만 씹고 계신 우리 어머니의 얼굴만 쳐다보았다. 그리고 코를 손등으로 씻어 가며 손가락으로 반찬을 집어 먹는 나의 아우의 얼굴을 바라보았다.

　"할멈, 물 좀 떠오게."

하는 소리가 우리 어머니 입에서 떨어지며 그 흉한 침묵이 깨지었다. 할멈은 행주치맛자락에 손을 씻으며 대접을 들고 부엌으로 내려가더니 솥뚜껑 소리가 한번 덜컹 하고 숭늉 한 그릇을 들고 나온다. 어머니는 아무 소리 없이 그 물을 나에게다 내미시면서,

　"물 말어 먹으련."

하시니까 물어 보신 나의 대답은 나오기도 전에 나의 동생이 어리광부리는 그 소리로,

　"물."

하고 물그릇을 가로채 간다.

　"엎질러진다. 언니 먹거든 먹거라."

하시는 어머니의 *권고는 아무 효력이 없이 왈칵 잡아당기는 물그릇은 출렁 하더니 내 동생 바지 위에 들어부었다. 그 일 찰나간에 우리 네 사람은 일제히 물러앉으며,

　"에그."

하였다. 어머니는,

　"걸레, 걸레."

하며 할멈에게 손을 내미신다.

권고
어떤 일을 하도록 권함. 또는 그런 말.

"글쎄 천천히 먹으면 어때서 그렇게 발광이냐."

하시며 상을 찌푸리시고 할멈이 집어 주는 걸레를 집어 나의 아우의 바지 앞을 털어 주신다. 때가 묻은 바지 앞을 엉거주춤하고 내밀고 있는 나의 아우는 다만 두 팔만 벌리고 서서 아무 말이 없다.

나는 미안하여 그리하였던지 동생의 철없이 날뛰는 것이 우스워 그리하였던지 밥은 먹지 못하고 다만 상에서 저만큼 떨어져 앉았다가 석유 등잔에 불만 켜놓고서 다시 밥상으로 가까이 올 때,

"에그, 다리 아퍼. 저녁을 인제야 먹니?"

하며 마당으로 들어오는 이는 우리 동생 할머니시다. 손에는 남으로 만든 책보를 들고 발에는 구두를 신고 머리를 쪽찐 데는 은비녀를 꽂았다. 키가 작달막한데다 머리가 희끗희끗한데 검정 치마가 땅에 거의 거의 끌리게 된 것을 보니까 아마 오늘도 꽤 많이 돌아다니신 모양이다.

석유 등잔

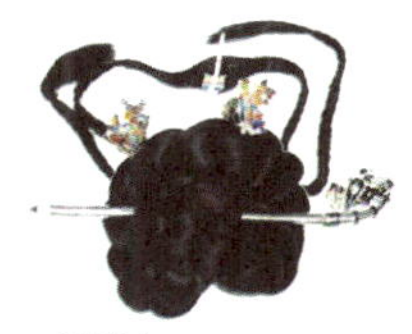

은비녀

"어서 오십시오."

하며 들던 숟가락을 놓고 일어나시는 이는 우리 어머니시다.

"마님 오십니까."

하고 짚세기를 신는 이는 할멈이다. 마루창이 뚫어져라 정둥정둥 뛰며,

"할머니 할머니."

를 부르는 것은 나의 아우다. 나는 숟가락을 입에 문 채로 다만 빙그레 웃으면서 반가워하였다.

마루 끝에 할머니는 걸터앉으셨다. 할멈은 걸레로 마룻바닥을 훔치는 사이에 어머니는 부엌으로 내려가셨다. 그릇 소리가 덜거덕덜거덕 난다. 피곤한 가슴을 힘없이 내려앉히시며 한숨을 휘— 하고 내쉬신 할머니는 무슨 걱정이나 있는 듯이 부엌을 향하며,

"고만두어라, 내 밥은. 아직 먹고 싶지 않다."

하신다. 어머니는 부엌에서 상을 차리시더니,

"왜 그러세요. 조금 잡숫지요."

"아니다, 저기서 먹었다. 오늘 교인 심방을 하느라고 이리저리 다니다가 명철(明哲)의 집에를 갔더니 국수장국을 끓여 내서 한 그릇 먹었더니 아직까지도 배가 부르다."

어머니는 차리던 상을 그대로 놓고 부엌문에서 나오며,

"명철이 집이요, 그래 그 어머니가 편찮다더니 괜찮아요?"

"응, 인제는 다 낫더라. 그것도 하느님 은혜로 나은 것이지."

우리 할머니는 그 동네 교회 전도 부인이다. 우리 집안은 본래 우리 할아버지와 우리 아버지 사이가 좋지 못하여 따로따로 떨어져 산다. 그리고 우리 할머니는 열심 있는 교인이요 진실한 신자이지마는, 우리 아버지는 종교(현대사회에서 명칭하는)에 대하여 냉혹한 비평을 하는 사람이었다.

우리 할머니는 본래 교육이 있지 못하다. 있다 하면 구식 가정에서 유교의 전통을 받아 오는 교육이었을 것이며, 안다 하면 한문이나 국문 몇 자를 짐작할 뿐이요, 새로운 사조와 근대사상이라는 옮기기도 어려운 문자가 있는지도 알지 못할 것이다.

그러나 나는 그 열두 살 되던 그해에는 다만 우리 할머니를 한개 예수 믿는 여성으로 알았었으며, 하느님이 부리는 따님으로만 알았었다. 종교에 대한 견해라든지 신앙이란 여하한 것인지를 알지 못하였다.

나도 예수교 학교를 다니므로 자기의 선생을 절대로 신임하고 자기의 학교의 교풍을 절대로 존중하였었다. 그리고 예수의 십자가에 흘렸던 붉은 피가 참으로 우리 인생의 더러운 죄를 씻었으며 수염 많은 할

아버지 같은 하느님이 참으로 우리를 내려다보시고 계신 줄 알았었다.

날마다 아침 성경시간과 주일학교에서 선생에게 들은 바가 참으로 나의 눈앞에 환상으로 나타났었으며 유대 풍속을 그린 성화가 과연 천당, 지옥, 성지, *낙토의 전형으로 보이었었다. 그것이 나에게 어떻든 무슨 인상을 준 것은 사실이니, 천사를 생각할 때에는 반드시 서양여자를 그린 그 채색 칠한 그림이 나의 눈앞에 나타나 보이며, 예수가 십자가에 못 박혀 돌아간 것을 생각할 때에는 시뻘건 *육괴(肉塊)가 시안(屍眼)을 부릅뜨고 *초민(焦悶)과 고통의 극도를 상징하는 그의 표정과 비린내 나고 차디찬 피가 흐르는 예수의 죽음이 만인의 입과 천년의 세월을 두고 성찬성찬하며 *추앙 *경모의 그 부르짖음의 소리가 그 어린 나의 귀와 나의 심안에 닿을 때에도 그것은 고통으로 보이지 않았으며 초민으로 보이지 않았으며 비린내 나는 붉은 피 보혈로 보이었으니 무서운 시체를 그린 그 그림이 도리어 나의 어린 핏결 속에 무슨 신앙을 부어 주었었다. 그때의 나의 기도는 하느님이 들었으며 그때의 나의 죄는 예수가 씻었었다. 그것이 결코 지금의 나를 만족시키며 지금 나에게 과연 신앙을 부어 주지는 않는다 하더라도 내가 열두 살 되는 그때의 나의 영혼은 있는지 없는지도 판단치 못하던 하느님이 지배하였었으며 이천 년 옛날에 송장이 되어 썩어진 예수가 차지하였었다. 그때의 나의 영혼은 나의 영혼이 아니고 공명(空名)의 하느님의 것이었으며 그때의 나의 생은 나의 생이 아니며 *촉루까지 없어진 예수의 생이었다. 그때의 나는 약자이었으며 그때의 나는 피정복자이었다. 무궁한 우주와 조화를 잃은 자이었으며 *명명(暝暝) 무한대한 대세계에 나의 생을 실현할 능력을 빼앗긴 자이었다.

명명한 대공(大空)을 바라볼 때에 유대식 건물의 천당을 동경하였을

낙토
늘 즐겁고 행복하게 살 수 있는 좋은 곳.

육괴
고깃덩어리.

초민
속이 타도록 몹시 고민함. 또는 그런 고민.

추앙
높이 받들어 우러러봄.

경모
우러러 사모함.

촉루
해골(骸骨).

명명
겉으로 나타남이 없이 아득하고 그윽하다.

지라도 자아심상(自我心床) 위의 낙토는 몰랐으며 사후의 영생은 구하였을지라도 생하여서 영생을 알지 못하였다. 사(死)는 생의 척도됨을 알지 못하고 생이 도리어 사후의 희생으로 알았었다.

산상(山上)의 교훈과 포도동산의 교훈을 듣기는 들었으나 열두 살 먹은 나의 호기심을 끌기에 너무 *현묘하였으며 애(愛)의 복음과 자아의 희생을 역설함을 듣기는 들었으나 나에게 과연 심각한 감화를 주지는 못하였었다. 성경의 해석은 일종 신화로 나의 귀에 들렸으나 그 무슨 신앙을 주었으며 성화를 그린 종잇조각은 한개 완구가 되었으나 빼기 어려운 우상을 나의 심전(心殿)에 그리어 주었다.

아아, 나는 물으려 한다. 하느님의 사자로 자처하고 교회의 일꾼으로 자임하는 우리 할머니의 그때의 내면적이나 외면적을 불문하고 열두 살밖에 되지 않은 나의 그것과 얼마나 틀린 점이 있었으며 얼마나 나은 점이 있었을는지? 그는 과연 예수의 성훈을 날것대로 삼키는 자가 되지 않고 조리하고 익히며 그의 완전한 미각으로 그것을 *저작(咀嚼)할 줄을 알았을까? 그는 참으로 예수의 정신을, 그의 내적 생활을 체득한 자이었을까?

그는 과연 여하한 신앙으로써 생으로 생까지를 살아갔었으며 그는 참으로 어떠한 영감을 예수교에서 감득하였을까? 나는 다만 커다란 의문표를 안 그릴 수가 없다.

그날도 우리 할머니는 여자의 몸의 피곤함을 깨달으면서도 무슨 만족함이 그의 얼굴을 싸고도는 듯하였다. 그러나 한편으로는 자아 이외에 우리 어머니나 할멈이나 내나 나의 동생을 일개의 죄인시하는 곳에 가련함을 견디지 못하는 듯한 표정이 그의 시들어 가는 입 가장자리와 가느다란 눈초리에 희미하게 얽히어 있었다. 할머니는 조금 있다가 눈

살을 잠깐 찌푸리시더니,

"큰일났어! 예배당에 돈을 좀 가져가야 할 텐데 돈이 있어야지. 다른 사람과 달라서 아니 낼 수도 없고, 또 조금 내자니 우리집을 그래도 남들이 밥술이나 먹는 줄 아는데 그렇게 할 수도 없고, 이런 말씀을 아버지께 여쭈면 공연히 역정만 내시니까!"

하며 우리 어머니에게 향하여 걱정을 꺼낸다.

"요사이 날이 점점 추워져서 ※시탄비(柴炭費)를 내야 할 터인데 김 부인은 벌써 오 원을 적었단다. 그이는 정말 말이지 살아가기가 우리집에다 대면 말할 것도 없지 않으냐. 그런데 아버지께 그런 말씀을 하니까 역정을 내시면서 남이 죽으면 따라 죽느냐고 야단을 치시면서 돈 일 원을 주시는구나. 그러니 애, 글쎄 생각을 해보아라. 어떻게 일원을 내니! 내 속이 상해 똑 죽겠어."

하며,

"그래서 하는 수가 있더냐, 명철이 집에 가서 돈 오 원을 지금 꾸어 가지고 오는 길이란다."

하며 차곡차곡 접어 쥔 일 원 지폐 다섯 장을 펴보인다. 우리 어머니는 이렇다 저렇다 말이 없이 가만히 듣고만 있다가,

"그러면 그것은 어떻게 갚으십니까?"

하며 빈곤한 생활에 젖은 우리 어머니는 그 갚는 것이 첫째 문제로 그의 가슴을 거북하게 하였다.

"글쎄 그거야 어떻게든지 갚게 되겠지? 하다못해 전당을 잡혀서라도."

하더니,

"에그, 인제는 고만 가 보아야지."

시탄
땔나무와 숯, 또는 석탄 따위를 이르는 말.

하며 벌떡 일어서서 나가려 하다가,

"애 아범은 여태까지 안 들어왔니?"

한마디를 남겨 놓고 바깥으로 나간다. 우리 어머니는 다만,

"네, 언제든지 그렇게 늦는답니다."

하며 걱정스러운 듯이 문 밖으로 할머니를 쫓아 나간다.

우리 어머니는 아슬랑아슬랑 어둠 속으로 사라져 가는 우리 할머니의 뒤 그림자가 사라져 없어져 가는 것을 바라보고 서 있었다. 그리고 그 할머니의 검은 그림자가 다 사라진 뒤에도 여전히 그 할머니의 그림자가 사라져 없어진 곳에서 무엇을 찾는 듯이 바라보고 서 있다. 모든 것이 검기만 한 어두운 밤이다. 나도 나의 동생을 등에 업고 어머니를 쫓아 문 밖에 서 있었다. 어머니는 소매 걷은 두 팔을 가슴에 팔짱을 지르고 허리를 꾸부정하고 서서 근심스러운 듯이 저쪽 길만 바라보고 서 계시다.

고생살이에 다 썩은 얼굴은 웬일인지 나도 쳐다보기가 싫게 화기가 적다. 머리카락이 이마를 덮은 그의 두 눈은 공연히 쳐다보는 나를 울고 싶게 하였다. 때묻은 행주치마와 다 떨어진 짚세기가 더욱 나를 부끄럽게 하였다.

하얀 두루마기가 바라보는 어둠 속에서 희미하게 휘날릴 때마다 우리 어머니는 옆에 서 있는 나에게 나지막한 목소리로,

"아버진가 보다."

하며 나에게 무슨 동의를 청하시는 것처럼 바라보신다. 그러나 그 흰 두루마기가 우리집으로 향하지 않고 다른 곳으로 지나쳐 버릴 때는 우리 어머니와 나는 섭섭한 웃음을 웃었다.

문간에 서서 아무 말 없이 늦게 돌아오시는 우리 아버지를 기다리는

뒤주

요마
요망하고 간사스러운
마귀.

우리는 한 시간이 넘도록 서 있었다. 나의 어린 아우는 등에다 고개를
대고 코를 골며 잔다. 이마를 나의 등에다 대고 허리
를 새우등같이 꾸부리고 자다가는 옆으로 떨어질
듯하면 반드시 한 번씩 놀란다. 놀랄 그때 나는 깍
지 낀 손을 다시 단단히 쥐고 주춤 하고 한번씩 다
시 추키었다. 한 시간을 기다려도 아버지는 돌아오시
지 않았다. 어머니는 힘없고 낙망한 소리로,

　"문 닫고 들어가자!"
하시며

　"에그, 어린애가 자는구나. 갖다 뉘어라."
하시며 대문을 벌컥 닫고 들어오신다. 문 닫는 소리가 어쩐
지 쓸쓸하고 적적하다. 우리집 공중을 싸고도는 공기의 파동
은 연색(沿色)의 파문을 그리는 듯이 동적이 아니며 정적이었으
며 양기가 없고 음기뿐이었다. 회색 칠한 침묵과 갈색의 암흑이
이귀퉁이 저귀퉁이에서 요사한 선무를 추고 있었다.

　나는 그때에 무엇을 감각하였으며 무엇을 감득하였을까?
회색 침묵과 아득한 암흑이 조화를 잃고 선율이 없이 때없
는 쓸쓸한 바람과 섞이어 시름없이 우리집 전체의 으스스
한 공기를 휩싸고 돌아 나갈 때 나의 감정을 푸른 감상과
서늘한 감정으로 물들여 주었었다. 마루 끝까지 올라선
나의 눈에 비친 찬장이나 뒤주나 그 외의 모든 기구가
여러 가지 *요마(妖魔)의 화물(化物)같이 보일 때에 나
의 가슴은 더욱 서늘하여졌었다. 다만 나무 잎사귀가
나무 끝에서 바스락 하는 것일지라도 나를 방 안으로 뛰어

들어 가도록 무서웁게 하였다. 어머니가 등잔불을 떼어 들고 나의 뒤를 쫓아 들어오실 때에 그 불에 비친 나의 어두운 그림자가 저쪽 담벼락에서 어른어른하는 것까지 나의 머리끝을 으쓱하게 하였다.

그러나 그 정숙과 공포가 얽힌 나의 심정을 풀어 주고 녹여 주는 것은 나의 뒤에 서 있는 애(愛)의 신 같은 우리 어머니의 부드러운 사랑의 힘이었다. 그것은 나의 신앙의 전부였으며 나의 앞길을 무한한 저 앞길로 인도하는 구리기둥이었다. 베드로가 예수를 보고 갈릴리 바다로 걸어감과 같이 이 세상 모든 것을 초월케 하는 최대의 노력이었다. 등잔불의 기름이었으며 쇠북을 두드리는 방망이였다.

방으로 들어온 나는 아랫목에 자리를 펴고 누워서 복습을 하였다. 본래 공부를 하지 않는 나는 내일에 선생에게 꾸지람이나 듣지 않으려고 산술 숙제 두어 문제를 하는 척하여 다른 종이에 옮기어 베끼고 쓰기 싫은 습자는 내일 아침 일찍 일어나 쓰기로 하였다. 나의 동생은 발길로 나의 허리를 지르면서 이리 뒤척 저리 뒤척 이리 뛰굴 저리 뛰굴, 남의 덮은 이불을 함부로 끌어다가 저도 덮지 않고서 발치에다 밀어 던진다. 그리고는 힘있는 콧김을 길게 내쉬며 곤하게 잔다. 우리 어머니는 등잔 밑에서 바느질을 하시며 눈만 깜박깜박하신다. 할멈은 발치에서 고단한 눈을 잠깐 붙이었다.

나는 방 안이라는 조그마한 세계에서 네 개의 동물이 제각각 다른 상태로 생을 계속하는 가운데 남의 걱정과 남의 근심을 알 줄을 몰랐었다. 우리 어머니의 머릿속에는 과연 어떠한 심리상태의 활동사진이 그의 뇌막에 비치었으며 늙은 할멈은 어떠한 몽중세계에서 고생살이 잠꼬대를 할는지 알지 못하였다. 어린 아우의 단순한 머릿속에도 무서운 호랑이와 동리집 아이의 부러운 장난감을 꿈꾸는 줄은 알지 못하였

등잔불

다. 따뜻한 이불 속에서 두 발을 문지르며 편안히 누웠으니 몇십분 전 가득하던 감정이 이제는 어디로인지 다 달아나고 모든 것이 한가하고 모든 것이 평화롭고 모든 것이 노곤한 감몽(甘夢)을 유인하는 것뿐이었다. 인제는 어느틈에 올는지 알지 못하는 달콤한 잠을 기다릴 뿐이었다. 불그레한 등불 밑에 앉아서 바느질하시는 어머니의 머릿속에 있는 늦게 돌아오시는 아버지를 기다리시는 초민과 지나간 일을 시간의 얽히었다 풀리었다 하는 기억과 연상과 기대와 동경의 엉클어진 심리는 알지 못하고 다만 재미있는지 기쁜지 으레 그래야 할 것인지 알지 못하는 무의식의 연장선이 나의 전신을 거미줄 얽듯 얽기를 시작하더니 나는 아무것도 몰랐다. 잠이 들었다.

어느 때가 되었는지 알지 못하게 든 잠이 마려운 오줌으로 인하여 어렴풋하게 깨었을 때이었다. 이불을 들치고 엉거주춤 일어선 나의 귀에는 지껄지껄하는 사람의 목소리가 들리더니 등잔불에 부신 두 눈 사이로 우리 아버지의 희미한 윤곽이 보였다. 나는 반가운 마음에,

"아버지!"

하였다. 그러나 우리 아버지는 젓가락으로 앞에 놓여 있는 반찬을 뒤적뒤적하시면서 나를 냉담한 눈으로 멀거니 쳐다보시기만 하시더니 무슨 불만한 점이 계신지 노여운 어조로,

"아버진지 무엇인지 다 귀찮다. 어서 잠이나 자거라."

하시고는 다시 본 척 만 척하시고 반찬 한 젓가락을 입에다 넣으신다. 나는 얼굴이 홧홧하여지도록 *무참하였다. 나는 죄지은 사람같이 양심에 무슨 부끄러움이 나의 아버지를 쳐다보지 못하게 하였다. 숙몽 (熟夢)에 취하였던 나의 혼몽한 정신은 한꺼번에 깨어지며 뻣뻣하던 두 눈은 기름을 부은 듯이 또렷또렷하여졌다. 그때야 나는 우리 아버

무참하다
매우 부끄럽다.

지의 붉은 얼굴을 보고 술 취하신 줄을 알았다.

어머니는 무참해하고 무서워하는 나의 꼴을 보시고 아버지를 흘겨 쳐다보시며,

"어린 자식이 반가워하는 것을 그렇게 말을 하니 좀 무참해하겠소. 어린애들에겔지라도 좋은 말 할 적은 한 번도 없지."

하시다가 다시 나를 향하시어 혼자말 비슷하고 또는 누구더러 들어 보란 듯이,

"너희들만 불쌍하니라. 아버지라고 믿었다가는 좋지 못한 꼴만 볼터이니까."

하시며 두 눈을 아래로 깔고 방바닥을 걸레로 훔치시는 체하신다.

나는 드러눕지도 못하고 일어나지도 못하였다. 드러눕자니 아버지 진지 잡숫는 데 불경이 될 터이요, 그대로 앉아 있자니 자다가 일어난 몸이 추운 가운데 공연히 무서워서 몸이 떨린다. 이런 때에는 나의 어머니가 변호인이요 비호자임을 다소간의 지낸 경험으로 알고 또는 사람의 본능으로 모성의 자애를 신임하는 나는 우리 어머니의 얼굴만 쳐다보았다. 그때 마침 어머니는,

"어서 누워 자거라. 아버지 진지도 거의 다 잡수셨으니."

하셨다. 나의 마음은 얼었던 것이 녹는 듯이 아주 좋았다. 나는 못 이기는 체하고 곁눈으로 아버지의 눈치만 보며 이불자락을 들었다. 그리고는 눈 딱 감고 이불을 귀까지 푹 덮고 그대로 드러누웠다. 그러나 잠은 어디로 달아나 버렸는지 오지 않는 잠을 억지로 자는 척하지마는 마음은 조마조마하여 못 견딜 지경이었다.

아버지는 숟가락을 탁 집어 상 위에 내던지시며,

"엥, 내가 없어야 해. 없어야 해."

를 두서너 번 중얼거리시더니,

"그래 자기 자식은 굶든지 죽든지 상관하지를 않고 예배당인지 무엇인지 거기에다간 빚을 얻어다가 주어야 해?"

하시며 옆으로 물러앉으시니까, 어머니는,

"누가 알우? 왜 그런 화풀이는 내게다 하우."

하시는 소리가 떨어지기도 전에,

"무엇, 흥, 기가 막혀. 그래 예수가 무엇이고 십자가가 무엇이야. 예배당에 다니네 하고 구두만 신고 다니면 제일인가? 왜 구두를 신어! 그 머리가 허연 이가 구두짝을 신고 돌아다니는 꼴이라니. 활동사진 박을 만하지. 예수가 무슨 말을 하였는지 알기들이나 한다나? 그 사생아를 하느님의 아들이라고? 그러나 예수가 나쁜 사람은 아니지. 좋은 사람이지. 참 성인은 성인이야! 그렇지만 소위 예수 믿는 사람들이 예수라는 그 사람을 믿었지, 예수가 부르짖은 그 하느님은 믿지 못하였어! 하느님은 이 세상 아니 계신 곳이 없지! 누구에게든지 하느님은 계신 것이야! 다 각각 자기 마음속에 하느님이 계신 것이야! 여편네들이 무엇을 알어야지. 내가 이렇게 떠들면 술 먹고 술주정으로만 알렷다! 흥, *우이독경이야! 기막히지! 여보, 무엇을 알우? 그런 늙은이가 무엇을 알어. 그래 신앙이 무엇인지 참종교가 무엇인지를 알어! 예수, 예수 하고 아주 기도를 하고! 그것은 다 약자의 짓이야. 사람은 강자가 되어야 해!"

우리 어머니는 듣고만 계시다가,

"듣기 싫소. 웬 잔말이오! 그런 말을 하려거든 어머니나 아버지한테 가서 하구려."

하시며 상을 들고 나가려고 하시니까, 아버지는,

"무엇이야, 듣기 싫다구?"

하시더니 어머니의 치마를 홱 잡아당기시는 김에 치마가 북 하고 찢어
졌다. 어머니는 상을 할멈에게 주고 찢어진 치마를 들여다보시며 얼굴
이 빨개지신다. 여자인 어머니는 의복의 파손이 얼마큼 아까운지 모르
시는 모양이다. 치마폭이 찢어지는 그 예리한 소리와 함께 우리 어머
니의 신경은 뾰족한 바늘 끝으로 쪽 내리 베는 것같이 날카로웁고 쓰
린 자극을 받으신 모양이다.

"이게 무슨 짓이오. 여편네 옷을 찢지 못하면 말을 못 하오? 그래 무
슨 말이오. 어디 말을 좀 해보우. 어쩌자고 이러시우. 날마다 늦게 술
이나 취하여 가지고 만만한 여편네만 못살게 구니 참으로 사람 죽겠구
려! 무슨 말이오! 할 말 있거든 어서 하시오!"

흥분된 어조를 조금 높이신 까닭에 높은 음성은 또 우리 아버지를
흥분시키는 동시에 노여웁게 하였다.

"말을 하라구? 흥, 남편 된 사람이 옷을 좀 찢었기로 무엇이 어쩌고 어째?"

"글쎄 내가 무엇이라고 했소, 내가 무슨 죄요. 참으로 허구한 날 사람이 살 수가 없구려."

"듣기 싫어. 여편네들이 무엇을 알아야지. 남편의 심리를 몰라주는 여편네가 무슨 일이 있어서. 다 고만두어. 나는 우리 아버지에게 내버림을 당한 사람이고 세상에서 구박을 당한 사람이니까…… 에…… 후……."

우리 아버지는 이렇게 떠드시다가 다시 한참 가만히 앉아 계시더니 벌떡 일어나시며,

"엥! 가만있거라. 참말 그대로 있을 수는 없어! 내가 가서 설교를 좀 해야지 내가 목사 노릇을 좀 해야 해."

하고 모자를 쓰고 벌떡 일어나시며 문 밖으로 나가시려 하니까 어머니는 또다시 목소리를 고치시어 부드럽고 애원하는 중에도 조금 노기를 띠우신 말소리로,

"여보, 제발 좀 고만두. 글쎄 이게 무슨 짓이오. 이 밤중에 가기는 어디로 가며 가셔서 어떻게 하실 모양이오. 자! 고만 옷 좀 벗고 드러눕구려."

아버지는 듣지도 않고 방문을 홱 열어 젖뜨리셨다. 고요한 저녁 공기가 훈훈한 방 안으로 훅 불어 들어오며 드러누워 있는 나의 온몸을 선뜩하게 하더니 석유등잔의 불이 두서너 번 번득번득한다.

어머니는 아버지의 팔을 붙잡으시었다. 웅크리고 마루에 앉아 있던 할멈은 황망하여 하지도 않고 여러 번 경험한 그의 침착한 태도로 두 팔을 벌리고 다만 이리 왔다 저리 왔다 하면서 동정만 살피고 있다.

어머니는 떨리는 목소리로,

"글쎄 남부끄럽지도 않소. 어서 들어갑시다. 가기는 어디로 가우. 남이 알면 글쎄 무슨 꼴이우."

하는 말을 듣지도 않으시고 우리 아버지는 어머니의 팔을 홱 뿌리치셨다. 어머니는 에크 소리를 지르시며 방문 밖에서 방 안으로 넘어지시며 한참이나 아무 말 없이 엎드려 계신다.

"남부끄럽다. 남부끄럼을 당하는 것보다도 자기 양심에 부끄러운 짓을 하는 것이 더욱 부끄러운 것이야."

하시고 술취하신 얼굴에 분기를 띠시고 또 한옆으로는 엎어져 일어나시지도 못하시는 어머니를 다소간 가엾음과 미안한 마음이 생기시나 위신상 어찌하시지 못하는 어색한 얼굴을 돌이켜보지도 않으시고 문 바깥으로 나가신다.

나가시는 규칙 없는 발걸음 소리가 대문이 닫혀지는 소리와 함께 사라졌다.

할멈은 어머니를 붙잡아 일으키시며,

"다치지 않으셨어요?"

하며 어머니가 애처로워 보이기도 하고 또는 아버지의 술주정이 귀찮기도 하여서 상을 찌푸려 어머니를 들여다보시며 물어 본다.

나도 그때야 이불을 벗고 일어나서 어머니를 보았다. 어머니는 일어나 앉으시기는 일어나 앉았으나 아무 말이 없으시다.

철모르는 나의 아우는 말라붙은 코딱지를 때때 주먹으로 비비면서 힘없는 손가락을 꼼질꼼질하며 자고 있다. 나는 다만 어머니의 동정을 살피고 있었을 뿐이었다.

몇 분간 동안은 아주 고요 정적하여졌다. 폭풍우가 지나간 바다의 물결 같은 공기가 온 방 안을 채우고 자는 듯이 고요하다.

그때에 나는 어머니의 머리카락이 덮인 두 눈을 바라보았다. 두 눈에는 불에 비쳐 반짝거리는 눈물 방울이 방울방울 떨어지고 있었다. 이것을 본 나의 전신의 뜨거운 피는 바늘 끝으로 찌르는 듯이 파랗게 식는 듯하였다. 나의 마음은 어머니의 눈물에서 그 무슨 비애의 전염을 받은 듯이 극도로 쓰렸었다. 나는 그대로 어머니의 얼굴을 쳐다볼 수가 없어 이불을 뒤집어쓰고 어머니와 함께 눈물 흘려 울었다.

할멈은 화젓가락만 만지고 있는지 달가닥달가닥 하는 소리가 들릴 뿐이다. 그리고 어머니의 떨리는 숨소리와 코 마시는 소리가 이불을 뒤집어쓴 나의 귀 위에서 연민과 비애의 정을 속삭거려 주었다.

화젓가락

어머니는 한참이나 우시더니 코를 요강에 푸시고 이불을 다시 붙잡아 나와 나의 동생을 다시 덮어 주시었다. 그리고 한 손으로 나의 발치와 나의 가장자리를 어루만지실 때 간지러운 자애의 정이 부드러운 명주옷같이 나의 어린 가슴을 따뜻하게 하시었다.

이튿날 아침, 우리 어머니는 나의 동생의 손을 잡고 나와 함께 우리 외가로 향하여 떠나갔다. 물론 아침도 먹지 않고 늦도록 주무시는 아버지의 아침밥은 할멈에게 부탁이나 하셨는지 으레 알아 할 할멈에게 집안일을 맡기시고 오 리 남짓한 외가로 갔다.

가는 길에 나는 매우 기뻤었다. 무엇 하러 가시는지도 모르는 어머니의 심정은 알지도 못하고 귀여워하시는 할머니를 만나러 간다는 것만 좋아서 앞장을 섰다.

그때의 어머니는 하소연할 곳을 찾아가시는 것이었을 것이다. 팔자의 *애소(哀訴)를 자기의 친부모에게 하러 가시는 것이었을 것이다. 일

애소
슬프게 하소연함.

생을 의탁한 우리 아버지를 사랑하지 않는 것이 아니며 못 믿는 것이 아니지마는 발 아래 엎드려 몸부림할 만치 자기의 울분과 자기의 비애를 호소할 곳을 찾아 지금 우리 어머니는 우리 외가로 가시는 것이다.

그때 그에게는 자기의 부모가 유일한 하느님이며 위안자이었다. 약한 심정을 붙일 만한 신앙을 갖지 못한 우리 어머니는 자애의 나라로 달음박질하면 거기에 자기를 위로하여 주고 자기의 애소의 기도를 들어줄 아버지 어머니가 계실 것을 믿음이었었다. 명명한 대공과 막막한 천애 저편에 위안(慰安) 나라를 건설치 못하고 작은 가슴속과 보이지 않는 심상 위에 천당과 낙원을 짓지 못한 우리 어머니는 다만 자애의 동산을 찾아가시었다.

걸어가시는 어머니의 얼굴에는 어제 저녁의 울분을 참지 못하시는 푸른 표정과 어머니나 아버지에게 팔자 한탄을 푸념하리라는 굳은 결심의 빛이 보였었다.

가게 앞을 지나고 개천을 건너고 사람과 길을 피하고 돌멩이가 발끝에 챌 때에도 우리 어머니의 머릿속에는 그것뿐이었을 것이다.

그러나 우리 어머니의 머리는 그렇게 단순한 것이 아니었다. 나 어린 어린아이의 그 마음을 갖지는 않았었다. 우리를 볼 때 우리 아버지를 생각하며 부모의 자애를 생각할 때에도 자기의 충심에서 발동하는 애모의 정을 깨달았다.

그는 자기의 남편을 사랑하는 동시에 자기의 부모를 사랑하였다. 그는 자기 남편의 불명예를 자기 부모에게 하소연하는 것을 아까 집 대문을 나설 때까지는 결심하였을는지는 알지 못하겠으나 반이나 넘어 가까이 자기 부모의 집을 왔을 때에 그것을 부끄리는 정이 나오는 동시에 또한 그 불명예로운 소리를 발하는 아내 된 자기의 불명예로움을

알았다. 그리고 자기 남편의 불명예를 은폐하려는 동시에 자기 부모의 심로를 생각하였다. 자애를 부어 주는 자기 부모에게 자기의 울분을 애소하는 것이 자기에게는 좋은 것이나 자기 부모의 마음을 조심되게 함을 깨달았다.

나의 동생은 아슬렁아슬렁 걸어가면서 무어라고 감흥에 띤 이야기를 중얼거리면서 걸어간다.

어머니는 외가에 거의 다 왔었을 때에 나에게 은근한 목소리로,

"너 할머니나 할아버지께 어제 저녁에 아버지가 술 먹고 야단했다는 말은 하지 말어라."

하시며 무슨 응답이나 들으려시는 듯이 나를 들여다보신다. 나는,

"예."

하였다. 그 '예' 소리가 나의 입에서 떨어지면서 무슨 해결치 못할 문제가 다 풀린 듯한 감이 생기며 집에서 나올 때부터 무슨 불행스럽고 불안하던 마음이 다시 화평하여졌다.

『개벽』, 1922. 12.

나도향 단편선

여이발사

입던 네마키(자리옷)를 전당국으로 들고 가서 돈 오십 전을 받아 들었다. 깔죽깔죽하고 묵직하며 더구나 만든 지가 얼마 되지 않은 은화 한 개를 손에다 쥐일 때 얼굴에 왕거미줄같이 거북하고 끈끈하게 엉켰던 우울이 갑자기 벗어지는 듯하였다.

오챠노미즈 다리를 건너 고등여학교를 지나 순천당병원 옆길로 본향을 향하여 걸어가면서 길거리에 있는 집들의 유리창이라는 유리창은 남기지 않고 들여다보았다. 그 유리창을 들여다볼 때마다 햇볕에 누렇게 익은 맥고모자 밑으로 유대의 예언자 요한을 연상시키는 더부룩하게 기른 머리털이 가시덤불처럼 엉클어진데다가 그것이 땀에 젖어서 장마 때 뛰어다니는 개구리처럼 된 것이 그 속에 비칠 때,

맥고모자

'깎기는 깎아야 하겠구나.'

혼자 속으로 중얼거리고서는 다시 모자를 벗고서 코밑으로 거북하게 기어 내리는 머리를 두어 번 쓰다듬은 후에 다시 땀내 나는 모자를 썼다.

그러자 그는 어떠한 고등 이발관이라는 간판 붙은 집 앞에 섰다. 그러나 머리를 깎으리라 하고서도 그 고등 이발관에는 들어갈 용기가 없었다.

그곳 이발 요금은 자기가 가진 재산 전부와 상등하다. 몇 시간을 두고 별러서 네마키를 전당국에 넣어서야 겨우 얻어 가진 단돈 오십 전이나마 그렇게 쉽게 손에 들어온 지 한 시간이 못 되어서 송두리째 내주기는 싫었다. 그리고 다만 십 전이라도 남겨서 주머니 귀퉁이에서 쟁그렁거리는 소리를 듣게 하는 것이 얼마간 빈마음 귀퉁이를 채워 주는지 모르는 듯하였다.

전기풍선(電氣風扇)이 자랑스럽고 위엄 있게 돌아가며 제 빛에 뻔쩍

거리는 소독기 놓인 고등 이발관을 지나 놓았다. 그리고는 또다시 얼마큼 걸어갔다. 동경만에서 불어오는 태평양 바람이 훈훈하게 이마를 스쳐가고 땅에서 올라오는 복사열이 마치 짐승 뒤해 내는 가마 속에 들어앉은 듯하게 한다. 옆으로 살수차(撒水車)가 지나가기는 하나 물방울이 떨어지기도 전에 흙덩이는 지렁이 똥처럼 말라 버린다.

어디 삼등 이발소가 없나 하고 찾아보았다. 삼등 도코야(이발소)에를 들어가면 이십 전이면 깎는다. 학생 머리 하나 깎는 데 이십 전이면 족하다. 그러면 삼십 전이 남는다.

삼십 전. 지출하고도 잔여가 지출액보다 많다. 그것을 생각할 때 얼마간 든든한 생각이 났다. 그래도 주머니 속에 삼십 전이 들어 있을 것을 생각하매 앞길에 할 일이 또 있는 듯하였다.

교의가 단둘이 놓이고 함석으로 세면대를 만들어 놓은 삼등 도코야에 왔다. 속을 들여다보았다.

주인이 신문을 든 채로 졸고 앉아 가끔가끔 물 마른 물방아 모양으로 끄덕끄덕 끄덕거리며 부채로 파리를 쫓는다.

용기가 났다. 의기양양하게 썩 들어섰다. 그리고 주인의 잠이 번쩍 깨이도록,

"곤니치와(안녕하십니까)."

하고 인사를 하였다. 주인은 잠잔 것이 황송한 듯이 벌떡 일어나더니 굽실굽실하면서 방에서 끄는 짚세기를 꺼내 놓으면서,

"어서 오십시오."

인사를 하고서 저쪽 교의 뒤에 가 *등대나 하고 있는 듯이 서 있다. 모자를 벗어 걸었다. 그리고 양복 웃옷을 벗은 후 교의에 나가 앉으면서 그래도 못 잊어서 정가표에 써붙인 것을 곁눈으로 보았다. 생각한

등대(等待)
미리 준비하고 기다림.

바와 마찬가지로 이십 전이다. 적이 안심이 되었다. 그러나 또 없는 사람은 튼튼한 것이 제일이다. 전차를 타려고 전차료 한 장 넣어 둔 것을 전차에 올라서기 전에 미리 손에다 꺼내 드는 것이나 마찬가지로 그래도 튼튼히 하리라 하고 번연히 바지 주머니에 아까 전당표하고 얼려 받으면서 그대로 받는 대로 집어넣은 오십 전 은화를 *상고해 보고 전당표를 보이면은 창피하니까 돈만 따로 한 귀퉁이에다 단단히 눌러 넣은 후에 머리 깎을 준비로 떡 기대 앉았다.

　머리 깎는 기계가 머리 표면에서 이리 가고 저리 갈 때 그 머릿속으로 여러 가지 궁리를 한다. 물론 돈 쓸 일은 많다. 그러나 삼십 전이라는 적은 돈을 가지고서 최대한도까지 이익 있게 활용해야 할 것이다. 하숙에서는 밥값을 석 달 치나 못 내었으니까 오늘 낼로 내쫓긴다고 재촉이다. 그러나 집에서는 돈부터 줄 만하지는 못하다. 그렇다고 그대로 있을 수는 없다. 어디 가서 거짓말을 해서 만든 단돈 십 원이라도 만들어야 할 것이다. 삽곡에 있는 제일 절친한 친구 하나가 살그럭대 그럭 돌아가는 머리 깎는 기계 소리와 함께 눈 앞에 보인다. 그러나 그놈에게 가서 우선 저녁을 뺏어 먹고 돈 몇십 원 얻어 와야겠다. 그놈의 할아버지는 그믐날이면 꼭꼭 전보로 돈을 부쳐 주니까 오늘은 꼭 돈이 왔을 터이지! 나는 며칠 있다가 우리 외가에서 돈을 부쳐 주마 하였다 하고 우선 거짓말이라도 해서 갖다 쓰고 볼 일이지. 그렇다. 그러면 여기서 거기까지 걸어갈 수는 없으니까 전차 왕복에 십 전이다. 십 전이면 될 것이다. 그리고 또 이십 전이 남지? 그것은 이렇게 더운데 얼음 십 전 어치만 먹고 십 전은 내일 아침이나 이따 저녁에 목욕을 갈 터이다. 그래 동전 몇 푼이 남는다, 할 때 기계가 머리끝을 따끔하게 집는다. 화가 났다. 재미있게 예산을 치는데 갑자기 따끔함을 당하니까 그

꿈같이 놓은 예산은 다 달아나고 저는 여전히 교의 위에 앉아 있다.

분풀이가 하고 싶어서 못 견딜 지경이다. 그러나 어떻게 분풀이를 하랴? 일어나서 때려 줄 수도 없고 그렇다고 책망할 수도 없다. 다만,

"이쿠! 아퍼."

하고 상을 찌푸렸다. 놈은 퍽 미안한 모양이다. 허리를 깝죽깝죽하며,

"안되었습니다. 안되었습니다."

할 뿐이다. 석경 속으로 들여다보니까 미안한 표정이라고는 허리 깝죽깝죽하는 것뿐이다. 허리는 그만 깝죽거리고 입끝으로 잘못했습니다 소리는 하지 않더라도 다만 눈 가장자리에 참 미안해하는 표정을 보고 싶었다. 그래서 나도 웬일인지 그놈의 허리만 깝죽깝죽하는 꼴이 아주 마음에 차지 않아서 당장에 무슨 짓을 해서든지 나의 머리끝을 집어뜯은 보복이 하고 싶어 못 견디었다.

그럴 때 마침 놈이 나의 머리를 조금 바른편으로 틀라는 듯이 두 손으로 지그시 건드렸다. 나도 옳다 하고 일부러 왼편으로 틀었다. 고개를 들라 하면 수그리고 수그리라 하면 들었다. 그리고 일부러 몸짓을 하고 고갯짓을 하였다.

그러면서 석경 속으로 그놈의 얼굴을 보니까 이마에 내천 자를 그리고 눈썹과 눈썹 사이는 말라붙은 듯이 쭈글쭈글하다. 화가 나는 것을 약 먹듯 참는 모양이다.

기계를 갖다 놓고 몸을 탁탁 털 적에 긴 한숨 쉬는 소리가 들린다. 그리고는 솔로다 머리를 털면서 내 얼굴을 다시 한번 들여다본다. 어떤 놈인가 자세히 보고 싶은 모양이다.

그럴 때,

"진지 잡수셔요."

하는 *은령(銀鈴) 같은 소리가 들린다. 그 목소리 하나만 가져도 미인 노릇을 할 듯한 여성의 소리이다. 깜깜한 난취한 세상에서 가인의 노래를 듣는 듯이 피가 돌고 가슴이 뛰고 마음이 공중에 뜬다.

"밥?"

놈은 기계를 솔로 쓸면서 오만스럽게 대답을 한다. 그것으로써 내외인 것을 짐작하였다.

"이리 와서 이 손님 면도를 좀 해드려."

하는 소리가 분명치 못하게 들리었다. 나는 그 소리를 분명히 이해할 때까지 적어도 이 분은 걸렸다. 왜 그런고 하니 여편네더러 그렇게 손님의 면도를 하라고 할 리가 없는 까닭이다. 그러할 리가 있기는 있다. 동경서 여자가 머리를 깎는 이발관이 한두 군데가 아니지마는 자기의 머리를 여자가 깎아 준다는 것까지는 아주 예상 밖인

은령
은방울.

머리깎는 기계

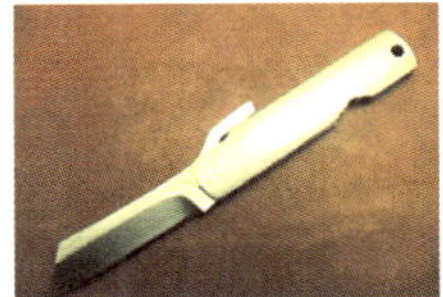
면도하는 칼

까닭이다.

　놈이 들어가더니 년이 나온다. *석경 속으로 우선 그 여자의 얼굴부터 상고하자. 그 상고하려는 머릿속이야말로 좋은 기대와 또는 불안이 엉키었다 풀렸다 한다. 남의 여편네 어여쁘거나 곰보딱지거나 무슨 관계가 있으랴마는 그래도 잘 못생겼으면 낙담이 되고 잘생겼으면 마음이 기쁘고 부질없는 기대가 있다.

　석경 속으로 비추었다. 에그머니, 나이는 스물셋 아니면 넷인데 무엇보다도 그 눈이 좋고 입이 좋고 그 코가 좋고 그 뺨이 좋다. 머리는 숭없다 좋다 할 수가 없고 허리는 호리호리한데다 잠깐 굽은 듯한데 전신의 윤곽이 기름칠한 것같이 흐른다. 어떻든 놈에게는 분에 과한 미인이요, 만일 날더러 데리고 살겠느냐 하면 한 번은 생각해 보아야 할 만한 여자이다.

　손이 면도칼을 집는다. 손도 그렇게 어여쁜 줄은 몰랐다. 갓 잡아 놓은 백어가 입에다 칼을 물고 꼼지락거리는 듯이 위태하고도 진기하다. 이제는 저 손이 나의 얼굴에 닿으렸다 할 때 나는 눈을 감았다. 사람이 경이(驚異)를 좋아하는 것은 아마 통성일 것이다. 나는 그 칼을 든 어여쁜 손이 이 뺨 위에 오는 것을 보는 것보다 눈 딱 감고 있다가 갑자기 와 닿는 것이 얼마나 나에게 경이스러운 쾌감을 줄까 하고서 눈을 감았다. 비누칠을 할 적에는 어쩐지 불쾌하였다. 그러더니 잔등에 젖내 같은 여성의 냄새와 따뜻한 기운이 돌더니 내가 그 여자의 손이 와서 닿으리라 한 곳에 참으로 그 여자의 따뜻한 손가락이 살며시 지그시 눌리인다. 그리고는 나의 얼굴 위에는 감은 눈을 통하여 그 여자의 얼굴이 왔다갔다하는 것이 보인다. 뺨을 쓰다듬는다. 비단결 같은 손이 나의 얼굴을 시들도록 문지르고 잘라진 꽁지가 발딱발딱 뛰는 도마

뱀 같은 손가락이 나의 얼굴 전면에서 제멋대로 댄스를 한다. 그리고는 *몰약(沒藥)을 사르는 듯한 입김이 나의 콧속으로 스쳐 들어오고 가끔가끔 가다가 그의 몽실몽실한 무릎이 나의 무릎을 스치기도 하고 어떤 때 나의 눈썹을 지울 때에는 거의 나의 무릎 위에 올라앉을 듯이 가까이 왔다. 눈이 뜨고 싶어 못 견디었다. 그의 정성을 다하여 나의 털구멍과 귓구멍을 들여다보는 눈이 얼마나 영롱하여 나의 영혼을 맑은 샘물로 씻는 듯하랴. 그리고 나의 입에서 몇 치가 못 되는 거리에 있는 그의 붉은 입술이 얼마나 나의 시든 피를 끓게 하고 타게 하는 듯하랴. 그러나 나는 눈을 뜨지 못하였다. 칼 든 여성 앞에서 이렇게 쾌감을 느끼고 넘치는 희열을 맛보기는 처음이다. 면도질이 거의 끝나 간다. 그것이 말할 수 없이 싫었다. 그리고 놈이 밥을 먹고 나오면 어찌하나 공연히 불안하였다.

몰약

미르라. 아프리카산 감람과(橄欖科)에 속하는 식물에서 채집한 고무 수지. 보통 노란색, 갈색, 붉은색을 띤 덩어리로, 향기가 있고 맛이 쓰다.

　면도가 끝나고 세수를 하고 다시 얼굴에 분을 바른다. 검은 얼굴에 하얀 분을 바르는 것이 우습던지 그 여자는 쌍긋 웃다가 그 웃음을 참으려고 입술을 이로 깨무는 것은 가슴을 깨무는 듯이 부끄럽기도 하고 아프게 좋다. ○○○하여 빙긋 웃어 주었다.

　그러니까 그 여자는 아주 툭 터져 버리었다. 그리고도,

　"왜 웃으셔요?"

하고서 은근히 조롱 비슷하게 나의 어깨에서 수건을 벗기면서 묻는다.

나도 일어서면서,

　"다 되었소?"

하고서 그 여자를 보니까 또 보고 웃는다.

　"왜 웃어요?"

하는 마음은 공연히 허둥지둥해지고 싱숭생숭해진다. 그래도 대답이

없이 웃기만 한다. 나는 속으로 '미친년' 하고서 돈을 내리라 하였다.
그러나 그대로 나가는 것은 무미하다. 웃는 것이 이상하다. 아무리 해
도 수상하다. 그래서 어디 말할 시간이나 늘여 보려고 술이 있으면 술
이라도 청해 보고 싶지마는 물을 한 그릇 청했다. 들어가더니 물을 떠
가지고 나왔다. 나는 그것을 마시면서,

"무엇이 그리 우스워요."

하고 그 여자를 지근거리는 듯이 웃어 보았다.

"아냐요, 아무것도 아니야요."

그 여자는 웃음을 참고 얼굴을 새침하면서 그래도
터질 듯 터질 듯한 웃음이 그의 두 눈으로 들락날
락한다. 그 꼴을 보고서, 그의 손을 잡고서 손
등을 쓰다듬으며, '손이 매우 어여쁘구려'
하고 싶을 만치 실웅실웅하는 생각이 그 여자에게
서 감염되는 듯하였으나 그래도 참고서 요 다음으로
좋은 기회를 물릴 작정 하고,

"얼마요?"

뻔히 아는 요금을 물어 보았다. 그 여자는,

"이십 전."

하고 고개를 구부린다. 나는 오십 전 은화를
쑥 내밀었다. 그 고운 손 위에 그것이 떨어지
며 나는 모자를 쓰고 나오려 하면서,

"또 봅시다."

하였다. 그 여자는 쫓아 나오며,

"거스른 것을 가지고 가십시오."

하고서 나를 부른다. 어떻게 그것을 받을 수가 있으랴. 그때에는 삽곡 친구도 없고 빙수도 없고 목욕도 없고 하숙에서 졸리는 것도 없다. 나는 호기 있게,

"좋소."

하고 그대로 오다가 다시 돌아다보니까 그 여자가 그대로 서서 나를 보고 웃는다. 나는 기막히게 좋다. 나는 활개를 치고 걸어온다. 그리고는 그 여자가 자기와 그 여자 사이에 무슨 낙인이나 쳐놓은 것처럼 다시는 변통할 수 없이 그 무엇이 연결되어진 듯하였다. 그리고는 말할 수 없는 만족이 어깻짓 나게 하며 활갯짓이 나게 한다. 얼른얼른 가서 같은 하숙에 있는 K군에게 자랑을 하리라 하고서 겅정겅정 걸어온다.

오다가 더워서 모자를 벗었다. 벗고서 뒤통수에서부터 앞이마까지 두어 번 쓰다듬다가,

"응?"

하고서 얼굴을 갑자기 쓴 것을 깨문 것처럼 하고 문득 섰다가,

"이런 제기."

하고서 주먹을 쥐고 들었던 모자를 내던질 듯이 휙 뿌렸다.

"그러면 그렇지, 삼십 전만 내버렸구나."

하고서 다시 한번 어렸을 적에 *간기를 앓음으로 쑥으로 뜬 *자죽만 둘째손가락 끝으로 만져 보았다.

『백로』, 1923. 9.

행랑 자식

1

　어떠한 날, 춥고 바람 많이 불던 겨울밤이었다. 박교장의 집 행랑에
서 글 읽는 소리가 나더니 꺼져 가는 촛불처럼 차츰차츰 소리가 가늘
어 간다. 그러다가는 다시 옆에서 어린애 입에 젖꼭지를 물리고서 졸
음 섞어 꽥 지르는 소리로,

　"어서 읽어!"
하는 어머니 소리에 다시 글소리는 굵어진다.

　나이는 열두 살. 보통학교 사년급에 다니는 진태(鎭泰)라는 아이니
그 박교장의 집 행랑아범의 아들이다.

　왱왱 외우던 글소리는 단 이 분이 못 되어 다시 사라졌다. 그리고는
동리집 시계가 열한 시를 치는 소리가 들리더니 사면은 고요하였다.

2

　이튿날 날이 밝은 뒤에 보니까 온 마당, 지붕, 나뭇가지에 눈이 함박
같이 쏟아졌다. 그런데 아직까지도 눈이 다 끝나지 않고 보슬보슬 싸
래기눈이 내려온다.

　진태는 문 뒤에 세워 놓았던 *모지랑비를 들고 나섰다. 처음에
는 새로 빨아 펼쳐 놓은 하얀 요 위에 뒹구는 것처럼 몸 가볍고 마음
상쾌한 기분으로 빗자루를 들었으며 모지랑비와 약한 자기 팔로써 능히
그 많은 눈을 쳐버릴 줄 알았으나 두어 삼태기를 가까스로 퍼버리고 나

모지랑비
끝이 다 닳아서 무디어
진 비.

삼태기

니까 팔이 떨어지는 것 같고 허리가 부러지는 듯하였다. 그러나 아니 칠 수는 없었다. 날마다 아침에 일어나서 마당을 쓰는 것이 자기의 직분이다.

어머니는 안으로 밥을 지으러 들어가고 아버지는 병문으로 인력거를 끌러 나갔다.

한두 삼태기를 개천에 부은 후에 다시 세 삼태기를 들고서 끙끙하면서 개천으로 간다. 두 손끝은 눈에 녹아서 닭 튀해 뜯을 때 발 허물 벗겨 내듯 빠지는 듯하고 발끝은 저려서 토막을 내는 듯하다.

그는 발을 억지로 옮겨 놓았다. 눈 든 삼태기가 자기를 끌고 가는 듯하다. 그렇게 그가 길 중턱까지 갔을 때 그의 팔의 힘은 차차 없어지고 다리에 맥이 훽 풀리었다. 그래서 그는 손에 들었던 눈 삼태기를 탁 놓치었다. 그러자 누구인지,

"이걸 좀 봐라."

하는 어른의 호령 소리가 바로 자기 머리 위에서 들리자 고개를 쳐들고 보니까 교장어른이 아침 일찍이 어디를 다녀오시다가 발등에다가 눈을 하나 잔뜩 덮어쓰시고 역정나신 얼굴로 자기를 내려다보고 계시다. 진태는 그만 얼굴이 홧홧하여졌다. 그리고 아무 말도 못 하고 그대로 멀거니 서 있었다. 그는 무엇으로 그 미안한 것을 풀어야 좋을지 알지 못하였다. 그러다가 하얀 새 버선에 검은 흙이 섞인 눈이 묻어 있는 것을 보고서 자기의 손으로 그것을 털어 드리면 얼마간 자기의 죄가 용서되리라 하고서 허리를 구부려 두 손으로 그 버선등을 털어 드리려 하였다. 그러나 교장은 한 발을 탁 구르시더니,

"고만두어라. 더 더럽는다."

하시고서,

버선

“엥!”

하시며 안으로 들어가시었다. 진태는 무참하였다. 손에는 어제 저녁에 습자 쓰다가 묻은 먹이 꺼멓게 묻어 있다. 털어 드리면은 잘못을 용서하실 줄 알았더니 더 더러워진다 핀잔을 주시고 역정을 더 내시는 것 같다. 그래서 그는 어떻게 해야 좋을지 알지 못하여 그대로 멀거니 서 있었다. 무참을 당하여 얼굴도 홧홧하고 두 손에서는 불이 난다.

그래서 그는 안으로 들어가지 못하고 행랑 자기 방으로 들어가다가 안마루 끝에서 주인마님이,

“아 그 애녀석도, 눈이 없는가? 왜 앞을 보지 못해?”

하는 소리를 듣고서는 쥐구멍으로라도 들어가 버리고 싶도록 온몸이 옴츠러졌다. 그리고는 자기 뒤로 따라 나오며 주먹을 들고서 때리려 덤비는 자기 어머니가,

“이 망할 녀석, 눈깔을 얻다 팔아먹고 다니느냐?”

하고 덤비는 듯하여 질겁을 하여 방 안으로 들어갔다.

아니나다를까, 조금 있더니 보기 싫은 젖퉁이를 털럭털럭하면서 어머니가 쫓아 나왔다.

“이 망할 녀석, 눈깔이 없니? 나리마님 새 버선에다가 그것이 무엇이냐? 왜 그렇게 질뚱발이냐, 사람의 자식이.”

어머니는 그래도 말이 적었다. 그리고는 그내 다시 안으로 들어갔다.

진태는 간이 콩알만하게 무서운 것은 둘째 쳐놓고, 웬일인지 분한 생각이 난다. 아무리 생각을 하여도 자기 잘못 같지는 않다. 자기가 눈 삼태기를 들고 가는데 교장어른이 딴생각을 하면서 오시다가 닥뜨린 것이지 자기가 한눈을 팔다가 그리한 것은 아니다.

그래서 웬일인지 호소할 곳이 없어 그는 그대로 방바닥에 엎드러졌

다. 그리고는 고개를 두 팔로 얼싸안고 자꾸자꾸 울었다. 그는 눈물이 방바닥에 떨어지는 것을 알았다. 삿자리 깐 그 밑으로 흙내가 올라오는 것을 맡았다. 그리고는 어머니도 걱정을 하고 아버지도 걱정을 할 터요 더구나 아버지가 이것을 알면은 돌짝 같은 손에 얻어맞을 것을 생각하매 몸서리가 난다. 그는 신세 한탄할 문자를 모르고 말도 모른다. 어떻든 억울하고 분하였다. 그렇다고 어디 가서 호소할 데도 없었고 분풀이할 곳도 없었다.

그는 방바닥에 한참 엎드려서 느껴 가면서 울고 있을 때 방문이 펄석 열리었다. 그는 깜짝 놀랐으나 돌아다보지도 않았다. 그의 생각에는 그 문 여는 사람이 어머니려니 하였다. 그래서 약한 마음에 이렇게 우는 것을 보면은 어머니는 나를 위로하여 주려니 하였다. 그래서 어머니가 일어나라고 하기만 기다렸다.

그러나 한참 아무 소리가 없더니,

"애!"

하고 험상스러웁게 부르는 사람은 자기 아버지다. 그는 위로를 받기커녕 벼락이 내릴 것을 그 찰나에 예감하였다. 그는 눈물이 쏙 들어가고 온몸이 선뜩하였다.

이번에는 꽥 지르는 소리로,

"애, 일어나거라, 이것아."

하는 아버지의 성난 얼굴이 엎드린 속으로 보인다. 그는 그러나 벌떡 일어나지는 못하였다. 자기 눈 가장자리에는 눈물이 묻었다. 그 눈물을 보면은 반드시 그 우는 곡절을 물을 터이다. 그 대답을 하면은 결국은 벼락이 내릴 터이다. 그래서 일어나지도 못하고 그대로 있지도 못하고 그의 가슴은 초조하였다.

두 발이 성큼 방 안으로 들어오는 듯하더니 무쇠 *갈구리 같은 손이
자기 저고리 동정을 꿰들어 번쩍 쳐들었다. 그는 쇠관에 매달린
쇠고기 모양으로 반짝 들리었다.

갈구리
'갈퀴'의 방언.

"울기는 왜 우니?"

하는 그의 아버지도 자식 우는 것을 볼 때 어떻든 그 눈물을 동정
하는 자정(慈情)이 일어나는지 목소리가 조금 낮아지며 또는 웃
음이 섞이었으니 그것은 그 눈물나는 마음을 위로하려는 본능이다.

"왜 울어?"

대답이 없다.

"글쎄, 왜 우니?"

가슴이 타나 대답할 수는 없었다.

"엄마가 때려 주든?"

진태는 고개를 내흔들며 느껴 울었다.

"그러면 왜 우니? 꾸지람을 들었니?"

"아……뇨."

진태는 다시 고개도 흔들지 않았다.

"그럼 왜 울어. 말을 해."

아버지는 화가 나는 것을 참았다. 그리고는,

"이 자식아! 말을 해라. 왜 벙어리가 되었니? 말이 없게!"

하고서는 무슨 생각을 하였는지 여러 번 타일러 보다가,

"웬일야!"

하고 혼자말을 하더니 바깥으로 나아간다. 그것은 근자에 볼 수 없는
늘어진 성미였다. 아마 어멈에게 물어 볼 작정이었던 것이다.

아범은 문 밖으로 나갔다. 그러더니 다시 들어오며,

“삼태기 어쨌니? 응, 삼태기?”

하며 안팎으로 들락날락하는 서슬에 안부엌에서 어멈이 설거지를 하면서,

“왜 아까 진태가 마당을 쓴다고 가지고 나갔는데.”

하고,

“걔더러 물어 보구려.”

한다. 아범은 화가 나는 듯이,

“그런데 쭉쭉 울고 있으니 무엇이라고 그랬나?”

하며 어멈을 본다.

그러자 안마루에서 마님이 무엇을 보다가 운다는 소리를 듣더니 미안한 생각이 났던지,

“아까 눈인가 무엇인가 친다고 나리마님 발등에다가 눈을 쏟아뜨렸다네. 그래서 어멈이 말마디나 한 것인 게지.”

아범의 눈은 실룩해졌다. 그리고는 잡아먹을 짐승에게 덤비려는 호랑이 모양으로 고개가 쓱 내밀리더니 어깨가 으쓱 올라간다. 그리고는 아무 말 없이 바깥 행랑으로 나간다.

바깥으로 나온 아범은 다짜고짜로 방문을 열어 젖뜨렸다. 그의 생각에는 주인나리의 발등에 눈 엎은 것은 외려 둘째이다. 삼태기 하나 잃어버린 것이 자기 자식을 쳐죽이고 싶도록 아깝고 분하고 망할자식이다.

“이 녀석.”

자기 아들을 움켜잡았다.

“이리 나오너라.”

진태는 두 손 두 다리를 가슴에다 모으고서 발발 떨면서 자기 아버지만 쳐다본다.

“이 망할 자식, 울기는 애비를 잡아먹었니, 에미를 잡아먹었니? 식전 아침부터 훌쩍훌쩍 울게.”

하더니 돌덩이 같은 주먹이 그의 등줄기를 보기 좋게 울리었다.

“에그 아버지, 에그 아버지.”

하며 볶아치는 소리가 줄을 대어 나왔으나 그 뒷말은 없었다. 매를 맞는 진태도 잘못했습니다를 조건 없이 할 수는 없었다.

“무어야 아버지! 이 녀석, 이 망할 자식.”

하고서는 사정없이 들이 팬다.

울고, 호령하는 소리가 야단스럽게 나니까 어멈이 안에서 뛰어나오며,

“인제 고만두, 고만둬요. 요란스럽소.”

하고 만류를 하나,

“이게 왜 이래. 가만있어. 저리 가요.”

하고 팔꿈치로 뿌리치고는,

“이놈아, 그래 눈깔이 없어서 나리마님 버선에다가 눈을 들이 부어 놓고, 또 무엇에 마음이 팔려서 삼태기를 밖에다가 놓아 두어 잃어버리게 했니? 응, 이 집안 망할 자식!”

아범의 손이 자기 아들의 볼기짝, 등어리, 넓적다리 할 것 없이 사정없이 때릴 때마다 어린 살에는 푸르게 멍이 들고 피가 맺힌다.

그러할 때마다 아범의 목소리는 더한층 높아지고 떨리고 슬픔과 호소가 엉키었다. 그는 자기 아들을 때릴 때마다 눈앞에서 자기 손에 매달려 애걸하는 자기 아들이 보이지 않고 안방 아랫목에 앉아 있는 주인나리가 보인다. 그리고는 자기 아들을 때리는 것 같지 않고 자기 주인나리를 욕하고 원망하고, 주먹질하고 싶었다.

"인제 고만 좀 두."

하는 어멈은 자식을 가로챘다. 그래 가지고는 다시 자기 아들을 껴안
았다.

3

싸리나무

인두

부삽

그날 해가 세 시나 넘어 네 시가 되었다. 진태는 학교에 다녀왔
다. 앞대문을 들어오려다가 보니까 새로이 삼태기 하나를 사다 놓
았다. 싸리나무로 얽은 누렇고 붉은 삼태기를 볼 때 그의 매맞은
자리가 다시 아프고 얼얼하다.

툇마루에 걸터앉으니까 어머니는 상에다 밥을 차려 가지고 방으
로 들어오라고 부른다. 방 안에는 모닥불이 재만 남았는데 인두 하
나가 꽂히어 있고, 또는 다 삭은 화젓가락과 부삽 하나가 꽂혀 있다.

어머니는 누더기 천에다가 작년에 낳은 어린애를 안고서 젖을 먹인
다. 어린애는 젖꼭지를 물고서 입을 오물오물하면서 한 손으로 다른
쪽 젖꼭지를 만진다.

진태는 그 동생을 볼 때 말없이 귀여웠다. 그래서 손가락으로 볼따
구니도 건드려 보고, 엇구 엇구 혓바닥 소리를 내어서 얼러 보기도 하
였다.

어린애는 벙싯 웃었다. 그리고는 젖꼭지를 쑥 빼고서 진태를 돌아다
보았다.

어머니는 침착한 얼굴로 어린애의 손가락만 만지고 있더니,

"옜다."

하고 어린애를 내밀면서,

　"좀 업어 주어라."

하고서 어린애를 곤두세운다. 그러자 진태는,

　"밥도 안 먹고!"

하고 밥을 얼른 먹고서 어린애를 업었다. 그러나 진태의 집에는 아직 밥을 짓지 않았다. 어머니는 안에 들어가 밥을 지으려 하기는 해도 우리 먹을 밥은 지으려 하지 않는다.

　진태는 어머니가 안으로 들어간 후 어린애를 업고서 방 안으로 왔다 갔다하면서 밥을 짓지 않으니 아마 쌀이 없나 보다 하였다. 그리고는 아버지가 얼른 돌아와야 할 것이라 하였다.

　진태는 뚫어진 창틈으로 바깥을 내다보면서 아버지가 혼자 인력거를 끌어서 쌀 팔 돈을 가지고 오지나 않나 하고서 고대하였다.

　그래도 미심하여서 그는 쌀 넣어 두는 항아리를 들여다보았다. 들여다보니까 겨 묻은 쌀바가지가 시꺼먼 항아리가 콩 빈 데 들어 있을 뿐이다. 진태는 힘없이 뚜껑을 덮고서 섭섭한 마음으로 방 안을 왔다갔다하였다. 어린애는 등에서 꼼지락꼼지락하고서 두 발을 비빈다.

　'오늘도 또 밥을 하지 못하는구나.'

하고서 펄럭펄럭하는 문을 열고 쪽마루로 내려왔다.

　내려와서는 냄비가 걸려 있는 *아궁지 밑을 보았다. 거기에는 타다남은 푼거리 장작이 두어 개 재 속에 남아 있다.

　그는 다시 장작 갖다 놓아 두는 부엌 구석을 보았다. 부스러기 나무도 없다.

　바람이 불어서 쓸쓸스러운 행랑의 씻은 듯한 살림살이를 훑고 지나가고 으슴츠름하게 어두워 가는 저녁날은 저녁 못 지을 것을 생각하고

아궁지
'아궁이'의 잘못.

섭섭한 감정을 머금은 진태의 어린 마음을 눈물나게 한다.

조금 있다가 어머니는 허둥지둥 나왔다. 아마 부엌에 불을 지피고 나온 모양이다. 진태의 눈에는 아궁이에서 타나오는 장작불을 한 발로 툭툭 차넣던 어머니의 짚세기 발이 보인다.

어머니는 나오면서 등에 업힌 어린애를 보더니,

“에그 추어! 저런, 무엇을 좀 씌워 주려무나?”

하고서,

남바위

“남바위 어쨌니? 손이 다 나왔구나.”

하더니 방으로 들어가 진태가 돌에 쓰던 것이니까 십 년이나 되는 남바위를 들고 나온다. 털은 다 떨어지고, 비단은 다 삭았다.

그것을 어린애를 씌워 주고 어머니는 다시 문 밖을 내다보고 오 분이나 서 있었다. 진태는 그 서 있는 의미를 짐작하였다. 아버지 돌아오시기를 기다리는 것이라.

그러다가 어머니는 갑자기 덜미에서 누가 딱 하고 놀래는 것처럼 깜짝 놀라며 다시 안으로 들어가려고 돌아섰다. 그때 진태는,

“저녁 하지 않우.”

하고서 어머니 뒤를 따라 들어갔다. 어머니는 화가 나고 초조하던 판에,

“밥도 쌀이 있고 나무가 있어야지.”

하고 소리를 꽥 지른다. 진태 잔등에 업혀 있던 어린애가 깜짝 놀라며 와 운다.

진태는 어린애를 주춤주춤 추슬러 달래면서 아무 말 못 하고 섰었다.

어머니는 다시 안으로 들어갔다. 진태도 따라 들어갔다. 그리고는
부엌 앞에 앉아서 불을 넣고 앉았었다.

4

날이 어두웁고 전깃불이 켜지었으나 밥을 하지 못하였다.

그리고 아버지도 아직 돌아오지를 않는다. 진태 어머니는 상을 차려
드리고 바깥으로 나오려고 하니까, 마님이,

"어멈."

하고 부르신다.

"네."

하고서 어멈은 문을 열려다가 다시 돌아다보았다.

"오늘 저녁을 하였나?"

어멈은 조금 주저주저하다가,

"먹을 것 있어요."

하고서 부끄러운 웃음을 웃었다.

"아범 들어왔나?"

"아즉 안 들어왔에요."

"그럼 저녁도 짓지 못하였겠네그려."

어멈은 아무 말도 없었다. 마님은 벌써 알아채고서,

"그래서 되겠나? 어린것들이 치워서 견대겠나."

하고서,

"자, 이것이나."

하고서 상 끝에 먹다 남은 밥을 이 그릇에서 저 그릇으로 모두어 놓으
면서,

"그놈도 들어오라구 그래. 불도 안 땐 모양이지? 추어서들 견디겠
나. 어른은 괜찮겠지마는 어린애들이⋯⋯."

하고서,

"어서 그놈도 들어오라고 해."

하며 어멈을 쳐다본다. 어멈은 다행히 여겨 바깥으로 나오며,

"애, 진태야!"

하며 진태를 부른다.

"왜 그러세요?"

진태는 문 밖에 섰다가 문 안으로 들어오며 묻는다.

"들어가자!"

"어디로?"

"안으로 말야. 마님이 밥 먹으러 들어오라신다."

진태의 얼굴은 당장에 새빨개지더니,

"왜 아버지 들어오시거든 밥을 지어 먹지."

"어디 들어오시니."

"언제든지 들어오시겠지."

"들어가. 부르시니."

진태는,

"싫어요."

하고서 돌아섰다. 진태의 마음에는 아까 아침에 나리의 버선등을 더럽
힌 것을 생각하매 다시 마님의 낯을 뵈옵기도 부끄러웁거니와 아무것
도 잘못한 것이 없는데 아버지에게 매를 맞게 한 것이 분하기도 하였

다. 그런데다가 안방에는 자기와 동갑 되는 교장의 딸이 자기와 같은
학교 여자부에 다니는데 그 계집애 보기에 매맞은 것이 부끄럽다.

"애, 나중에는 별소리를 다 듣겠네. 어서 들어가자."

어머니는 재촉을 한다.

"어서 들어가."

진태는 심술궂게,

"싫어요. 나는 밥 얻어 먹으러 들어가기는 싫어요."

하고 소리를 질렀다.

"빌어먹을 녀석, 기다리셔, 안에서."

"기다리시거나 말거나 나는 안 들어가요."

어멈 마음에도 자기 아들의 말하는 것이 잘못이 아니었다. 그리고
꾸짖기는 고사하고 동정할 만한 일이었으나 그래도 당장에 배고파할
것과 또는 자기도 밥을 먹어야지만 어린애 젖을 먹일 것이다. 그래서
자기 아들의 굳은 의지를 어머니 된 위력으로 꺾지 않을 수 없었다.

"안 들어갈 터이냐."

그 말을 하고 부지깽이를 찾는 척할 때 그는 웬일인지 하지 못할
짓을 하는 비애를 깨달았다.

"싫어요."

진태는 우는 소리로 거절하였다.

"싫으면 밥 굶을 터이냐?"

"굶어도 좋아요."

"어디 보자. 어린애나 이리 내라."

어린애를 안고서 어머니는 안으로 밥을 얻어먹으러 들어갔다. 그러
나 진태는 방에 들어가 깜깜한 속에 드러누워 있었다.

부지깽이

그날 어째 그렇게도 섧고 분하고 쓸쓸한지 모르겠다. 어째 이런가 하는 생각이 난다. 그리고 아버지나 얼핏 들어왔으면 좋겠다 하였다.

십 분이 못 되어 어머니는 다시 나왔다.

"얘."

하고 문을 열고 고개를 들이밀며,

"마님이 들어오래신다. 어서, 어서."

진태는 그대로 누운 채 다시 돌아누우며,

"싫어요, 안 들어가요."

"나리가 걱정하셔."

"싫어요, 글쎄."

어멈은 다시 들어갔다. 그리고 오 분이 못 되어 또 나오는 소리가 들렸다. 그러더니 이번에는 문을 열고서,

"그럼, 옜다!"

하고 무엇을 내민다.

진태는 방바닥이 차디차고 찬 바람이 문 틈으로 스쳐 들어오는 것을 막기 위하여 이불을 내리덮고 새우잠을 자다가 어머니 소리를 듣고서,

"무엇예요."

하다가 얼른 속소리를 잡아당겼다.

"자, 밥이다. 먹고 드러누워라. 이 치운데 저것이 무슨 청승이냐."

진태는 온 전신을 사를 듯이 부끄러운 감정이 홱 흐르며,

"글쎄 싫다니까. 안 먹어요. 먹기 싫어요."

어머니는 들어왔다. 진태를 밀국수 방망이 밀듯이 흔들흔들 흔들면서 타이르고 간청하듯이,

"일어나거라, 응! 일어나."

진태는 더욱 담벼락으로 가까이 가며,

“싫어요. 나는 배고프지 않아요.”

하고서 고개를 이불로 뒤어쓰고 아무 말이 없다.

“고만두어라. 너 배고프지 나 배고프겠니?”

하고서 그대로 안으로 들어가려 할 때,

“에 추워.”

하고서 들어오는 사람은 자기 아버지다. 어멈과 아범은 맞닥뜨렸다.

“이건 눈깔이 빠졌나. 엑구 시⋯⋯.”

하며 아범이 소리를 질렀다.

“어두워서 보이지를 않는구려.”

하고서 여성답게 미안한 어조로 어멈은 말을 한다. 이 한번 닥뜨린 것
이 빈손으로 들어오는 자기 남편을 몰아셀 만한 용기를 꺾어 버리었고
주머니 속이 비어 있는 아범은 또한 큰소리를 할 만한 용기를 줄게 하
였다.

“어떻게 되었소?”

“무엇이 어떻게 돼? 큰일났어, 큰일. 벌이가 있어야지. 저녁은 어떻
게 했나?”

“여보, 그 정신나간 소리는 좀 두었다 하우. 무엇으로 저녁을 해요.”

아범은 아무 소리 못 하고 방 안으로 들어갔다. 진태는 일어나 앉았
다. 그리고는 속으로 반갑기는 그만두고 한 가닥의 희망까지 끊어져
버리었다.

“그럼 어떻게 하나?”

아범은 불 켤 것도 생각지 않고서 한탄을 한다.

“그래 한 푼도 없소?”

“아따, 이 사람! 돈 있으면 막걸리 먹었게.”

막걸리라는 소리가 어멈의 성미를 거웠다.

“막걸리가 무어요? 어린 자식들은 치운 방에서 배들이 고파서 덜덜 떠는데 그래도 막걸리요. 그렇게 막걸리가 좋거든 막걸리장사 마누라나 하나 데불고 살거나 막걸리독에 가서 거꾸로 박히구려. 그저 막걸리 막걸리 하니 언제든지 막걸리 신세를 갚고야 말 터이야. 저러다가는.”

“글쎄 그만둬요. 또 *여호 모양으로 톡톡거려. 엥, 집에 들어오면 여펜네 꼴 보기 싫어서.”

하고 입맛을 쩍쩍 다신다.

진태는 옆에서 그 꼴만 보다가 불을 켜고 있었다.

“그럼 저녁을 먹어야지.”

하고서 아범은 꽤 시장한 모양으로 없는 궁리를 하려 하나 아무 궁리도 없다.

“이것이나 먹구려.”

하고 어멈은 진태를 주려고 국에다 만 밥을 내놓으니까,

“그게 무어야.”

하고 숟가락으로 두어 번 떠먹어 보더니,

“너 저녁 먹었니?”

하고서 진태를 돌아다본다. 진태는 말을 하려야 할 수도 없거니와 말하기도 전에 어멈이,

“안 먹었다우.”

하고 진태를 책망도 하고 원망도 하는 듯이 흘겨보았다.

“왜?”

하고 아범은 숟가락을 든 채로 그대로 있다.

　"누가 알우, 먹기 싫다는 것을."

　"그럼 배고프겠구나."

하고서 밥그릇을 내놓으면서,

　"좀 먹으련?"

하니까, 진태는,

　"싫어요."

하고서 멀리 피해 앉는다.

　"왜 그러니."

　"먹을 마음이 없에요."

　삼십 분쯤 지났다. 문 밖에서 어멈이,

　"진태야! 진태야!"

하고 부른다. 진태는 그 부르는 어조가 너무 은밀한 듯하므로,

“네.”

대답 한 번에 바깥으로 나갔다. 어머니는 대문간에 손에다가 무엇인지 가느다란 것을 쥐고 서 있다.

“저.”

하고 어머니는 헝겊에 싼 그것을 풀더니,

“이것 가지고 전당국에 가서 칠십 전이나 팔십 전만 달래 가지고 싸전에 가 쌀 닷곱만 팔고, 나무 열 냥 어치만 사가지고 오너라.”

한다. 진태는 얼른 알아채었다. 옳지, 은비녀로구나. 자기 집안에 값진 것이라고는 어머니 시집올 때 가지고 온 그 비녀 하나하고 굵다란 은가락지뿐이다.

진태는 그것을 받아 들었다. 그리고는 전당국을 향하여 간다. 전당국이 잡화상 옆에 있는 것이 제일 가까웁고 조금 내려가면 이발소 윗집이 전당국이다. 그러나 첫째 집은 가지를 못한다. 그것은 그 전당국 주인의 아들이 자기하고 같은 학교를 다니니까 만일 들키면 창피할 것이요, 부끄러울 것이라. 그래서 그 집을 남겨 놓고 먼 저 아래 전당국으로 가리라 하였다. 그는 팔짱을 끼고 웅숭그리고서 전당국으로 들어가려 하니까 어째 누가 손가락질을 하는 것 같고 구차함을 비웃는 듯하다. 그리고 그 전당국 주인까지도 자기의 구차한 것을 호령이나 할 듯이 싫을 것 같다.

그러나 눈 딱 감고 들어가려 하니까 문간에다가 [*]기중(忌中)이라 써 붙이고 문을 닫아 버렸다.

‘기중.’

사람이 죽었구나 하고서 생각하니 그 몇 분 동안에 자기 마음이 긴장되었던 것은 풀려진다.

그러면 이번에는 하는 수 없이 그 동무 아버지의 전당국으로 가야 하겠다.

한 발자국이라도 더디게 떼어 놓아 그 전당국으로 들어설 때 가슴은 거북하고 머리에는 열이 올라와서 흐리멍덩하다.

기웃이 들여다보니까 아무도 없다. 혹시 동무 학동이나 만나지 않을까 하였더니 사무 보는 어른이 한 분 앉아 있고 아무도 없어 아주 다행이다.

그는 정거장 표 파는 데처럼 철망으로 얽고 또 비둘기 창구멍처럼 뚫어 놓은 곳으로 은비녀를 디밀었다. 신문을 보던 사무 보는 어른이 한번 흘겨보더니,

"무엇이냐?"

하고서 소리를 꽥 지른다.

"이것 잡으세요?"

하는 소리는 떨리고 가늘었다. 사무 보는 이는 아무 말 없이 그것을 받아 들더니 저울에다가 달아 본다.

진태는 속마음으로 만일 저것을 잡지 않으면 어떻게 하나? 나쁜 것이라고 퇴짜를 하면은 어떻게 하나 하고 있을 때,

"얼마나 쓰련?"

하고 돈을 묻는다. 그는 겨우 안심을 하고서 돈 말하려다가 자기가 부르는 돈보다 적게 주면 어떻게 하나 하고서 도리어 그이더러,

"얼마나 나가요?"

하고 물었다. 그는 한참 있더니,

"일 원이다."

한다. 그러면 자기 어머니가 얻어 오라는 것보다는 삼사십 전이 더하

다. 그는 겨우 안심을 하고서,

"칠십 전 주세요."

하였다.

"네 이름이 무엇이냐?"

전당표에 이름이 쓰이는 것은 좋지 못하나 하는 수 없이 이름을 대었다.

사무 보는 이가 전당표를 쓰는 동안에 진태는 왔다갔다하였다. 그리고서 남에게는 전당 잡으러 온 체하지 않으려고 사면을 둘러보며 *군소리를 하였다.

진태가 바깥을 내다볼 때, 누구인지 덜미에서,

"진태냐?"

하는 어린애 소리가 들렸다. 그는 얼른 돌아다보니까 거기에는 그 집 주인의 아들이 반가워 맞으며,

"어째 왔니?"

하며 나온다. 진태는 달아나고 싶었다. 그리고는 될 수만 있으면 돈도 그만두고 피해 가고 싶었다.

"내일 산술 숙제 했니?"

어쩌면 그렇게 다정하게 물으랴? 그러나 진태는,

"아니."

하고서 고개를 내저었다. 그의 얼굴은 진홍빛같이 붉어졌다.

"애, 큰일났다. 나는 조금두 할 수가 없어!"

그의 말소리는 진태의 귀에 조금도 안 들린다. 내일 숙제는 고만두고 내일 학교에 가면 반드시 여러 동무들이 흉들을 볼 터이요, 또는 놀려 대임을 당할 것이다. 그리고 그의 앞에는 커다란 수남이가 보이며

장난에 *괴수요 핀잔 잘 주고 못살게 굴기 잘 하는 그 불량한 학생이 보인다.

전당표와 돈을 받아 들었다. 이제는 싸전으로 갈 차례다. 석 되나 닷 되나 한 말 쌀을 파는 것은 오히려 자랑거리지마는 닷곱은 팔기가 참으로 부끄럽다. 구차한 것이 죄악은 아니지마는 진태에게는 죄지은 것처럼 부끄럽다. 그는 싸전에 가서 종이봉지에 쌀 닷곱을 싸들었다. 첫째 싸전쟁이가,

"왜 전대를 가지고 오지 않았어?"

꽥소리를 한번 지르더니 딴사람의 쌀을 다 퍼주고야 종이봉지 하나가 아까운 듯이 가까스로 닷곱 한 되를 퍼주었다.

돈을 주고 나왔다. 쌀 든 손은 얼어서 떨어지는 듯하다. 한 손으로 귀를 녹이고 또 한 손으로는 번갈아 가며 쌀봉지를 들었다.

이번에는 나무가게로 갈 차례다. 나무가게로 갔다. 이십 전 어치를 묶었다. 그것을 새끼에다 *질빵을 지어서 둘러메고 쌀은 여전히 옆에다 끼었다. 행길로 고개를 숙이고 가다가는 어깨가 아프고 손, 발, 귀가 시려서 잠깐 쉬다가 저쪽을 보니까 자기 집 들어가는 골목을 조금 못 미쳐서 학교 선생님 한 분이 오신다.

진태는 얼핏 일어났다. 그리고 선생님이 골목까지 오시기 전에 먼저 그 골목으로 들어가야 하겠다 하였다. 그리고는 줄달음질하였다. 선생님은 아무것도 둘러메시었을 리가 없으므로 걸음이 속하시다. 자기는 힘에 닿지 않는 것을 둘러메었고 또 걸음이 더디다. 거진 선생님과 맞닥뜨리게 되었다. 그래서 앞도 보지 않고 골목으로 뛰어들어가다가 거기서 나오는 사람과 마주쳤다.

"에쿠!"

하면서 손에 들었던 쌀이 모두 흩어지고 나무는 어깨에 멘 채 나가자빠졌다.

"이 망할 집 자식, 눈깔이 없니?"

하고 들여다보는 그이는 자기 아버지다. 진태는 그래도 뒤를 돌아다보았다. 벌써 선생님은 본 체만체 지나가 버리시었다.

"이 망할 자식아, 쌀을 이렇게 흩트려서 어떻게 해?"

하며 아버지는 두 손으로 껌껌한 데서 그것을 쓸어서 바지 앞에다 담는다.

진태는 멍멍히 서 있다가 아버지에게 끄을려서 집으로 들어갔다.

집에 들어가니까 어머니가 얼마나 받았으며, 얼마나 썼으며, 얼마나 남았느냐고 묻는다. 진태는 그 소리를 듣고서 전당표를 주었다.

그리고는 자세한 이야기를 하였다.

그러나 어머니는 진태의 잘잘못이 없었다.

유일한 보물을 전당을 잡혀서 팔아 온 쌀까지 땅에다 모두 엎질러 버린 것을 생각하매 그대로 있을 수 없을 만치 아깝고 분하다. 그래서,

"이 망할 녀석, 먹으라는 밥을 먹지 않아서 밥이나 먹고 자라고 하겠더니……."

하고서 주먹을 들고 덤벼들며,

"어디 좀 맞아 보아라!"

하고서 또다시 덤벼든다. 진태는 아무것도 변명하지 않았다. 그러나 하루에 두 번씩 매를 맞게 되니까, 무엇이 원망스럽고 또 무엇을 저주하고 싶었으나 그것이 무엇인지 알지 못하였다. 그래서 그는 한참 얻어맞고 혼자 울었다. 그는 위로해 주는 사람 하나 없고 쓰다듬어 주는 사람 하나 없었다.

그는 방구석에 틀어박혀서 한참 울다가 그대로 잠이 들었다. 꿈에는 억울한 꿈을 꾸었다.

「개벽」, 1923. 10.

나도향 단편선

전차 차장의 일기 몇 절

십일월 십오일, *담(曇).

……동대문서 신용산을 향하여 아침 첫차를 가지고 떠난 것이 오늘 일의 시작이었다.

전차가 동구 앞에서 정거를 하려니까 처음으로 승객 두 명이 탔다. 그들은 모두 양복을 입은 신사들인데 몇 달 동안 전차 차장에 익은 눈으로 보아서 그들이 어젯저녁 밤새도록 명월관에서 질탕히 놀다가 술이 취하여 그대로 그 자리에서 쓰러져 자다가 나오는 것을 짐작하였다. 새벽이라 날이 몹시 선선할 뿐 아니라 서리 기운 섞인 찬바람이 불어서 '*트롤리' 끈을 붙잡을 적마다 고드름을 만지는 것처럼 저리게 찬 기운이 장갑 낀 손에 스미어드는 듯하다. 그들은 얼굴에 *앙괭이를 그리고 무슨 부끄러운 곳을 지나가는 사람 모양으로 모자는 눈까지 눌러 쓰고 외투로 코까지 싼 후에 두 어깨는 양쪽으로 삐쭉 올라섰다. 아직 다 밝지는 않고 먼동이 터오므로 서쪽 하늘과 동쪽 하늘 둘 사이 한복판을 두고서 광명과 암흑이 은연히 양색이 졌다. 그러나 눈 오려는 날처럼 북쪽 하늘에는 회색 구름이 북악산 위를 답답하게 막아 놓았다. 운전수는 사람이 하나도 없는 넓은 길을 규정 외의 마력을 내어서 전차를 달려 갔다. 전차는 *탑동공원 앞 정류장에 와서 섰다. 먼 곳에서는 홰를 치며 우는 닭의 소리가 새벽 서리 바람을 타고서 들려 온다. 그러자 어떠한 여자 하나가 내가 서 있는 바로 차장대 층계 위에 어여쁜 발을 올려놓는 것이 보였다. 아직 탈 사람이 별로이 없으리라고 지레짐작에 신호를 하였다가 그것을 보고서 다시 정지하라는 신호를 하였다. 한 다리가 승강단 위에 병아리 모양으로 깡창 올라오더니 계란같이 옹크린 여자가 톡 튀어 올라서 내 앞을 지나는데 머리는 어디서 어떻게 *부스대기를 쳤는지 아무렇게 흩어진 것을 아무렇게 쪽찌고

명월관의 기생들

본래부터 난잡하게 놀려고 차리고 나섰는지는 알 수 없으나 옥양목저고리에 무슨 치마인지 수수하게 차렸는데 손에는 비단으로 만든 지갑을 들었었다. 그리고 그가 내 옆을 지날 때 일본 여자들이 차에 탈 적이나 기생들이 차에 오를 적에 나의 코에 맡히는 분 냄새와 향수 냄새 같은 향긋한 냄새가 찬바람에 섞이어 나의 코에 스쳤다.

그 여자는 차 안으로 들어가더니 그 안에 앉아 있는 양복 입은 청년들의 눈을 피하려 함인지 또는 내외를 하려는 것처럼 맨 앞에 가서 앞만 보고 앉아 있었다. 두 젊은 사람은 어젯저녁에 기생 데리고 놀던 흥이 아직까지도 풀리지 않았는지 그 여자를 보더니 한 사람이 팔꿈치로 옆의 사람을 툭 치면서 눈을 끔적하였다. 그러니까 그 사람도 알았다는 듯이 고개를 끄덱끄덱하며 그 여자만 보고 있었다.

금비녀

나도 호기심이 일어나서 그 여자 가까이 가서 얼굴이나 똑똑히 보리라 하고 뒤로 돌려 메었던 가방을 앞으로 돌려서 전차표와 가위를 양손에 갈라 쥐고 차 안으로 들어갔다. 우선 두 젊은이에게 표를 찍어 주고서 그 여자 앞에 가서 손을 내밀려 하다가 나는 깜짝 놀랐다. 나는 달려들어 이것이 웬일이오? 할 만치 놀랐다. 그리고 그의 머리에 꽂힌 금비녀로부터 발에 신은 비단신까지 모조리 다시 한 번 훑어보았다.

비단신

어떻든 표를 찍으려 하니까 자기 지갑에서 돈을 꺼내는데 일 원짜리인지 오 원짜리인지 두서너 장 들어 있는 중에서 한 장을 선선히 내놓더니,

"의주통(義州通)이오."

하고 저는 나를 잊어버렸는지 태연하게 앉아 있다. 의주통 바꾸어 타는 표 한 장을 주고 나서 나는 다시 차장대로 나와 섰을 때 벌써 전차

는 청년회관 앞을 지나서 종로 정류장까지 왔다. 그 여자는 거기서 내리더니 저쪽으로 가버렸다. 나는 또다시 남대문을 향하여 돌아가는 전차의 트롤리를 바로잡으려고 창으로 고개를 내밀었을 때, 하늘은 중탁하게 덮이었던 암흑이 점점 뽀얗게 거두어지며 동쪽에는 제법 붉은빛이 놀고 깜박깜박하는 별들이 체로 치는 것처럼 굵은 놈만 남고 잔 놈들은 없어진다.

나는 공연히 신기한 생각이 들어서 못 견디었다. 그래서 혼자 해결할 수 없는 무슨 수수께끼를 풀려는 사람처럼 고개만 기웃하고 있었다. 나는 지나간 생각을 다시 끄집어내었으니 그것은 다음과 같다.

*

한 달 전, 바로 한 달 전에 역시 전차를 몰고서 배오개 정류장에 정거를 하였다. 오후 한 시 가량이나 되었는데 차 안에 승객이라고는 동대문경찰서 형사 비슷한 사람 하나와 일본 여자 둘과 또 조선 시골사람 같은 이가 있을 뿐인데 맨 나중으로 들어온 여자가 있었다.

손에다가는 약병과 약봉지를 들었고, 입은 것은 때가 지지리 끼고 자락이 갈갈이 찢어진데다가 얼굴은 며칠이나 세수를 하지 않았는지 새까맣게 걸었는데 발은 벗은 채 짚신 하나만 신었다. 나이는 열아홉이라면 조금 노성한 편이요 스물이라면 어디인지 어린 티가 보인다. 속눈썹이 기름한데 *정채 있게 도는 눈이라든지 보리퉁한 뺨과 둥그스름한 턱, 날카롭지도 않고 넓적하지도 않고 웬만한 코라든지 어디로 보아서든지 밉지 않은 여자나 주제꼴이 볼썽사나워서 좋은 인상이 없었다.

우리의 항상 하는 예투로,

"표 찍으시오."

하고 손을 내미니까 어리둥절하며 사방을 회회 내젓는데 다시 전차가 달아나니까 그는 어쩔 줄을 모르고 옆의 사람 얼굴 한 번 쳐다보고 바깥 한 번 내다보고 앉지도 못하고 서지도 못하고 쩔쩔매는 것을 보니까 시골서 갓 올라왔거나 당초에 전차 한 번 타보지도 못한 위인인 것을 알았다. 우리는 항상 그러한 사람이 전차에 오르면 성가스럽다. 왜 그런고 하니 으레 바꾸어 타야 할 곳에서 바꾸어 타지를 않고 내릴 때를 지나 놓고서는 귀찮게 굴기는 우리네 차장에게만 귀찮게 굴 뿐 아니라 세상에 저밖에 약은 사람이 없는 것처럼 가끔 전차표 오 전을 떼먹으려고 엉터리없는 바꿔 타는 표를 어디서 얻어 가지고 와서는 속여 먹으려고 하기가 일쑤다. 그래서 그런 사람만 만나면 공연히 화증이 나서 목소리가 부락부락해진다.

"어디까지 가우? 표 내시우! 표요."

하니까, 그는 나를 쳐다보더니,

"녜?"

하고 물끄러미 있다.

"녜가 무엇이오. 표 내라니까!"

하니까 그는 손에 들었던 종잇조각을 내밀었다. 종잇조각을 받아 들고 보니까,

'명치정 인사소개소(明治町 人事紹介所).'

라고 연필로 써 있다.

"이게 무어요."

하고 소리를 꽥 질러 말을 하니까, 그는,

　"이리로 가요. 여기가 어디예요?
여기 가서 내려 주세요."
하고 도리어 물어 보며 간청을 한다.

　"몰라요. 돈 내요?"

　돈이라는 소리에 무슨 짐작을 하
였던지,

　"없에요."
하고 자기 손을 들여다본 후 부끄
러운 듯이 고개를 숙이다가 그래
도 할 말이 있다는 듯이,

　"그런 게 아니라요, 제가 시골
에서 올라온 지가 한 달이나 되는
데 먹을 것도 없고 입을 것도 없어서
동막(東幕) 어느 집에서 고용살이를
하다가 몸에 병이 나서 병원에 다녀오는
데 이것을 써주며 그리로 가면 된다고 해
서 그리로 가요."

　모든 일은 다 알았다. 총독부 의원 무료치료실에 갔다가 의사나 병
원에 있는 사람이 정상을 가련히 생각하고 인사상담소를 가르쳐 준 것
이요, 또는 갓 서울로 올라와서 돈도 없이 차를 탄 것도 사실인데 어떻
든 그때에 나의 마음에서는 알 수 없는 동정심이 나는 동시 마음이 약
한 나는 그를 다시 전차에서 내려쫓을 수는 없었다. 그래서 어찌하면
좋을까? 그대로 태우자니 규칙위반이요, 그렇다고 내려쫓을 수는 없

는데 하는 생각을 하며 차장대에 내려섰다가 전차가 황금정에 왔을 때 나는 다시 그 앞에 가서 바꾸어 타는 표 한 장을 찍어 주며,

"왜 돈도 없이 전차를 탔소?"

하고 딱 *얼러서 법을 가르친 후,

"자, 이것을 가지고 요 다음 정거하거든 내리우. 이것도 특별히 당신을 생각하여 주는 것이오. 나는 이것 한 장 당신 준 것이 탄로되면 벌어먹지도 못하고 벌금 물고 그러는 법이오. 그런 줄이나 알어 두시우."

하니까 그는 고맙다는 듯이 고개를 끄덱끄덱하였다.

*

오늘 아침에 만난 여자가 바로 그 여자다. 한 달 전에 오 전이 없어서 나에게 은혜를 입은 그 여자가 오늘에는 말쑥한 모양꾼이다. 내가 언제든지 여자로 타고나는 것 그것이 무한한 보배라고 생각을 하였더니 딴은 그 생각이 들어맞았다. 여자는 마음 한 번 쓰는 데 당장의 백만장자의 아내가 될 수 있고, *추파를 한 번 보내는 데 여러 남자의 끔찍한 사랑을 받을 수가 있는 것이다.

한 달이라는 세월이 그리 길다고 하지 못할 것인데 한 달 전에 총독부 무료병실에 가서 구차한 말을 하고 병을 보아 달라고 또 나와 같은 차장에게까지 은혜를 입던 그 여자가 오늘에는 어디로 보든지 똑딴 *여염집 부인과 같다. 우리 같은 사람은 갖은 박대와 모든 수고를 맛볼 대로 맛보며 근근이 번다 해야 한 달에 단돈 몇십 원을 벌지 못하며 우리가 참으로 성공을 해보려 하면은 아까운 젊은 시대를 무참히 간난신고

얼르다
'으르다(상대편이 겁을 먹도록 무서운 말이나 행동으로 위협하다)'의 잘못.

추파
이성의 관심을 끌기 위하여 은근히 보내는 눈길

여염집
일반 백성의 살림집.

중에 보내고도 될지 말지 한 일이다.

　하루 종일 차장대에 섰기도 하며 또는 승객의 표를 찍어 주기도 하
는 동안에 나로서는 말할 수 없고 내가 나이 스물한 살이 되도록 느껴
보지 못한 감정이 내 몸 전체에 스미어드는 듯하였다. 아직까지 나의
젊은 피는 비린내가 난다. 그 피가 *작열(灼熱)을 하지 못하였으며 순
화(純化)하고 정화(淨化)하지 못하였다. 나의 피를 그 무엇에다 사르거
나 *체질하거나 하여 ‘엑기스’가 되게 하지 못한, 말하자면 아직 진국
으로 있는 그것이다. 나는 웬일인지 오늘 그 여자를 본 후로는 나의 가
슴속에 있는 피가 한 귀퉁이에서부터 타오르기를 시작하여 석쇠
위에 염통을 저며 놓고 그것을 들여다보는 듯이 지지 타는 속에
서도 무슨 새 생명이 불 위에 떨어져 그 불을 더 일으키는 듯한
느낌이 었었다. 그러나 그 여자는 의주통으로 향하여 가버리
었다. 그 여자가 의주통으로 갔다고 언제든지 의주통 방면에
풀로 붙인 듯이 있을 것은 아니겠지마는 내가 전차를 몰아 그곳을
갈 때나 올 때나 또는 옆으로 지날 때 그를 생각하고 언제든지 그쪽을
향하여 보았다.

　십일월 십칠일, *청(晴).
　나는 어제 하루를 논 후에 오늘은 야근을 하게 되었다. 오늘은 동대
문서 청량리를 향하여 떠나게 되었다. 오후 여덟 시나 되어 날이 몹시
추워졌다. 바람도 몹시 불기를 시작하여 먼지가 안개처럼 저쪽 먼 곳
으로부터 몰아온다. 여름이나 봄 가을에는 장안의 풍류남아 쳐놓고 내
손에 전차표를 찍어 보지 않은 사람이 별로 없을 것이요, 내 손 빌리지
않고 차 타지 않은 사람이 별로 없었을 것이다. 그러나 오늘은 일요일

체

은 일요일이지마는 나뭇잎은 어느덧 *환란이 들어서 시름없이 떨어지고 수척한 나무들이 하늘을 뚫을 듯이 우뚝우뚝 솟았는데 갈가마귀떼들이 보금자리로 돌아간 지도 얼마 되지 않고 다만 시골 나무장수와 소몰이꾼들의,

"어디어 이놈의 소."

하는 소리가 들릴 뿐이다. 탑골 승방 영도사 또는 청량사 들어가는 어귀는 웬일인지 전보다 더욱 쓸쓸해 보인다.

우리 차는 다시 동대문에 갖다 놓았다. 나는 트롤리를 돌려 대고 다시 차 안에 올라서서 차 떠날 준비를 하려 할 때 차 안을 들여다보니까 그저께 새벽에 만났던 여자가 그 안에 앉았다. 나는 반갑기도 하고 또 한편으로 놀랍기도 하여 한참이나 물끄러미 건너다보고 있었다. 가슴속에서 타기를 그쳤던 그 피가 다시 한꺼번에 와싹 타오르기를 시작하였다. 그리고 속으로는,

'얘 이것 자주 만난다!'

하는 생각이 나면서 웬일인지 차디차게 식은땀이 뒤잔등이에 솟아오르는 것을 깨달았다.

전차가 떠나기를 시작한 후 전차표를 받으러 속으로 들어갈 때에 나는 또다시 그에게 그의 손으로 주는 차표를 받을 생각을 하니까 웬일인지 공연히 마음이 두근두근하여지는 것이 온몸이 홧홧 다는 듯 하였다. 두어 사람의 표를 찍어 준 뒤에 나는 그 여자 앞에 가서 손을 내밀었다. 그때 나의 생각은 관습적으로 나의 손을 내어밀면은 으레 전과 같이 지갑을 열어서 그 속으로부터 돈을 끄집어내려니 하였었다. 그러면 내 손으로 찍어서 내 손으로 주는 전차표를 그 여자는 가지고 앉아 있다가 그것을 다시 운전수에게 주고 내리려니 하였다. 그러나 그 여

자는 나의 손 내미는 것은 본체만체하였다. 도리어 성난 사람처럼 *암상스러운 얼굴로 딴 곳만 보고 앉았다.

　“표 찍으시오.”

하고 나는 그에게 주의하기를 재촉하였으나 그는 역시 아무 말 없이 앉아 있다가 나를 한 번 흘끔 쳐다보는 게 어쩐지 거만한 듯하였다. 그러더니 다시 저쪽 두어 사람이나 *격하여 앉아 있는 사람 하나를 고개를 기웃하고 건너다보았다. 그러니까 그 앉아 있는 사람이 늦어 버렸던 것을 깨달은 것처럼 잠깐 놀라는 듯하는 표정을 하더니 주머니에서 돈지갑을 꺼내며,

　“여기 있소?”

하며 금테안경 너머로 꺼먼 눈동자를 흘기며 나를 불렀다.

　‘이게 웬 것이냐?’

하는 놀라운 생각이 나며 하는 수 없이 그 남자 편으로 가려 하나 그 여자를 다른 사람처럼 그대로 본체만체 홱 돌아설 수는 없었다. 나는 다시 한 번 그 여자를 훑어본 후 그 남자 — 금테안경 쓰고 윗수염을 까뭇까뭇하게 기르고 두 눈 가장자리가 푸르둥하고 콧날이 오똑한 삼십이 넘을락말락 한 사람으로 얼핏 보면은 미두시장이 아니면 천냥만냥패 같은 사람에게로 가니까 그는 자랑스러운 듯이 지갑 속에서 일원짜리 한 장을 꺼내어 할인승차권 하나를 사더니 석 장만 찍으라 하였다. 나는 석 장 찍으라는 소리에 그 옆에 앉아 있는 양복 얌전하게 입고 얼굴이 대리석으로 깎은 듯한 ‘그리스’ 타입의 청년이 같이 가는 남자인 것을 알게 되었다.

　차표를 다 찍어 주고 차장대에 나와 섰을 때에 웬일인지 그 차표 내주던 남자가 밉고 또는 더럽고 질투성스러워 못 견디었다.

　　전차가 영도사 들어가는 어귀에 정거를 하자 그들은 거기서 내리었다. 이것을 보고서 나는 일종의 의심이 일어나기 시작하였다. 그 차표를 사던 남자가 나의 눈으로 보기에 어째 부랑성(浮浪性)을 띤 듯하였고 또는 그 눈이나 입 가장자리가 몹시 음탕하여 보였으며 그가 그 여자를 데리고 *음부탕자(淫婦蕩子)가 비교적 많이 오는 한적한 절로 들어가는 것이 장차 무슨 음탕한 사실이 그 속에서 생길 듯하여 공연히 그 남자가 미운 동시에 끌려가는 그 여자에게 동정이 갔다. 전차차장의 직업이 그리 귀하지도 못한 것을 나는 안다. 비교적 얕은 지위에 있어서 어떠한 계급을 물론하고 날마다 그들을 만나게 되는 동시에 이와 같이 수상스런 사람들을 많이 보지마는 이러한 수상스러운 남녀를 볼 적이면 공연히 욕도 하고 싶고 그들을 잠깐이라도 몹시 괴롭게 하고 싶은 생각이 나는데 이번에 본 이 여자로 말하면 처음에 그와 같이 *남루한 의복에다가 돈 한 푼 없이 나에게 전차표를 얻어 가던 자로서 오늘 와서 나를 대하는 태도가 몹시 거만하고 또는 적은 은혜나마 은혜를 모르는 것이 *가증한 생각이 들기는 들면서도 웬일인지 나의 가슴 가운데 있는 정서(情緒)를 살살 풀리게 하는 듯하였다. 그래서 그를 떼어 보낼 때 나의 마음은 또다시 섭섭하였다.

　　십이월 십오일, 청(晴).
　　오늘 일기는 따뜻한 일기다.
　　그런데 어저께 나는 우리 *동관들에게서 이상한 소문을 하나 들었다. 내가 맨 처음 어떠한 날 새벽에 파고다공원 정류장에서 만나던 때와 같이 그 여자가 역시 새벽마다 전차를 타고서 의주통으로 향하여 간다는 말을 들었다. 그 모습과 또는 행동이 여러 사람의 입에서 나오는 말과 나의 기억으로 내 머릿속에 그려 놓은 것이 꼭꼭 들어맞은 까닭에 그 여자로 인정할 수가 있었다. 나는 이 말을 듣고서 일종의 호기심이 생기어서 나의 당번도 아닌데 남이 가지고 가는 새벽 첫차를 같이 탔다. 그러고서는 전차가 파고다공원 앞에 정거를 할 때에 나는 얼핏 바깥을 내다보았다. 혹시 내가 탄 전차와 상치나 되지 않을까 하는 염려가 있어서 많은 요행을 기대하는 생각으로 그 여자를 만나보려 할 때 과연 그 여자가 전차를 기다리고 있었다. 그 여자뿐만 아니라 그 옆에는 어떠한 남자 하나가 그 여자의 어깨에 자기 어깨가 닿을 만치 붙어 서서 무슨 이야기인지 정답게 하는 것을 보았다.

전차에 오르는 여자는 그전에 몸을 차리던 것과 판이하여졌다. 전에는 머리를 쪽찌고 신을 신었더니 지금 와서는 양머리에 구두를 신었다. 그리고 전에 볼 적에는 몰랐더니 지금에 이 여자를 보고 전에 그 여자를 생각하니까 전에 있던 시골티가 어색한 것이 모두 없어지고 도리어 무엇엔지 시달려서 손때가 쪼르르 흐르는 듯하였다. 날이 추우니까 몸에다가는 망토를 입었는데 쥐었다 펴기도 하고 꼼지락꼼지락하는 손가락에는 한 달 전에 없던 금반지가 전등불에 비치어 붉은빛을 반짝반짝 반사한다. 그는 나를 한번 쳐다보더니 여러 번 만나는 것이 신기하다는 듯이 익숙한 눈으로 쳐다보았다.

그러자 그 남자도 전차를 탔다. 그 남자라고 하는 사람은 한 달 전에 영도사를 나갈 적에 같이 가던 그 양복 입은 젊은 사람이었다. 영도사를 나갈 적에는 이 젊은 사람이 뒤떨어져서 홀로이 비슷비슷 쫓아가는 것을 보았는데 오늘은 자기가 이 여자를 독차지하고서 승자(勝者)의 자랑스러운 모양을 나타내는 것을 보았다.

“구찮어서 죽을 뻔하였어?”

그 여자는 아양이라면 아양, 응석이라면 응석이라고 할 만한 말소리로 그 남자에게 대하여 이러한 말을 하고서는 한숨을 내쉬었다.

"왜 진작 오시지 않고 시간이 지나도록 오시지를 않으셨소! 어떻게 기다렸는지 모르는데."

남자는 차 안에서 그런 말을 하면은 딴사람이 들으니 아무 말도 마는 것이 좋다는 듯이 그 말 대답은 하지도 않고 가만히 있다. 눈치를 챈 여자는 입을 다물더니 무참한 듯이 고개를 돌이키고 전차가 정거할 정류장의 붉은 등만 기다리는 듯이 내다보고 있다.

차가 종로에 와 서자 그 두 사람은 일어서 내리었다. 나는 오늘 생각한 바가 있으므로 그들을 따라서 내리었다. 나는 그들이 재판소 앞 정류장을 향하여 가는 것을 보았다. 그리고 혹시 그들에게 의심을 사지나 아니할까 하여 멀찌가니 서서 뒤를 따랐다. 그들이 사면에 사람이 없다는 것을 기회로 생각하고서 서로 손목을 잡는 것을 나는 보고서 나의 온몸이 불덩어리 같아지고 내가 *참괴한 생각이 났다.

재판소 앞에 가더니 그들은 멈칫 하고 섰다. 그리고 무엇이라 무엇이라 하더니 다시 그들은 재판소 옆 좁은 골목으로 들어섰다. 이번에는 가까이 쫓아가 보리라 하고서 뒤를 바짝 쫓으매 그들은 내가 따라가는 줄도 모르고서 이야기를 정답게 하면서 갔다.

"오늘 제가요 그이더러 다시 만나지 않겠다고 해버렸지요. 그러니까 껄껄 웃으면서 알았다 알았다 하며 얼핏 승락을 하던데요."

"무엇을 알았다고?"

"당신하고 이렇게 된 것을 말이오."

"눈치야 챘겠지."

"그렇지만 그이는 남의 생각은 조금도 해주지를 않아요. 같이 살려

면은 같이 살 도리를 차려 준
다든지, 그렇지 않으면 할 수 없
으니 너와 나와 깨끗하게 갈라서
자고 한다든지 무슨 말은 없고 그저 질질 끌면서 오늘 낼 오늘 낼 하기
만 하니 어떻게 그런 사람을 바라고 살아요. 날마다 밤중이면 사람을
끌어다가 새벽이면은 보내면서 한번 바래다주기를 하나요."

　남자는 아무 말이 없다가,

　"우리집에 가서 몸이나 좀 녹여 가지고 가지……."

　"너무 늦으면 어떻게 해요, 날이 벌써 밝아 오는데요."

　"무얼, 집에 가면 또 무엇을 해? 할 것도 없으면서……."

"할 거야 별로 없지만 너무 자주 가면 딴 방 손님들이라도 이상히 알
지 않겠어요?"

"괜찮아, 누군지 아나."

"왜 몰라요, 눈치들 채지요."

이렇게 말을 하는 동안에 어느덧 어떤 한 여관 앞에 두 사람이 서 있
었다. 그 여관문 개구멍으로 손을 넣어 고리를 벗기더니 두 사람은 종
적을 감추어 버렸다. 나는 다시 어찌할 수가 없었다. 앞길을 딱 막아
놓은 것같이 멀거니 서 있기만 하였다. 그 여관 속에는 반드시 무슨 수
상한 일이 있을 것을 알았으나 그것을 알 길이 없었다. 하는 수 없이
멍멍히 돌아올 때 그 집 담모퉁이를 돌아서려니까 불이 환하게 비치는
들창 속에서 남자와 여자의 지껄이는 소리가 들리며 미닫이를 닫는 소
리가 들렸다. 나는 옳지 이 방이로구나 하는 생각이 들며 귀를 기울여
듣고 있었다. 조금은 아무 말이 없어서 공연히 나의 가슴이 아슬아슬
해졌다. 그러더니 옷이 몸뚱이에서 미끄러져 벗어지는 소리가 연하게
들리더니 기침 소리 두어 번이 나며 전깃불은 확 꺼지었다. 나는 모든
것이 더러웠다. 내 가슴속에서 부드럽고 따뜻하게 타던 모든 것이 그
대로 꺼져 버리고 옆에 있는 개천에 침을 두어 번 뱉고서 큰길로 돌아
섰다.

『개벽』, 1924. 12.

벙어리
삼룡이

1

내가 열 살이 될락말락 한 때이니까 지금으로부터 십사오 년 전 일이다.

지금은 그곳을 청엽정(靑葉町)이라 부르지만 그때는 연화봉(蓮花峰)이라고 이름하였다. 즉 남대문에서 바로 내려다보면은 오정포(午正砲)가 놓여 있는 산등성이가 있으니 그 산등성이 이쪽이 연화봉이요, 그 새에 있는 동네가 역시 연화봉이다.

지금은 그곳에 빈민굴이라고 할 수밖에 없이 지저분한 촌락이 생기고 노동자들밖에 살지 않는 곳이 되어 버렸으나 그때에는 자기네 딴은 행세한다는 사람들이 있었다.

집이라고는 십여 호밖에 있지 않았고 그곳에 사는 사람들은 대개 *과목밭을 하고, 또는 채소를 심거나, 아니면 콩나물을 길러서 생활을 하여 갔었다.

여기에 그중 큰 과목밭을 갖고 그중 여유 있는 생활을 하여 가는 사람이 하나 있었는데, 그의 이름은 잊어버렸으나 동네 사람들이 부르기를 오생원(吳生員)이라고 불렀다.

얼굴이 *동탕하고 목소리가 마치 여름에 버드나무에 앉아서 길게 목늘여 우는 매미 소리같이 저르렁저르렁하였다.

그는 몹시 부지런한 중년 늙은이로 아침이면 새벽 일찍이 일어나서 앞뒤로 뒷짐을 지고 돌아다니며 집안일을 보살피는데 그 동네에는 그가 마치 시계와 같아서 그가 일어나는 때가 동네 사람이 일어나는 때였다. 만일 그가 아침에 돌아다니며 잔소리를 하지 않으면 동네

과목밭
과수원.

동탕하다
얼굴이 두툼하고 잘생기다.

매미

사람들이 이상하여 그의 집으로 가보면 그는 반드시 몸이 불편하여 누웠었다. 그러나 그와 같은 때는 일 년 삼백육십 일에 한 번 있기가 어려운 일이요, 이태나 삼 년에 한 번 있거나 말거나 하였다.

그가 이곳으로 이사를 온 지는 얼마 되지는 아니하나 언제든지 감투를 쓰고 다니므로 동네 사람들은 양반이라고 불렀고, 또 그 사람도 동네 사람들에게 그리 인심을 잃지 않으려고 섣달이면 북어 *쾌, 김 *톳을 동네 사람에게 나눠 주며 농사 때에 쓰는 연장도 넉넉히 장만한 후 아무 때나 동네 사람들이 쓰게 하므로 그 동네에서는 가장 인심 후하고 존경을 받는 집인 동시에 세력 있는 집이다.

그 집에는 삼룡(三龍)이라는 벙어리 하인 하나가 있으니 키가 본시 크지 못하여 땅딸보로 되었고 고개가 빼지 못하여 몸뚱이에 대강이를 갖다가 붙인 것 같다. 거기다가 얼굴이 몹시 *얽고 입이 크다. 머리는 전에 새꼬랑지 같은 것을 주인의 명령으로 깎기는 깎았으나 불밤송이 모양으로 언제든지 푸 하고 일어섰다. 그래 걸어다니는 것을 보면, 마치 *옴두꺼비가 서서 다니는 것같이 숨차 보이고 더디어 보인다. 동네 사람들이 부르기를 삼룡이라고 부르는 법이 없고 언제든지 ‘벙어리’, ‘벙어리’라고 하든지 그렇지 않으면 ‘앵모’, ‘앵모’ 한다. 그렇지만 삼룡이는 그 소리를 알지 못한다.

그도 이 집 주인이 이리로 이사를 올 때에 데리고 왔으니 진실하고 충성스러우며 부지런하고 세차다. 눈치로만 지내 가는 벙어리지마는 듣는 사람보다 슬기로운 적이 있고 평생 조심성이 있어서 결코 실수한 적이 없다.

아침에 일어나면 마당을 쓸고, 소와 돼지의 여물을 먹이며, 여름이

감투

면 밭에 풀을 뽑고 나무를 실어 들이고 장작을 패며, 겨울이면 눈을 쓸며 잔 심부름과 진일 마른일 할 것 없이 못 하는 일이 없다.

그럴수록 이 집 주인은 벙어리를 위해 주며 사랑한다. 혹시 몸이 불편한 기색이 있으면 쉬게 하고, 먹고 싶어하는 듯한 것은 먹이고, 입을 때 입히고 잘 때 재운다.

그런데 이 집에는 삼대 독자로 내려오는 그 집 아들이 있다. 나이는 열일곱 살이나 아직 열네 살도 되어 보이지 않고 너무 귀엽게 기르기 때문에 누구에게든지 버릇이 없고 어리광을 부리며 사람에게나 짐승에게 잔인포악한 짓을 많이 한다.

동네 사람들은,

*"후레자식! 아비 속상하게 할 자식! 저런 자식은 없는 것만 못해."

하고 욕들을 한다. 그래서 그의 어머니는 아들이 잘못할 때마다 그의 영감을 보고,

"그 자식을 좀 때려 주구려. 왜 그런 것을 보고 가만두?"

하고 자기가 대신 때려 주려고 나서면,

"아뇨, 아직 철이 없어 그렇지. 저도 지각이 나면 그렇지 않을 것이 아뇨."

하고 너그럽게 타이른다.

그러면 마누라는 왜가리처럼 소리를 지르며,

"철이 없긴 지금 나이가 몇이오. 낼 모레면 스무 살이 되는데, 또 며칠 아니면 장가를 들어서 자식까지 날 것이 그래 가지고 무엇을 한단 말이오."

하고 들이대며,

왜가리

"자식은 꼭 아버지가 버려 놓았습니다. 자식 귀여운 것만 알았지 버릇 가르칠 줄은 모르니까……."

이렇게 싸움만 시작하려 하면 영감은 아무 말도 하지 않고 바깥으로 나가 버린다.

그 아들은 더구나 벙어리를 사람으로 알지도 않는다. 말 못 하는 벙어리라고 오고 가며 주먹으로 *허구리를 지르기도 하고 발길로 엉덩이도 찬다.

그러면 그 벙어리는 어린것이 철없이 그리는 것이 도리어 귀엽기도 하고 또는 그 힘없는 팔과 힘없는 다리로 자기의 무쇠 같은 몸을 건드리는 것이 우습기도 하고 앙증하기도 하여 돌아서서 방그레 웃으면서 툭툭 털고 다른 곳으로 몸을 피해 버린다.

어떤 때는 낮잠자는 벙어리 입에다가 똥을 먹인 때도 있었다. 또 어

화승

불을 붙게 하는 데 쓰는 노끈. 대의 속살을 꼬아 만든 것으로, 옛날 총열에 화약과 탄알을 재고 이 노끈에 불을 댕겨 귀약통에 대어 폭발시켰다.

떤 때는 자는 벙어리 두 팔 두 다리를 살며시 동여매고 손가락과 발가락 사이에 *화승불을 붙여 놓아 질겁을 하고 일어나다가 발버둥질을 하고 죽으려는 사람처럼 괴로워하는 것을 보고 기뻐하였다.

이러할 때마다 벙어리의 가슴에는 비분한 마음이 꽉 들어찼다. 그러나 그는 주인의 아들을 원망하는 것보다도 자기가 병신인 것을 원망하였으며 주인의 아들을 저주한다는 것보다 이 세상을 저주하였다.

그러나 그는 결코 눈물을 흘리지 않았다. 그의 눈물은 나오려 할 때 아주 말라붙어 버린 샘물과 같이 나오려 하나 나오지를 아니하였다. 그는 주인의 집을 버릴 줄 모르는 개 모양으로 자기가 있어야 할 곳은 여기밖에 없고 자기가 믿을 것도 여기 있는 사람들밖에 없을 줄 알았다. 여기서 살다가 여기서 죽는 것이 자기의 운명인 줄밖에 알지 못하였다. 자기의 주인 아들이 때리고 지르고 꼬집어 뜯고 모든 방법으로 학대할지라도 그것이 자기에게 으레 있을 줄밖에 알지 못하였다. 아픈 것도 그 아픈 것이 으레 자기에게 돌아올 것이요, 쓰린 것도 자기가 받지 않아서는 안 될 것으로 알았다. 그는 이 마땅히 자기가 받아야 할 것을 어떻게 해야 면할까 하는 생각을 한 번도 하여 본 일이 없었다.

그가 이 집에서 떠나가려거나 또는 그의 생활환경에서 벗어나려는 생각은 한 번도 해보지 못하였다 할지라도 그는 언제든지 그 주인 아들이 자기를 학대하고 또는 자기를 못살게 굴 때 그는 자기의 주먹과 또는 자기의 힘을 생각하여 보았다.

주인 아들이 자기를 때릴 때 그는 주인 아들 하나쯤은 넉넉히 제지할 힘이 있는 것을 알았다.

어떠한 때는 아픔과 쓰림이 자기의 몸으로 스미어들 때면 그의 주먹은 떨리면서 어린 주인의 몸을 치려 하다가는 그것을 무서운 고통과 함께 꼭 참았다.

그는 속으로,

'아니다, 그는 나의 주인의 아들이다. 그는 나의 어린 주인이다.'
하고 꾹 참았다.

그리고는 그것을 얼핏 잊어버렸다. 그러다가도 동넷집 아이들과 혹
시 장난을 하다가 주인 아들이 울고 들어올 때에는 그는 황소같이 날
뛰면서 주인을 위하여 싸웠다. 그래서 동네에서도 어린애들이나 장난
꾼들이 벙어리를 무서워하여 감히 덤비지를 못하였다. 그리고 주인 아
들도 위급한 경우에는 언제든지 벙어리를 찾았다. 벙어리는 얻어맞으
면서도 기어드는 충견 모양으로 주인의 아들을 위하여 싫어하지 않고
힘을 다하였다.

2

벙어리가 스물세 살이 될 때까지 그는 물론 이성과 접촉할 기회가
없었다. 동네의 처녀들이 저를 '벙어리', '벙어리' 하며 괴상한 손짓과
몸짓으로 놀려먹음을 받을 적에 분하고 *골나는 중에도 느긋한 즐거
움을 느끼어 본 일은 있었으나 그가 결코 사랑으로써 어떠한 여자를
대해 본 일은 없었다.

그러나 정욕을 가진 사람인 벙어리도 그의 피가 차디찰 리는 없었
다. 혹 그의 피는 더욱 뜨거웠을는지도 알 수 없었다. 뜨겁다 뜨겁다
못하여 엉기어 버린 엿과 같을지도 알 수 없었다. 만일 그에게 볕을 주
거나 다시 뜨거운 열을 준다면 그의 피는 다시 녹을는지도 알 수 없었다.

골나다
비위에 거슬리거나 마
음이 언짢아서 성이
나다.

그가 깜박깜박하는 기름 등잔 아래에서 밤이 깊도록 짚신을 삼을 때면 남모르는 한숨을 아니 쉬는 것도 아니지마는 그는 그것을 곧 억제할 수 있을 만큼 정욕에 대하여 벌써부터 단념을 하고 있었다.

마치 언제 폭발이 될는지 알지 못하는 휴화산 모양으로 그의 가슴속에는 충분한 정열을 깊이 감추어 놓았으나 그것이 아직 폭발될 시기가 이르지 못한 것이었다. 비록 폭발이 되려고 무섭게 격동함을 벙어리 자신도 느끼지 않는 바는 아니지마는 그는 그것을 폭발시킬 조건을 얻기 어려웠으며 또는 자기가 여태까지 능동적으로 그것을 나타낼 수가 없을 만큼 외계의 압축을 받았으며, 그것으로 인한 이지가 너무 그에게 자제력을 강대하게 하여 주는 동시에 또한 너무 그것을 단념만 하게 하여 주었다.

속으로 '나는 벙어리다', 자기가 생각할 때 그는 몹시 원통함을 느끼는 동시에 나는 말하는 사람들과 똑같은 자유와 똑같은 권리가 없는 줄 알았다. 그는 이와 같은 생각에서 언제든지 단념 않으려야 단념하지 않을 수 없는 그 단념이 쌓이고 쌓이어 지금에는 다만 한 개의 기계와 같이 이 집에 노예가 되어 있으면서도 그것을 자기의 천직으로 알고 있을 뿐이요, 다시는 자기가 살아갈 세상이 없는 것같이밖에 알지 못하게 된 것이다.

3

그해 가을이다. 주인의 아들이 장가를 들었다. 색시는 신랑보다 두 살 위인 열아홉 살이다. 주인이 본시 자기가 언제든지 문벌이 얕은 것

을 한탄하여 신부를 구할 때에 첫째 조건이 문벌이 높아야 할 것이었
다. 그러나 문벌 있는 집에서는 그리 쉽게 색시를 내놀 리가 없었다.
그러므로 하는 수 없이 그 어떠한 영락한 양반의 딸을 돈을 주고 사오
다시피 하였으니, 무남독녀의 딸을 둔 남촌 어떤 과부를 꿀을 발라서
약혼을 하고 혹시나 무슨 딴소리가 있을까 하여 부랴부랴 성례식을 시
켜 버렸다.

혼인할 때의 비용도 그때 돈으로 삼만 냥을 썼다. 그리고 아들의 처
갓집에 며느리 뒤 보아 주는 바느질삯, 빨랫삯이라는 명목으로 한 달
에 이천오백 냥씩을 대어 주었다.

신부는 자기 아버지가 돌아가기 전까지 상당히 견디기도 하고 또는
*금지옥엽같이 기른 터이라, 구식 가정에서 배울 것 읽힐 것 못 하는
것이 없고 게다가 또는 인물이라든지 행동거지에 조금도 구김이 있지
아니하다.

신부가 오자 신랑의 *흠절이 생기기 시작하였다.

"신부에게다 대면 두루미와 까마귀지."

"아직도 철딱서니가 없어."

"색시에게 쥐여 지내겠지."

"신랑에겐 과하지."

동넷집 말 좋아하는 여편네들이 모여 앉으면 이렇게 비평들을
한다. 어떠한 남의 걱정 잘 하는 마누라님은 간혹 신랑을 보고는 그대
로 세워 놓고,

"글쎄, 인제는 어른이 되었으니 셈이 좀 나요, 저리구 어떻게 색시를
거느려 가누. 색시방에 들어가기가 부끄럽지 않담."
하고 들이대다시피 하는 일이 있다.

금지옥엽(金枝玉葉)
금으로 된 가지와 옥으
로 된 잎이라는 뜻으
로, 귀한 자손을 이르
는 말.

흠절
부족하거나 잘못된 점.

두루미

이럴 적마다 신랑의 마음은 그 말하는 이들이 미웠다. 일부러 자기를 부끄럽게 하려고 하는 것 같아서 그 후에 그를 만나면 말도 안 하고 인사도 하지 아니한다.

또 그의 고모 되는 이가 와서 자기 조카를 보고,

"인제는 어른이야. 너도 그만하면 지각이 날 때가 되지 않았니. 네 처가 부끄럽지 아니하냐."

하고 타이를 적마다 그의 마음은 그 말하는 사람이 부끄럽다는 것보다도 자기를 이렇게 하게 한 자기 아내가 더욱 밉살머리스러웠다.

"여편네가 다 무엇이냐? 저 빌어먹을년이 들어오더니 나를 이렇게 못살게들 굴지."

혼인한 지 며칠이 못 되어 그는 색시방에 들어가지를 않았다. 집안에서는 야단이 났다. 마치 돼지나 말 새끼를 혼례시키려는 것같이 신랑을 색시방으로 집어넣으려 하나 막무가내였다. 그럴 때마다 신랑은 손에 닥치는 대로 집어 때려서 자기의 외사촌 누이의 이마를 뚫어서 피까지 나게 한 일이 있었다. 집안 식구들이 하는 수가 없어 맨 나중에는 아버지에게 밀었다. 그러나 그것도 소용이 없을 뿐더러 풍파를 더 일으키게 하였다. 아버지께 꾸중을 듣고 들어와서는 다짜고짜로 신부의 머리채를 쥐어 잡아 마루 한복판에 태질을 쳤다.

그리고는,

"이년, 네 집으로 가거라. 보기 싫다. 내 눈앞에는 보이지도 마라."

하였다. 밥상을 가져오면 그 밥상이 마당 한복판에서 재주를 넘고, 옷을 가져오면 그 옷이 쓰레기통으로 나간다.

이리하여 색시는 시집오던 날부터 팔자 한탄을 하고서 날마다 밤마다 우는 사람이 되었다.

울면 *요사스럽다고 때린다. 또 말이 없으면 *빙충맞다고 친다. 이리하여 그 집에는 평화스러운 날이 하루도 없었다.

이것을 날마다 보는 사람 가운데 알 수 없는 의혹을 품게 된 사람이 하나 있으니 그는 곧 벙어리 삼룡이었다.

그렇게 예쁘고 유순하고 그렇게 얌전한, 벙어리의 눈으로 보아서는 감히 손도 대지 못할 만큼 선녀 같은 색시를 때리는 것은 자기의 생각으로는 도저히 풀 수 없는 의심이었다.

보기에도 황홀하고 건드리기도 황홀할 만큼 숭고한 여자를 그렇게 하대한다는 것은 너무나 세상에 있지 못할 일이다. 자기는 주인 새서방에게 개나 돼지같이 얻어맞는 것이 마땅한 이상으로 마땅하지마는, 선녀와 짐승의 차가 있는 색시와 자기가 똑같이 얻어맞는 것은 너무 무서운 일이다. 어린 주인이 천벌이나 받지 않을까 두렵기까지 하였다.

어떠한 달밤, 사면은 고요적막하고 별들은 드문드문 눈들만 깜박이며 반달이 공중에 뚜렷이 달려 있어 수은으로 세상을 깨끗하게 닦아 낸 듯이 청명한데, 삼룡이는 검둥개 등을 쓰다듬으며 바깥마당 멍석 위에 비슷이 드러누워 하늘을 쳐다보며 생각하여 보았다.

주인 색시를 생각하면 공중에 있는 달보다도 더 곱고 별들보다도 더 깨끗하였다. 주인 색시를 생각하면 달이 보이고 별이 보이었다. 삼라만상을 씻어 내는 은빛보다도 더 흰 달이나 별의 광채보다도 그의 마음이 아름답고 부드러운 듯하였다. 마치 달이나 별이 땅에 떨어져 주인 새아씨가 된 것도 같고 주인 새아씨가 하늘에 올라가면 달이 되고 별이 될 것 같았다.

더구나 자기를 어린 주인이 때리고 꼬집을 때 감히 입 벌려 말은 하지 못하나 측은하고 불쌍히 여기는 정이 그의 두 눈에 나타나는 것을

멍석

다시 생각할 때 그는 부들부들한 개 등을 어루만지면서 감격을 느꼈다. 개는 꼬리를 치며 자기를 귀여워하는 줄 알고 벙어리의 손을 핥았다.

삼룡이의 마음은 주인 아씨를 동정하는 마음으로 가득 찼다. 또는 그를 위하여서는 자기의 목숨이라도 아끼지 않겠다는 의분에 넘치었다. 그것은 마치 살구를 보면 입 속에 침이 도는 것같이 본능적으로 느껴지는 감정이었다.

4

새댁이 온 뒤에 다른 사람들은 자유로운 안 출입을 금하였으나 벙어리는 마치 개가 맘대로 안에 출입할 수 있는 것같이 아무 의심 없이 출입할 수가 있었다.

하루는 어린 주인이 먹지 않던 술이 잔뜩 취하여 무지한 놈에게 맞아서 길에 자빠진 것을 업어다가 안으로 들여다 누인 일이 있었다. 그때에 아무도 안에 있지 않고 다만 새색시 혼자 방에서 바느질을 하고 있다가 이 꼴을 보고 벙어리의 충성된 마음이 고마워서, 그 후에 쓰던 비단 헝겊조각으로 *부시 쌈지 하나를 만들어 준 일이 있었다.

이것이 새서방님의 눈에 띄었다. 그래서 색시는 어떤 날 밤 자던 몸으로 마당 복판에 머리를 푼 채 내동댕이가 쳐졌다. 그리고 온몸에 피가 맺히도록 얻어맞았다.

이것을 본 벙어리는 또다시 의분의 마음이 뻗쳐 올라왔다. 그래서 미친 사자와 같이 뛰어들어가 새서방님을 내어 던지고 새색시를 둘러메었다. 그리고 나는 수리와 같이 바깥 사랑 주인 영감 있는 곳

부시
부싯돌을 쳐서 불이 일어나게 하는 쇳조각.

쌈지

수리

으로 뛰어가 그 앞에 내려놓고 손짓과 몸짓을 열 번 스무 번 거푸 하며 하소연하였다.

그 이튿날 아침에 그는 주인 새서방님에게 물푸레로 얼굴을 몹시 얻어맞아서 한쪽 뺨이 눈을 얼러서 피가 나고 주먹같이 부었다. 그 때릴 적에 새서방의 입에서 나오는 말은,

"이 흉측한 벙어리 같으니, 내 여편네를 건드려!"
하고 부시 쌈지를 빼앗아 갈가리 찢어서 뒷간에 던졌다.

"그러고 이놈아! 인제는 주인도 몰라보고 막 친다. 이런 것은 죽여야 해!"
하고 채찍으로 그의 뒷덜미를 갈겨서 그 자리에 쓰러지게 하였다.

벙어리는 다만 두 손으로 빌 뿐이었다. 말도 못 하고 고개를 몇백 번 코가 땅에 닿도록 그저 용서해 달라고 빌기만 하였다. 그러나 그의 가슴에는 비로소 숨겨 있던 정의감이 머리를 들기 시작하였다. 그는 아픈 것을 참아 가면서도 북받치는 분노(심술)를 억제하였다.

그때부터 벙어리는 안방에 들어가지 못하였다. 이 들어가지 못하는 것이 더욱 벙어리로 하여금 궁금증이 나게 하였다. 그 궁금증이라는 것이 묘하게 빛이 변하여 주인 아씨를 뵈옵고 싶은 심정으로 변하였다. 뵈옵지 못하므로 가슴이 타올랐다. 몹시 애상의 정서가 그의 가슴을 저리게 하였다. 한 번이라도 아씨를 뵈올 수가 있으면 하는 마음이 나더니 그의 마음의 넋은 느끼기를 시작하였다. 센티멘틀한 가운데에서 느끼는 그 무슨 정서는 그에게 생명 같은 희열을 주었다. 그것과 자기의 목숨이라도 바꿀 수 있을 것 같았다. 어떤 때는 그대로 대강이로 담을 뚫고 들어가고 싶도록 주인 아씨를 뵈옵고 싶은 것을 꾹 참을 때도 있었다.

그 후부터는 밥을 잘 먹을 수가 없었다. 일도 손에 잡히지 않았다. 틈만 있으면 안으로만 들어가고 싶었다.

주인이 전보다 많이 밥과 음식을 주고 더 편하게 하여 주었으나 그것이 싫었다. 그는 밤에 잠을 자지 않고 집 가장자리를 돌아다녔다.

5

하루는 주인 새서방님이 술이 취하여 들어오더니 집안이 수선수선하여지며 계집 하인이 약을 사러 갔다 들어오는 것을 보고 그 계집 하인을 붙잡았다. 그리고 무엇이냐고 물었다.

계집 하인은 한 주먹을 뒤통수에 대고 얼굴을 쓰다듬으며 둘째손가락을 내밀었다. 그것은 그 집 주인은 엄지손가락이요, 둘째손가락은 새서방이라는 뜻이요, 주먹을 뒤통수에 대는 것은 여편네라는 뜻이요, 얼굴을 문지르는 것은 예쁘다는 뜻으로 벙어리에게 쓰는 암호다.

그런 뒤에 다시 혀를 내밀고 눈을 뒤집어쓰는 형상을 하고 두 팔을 싹 벌리고 뒤로 자빠지는 꼴을 보이니, 그것은 사람이 죽게 되었거나 앓을 적에 하는 말 대신의 손짓이다.

벙어리는 눈을 크게 뜨고 계집 하인에게 한 발자국 가까이 들어서며 놀라는 듯이 멀거니 한참이나 있었다.

그의 가슴은 무섭게 격동하였다. 자기의 그리운 주인 아씨가 죽었다는 말이나 아닌가, 그는 두 주먹을 마주 치며 한숨을 쉬었다. 그리고는 자기 방에서 무엇을 생각하는 것처럼 두어 시간이나 두 눈만 껌벅껌벅하고 앉았었다.

그는 밤이 깊어 갈수록 궁금증 나는 사람처럼 일어섰다 앉았다 하더니 두시나 되어서 바깥으로 나가서 뒤로 돌아갔다.

그는 도둑놈처럼 조심스럽게 바로 건넌방 뒤 미닫이 앞 담에 서서 주저주저하더니 담을 넘었다. 가까이 창 앞에 서서 문 틈으로 안을 살피다가 그는 진저리를 치며 물러섰다.

어두운 밤에 그의 손과 발이 마치 그 뒤에 서 있는 감나무 잎같이 떨리더니 그대로 문을 박차고 뛰어들어갔을 때, 그의 팔에는 주인 아씨가 한 손에는 기다란 명주 수건을 들고서 한 팔로 벙어리의 가슴을 밀치며 뻗디디었다. 벙어리는 다만 눈이 뚱그래서 '에헤' 소리만 지르고 그 수건을 뺏으려 애쓸 뿐이다.

집안이 야단났다.

"집안이 망했군!"

"어디 사내가 없어서 벙어리를!"

"어떻든 알 수 없는 일이야!"

하는 소리가 이구석 저구석에서 수군댄다.

6

그 이튿날 아침에 벙어리는 온몸이 짓이긴 것이 되어 마당에 거꾸러져 입에서 피를 토하며 신음하고 있었다. 그 곁에서는 새서방이 쇠줄 몽둥이를 들고서 문초를 한다.

"이놈!"

하고는 음란한 흉내는 모조리 하여 가며 건넌방을 가리킨다. 그러나 벙어리는 손을 내저을 뿐이다. 또 몽둥이에는 살점이 묻어 나왔다. 그리고 피가 흘렀다.

벙어리는 타들어가는 목으로 소리도 못 내며 고개만 내젓는다. 그는 피를 토하며 거꾸러지며 이마를 땅에 비비며 고개를 내흔든다. 땅에는 피가 스며든다. 새서방은 채찍 끝에 납뭉치를 달아서 가슴을 훔쳐 갈겼다가 힘껏 잡아 뽑았다. 벙어리는 그대로 거꾸러지며 말이 없었다.

새서방은 그래도 시원치 못하였다. 그는 어제 벙어리가 새로 갈아 놓은 낫을 들고 달려왔다. 그는 그 시퍼렇게 날선 낫을 번쩍 들었다. 그래서 벙어리를 찌르려 할 때 벙어리는 한 팔로 그것을 받았고, 집안 사람들은 달려들었다. 벙어리는 낫을 뿌리쳐 저리로 내던졌다.

주인은 집안이 망하였다고 사랑에 누워서 모든 일을 들은 체 만 체 문을 닫고 나오지를 아니하며, 집안에서는 색시를 쫓는다고 야단이다. 그날 저녁에 벙어리는 다시 끌려 나왔다. 그때에는 주인 새서방이 그의 입던 옷과 신짝을 주며 눈을 부릅뜨고 손을 멀리 가리키며,

"가! 인제는 우리집에 있지 못한다."

하였다. 이 소리를 듣는 벙어리는 기가 막혔다. 그에게는 이 집 외에 다른 집이 없다. 살 곳이 없었다. 자기는 언제든지 이 집에서 살고 이 집에서 죽을 줄밖에 몰랐다. 그는 새서방님의 다리를 껴안고 애걸하였다. 말도 못 하는 것을 몸짓과 표정으로 간곡한 뜻을 표하였다. 그러나 새서방님은 발길로 지르고 사람을 불렀다.

"이놈을 좀 내쫓아라."

벙어리가 죽은 개 모양으로 끌려 나갔다. 그리고 대갈빼기를 개천 구석에 들이박히면서 나가 곤드라졌다가 일어서서 다시 들어오려 할 때에는 벌써 문이 닫혀 있었다. 그는 문을 두드렸다. 그의 마음으로는

주인 영감을 찾았으나 부를 수가 없었다. 그가 날마다 열고 날마다 닫던 문이 자기가 지금은 열려 하나 자기를 내어쫓고 열리지를 않는다. 자기가 건사하고 자기가 거두던 모든 것이 오늘에는 자기의 말을 듣지 않는다. 어려서부터 지금까지 모든 정성과 힘과 뜻을 다하여 충성스럽게 일한 값이 오늘에는 이것이다.

그는 비로소 믿고 바라던 모든 것이 자기의 원수란 것을 알았다. 그는 모든 것을 없애 버리고 자기도 또한 없어지는 것이 나은 것을 알았다.

그날 저녁 밤은 깊었는데 멀리서 닭이 우는 소리와 함께 개 짖는 소리만이 들린다. 난데없는 화염이 벙어리 있던 오생원 집을 에워쌌다. 그 불을 미리 놓으려고 준비하여 놓았는지 집 가장자리 쪽 돌아가며 흩어 놓은 풀에 모조리 돌라붙어 공중에서 내려다보면 집의 윤곽이 선명하게 보일 듯이 타오른다.

불은 마치 피 묻은 살을 맛있게 잘라 먹는 요마(妖魔)의 혓바닥처럼 날름날름 집 한 채를 삽시간에 먹어 버리었다. 이와 같은 화염 속으로 뛰어들어가는 사람이 하나 있으니 그는 다른 사람이 아니라 낮에 이 집을 쫓겨난 삼룡이다. 그는 먼저 사랑에 가서 문을 깨뜨리고 주인을 업어다가 밭 가운데 놓고 다시 들어가려 할 제 그의 얼굴과 등과 다리가 불에 데어 쭈그러져 드는 것을 알지 못하였다.

그는 건넌방으로 뛰어들었다. 그러나 색시는 없었다. 다시 안방으로 뛰어들었다. 그러나 또 없고 새서방이 그의 팔에 매달리어 구원하기를 애원하였다. 그러나 그는 그것을 뿌리쳤다. 다시 서까래에 불이 시뻘겋게 타면서 그의 머리에 떨어졌다. 그러나 그는 그것을 몰랐다. 부엌으로 가보았다. 거기서 나오다가 문설주가 떨어지며 왼팔이 부러졌다. 그러나 그것도 몰랐다. 그는 다시 광으로 가보았다. 거기도 없었다. 그

는 다시 건넌방으로 들어갔다. 그때야 그는 색시가 타죽으려고 이불을 쓰고 누워 있는 것을 보았다. 그는 색시를 안았다. 그리고는 길을 찾았다. 그러나 나갈 곳이 없었다. 그는 하는 수 없이 지붕으로 올라갔다. 그는 비로소 자기의 몸이 자유롭지 못한 것을 알았다. 그러나 그는 자기가 여태까지 맛보지 못한 즐거운 쾌감을 자기의 가슴에 느끼는 것을 알았다. 색시를 자기 가슴에 안았을 때 그는 이제 처음으로 살아난 듯하였다. 그는 자기의 목숨이 다한 줄 알았을 때, 그 색시를 내려놓을 때는 그는 벌써 목숨이 끊어진 뒤였다. 집은 모조리 타고 벙어리는 색시를 무릎에 뉘고 있었다. 그의 울분은 그 불과 함께 사라졌을는지! 평화롭고 행복스러운 웃음이 그의 입 가장자리에 엷게 나타났을 뿐이다.

『정통한국문학대계』, 어문각, 1994.

나도향 단편선

물레방아

1

물레방앗간

덜컹덜컹 홈통에 들었다가 다시 쏟아져 흐르는 물이 육중한 물레방아를 번쩍 쳐들었다가 쿵 하고 확 속으로 내던질 제 머슴들의 콧소리는 허연 겻가루가 켜켜 앉은 방앗간 속에서 청승스럽게 들려 나온다.

솰 솰 솰, 구슬이 되었다가 은가루가 되고 댓줄기같이 뻗치었다가 다시 쾅 쾅 쏟아져 청룡이 되고 백룡이 되어 용솟음쳐 흐르는 물이 저쪽 산모퉁이를 십 리나 두고 돌고, 다시 이쪽 들 복판을 오 리쯤 꿰뚫은 뒤에 이 방원(芳源)이가 사는 동네 앞 기슭을 스쳐 지나가는데 그 위에 물레방아 하나가 놓여 있다.

물레방아에서 들여다보면 동북간으로 큼직한 마을이 있으니 이 마을의 가장 부자요, 가장 세력이 있는 사람으로 이름을 신치규(申治圭)라고 부른다. 이 방원이라는 사람은 그 집의 막실(幕室)살이를 하여 가며 그의 땅을 경작하여 자기 아내와 두 사람이 그날그날을 지내 간다.

어떠한 가을밤 유난히 밝은 달이 고요한 이 촌을 한적하게 비칠 때 그 물레방앗간 옆에 어떠한 여자 하나와 어떤 남자 하나가 서서 이야기를 하는 소리가 들리었다.

그 여자는 방원의 아내로 지금 나이가 스물두 살, 한참 정열에 타는 가슴으로 가장 행복스러울 나이의 젊은 여자요, 그 남자는 오십이 반이 넘어 인생으로서 살아올 길을 다 살고서 거의 거의 쇠멸의 구렁이를 향하여 가는 늙은이다.

그의 말소리는 마치 그 여자를 달래는 것같이,

"애, 내 말이 조금도 그를 것이 없지? 쇤네 할멈에게도 자세한 말을 들었을 터이지마는 너 생각해 보아라. 네가 허락만 하면 무엇이든지 네가 하고 싶다는 것은 내가 전부 해줄 터이란 말야. 그까짓 방원이녀석하고 네가 몇백 년 살아야 언제든지 막실 구석을 면하지 못할 터이니. 허허, 사람이란 젊어서 호강해 보지 못하면 평생 호강 한 번 하여보지 못하고 죽을 것이 아니냐. 내가 말하는 것이 조금도 잘못하는 것이 없느니라! 대강 너의 말을 쇤네 할멈에게 듣기는 들었으나 그래도 너에게 한 번 바로 대고 듣는 것만 못해서 이리로 만나자고 한 것이다. 너의 마음은 어떠냐? 어디 허허, 내 앞이라고 조금도 어떻게 알지 말고 이야기해 봐, 응?"

이 늙은이는 두말할 것 없이 신치규다. 그는 탐욕스러운 눈으로 방원의 계집을 들여다보며 한 손으로 등을 두드린다.

새침한 얼굴이 파르족족하고 기다란 눈썹과 검푸른 두 눈 가장자리에 예쁜 입, 뾰로통한 뺨이며 콧날이 오똑한데다가 후리후리한 키에 떡벌어진 엉덩이가 아무리 보더라도 무섭게 이지적(理智的)인 동시에 또는 *창부형(娼婦型)으로 생긴 여자이다.

계집은 아무 말이 없이 서서 짐짓 부끄러운 태를 지으며 매혹적인 웃음을 생긋 웃고는 고개를 돌렸다. 그 웃음이 얼마나 짐승 같은 신치규의 만족을 사게 되었으며, 또는 마음을 충동시켰는지 희끗희끗한 수염이 거의 계집의 뺨에 닿도록 더 가까이 와서,

"응? 왜 대답이 없니? 부끄러워서 그러니? 그렇게 부끄러워할 일은 아닌데."

하고 계집의 손을 잡으며,

"손도 이렇게 예쁜 줄은 여태까지 몰랐구나. 참 분결 같다. 이렇게

얌전히 생긴 애가 방원 같은 천한 놈의 계집이 되어 일평생을 그대로 썩는다는 것은 너무 가엾고 아깝지 않으냐? 얘.”

계집은 몸을 돌리려고 하지도 않고 영감이 하는 대로 내버려두며 눈으로 땅만 내려다보고 섰다가 가까스로 입을 떼는 듯하더니,

“제 말야 모두 쇤네 할멈이 여쭈었지요. 저에게는 너무 분수에 과한 말씀이니까요.”

“온, 천만의 소리를 다 하는구나. 그게 무슨 소리냐. 너도 아다시피 내가 너를 장난삼아 그러는 것도 아니겠고 *후사(後嗣)가 없어 그러는 것이니까 네가 내 아들이나 하나 나주렴. 그러면 내 것이 모두 네 것이 되지 않겠니? 자아, 그러지 말고 오늘 허락을 하렴. 그러면 내일이라도 방원이란 놈을 내쫓고 너를 불러들일 터이니.”

“어떻게 내쫓을 수가 있에요.”

“허어, 그것이 그리 어려울 것이 무엇 있니. 내가 나가라는데 제가 나가지 않고 배길 줄 아니?”

“그렇지만 너무 과하지 않을까요?”

“무엇? 저런 생각을 하니까 네가 이 모양으로 이때까지 있었지. 어떻단 말이냐? 그런 것은 조금도 염려하지 말구. 자! 또 네 서방에게 들킬라, 어서 들어가자.”

“먼저 들어가세요.”

“왜?”

“남이 보면 수상히 알게요.”

“무얼 나하고 가는데 수상히 알 게 무어야. 어서 가자.”

계집은 천천히 두어 걸음 따라가다가,

“영감!”

하고 무춤하고 서 있다.

“왜 그러니.”

계집은 다시 말이 없이 서 있다가,

“아니에요.”

하고,

“먼저 들어가세요.”

하며 돌아선다. 영감이 간이 달아서 계집의 손을 잡으며,

“가자, 집으로 들어가자.”

그의 가슴은 두근거리는지 숨소리가 잦아진다. 계집은 손을 빼려 하며,

“점잖으신 어른이 이게 무슨 짓이에요.”

하면서도 그의 몸짓에는 모든 것을 허락한다는 뜻이 보였다. 영감은 계집의 몸을 끌어안더니 방앗간 뒤로 돌아들어 섰다. 계집은 영감 가슴에 안겨서 정욕이 가득한 눈으로 그를 보면서,

“영감.”

말 한마디 하고 침 한 번 삼키었다.

“영감이 거짓말은 안 하시지요.”

“아니.”

그의 말은 떨리었다. 계집은 영감의 팔을 한 손으로 잡고 또 한 손으로는 방앗간 속을 가리켰다.

“저리로 들어가세요.”

영감과 계집은 방앗간에서 이삼십 분 후에 다시 나왔다.

물레방아

2

사흘이 지난 뒤에 신치규는 방원이를 자기 집 사랑 마당 앞으로 불렀다.

"얘."

방원은 상전이라 고개를 숙이고,

"네."

공손하게 대답을 하였다.

"네가 그간 내 집에서 정성스럽게 일을 한 것은 고마운 일이지마는……."

점잔과 주짜를 빼면서 신치규는 말을 꺼내었다. 방원의 가슴은 이 '마는' 이라는 말 뒤에 이어질 말을 미리 깨달은 듯이 온 전신의 피가 가슴으로 모여드는 듯하더니 다시 터럭이라는 터럭은 전부 거꾸로 일어서는 듯하였다.

"오늘부터는 우리집에 사정이 있어 그러니 내 집에 있지 말고 다른 곳에 좋은 곳을 찾아가 보아라."

아무 조건도 없다. 또한 이곳에서도 할 말이 없다. 죽으라고 하면 죽는 시늉이라도 해야 하는 것이다. 주인은 돈 가지고 사람을 사고 팔 수도 있는 것이다.

방원은 가슴이 답답하였다. 자기 혼자몸 같으면 어디 가서 어떻게 빌어먹더라도 살 수가 있지마는 사랑하는 아내를 구해 갈 길이 막연하다. 그는 고개를 굽히고, 허리를 굽히고, 나중에는 마음을 굽히어 사정도 하여 보고 애걸도 하여 보았다. 그러나 그것은 헛된 일이다. 주인의 마음은 쇠나 돌보다도 더 굳었다.

그는 하는 수 없이 자기 아내에게 그 이야기를 하였다. 그리고 아내더러 안주인 마님께 사정을 좀 하여 얼마간이라도 더 있게 하여 달라고 하여 보라 하였다. 그러나 아내는 방원의 말을 들을 리가 없었다. 도리어,

"그러면 어떻게 한단 말이오. 이제부터는 나를 어떻게 먹여살릴 터이오?"

"너는 그렇게도 먹고 살 수 없을까 봐 겁이 나니?"

"겁이 나지 않고. 생각을 해보구려. 인제는 꼼짝할 수 없이 죽지 않았소?"

"죽어?"

"그럼 임자가 나를 데리고 이곳까지 올 때에 무어라고 하였소. 어떻게 해서든지 너 하나야 먹여살리지 못하겠느냐고 하였지요."

"그래."

"그래, 얼마나 나를 잘 먹여살리고 나를 호강시켰소. 여태까지 이태나 되도록 끌구 돌아다닌다는 것이 남의 집 행랑이었지요?"

"애, 그것을 내가 모르고 하는 말이냐? 내가 하려고 하지 않아서 그렇게 된 것이냐? 차차 살아가는 동안에 무슨 일이든지 생기겠지. 설마 요대로 늙어 죽기야 하겠니?"

"듣기 싫소! 뿔 떨어지면 구워 먹지 어느 천년에."

방원이는 가뜩이나 내어 쫓기고 화가 나는데 계집까지 그리하니까 속에서 열화가 치밀어 올라왔다.

"이 육시를 하고도 남을 년! 왜 남의 마음을 *글컹거리니."

"왜 사람에게 욕을 해."

글컹거리다
남의 심사를 자꾸 긁어 상하게 하다.

"이년아, 욕 좀 하면 어떠냐?"

"왜 욕을 해!"

계집이 얼굴이 노래지며 대든다.

"이년이 발악인가?"

"누가 발악야. 계집년 하나 건사 못 하는 위인이 계집보고 욕만 하고 한 게 무어야? 그래 은가락지 은비녀나 한 벌 사주어 보았어? 내가 임자 하자고 하는 대로 하지 않은 것은 없지!"

"이년아! 은가락지 은비녀가 그렇게 갖고 싶으냐. 이 더러운 년아."

"무엇이 더러워? 너는 얼마나 정한 놈이냐!"

계집의 입 속에서는 '놈' 소리가 나오기 시작한다.

"이년 보게! 누구더러 놈이래."

하고 손길이 계집의 낭자를 휘어잡더니 그대로 집어 들고 두어 번 주먹으로 등줄기를 후리었다.

"이 주릿대를 안길 년!"

발길이 엉덩이를 두어 번 지르니까 계집은 그대로 거꾸러졌다가 다시 일어났다. 풀어 헤뜨린 머리가 치렁치렁 끌리고 씰룩한 눈에는 독기가 섞이었다.

"왜 사람을 치니? 이놈! 죽여라 죽여, 어디 죽여 보아라, 이놈 나 죽고 너 죽자!"

하고 달려드는 계집을 후려서 거꾸러뜨리고서,

"이년이 죽으려고 기를 쓰나!"

방원이가 계집을 치는 것은 그것이 주먹을 가지고 하는 일종의 농담이다. 그는 주먹이나 발길이 계집의 몸에 닿을 때 거기에 얻어맞는 계집의 살이 아픈 것보다 더 찌르르하게 가슴 한복판을 찌르는 아픔을 방원은 깨닫는 것이다. 홧김에 계집을 치는 것이 실상은 자기의 마음을 자기의 이빨로 물어뜯는 것이나 다름이 없는 것이다. 때리는 그에게는 몹시 애처로움이 있고 불쌍함이 있는 것이다. 그러나 자기의 화풀이를 받아 주는 사람은 아직까지도 계집밖에는 없었다. 제일 만만하다는 것보다도 가장 마음놓고 화풀이할 수 있음이다. 싸움한 뒤, 하루가 못 되어 두 사람이 베개를 나란히 하고 서로 꼭 끼고 잘 때에는 그렇게 고맙고 그렇게 감격이 일어나는 위안이 또다시 없음이다. 계집을 치고 화풀이를 하고 난 뒤에 다시 가슴을 에는 듯한 후회와 더 뜨거운 포옹으로 위로를 받을 그때에는 두 사람 아니라 방원에게는 그만큼 힘있고 뜨거운 믿음이 또다시 없는 까닭이다.

계집은 일부러 소리를 높여서 꺼이꺼이 운다.

온 마을 사람이 거의 귀를 기울였으나,

"응, 또 사랑 싸움을 하는군!"

하고 도리어 그 싸움을 부러워하였다. 옆집 젊은것이 와서 싱글싱글 웃으면서 들여다보며,

"인제 고만두라구."

하며 말리는 시늉을 한다. 동네 아이들만 마당 앞에 죽 늘어서서 눈들이 뚱그래서 구경을 한다.

3

그날 저녁에 방원은 술이 얼근하여 돌아왔다. 아까 계집을 차던 마음은 어느덧 풀어지고 술로 흥분된 마음에 그는 계집의 품이 몹시 그

리워져서 자기 아내에게 사과를 할 마음까지 생기었다. 본시 사람이 좋고 마음이 약하고 다정한 그는 무식하게 자라난 까닭에 무지한 짓을 하기는 하나 그것은 결코 그의 성격을 말하는 무지함이 아니다.

그는 비척거리면서 집으로 향하는 길에 거슴츠레하게 풀린 눈을 스르르 내리감고 혼잣소리로,

"빌어먹을놈! 나가라면 나가지 무서운가? 제 집 아니면 살 곳이 없는 줄 아는 게로군! 흥, 되지 않게 다 무엇이냐? 돈만 있으면 제일이냐? 이놈, 네가 그러다가는 이 주먹 맛을 언제든지 볼라. 그대로 곱게 돼질 줄 아니?"

하고 개천 하나를 건너 뛴 후에,

"돈! 돈이 무엇이냐."

한참 생각하다가,

"에후."

한숨을 쉬고 나서,

"돈이 사람 죽이는구나! 돈! 돈! 흥, 사람 나고 돈 났지 돈 나고 사람 났니?"

징검다리

또 징검다리를 비척비척하고 건넌 뒤에,

"고 배라먹을년이 왜 고렇게 포달을 부려서 장부의 마음을 긁어 놓아!"

그의 목소리에는 말할 수 없이 다정한 맛이 있었다. 그는 자기 계집을 생각하면 모든 불평이 스러지는 듯이, 숙였던 고개를 쳐들어 하늘을 보면서,

"허어, 저도 고생은 고생이지."

하고 다시 고개를 숙인 후,

"내가 너무해, 너무 그럴 게 아닌데."

그는 자기 집에 와서 문고리를 붙잡고 잡아 흔들면서,

"얘! 자니! 자!"

그러나 대답이 없고 캄캄하다.

"이년이 어디를 갔어!"

그는 문짝을 깨어지라 하고 닫힌 후에 다시 길거리로 나와 그 옆집으로 가서,

"여보 아주머니! 우리집 색시 어디 갔는지 보았소?"

밥들을 먹던 옆엣집 내외는,

"어디서 또 취했소그려! 애 어머니가 아까 머리 단장을 하더니 저 방아께로 갑디다."

"방아께로?"

"네."

"빌어먹을년! 방아께로는 무얼 먹으러 갔누!"

다시 혼자 방아를 향하여 가면서 혼자 중얼거린다.

그는 방앗간을 막 뒤로 돌아서자 신치규와 자기 아내가 방앗간에서 나오는 것을 보았다.

"아!"

그는 너무 뜻밖의 일이므로 아무 말도 하지 못하고 그대로 한참이나 멀거니 서서 보기만 하였다.

그의 눈에서는 쌍심지가 거꾸로 섰다. 열이 올라와서 마치 주홍을 칠한 듯이 그의 눈은 붉어지고 번개 같은 광채가 번뜩거리었다.

그는 한참이나 사지를 떨었다. 두 이가 서로 맞쳐서 달그락달그락하여졌다. 그의 주먹은 부서질 것같이 단단히 쥐어졌었다.

계집과 신치규는 방원이 와 선 것을 보고서 처음에는 조금 간담이 서늘하여졌으나 다시 태연하게 내려앉혔다. 일이 이렇게 되었으매 할 대로 하라는 뜻이다.

방원은 달려들어서 계집의 팔목을 잡았다. 그리고 이를 악물고 부르르 떨었다.

"나는 네가 이럴 줄은 몰랐다."

계집은,

"무얼 이럴 줄을 몰라?"

하며 파란 눈을 흘겨보더니,

"나중에는 별꼴을 다 보겠네. 으레 그럴 줄을 인제 알았나? 놔요! 왜 남의 팔을 잡고 요 모양야. 오늘부터는 나를 당신이 그리 함부로 하지는 못해요! 더러운 녀석 같으니! 계집이 싫다고 그러면 국으로 물러갈 일이지 이게 무슨 사내답지 못한 일야! 놔요!"

팔을 뿌리쳤으나 분노가 전신에 가득 찬 그는 그렇게 쉽게 손을 놓지 않았다.

"얘! 네가 이것이 정말이냐?"

"정말 아니구 비싼 밥 먹고 거짓말할까?"

"네가 참으로 환장을 하였구나!"

"아니 누구더러 환장을 했대? 온 기가 막혀 죽겠지! 놔요! 놔! 왜 추근추근하게 이 모양야? 놔."

하고서 힘껏 뿌리치는 바람에 계집의 손이 쑥 빠지었다. 계집은 손목을 주무르면서 암상맞게 돌아섰다.

이때까지 이 꼴을 멀찌가니 서서 보고 있던 신치규는 두어 발자국 나서더니 기침 한 번을 서투르게 하고서,

"얘! 네가 술이 취하였으면 일찍 들어가 자든지 할 것이지 웬 짓이냐? 네 눈깔에는 아무것도 보이는 것이 없단 말이냐? 너희 연놈이 싸우는 것은 너희 연놈이 어디든지 가서 할 일이지 여기 누가 있는지 없는지 눈깔에 보이는 것이 없어?"

짐짓 소리를 높여 호령을 하였다.

"엣, 괘씸한 놈!"

눈깔을 부라리었다. 방원은 한참이나 쳐다보고서 말이 없었다. 생각대로 하면 한주먹에 때려 눕힐 것이지마는 그래도 그의 머릿속에는 아까까지의 상전이라는 관념이 남아 있었다. 번갯불같이 그 관념이 그의 입과 팔을 얽어 놓았다. 어려서부터 오늘날까지 남을 섬겨 보기만 한 그의 마음은 상전이라면 모두 두려워하는 성질을 깊이깊이 뿌리를 박아 놓았다. 그러나 오늘부터는 신치규가 자기의 상전도 아니요, 자기가 신치규의 종도 아니다. 다만 똑같은 사람으로 마주 섰을 뿐이다. 아니다, 지금부터는 신치규는 방원의 원수였다. 그의 간을 씹어 먹어도 오히려 나머지 한이 있는 원수다.

신치규는 똑바로 쳐다보는 방원을 마주 쳐다보며,

"똑바루 보면 어쩔 터이냐? 온 세상이 망하려니까 별 해괴한 일이 다 많거든. 어째 이놈아?"

"이놈아?"

방원은 한걸음 들어섰다. 나무같이 힘센 다리가 성큼 하고 나설 때 신치규는 머리끝이 으쓱하였다. 쇠몽둥이 같은 두 주먹이 쑥 앞으로 닥칠 때 그의 가슴은 덜컥 내려앉았다.

"네 입에서 이놈아라는 소리가 나오니? 이 사지를 찢어 발겨도 오히려 시원치 못할 놈아! 네가 내 계집을 뺏으려고 오늘 날더러 나가라고 그랬지?"

"어허, 이거 그놈이 눈깔이 삐었군. 애, 나는 먼저 들어가겠다. 너는 네 서방하고 나중 들어오너라!"

신치규는 형세가 위험하니까 슬금슬금 꽁무니를 빼려고 돌아서서 들어가려 하니까 방원은 돌아서는 신치규의 멱살을 잔뜩 쥐어 한 팔로 바싹 치켜 들고,

"이놈, 어디를 가? 네가 이때까지 맛을 몰랐구나?"
하며 한번 집어쳐 땅바닥에다가 태질을 한 뒤에 그대로 타고 앉아서 목줄띠를 누르니까, 마치 뱀이 개구리 잡아먹을 적 모양으로 깩깩 소리가 나며 말 한마디도 하지 못한다.

"이놈, 너 죽고 나 죽으면 고만 아니냐?"
하고 방원은 주먹으로 사정없이 닥치는 대로 들이 팬다. 나중에는 주먹이 부족하여 옆에 있는 모루돌멩이를 집어서 죽어라 하고 내리친다. 그의 팔, 그의 온몸에는 끓어오르는 분노가 극도에 달하자 사람의 가슴속에 본능적으로 숨어 있는 잔인성(殘忍性)이 조금도 남지 않고 그대로 나타났다. 그의 눈은 마치 펄떡펄떡 뛰는 미끼를 가로차고 앉은 승냥이나 이리와 같이 뜨거운 피를 보고야 만족하다는 듯이 무섭게 번쩍거렸다. 그에게는 초자연(超自然)의 무서운 힘이 그의 팔과 다리에 올라왔다.

승냥이

이 꼴을 보는 계집은 무서웠다. 끔찍끔찍한 일이 목전에 생길 것이다. 그의 맥이 풀린 다리는 마음대로 놓여지지 아니하였다.

"아! 사람 살류! 사람 살류!"

적적한 밤중의 쓸쓸한 마을에는 처참한 여자 목소리가 으스스하게 울리었다. 이 소리를 들은 방원은 더욱 힘을 주어서 눈을 딱 감고 죽어

라 내리 짓찧었다. 뼈가 돌에 맞는 소리가 살이 을크러지는 소리와 함께 퍽퍽 하였다. 피 묻은 돌이 여기저기 흩어지고 갈가리 찢긴 옷에는 살점이 묻었다.

동네 편 쪽에서 수군수군하더니 구두 소리가 나며 칼소리가 덜거덕거리었다. 방원의 머리에는 번갯불같이 무엇이 보이었다. 그는 손에 주먹을 쥔 채 잠깐 정신을 차려 그쪽으로 귀를 기울였다.

"순검."

그는 신치규의 배를 타고 앉아서 순검의 구두 소리를 듣자 비로소 자기가 무슨 짓을 하였는지 깨달았다.

그는 미친 사람처럼 일어났다. 그리고는 옆에 서서 벌벌 떠는 계집에게로 갔다.

"애! 가자! 도망 가자! 너하고 나하고 같이 가자! 자! 어서, 어서!"

계집은 자기에게 또 무슨 일이 있을까 하여 겁을 내어 도망을 하려 한다. 방원은 계집을 따라가며,

"애! 애! 네가 이렇게도 나를 몰라주니? 내가 너를 어떻게 생각하는지 알지를 못하니? 자! 어서, 도망 가자, 어서 어서, 뒤에서 순검이 쫓아온다."

계집은 그대로 서서 종종걸음을 치며,

"싫소! 임자나 가구려! 나는 싫어요, 싫어."

"가자! 응! 가!"

그는 미친 사람처럼 계집의 팔을 붙잡고 끌었다. 그때 누구인지 그의 두 팔을 마치 형틀에 매다는 것같이 꽉 뒤로 껴안는 사람이 있었다.

"이놈아! 어디를 가?"

그는 뒤를 돌아보지 않고도 그가 누구인지 알았다. 그는 온 전신에

맥이 풀리어 그대로 뒤로 자
빠지려 할 때 어느덧 널판 같
은 주먹이 그의 뺨을 사정없
이 갈겼다.

"정신 차려."

"네."

그는 무의식하게 고개가 숙여지고 말소리가 공손하여졌다.

땅바닥에서는 신치규가 꿈지럭거리며 이리저리 뒹군다. 청승스러운
비명이 들린다.

방원은 포승 지인 채, 계집은 그대로 주재소로 끌려가고, 신치규는
머슴들이 업어 들였다.

4

석 달이 지났다. *상해죄(傷害罪)로 감옥에서 복역을 하던 방원은 만기가 되어 출옥을 하였다. 그러나 신치규는 아무 일 없이 자기 집에서 치료하고 방원의 계집을 데려다 산다. 신치규는 온몸이 나은 뒤에 홀로 생각하였다.

'죽는 줄 알았더니 그래도 이렇게 살아 있으니!'
하고 얼굴에 흠이 진 곳을 만져 보며,

'오히려 그놈이 그렇게 한 것이 나에게는 다행이지, 얼굴이 아프기는 좀 하였으나! 허어.'

'어떻게 그놈을 떼어 버릴까 하고 그렇지 않아도 걱정을 하던 차에 잘되었지. 그놈 한 십 년 감옥에서 콩밥을 먹었으면 좋겠다.'

방원은 감옥 속에서 생각하기를 나가기만 하면 연놈을 죽여 버리고 제가 죽든지 *요정을 내리라 하였다.

집에서 내어 쫓기고 계집까지 빼앗기고, 그것을 생각하면 이가 갈리고 치가 떨리었다. 그것이 모두 자기가 돈 없는 탓인 것을 생각하매 더욱 분한 생각이 났다.

'에 더러운 년.'

그는 홍바지에 쇠사슬을 차고서 일을 할 때에도 가끔 침을 땅에다 뱉으면서 혼자 중얼거리었다.

'사람이 이러고서야 살아서 무엇 하나. 멀쩡한 놈이 계집 빼앗기고 생으로 콩밥까지 먹으니……'

그가 감옥에서 나올 때에는 감옥소를 다시 한 번 둘러보고, 내가 여

상해죄
폭행 또는 그 밖의 행위로 일부러 남의 몸에 상처를 입힘으로써 성립하는 범죄.

요정
결판을 내어 끝마침.

기서 마지막으로 목숨을 잃어버리든지 그렇지 않으면 내가 내 손으로 내 목을 찔러 죽든지, 무슨 요정이 날 것을 생각하고, 다시 온몸에 힘을 주고 씁쓸한 웃음을 웃었다.

그는 이백 리나 되는 길을 걸어서 계집이 사는 촌에를 왔다.

그러나 아무도 그를 아는 척하는 사람이 없었다. 전에 친하게 지내던 사람들도 그를 보고 피해 갔다.

마치 문둥병자나 마찬가지 대우를 하였다. 감옥에서 나온 뒤로부터는 더욱 이 세상이 차디차졌다. 자기가 상상하던 것보다도 더 무정하여졌다. 그는 하는 수 없이 밤이 될 때까지 그 근처 산속으로 돌아다녔다. 그래서 깊은 밤에 촌으로 내려왔다. 그는 그 방앗간을 다시 지나갔다. 석 달 전 생각이 났다. 자기가 여기서 잡혀갔다는 것을 생각할 때 더욱 억울하고 분한 생각이 치밀어 올라왔다. 그는 한참이나 거기 서서 그때 일을 생각하고 몸서리를 친 후에 다시 그전 집을 찾아갔다.

날이 몹시 추워지고 눈이 쌓였다. 옷은 입은 것이 가을에 입고 감옥에 들어갔던 그것이므로 살을 에이는 듯한 것이로되 그는 분한 생각과 흥분된 마음에 그것도 몰랐다.

'연놈을 모두 처치를 해버려?'

혼자 속으로 궁리를 하다가,

'그렇지, 그까짓 것들은 살려 두어 쓸데없는 인생들이야.'

하면서 옆구리에 지른 *기름한 단도를 다시 만져 보았다. 그는 감격스런 마음으로 그것을 쓰다듬었다.

그는 신치규의 집 울을 넘어 들어갔다. 그의 발은 전에 다닐 적같이 익숙하였다. 그는 사랑을 엿보고 다시 뒤로 돌아서 건넌방 창 밑에 와 섰었다. 귀를 기울였으나 아무 말도 들리지 않았다. 그는 손에 칼을 빼들었다. 그리고는 일부러 뒤 창문을 달각달각 흔들었다.

"그 뉘?"

하고 계집의 머리가 쑥 나오며 문이 열리었다. 그는 얼른 비켜 섰다. 문은 다시 닫혀지고 계집은 들어갔다.

방원의 마음은 이상하게 동요가 되었다. 어여쁜 계집의 목소리가 오래간만에 귀에 들릴 때, 마치 자기가 감옥에서 꿈을 꿀 적 모양으로 요염하고도 황홀하게 그의 마음을 꾀는 것 같았다. 그는 꿈속에 다시 만난 것 같고 오래간만에 그를 만나 보매 모든 결심은 얼음같이 녹는 듯하였다. 그래도 계집이 설마 나를 영영 잊어버리랴 하고 옛날의 정리를 생각할 때 그것이 거짓말이 아니고 무엇이라는 생각이 났다.

아무리 자기를 감옥에까지 가게 하였다 하더라도 그는 감히 칼을 들어 죽이려는 용기가 단번에 나지 않아서 주저하기 시작했다.

'아니다, 다시 한 번만 물어 보자!'

그는 들었던 칼을 다시 집고 생각하였다.

'거짓말이다. 거짓말이다! 그럴 리가 없다.'

그는 반신반의하였다.

'그렇다. 한 번만 다시 물어 보고 죽이든 살리든 하자!'

그는 다시 문을 달각달각 하였다. 계집은 이번에 다시 문을 열고 사면을 둘러보더니 헌 짚신짝을 신고 나왔다.

"뉘요?"

그는 방원이 서 있는 집 모퉁이를 돌아서려 할 제,

"내다!"

하고 입을 틀어막고 칼을 가슴에 대었다.

"떠들면 죽어!"

방원은 계집의 입을 수건으로 틀어막고 결박을 한 후 들쳐업고서 번개같이 달음질하였다. 그는 어느결에 계집을 업어다가 물레방아 앞에 내려놓은 후 결박을 풀었다. 그리고 한숨을 쉬었다.

"나를 모르겠니?"

캄캄한 그믐밤에 얼굴을 바짝 계집의 코앞에 들이대었다. 계집은 얼굴을 자세히 보더니,

"아!"

소리를 지르더니 뒤로 물러섰다.

"조금도 놀랄 것이 없다. 오늘 네가 내 말을 들으면 살려 줄 것이요, 그렇지 않으면 이것이야?"

하고 시퍼런 칼을 들이대었다. 계집은 다시 태연하게,

"말요? 임자의 말을 들을 것 같으면 벌써 들었지요, 이때까지 있겠소? 임자도 남의 마음을 알지요. 임자와 나와 이 년 전에 이곳으로 도망해 올 적에도 전남편이 나를 죽이겠다고 칼로 허리를 찔러 그 흠이 있는 것을 날마다 밤에 당신이 어루만지었지요? 내가 그까짓 칼쯤을 무서워서 나 하고 싶은 짓을 못 한단 말이오? 힝, 이게 무슨 비겁한 짓이오, 사내자식이. 자! 찌르려거든 찔러 보아요. 자, 자."

계집은 두 가슴을 벌리고 대들었다. 방원은 너무 계집의 태도가 대담하므로 들었던 칼이 도리어 뒤로 움찔할 만큼 기가 막혔다. 그는 무의식하게,

"정말이냐?"

하고 한걸음 더 가까이 나섰다.

"정말이 아니고? 내가 비록 여자이지마는 당신같이 겁쟁이는 아니라오! 이것이 도무지 무엇이오?"

계집은 그래도 두려웠던지 방원의 손에 든 칼을 뿌리쳐 땅에 떨어뜨리었다.

이 칼이 땅에 떨어지자 방원은 여태까지 용사와 같이 보이던 계집이 몹시 비겁스럽고 더러워 보이어 다시 칼을 집어 들고 덤비었다.

"에잇! 간사한 년! 어쩔 터이냐? 나하고 당장에 멀리멀리 가지 않을 터이냐? 자아, 가자!"

그는 눈물이 어린 눈으로 타일러 보기도 하고 간청도 하여 보았다.

"자아, 어서 옛날과 같이 나하고 멀리멀리 도망을 가자! 나는 참으로 나의 칼로 너를 죽일 수는 없다!"

계집의 눈에는 독이 올라왔다. 광채가 어두운 밤의 번개같이 번쩍거리며,

"싫어요. 나는 죽으면 죽었지 가기는 싫어요. 이제 나는 고만 그렇게 구차하고 천한 생활을 다시 하기는 싫어요. 고만 물렸어요."

"너의 입으로 정말 그런 말이 나오느냐? 너는 나를 우리 고향에 다시 돌아가지도 못하게 만들어 놓고 나의 모든 것을 다 잃어버리게 한 후에 또 나중에는 세상에서 지옥이라고 하는 감옥소에까지 가게 하였지! 그러고도 나의 맨 마지막 원을 들어주지 않을 터이냐?"

"나는 언제든지 당신 손에 죽을 것까지도 알고 있소! 자! 오늘 죽으나 내일 죽으나 언제든지 죽기는 일반, 이렇게 된 이상 나를 죽이시오."

"정말이냐? 정말이야?"

"정말요!"

계집은 결심한 뜻을 나타내었다. 방원의 손은 떨리었다. 그리고 그는 눈을 꽉 감고,

"에, 여우 같은 년!"

하고 칼끝을 계집의 옆구리를 향하고 힘껏 내밀었다. 계집은 이를 악물고,

"사람 죽인다!"

소리 한 번에 그 자리에 거꾸러졌다. 칼자루를 든 손이 피가 몰리는 바람에 우루루 떨리더니 피가 새어 나왔다. 방원은 그 칼을 빼어 들더니 계집 위에 거꾸러져서 가슴을 찌르고 절명하여 버렸다.

『조선문단』, 1925. 9.

뿡

1

안협집이 부엌으로 물을 길어 가지고 들어오매 쇠죽을 쑤던 삼돌이
란 머슴이 부지깽이로 불을 헤치면서,

"어젯밤에는 어디 갔었습던교?"

하며, *불밤송이 같은 머리에 *왜수건을 질끈 동여 뒤통수에 슬쩍
질러맨 머리를 번쩍 들어 안협집을 훑어본다.

"남 어디 가고 안 가고 님자가 알아 무엇 할 게요?"

안협집은 별 꼴사나운 소리를 듣는다는 듯이 암상스러운 눈을
흘겨보며 톡 쏴버린다.

조금이라도 *염량이 있는 사람 같으면 얼굴빛이라도 변하였을
것 같으나 본시 계집의 궁둥이라면 염치없이 추근추근 쫓아다니며 음
흉한 술책을 부리는 삼십이나 가까이 된 노총각 삼돌이는 도리어 비웃
는 듯한 웃음을 웃으면서,

"그리 성낼 게야 무엇 있습나? 어젯밤 안줸 심바람으로 님자 집을
갔었으니깐두루 말이지."

하고 털 벗은 송충이 모양으로 군데군데 꺼칫꺼칫하게 난 수염을 숯검
정 묻은 손가락으로 두어 번 쓰다듬었다.

"어젯밤에도 김참봉 아들네 사랑방에서 자고 왔습네그려."

삼돌이는 싱긋 웃는 가운데에도 남의 약점을 쥔 비겁한 즐거움이 나
타났다.

"무엇이 어쩌고 어째, 이 망나니 같은 놈……."

하는 말이 입 바깥까지 나왔던 안협집은 꿀꺽 다시 집어삼키면서,

불밤송이
채 익기도 전에 말라
떨어진 밤송이.

왜수건(倭手巾)
예전에, 개량된 수건
을 재래식 수건에 상
대하여 이르던 말.

염량(炎凉)
선악과 시비를 분별하
는 슬기.

"남 어디 가 자든 말든 상관할 것이 무엇인고!"

하며, 물동이를 이고서 다시 나가려 하니까,

　"흥! 두고 보소. 가만 있을 줄 알았다가는……."

　"듣기 싫어! 별꼬락서니를 다 보겠네."

2

　강원도 철원(鐵原) 용담(龍潭)이라는 곳에 김삼보(金三甫)라는 자가 있으니 나이는 삼십오륙 세나 되었고, 키는 작달막하여 목은 다가붙고 얼굴빛은 노르께하며 언제든지 가죽창 박은 *미투리에 *대갈편자를 박아 신고 걸음을 걸을 적마다 엉덩이를 내저으므로 동리에서는 그를 '땅딸보 김삼보', '아편쟁이 김삼보', '오리궁둥이 김삼보'라고 부르는데 한 달에 자기 집에 붙어 있는 날이 이틀이라면 꽤 오래 있는 셈이요, 하루라면 예사다. 그리고는 언제든지 나돌아다니므로 몇 해 전까지도 잘 알지 못하였으나 차차 동리서 소문이 돌기를 '노름꾼 김삼보'라는 말이 퍼지자 점점 알아본즉 딴은 강원도, 황해도, 평안도 접경을 넘어다니며 *골패 *투전으로 먹고 지내는 것이 알려지게 되었다.

　그 노름꾼 김삼보의 여편네가 아까 말하던 안협집이니 안협(安峽)은 즉 강원, 평안, 황해, 삼도 품에 있는 고읍(古邑)의 이름이다.

　그 안협집을 김삼보가 얻어 오기는 지금으로부터 오 년 전, 안협집이 스물한 살 되던 해인데 어떻게 해서 얻었는지 자세히는 알지 못하나 사람들의 말을 들으면 술 파는 것을 눈을 맞추어서 얻었다고 하기도 하고, 계집이 김삼보에게 반해서 따라왔다기도 하고, 또는 그

골패
납작하고 네모진 작은 나뭇조각 32개에 각각 흰 뼈를 붙이고, 여러 가지 수효의 구멍을 판 노름 기구. 또는 그것으로 하는 노름.

투전
노름 도구의 하나. 또는 그것으로 하는 노름. 두꺼운 종이로 손가락 너비만 하고 다섯 치쯤 되게 만들어 인물, 조수(鳥獸), 충어(蟲魚) 따위를 그려 끗수를 나타내서 기름에 걸어 만든다. 60장 또는 80장을 한 벌로 하는데, 실제 쓸 때는 25장 또는 40장만을 쓰기도 한다.

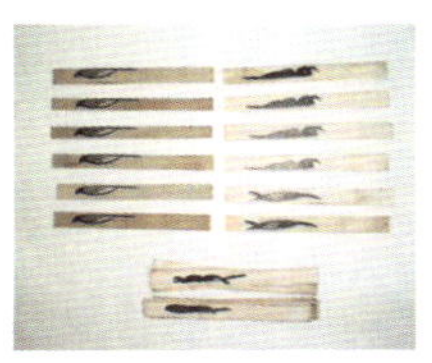

런 것 저런 것도 아니라 계집의 전남편과 노름을 해서 빼앗았다
고 하는데 위인 된 품으로 보아서 맨 나중 말이 가장 유력할 것 같
다고 동리 사람들이 말을 한다.

처음에 안협집이 동리에 오자 그 동리 그 또래 계집들은 모두 석경
을 들여다보게 되었다. 안협집이 비록 몸은 그리 귀하게 태어나지 못
하였으나 인물이 남달리 고운 점이 있어, 동리 젊은것들이 암연히 부
러워도 하고 질투도 하게 되고 또는 석경 속에 비친 자기네들의 예쁘
지 못한 얼굴을 쥐어뜯고 싶기도 하였으니 지금까지 '나만한 얼굴이
면' 하는 자만심이 있던 젊은 계집들에게 가엾게도 자가결함(自家缺
陷)이 폭로되는 환멸을 느끼게 하기까지도 하였다.

그러나 촌구석에서 아무렇게 자란데다가 먼저 안 것이 돈이었다.

"돈만 있으면 서방도 있고 먹을 것, 입을 것이 다 있지."
하는 굳은 신조는 자기 목숨을 내어놓고는 무엇이든지 제공하여 부끄
러운 것이 없었다.

십오륙 세 적, 참외 한 개에 원두막 속에서 총각녀석들에게 정조를
빌린 것이나, 벼 몇 섬, 돈 몇 원, 저고릿감 한 벌에 그것을 빌리는 것
이 분량과 방법이 조금 높아졌을 뿐이요 그 관념은 동일하였다.

　그리하여 이곳으로 온 뒤에도 동리에서 돈푼이나 있고 얌전한 젊은 사람은 거의 다 한 번씩은 후려 내었으니 그것은 남자 편에서 실없는 짓 좋아하는 이에게 먼저 죄가 있다 하는 것보다도 이쪽 안협집에게 그 책임이 더 있다고 할 수 있고, 또 그것보다 더 큰 죄는 그 남편 되는 노름꾼 김삼보에게 있다고 할 수가 있으니 그것은 남편 노름꾼이 한 달에 한 번을 올까말까 하면서도 올 적에는 빈손을 들고 오는 때가 많으니 젊은 계집 혼자 지낼 수가 없으매 자연히 이집 저집 동리로 다니며 품방아도 찧어 주고 김도 매주고 진일도 하여 주며 얻어먹다가 한번은 어떤 집 서방님에게 실없은 짓을 당하고 나니 쌀 말과 피륙 두 필을 받아 보니 그것처럼 좋은 벌이가 없어 차츰차츰 이번에는 자기가 스스로 벌이를 시작하여 마치 장사하는 사람이 거래 단골을 트듯이, 이사람 저사람을 집어먹기 시작하더니 그것도 차차 눈이 높아지니까 웬만한 *목도꾼 패장이나 *장돌림, 조금 올라서서 순사 나리쯤은 눈으로 거들떠보지도 않게 되고, 적어도 그곳에서는 돈푼도 상당하고 여간해서 손아귀에 들지 않는다는 자들을 *얼러 보기 시작하게 되었던 것이다.

　그 후부터는 일하지 않고 지내며 모양내고 거드름부리고 다니는데 자기 남편이 오면은,

　"이번에는 얼마나 땄습노?"

하고 *포르께한 눈을 사르르 내리뜬다.

　"딴 게 뭔가, 밑천까지 올렸네."

　삼보는 목 뒤를 쓰다듬으며 입맛을 다신다. 그러면 안협집은 전에 없던 바가지를 긁으며,

　"불알 두 쪽을 달구서 그래 계집만두 못하다는 말요?"

하고서 할말 못할말을 불어서 풀을 잔뜩 죽여 놓은 뒤에는 혹시 서방이 알면 경이 내릴까 하여 노자랑 밑천 푼을 주어서 *배송을 낸다. 그러면 울며 겨자 먹기로 삼보는 혼자 한숨을 쉬면서,

"허허, 실상 지금 세상에는 섣부른 불알보다는 계집 편이 훨씬 나니라."

하고 봇짐을 짊어지고 가버린다.

3

이렇게 이삼 년을 지내고 난 어떤 가을에 삼돌이란 놈이 그 뒷집 머슴으로 왔는데 놈이 어느 곳에서 어떻게 빌어먹던 놈인지는 모르나 논맬 때 콧소리나마 아르렁타령 마디나 똑똑히 하고 술잔이나 먹을 줄 알며, 동료들 가운데 나서면 제법 *구변이나 있는 듯이 떠들어 젖히는 것이 그럴듯하고 게다가 힘이 세어서 송아지 한 마리 옆에 끼고 개천 뛰기는 밥 먹듯 하는 까닭에 동리에서는 호랑이 삼돌이로 이름이 높다.

놈이 음침하여 오던 때부터 동리 계집으로 반반한 것은 남모르게 모두 건드려 보았으나 안협집 하나가 내내 말을 듣지 않으므로 추근추근 귀찮게 구는데 마침 여름이 되어 자기 집 주인 마누라가 누에를 놓고 혼자는 힘이 드니까

누에

안협집을 불러서 같이 누에를 길러 실을 낳거든 반분하자는 약속을 한 후 여름내 같이 누에를 치게 된 것을 알고 어떤 틈 기회만 기다리며,

'흥, 계집년이 배때가 벗어서 말쑥한 서방님만 얼르더라. 어디 두고 보자. 너도 깩소리 못 하고 한번 당해야 할걸! 건방진 년!'

하고는 술잔이나 취하면 주먹을 들었다 놓았다 한다.

뽕잎

　그러자 주인 마누라가 치는 누에가 거의 오르게 되자 뽕이 떨어졌다. 자기 집 울타리에 심은 뽕은 어림도 없이 다 따다 먹이었고 그 후에는 삼돌이란 놈을 시켜서 날마다 십 리나 되는 건넛말 일갓집 뽕을 얻어다 먹이었으나 그것도 이제는 발가숭이가 되게 되었다.

　인제는 뽕을 사다 먹이는 수밖에 없게 되었다. 그러나 사다가 먹이자면 돈이 든다.

　주인 노파는 담뱃대를 물고서 생각하여 보았다.

　'개량뽕이 좋기는 좋지마는 돈을 여간 받아야지. 그리고 일일이 사서 먹이려다가는 뽕값으로 다 집어먹고 남는 것이 어디 있나.'

　노파 생각에는 돈 한푼 안 들이고 공짜로 누에를 땄으면 좋을 것이다. 돈 한푼을 들인다 하면 그 한푼이 전 수확에서 나오는 이익의 전부같이 생각되어 못 견뎠다. 그뿐 아니라 자기 혼자 이익을 먹는 것 같으면 모르거니와 안협집하고 동사로 하는 것이므로 안협집이 비록 뼈가 부서지도록 일을 한다 하더라도 그 힘이 자기 주머니에서 나가는 돈 한푼만 못해 보인다. 그래서 뽕을 어떻게 공짜로, 돈 안 들이고 얻어 올 궁리를 하고 있다가 안협집이 마침 마당으로 들어서매,

　"뽕 때문에 일났구려."

하며 안협집에게는 무슨 도리가 없느냐고 물어 보았다.

　"글쎄."

　안협집 생각은 주인의 마음과 또 달라서 남의 주머니 돈 백 냥이 내 주머니 돈 한 냥만 못하다. 그래서 '돈 주면 살걸' 하는 듯이 심상하게 있다.

"어떻게 해서든지 구해 와야지."

서로 얼굴만 쳐다볼 때, 들에 나갔던 삼돌이란 놈이 툭 튀어 들어오다가 이 소리를 듣더니 제딴은 동정하는 표정으로,

"그것 일났쇠다. 어떻게 하나……."

한참 허리를 짚고 생각을 해보더니,

"형! 참 그 뽕은 좋더라마는 똑 되기를 *미선조각같이 된 놈이 기름이 지르르 흐르는데 그놈을 먹이기만 하면 고치가 차돌같이 여물 거야!"

들으라는 말인지 혼자말인지는 모르나 한마디를 탁 던지고 말이 없다. 귀가 반짝 띈 주인은,

"어디 그런 것이 있단 말이냐?"

하며 궁금증 난 사람처럼 묻는다.

"네, 저 새술막에 있는 뽕밭에 있는 것 말씀이오."

혹시 좋은 수가 있을까 하려다가 남의 뽕밭, 더구나 그것으로 살아가는 *양잠소 뽕이라 말씨름만 하는 것이 될 것 같으므로,

"응! 나도 보았지, 그게 그렇게 잘되었나? 잘되었겠지. 그렇지만 그런 것이야 짐으로 있으면 무엇 하니."

"언제 보셨어요?"

"보기야 여러 번 보았지. 올봄에 두릅 따러 갔다가도 보고."

삼돌이란 놈이 한참 있다가 싱긋 웃더니 은근하게,

"쥔 마님! 제가 뽕을 한 짐 져다 드릴 것이니 탁주 많이 먹이시니까?"

들던 중에도 그렇게 반가운 소리가 또 어디 있으랴.

"작히 좋으랴. 따오기만 하면 탁주에다 젓이라도 담그마."

두릅

귀찮스런 삼돌이도 이런 때는 쓸 만하다는 듯이 안협집도 환심 얻으려는 듯한 웃음을 웃으며 삼돌이를 보았다. 삼돌이는 사내자식의 솜씨를 네 앞에 보여 주리라 하는 듯이 기운이 나며 만족하였다.

그날 밤 저녁을 먹고 자정 때나 되더니 삼돌이는 눈을 비비며 일어나서 문 밖으로 나갔다. 나갔다가 한 두어 시간 만에 무엇인지 지고 오더니 그것을 뒤꼍 건넌방 뒤 창 밑에 뭉뚱그려 놓았다. 이튿날 보니까 따은 미선쪽 같은 기름이 흐르는 뽕잎이었다.

"어디서 났을꼬?"

주인하고 안협집은 수군수군하였다.

"그 녀석이 밤에 도둑질을 해온 게지? 뽕은 참 좋소, 그렇지?"

"참 좋쇠다. 날마다 이만큼씩만 가져오면 넉넉히 먹이겠쇠다."

두 사람은 뽕을 또 따오지 않을까 보아서 아무 말도 아니 하고,

"참 뽕 좋더라. 오늘도 좀 또 따오렴."

하고 충동인다. 놈은 두 손을 내저으며,

"쉬, 떠드시지 맙쇼. 큰일나죠. 그것이 그렇게 쉬워서야 그 노릇만 하게요. 까딱하다가는 다리 마디가 두 동강이 날걸요."

도둑해 온 삼돌이나 받아들인 두 사람이나 도둑질 왜 했소! 하는 말은 없으나 서로 알고 있다.

그러자 하루는 주인이 안협집더러,

"여보, 이번에는 임자가 하루 저녁 가보구려. 그놈이 혹시 못 가게 되더래도 임자가 대신 갈 수 있지 않수. 또 고삐가 길면은 바래인다구 무슨 일이 있을는지 모르니 임자가 둘이 가서 한몫 많이 따오는 것이 좋지 않수."

안협집이 삼돌이를 꺼리는 줄 알지마는 제 욕심에 입맛이 달아서 자

꾸자꾸 충동인다.

“따다가 잡히면 어찌하구유.”

“무얼! 밤중에 누가 알우? 그리고 혼자 가라오, 삼돌이란 놈하고 가랬지.”

“글쎄, 운이 글러서 잡히거나 하면 욕이지요.”

잡히는 것보다도 안협집의 걱정은 보기도 싫은 삼돌이란 녀석하고 밤중에 무인지경을 같이 가라니 그것이 딱한 일이다.

안협집의 정조가 헤프기로 유명한 만치 또 매몰스럽기도 유명하여 한번 맘에 들지 않는 것은 죽어도 막무가내다. 그것은 만냥 금을 주어도 거들떠보지도 아니한다. 그런데 삼돌이가 그 중에 하나를 참례하여 간장을 태우는 모양이다.

안협집은 생각하고 생각하여 결심해 버렸다.

“빌어먹을 녀석이 그 따위 맘을 먹거든 저 죽이고 나 죽지. 내 기운은 없어도……”

하고 쌀쌀하게 눈을 가로뜨고 맘을 다가먹었다. 그리고는 뽕을 따러 가기로 하였다.

삼돌이는 어깨에서 춤이 저절로 추어진다.

'얘, 이것이 정말인가, 거짓말인가? 이제는 때가 왔구나. 인제는 제가 꼭 당했지.'

놈이 신이 나서 저녁 먹고, 마당 쓸고, 소 여물 주고, 도야지, 병아리새끼 다 몰아넣고, 앞뒤로 돌아다니며 씻은 듯 부신 듯 다 해 놓고, *목물하고 발 씻고, *등거리 *잠뱅이까지 갈아입은 후 곰방대에 담배를 꾹꾹 눌러 듬뿍 한모금 빨아 휘— 내뿜으며 시간 오기만 기다린다.

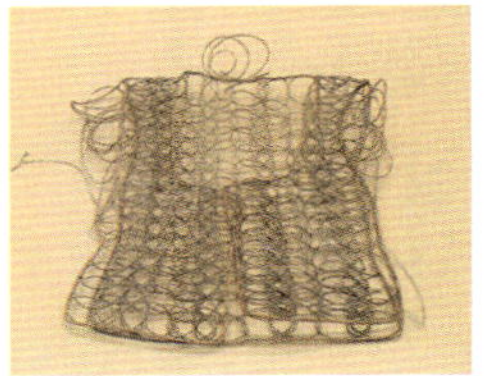

잠뱅이
'잠방이'의 잘못.

4

곰방대

안협집은 보자기를 가지고 삼돌이를 따라서 뽕밭을 향하여 간다.

날이 유달리 깜깜하여 앞의 개천까지 자세히 보이지 않는다. 돌부리가 발부리를 건드리면 안협집은 에구 소리를 내며 천방지축으로 다리도 건너고 논이랑도 지나고 하여 길 반쯤 왔다.

삼돌이란 놈은 속으로 궁리를 하였다.

'뽕을 따기 전에 논이랑으로 끌고 가?'

'아니지, 그러다가는 뽕두 못 따가지고 오면 어떻게 하게!'

'저도 열녀가 아닌 다음에 당하고 나면 할 말 없지. 아주 그런 버릇이 없는 년 같으면 모르거니와.'

'옳지, 수가 있어, 뽕을 잔뜩 따서 이어 주면 제가 항우의 딸년이라

고 한 번은 중간에서 쉬렷다. 그러거든.'

　이렇게 궁리를 하다가 너무 말이 없으니까 심심파적도 될 겸 또는 실없는 농담도 좀 해서 마음을 좀 떠보아 나중 성사의 전제도 만들어 놀 겸 공연히 쓸데없는 말을 지껄인다.

　"삼보는 언제나 온답디까?"

　"몰라, 언제는 온다 간다 말이 있이 다니나."

　"그래 영감은 밤낮 나돌아다니니 혼자 지내기 쓸쓸치도 않소."

　놈이 모르는 것같이 새삼스럽게 시치미를 뗀다.

　"별걱정 다 하네. 어서 앞서 가, 난 길이 서툴러 못 가겠으니……."

　"매우 쌀쌀하구려. 나는 임자를 위해서 하는 말인데. 그렇지만 김참봉 아들이란 쇠귀신 같은 놈이라 아무리 다녀도 잇속 없습네. 내 말이 그르지 않지."

안협집은 삼돌이가 아주 터놓고 말을 하는 것을 들으니까 분해서 뺨이라도 치고 싶었으나 그대로 참으며,

"무엇이 어째? 말이라면 다 하는 줄 아는군."

하고 뒤로 조금 떨어져 걸어갈 제 전에도 그 녀석이 미웠지마는 남의 약점을 들어 가지고 제 욕심을 채우려는 것이 더 더러웠다.

뽕밭에 왔다. 삼돌이란 놈이 철망으로 울타리 한 것을 들어 주어 안협집이 먼저 들어가고 나중으로 삼돌이란 놈은 그 무거운 다리를 성큼하여 그 안으로 들어갔다. 들어가다가 발끝에 삭정이 가지를 밟아서 딱 우지끈 소리가 나고 조용하였다.

삼돌이는 손에 익어서 서슴지 않고 따지마는 안협집은 익지도 못한 데다가 마음이 떨리고 손이 떨려서 마음대로 안 된다.

삼돌이는 뽕을 따면서도 있다가 안협집을 꾀일 궁리를 하지마는 안협집은 이것 저것을 잊어버리고 손에 닥치는 대로 뽕을 땄다.

얼마쯤 땄다. 갑자기 안협집의 뒤에서,

"누구야!"

하고 범 같은 소리를 지르는 남자 소리가 안협집의 간담을 서늘하게 하였다.

삼돌이란 놈은 길이나 되는 철망을 어느결에 뛰어넘었는지 십여 간 통이나 달아나서 안협집을 불렀다.

"어서 와요! 어서, 어서."

그러나 안협집은 다리가 떨려서 빨리 나와지지를 않는다. 그러나 죽을 힘을 다하여 달아나려고, 한아름 잔뜩 따넣었던 뽕을 내던지고 철망으로 기어나왔다. 철망을 기어나오기는 나왔으나 치맛자락이 걸려서 잡아당긴다. 거기에 더 질겁을 해서 그대로 쭉 찢고 나오려 할 때,

때는 이미 늦었다. 뽕 지키던 남자는 안협집을 잡았다.

"이 도둑년! 남의 뽕을 네 것같이 따가? 온 참, 이년! 며칠째냐, 벌써. 이렇게 남의 것이라고 *건깡깡이로 먹으면 체하지 않을 줄 알았더냐? 저리 가자."

안협집은,

"살려 주소. 제발 잘못했으니 살려만 주소. 나는 오늘이 처음이오. 저 삼돌이란 놈이 날마다 따갔지 나는 죄가 없쇠다."

하고 손이 발이 되도록 빈다.

"듣기 싫어, 이년아! 무슨 변명이냐. 육시를 하고도 남을 년 같으니. 왜, 감옥소의 콩밥 맛이 고소하더냐?"

"그저 잘못했습니다."

삼돌이는 보이지 않고 뽕지기는 안협집 손목을 끌고 뽕밭으로 들어갔다.

"이리 와! 외양도 반반히 생긴 년이 무엇이 할 게 없어 뽕서리를 다녀."

하더니 성냥불을 그어 대고 안협집을 들여다보더니,

"흥."

의미 있는 웃음을 웃어 버렸다.

안협집은 이 웃음에 한가닥 희망을 얻었다. 그 웃음은 안협집의 손아귀에 자기를 갖다 쥐어 준다는 웃음이다. 안협집은 따라서 방싯 웃었다. 그 웃음 한 번이 넉넉히 뽕지기의 마음을 반 이상이나 흰죽 풀어지게 하였다.

안협집은 끌려갔다.

'제가 철석 같은 간장을 가진 놈이 아닌 바에…… 한 번이면 놓아 줄걸.'

그는 자기의 정조를 팔아서 자기의 죄를 면할 수 있음을 알았다. 그는 마지못하는 체하고 끌려갔다.

삼돌이란 놈은 멀리서 정경만 살피다가 안협집을 뽕지기가 데리고 가는 것을 보더니 두 눈에서 쌍심지가 돋았다.

'얘 이놈이 호랑이 삼돌이를 모르는 모양이다. 그러나 대관절 어떻게 할 셈이냐? 이놈 안협집만 건드려 보아라. *정강마루를 두 토막에다 내놀 터이니. 오늘 밤에는 꼭 내 것이던 걸 그랬지. 어디 좀 가까이 좀 가볼까?'

이제는 단판씨름이라 주먹이 시비 판단을 하는 때이다. 다시 철망을 넘어서 들어갔다. 들어가서는 이곳저곳 귀를 기울이더니 이구석 저구석으로 돌아다녀 보았다.

저쪽에서 인기척이 웅얼웅얼하더니 아무 말이 없다. 한 두서너 시간

그 넓은 뽕밭을 헤매고 또 거기 닿은 과목밭, *채마전, 나중에는 그 옆 원두막까지 가보았다. 놈이 뽕나무밭 가운데 부풀덤불을 보지 못한 까닭이다.

그는 입맛만 다시면서 집으로 와서 주인에게 그 이야기를 했다.

노파의 눈은 등잔만해지더니 두 손, 두 다리가 사시나무 떨듯 한다.

"이거 일났구나. 어쩌면 좋단 말이냐."

*좌불안석을 할 제 삼돌이란 녀석은 분한 생각에 곰방대만 똑똑 떨고 앉았다.

5

그날 새벽에 안협집이 무사히 왔다. 머리에 지푸라기가 묻고 몸매무시가 말 아니다.

"에그, 어떻게 왔어! 응?"

주인은 눈에 눈물이 괴어서 어루만진다.

"무얼 어떻게 와요? 밤새도록 놈하고 승강이를 하다가 그대로 왔지."

"그대로 놓아 주던가?"

"놓아 주지 않고, 붙잡아 두면 어찌할 테야?"

일이 너무 싱겁다. 삼돌이놈만 혼자말처럼,

"내가 잡혔더면 콩밥을 먹었을걸. 여편네니까 무사했지."

주인은 그래도 미진해서,

"그래, 잘 놓아 주었으니 다행이지. 그러나저러나 뽕은 어떻게 되었노."

“아 뺏겼죠!”

“인제는 아무 일 없겠소?”

“일이 무슨 일예요.”

그날 밤에 삼돌이란 놈은 혼자 앉아서 생각하기를, ‘복 없는 놈은 하는 수가 없거든. 그러나 내가 다 눈치를 채었으니까, 노름꾼놈이 오거든 이르겠다고 위협을 하면 년도 발이 저려서 그대로는 못 있지. 내 입을 안 씻기고 될 줄 아는 게로구먼.’

그 후부터는 삼돌이란 놈이 안협집을 보고는,

“뽕지기놈 보고 싶지 않습나?”

하고 오며 가며 맞대놓고 빈정대기도 하고 빗대 놓고도 비웃는다.

“뽕이나 또 따러 가소.”

이러는 바람에 온 동리에서 다 알았다. 안협집은 분해서 죽겠는데 하루는 삼돌이란 놈이 막 안협집이 이불을 펴고 누우려는데 찾아와서 추근추근 가지도 않고,

“삼보 김서방이 올 때도 되었습네그려.”

하며 눈치를 본다. 안협집은 졸음이 와서 눈꺼풀이 뻣뻣하여 오는데 삼돌이란 놈이 가지도 않는 것이 귀찮아서,

“누가 아우. 오고 싶으면 오고 가고 싶으면 가겠지.”

하고 담벼락에 비스듬히 기대앉는다.

삼돌이의 눈에는 그 고단해하면서 비스듬히 누워서 눈을 감을랑말랑 한 안협집의 목덜미 살쩍 밑이며 볼그레한 두 볼이 몹시 정욕을 일으켰다.

그래서 차츰차츰 말소리가 음흉해 간다.

“임자는 사람을 너무 가려 봅디다. 그러지 마슈. 나도 지금은 남의

집 머슴놈이지마는 안집 지체라든지 젊었을 적에는 그래도 행세하는 집에서 났더라우. 지금은 그놈의 원수스런 돈 때문에 이렇게 되었지마는.”

하고 말을 건네려 하는데, 안협집은 별 시러베자식 다 보겠다는 듯이 대답이 없다.

“자, 그럴 것 있소. 오늘은 내 청을 한번 들어주소그려.”

하고 바싹 달려드는 바람에 반쯤 감았던 안협집의 눈은 똥그래지며 어느결에 삼돌의 뺨에 손뼉이 올라가 정월의 떡치듯 철썩 한다.

“이놈! 아무리 쌍녀석이기로 이게 무슨 버르장머리냐, 냉큼 나가거라!”

하고 호령이 추상 같다. 삼돌이란 놈은 따귀를 비비면서 성이 꼭두까지 일어나서,

“무엇이 어쩌고 어째. 횡! 어디 또 한 번 때려 봐라.”

일이 이렇게 되었으니 자기가 하려던 것은 이루고 마는 것이 상책이다. 이래도 소문은 날 것이요, 저래도 소문은 날 것이니 이왕이면 만족이나 채우고 소문이 나더라도 나는 것이 자기에게는 이로울 것 같았다.

더구나 안협집으로 말을 하면 온 동리에서 판박아 놓은 화냥년이니 한 번 화냥이나 두 번 화냥이나, 남이나 내가 무엇이 다를 것이 있으랴 하는 생각이 났다. 도리어 자기의 만족을 한 번 얻는 것이 사내자식으로서의 일종의 자랑인 것같이 생각되었다.

그는 두 팔로 안협집을 힘껏 껴안고,

“내가 호랑이 삼돌이다! 네가 만일 내 말을 들으면 무사하지만 그렇지 않으면 그대로 두지는 않을 터이야! 너, 네 남편이 오기만 하면 모조리 꼬아바칠 터이야! 뽕 따러 갔던 날 일까지 모조리!”

무식한 놈이라 야비한 곳이 있다. 안협집은 그 소리가 얼마나 사내답지 못하였는지 알 수 없었다. 쇠 같은 팔이 자기 허리를 누를 때 눈을 감고 한 번만 허락할까 하려다가 그 말을 듣고서 고만 침을 얼굴에 뱉었다.

"이 더러운 녀석! 네가 그까짓 것으로 나를 위협한다고 말을 들을 줄 아니."

하고 소리를 질렀다. 삼돌이는 손으로 안협집의 입을 막았으나 때는 늦었다. 마침 마을 다녀오던 이장의 동생이 이 소리를 듣고 문을 열었다.

삼돌이란 놈은 무안해서 얼굴이 붉어지며 안협집을 놓았다. 안협집은 분해서 색색하며,

"저놈 보시소. 아닌 밤중에 혼자 자는데 와서 귀찮게 굽니다. 저 죽일 놈이오. 좀 끌어내다 *중치를 좀 해주시오."

이장의 동생은 안협집의 행실을 아는 고로 삼돌이만 보내려고,

"이놈이 할 일이 없거든 자빠져 자기나 하지, 왜 아닌 밤중에 남의 계집의 방에서 지랄이야? 냉큼 네 집으로 가거라!"

두 눈이 등잔만하여진다.

"네, 그런 게 아니라, 실없이 *기롱을 좀 했삽더니……."

"듣기 싫어! 공연히 *어름어름하면서, 이놈아, 너는 사람을 죽여도 기롱으로 아느냐?"

삼돌이는 쫓겨났다. 이장의 동생은 *포달을 부리며 푸념을 하는 안협집을 향하여,

"젊은것이 늦도록 사내녀석들을 방에다 붙이니까 그런 꼴을 당하지."

"누가요?"

"고만둬! 어서 잠이나 자."

중치
엄치(嚴治). 엄중히 다스림.

기롱
실없는 말로 놀림.

어름어름
일을 대충 적당히 하고 눈을 속여 넘기는 모양.

포달
암상이 나서 악을 쓰고 함부로 욕을 하며 대드는 일.

하며 문을 닫쳐 주고 가버렸다.

6

삼돌이는 앙심을 먹었다. 안협집을 어떻게 해서든지 한 번 골리리라는 생각이 가슴속에 *탱중하였다. 안협집은 독이 났다. 삼돌이란 놈 분풀이를 하려는 생각이 머리끝까지 올라왔다.

이튿날 동리에 소문이 났다.

"삼돌이란 놈이 뺨을 맞았다지! 녀석이 음침하니까."

"그렇지만 계집년이 단정하면 감히 그런 맘을 먹을라구!"

"그렇구말구! 제 행실야 판에 박은 행실이니까."

"지가 먼저 꼬리를 쳤던 게지."

이 소리가 바람에 떠돌아오자 안협집은 분하였다. 요조숙녀보다도 빙설 같은 여자인데 이런 누추한 소문을 듣는 것 같았다. 맘에 드는 서방질은 부정한 일이 아니요, 죄가 아니요, 모욕이 아니나 마음에 없는 놈에게 그런 소리를 듣고 당하는 것은 무서운 모욕 같았다.

그는 그 길로 삼돌의 주인 마누라에게로 갔다.

"삼돌이란 녀석을 내쫓이소."

주인은 벌써 알아채었으나 안협집 편은 안 들었다. 다만 어루만지는 수작으로,

"무얼 내쫓을 것까지 있소. 그만 일에…… 그저 눈감아 두지."

"왜 눈을 감는단 말이오?"

주인은 속으로 웃었다. '소 한 필을 달라면 줄지언정 삼돌이를 내

놔?' 하였다.

"내쫓아선 무얼 하우, 또."

'어림없는 년! 네가 떠들면 떠들수록 네 밑구멍 들춰서 남 보이는 것이라' 는 듯이 쳐다보며 맨 나중으로 아주 잘라 말을 해버렸다.

"나는 못 내보내겠소."

안협집은 분해서 집에 와서 머리를 쥐어뜯으며 울었다.

그리고 또 결심했다.

'두구 봐라. 너희들까지 삼돌이를 싸고도니! 영감만 와봐라.'

하루는, 딴은 영감이 왔다. 안협집은 곤두박질을 하면서 맞았다.

"에그, 어서 오슈."

노름꾼 김삼보는 눈이 똥그래졌다. 무슨 큰 좋은 일이나 생긴 것 같았다. 딴 때와 유달리 반가워하는 것이 의심스럽고 이상하였다.

방에 들어앉자마자 얼마나 땄느냐는 말도 물어 보지 않고 삼돌이란 놈에게 욕 당할 뻔하였다는 말을 넋두리하듯 이야기하였다.

"사람이 분해서 죽겠구려. 이것도 모두 영감 잘못 둔 탓이야. 오죽 영감이 위엄이 없어 보이면 그 따위 녀석이 그런 짓을 할라고…… 영감이라고 있으나 없으나 마찬가지지, 일 년 열두 달 계집이 죽거나 살거나 내버려두고 돌아만 다니니까."

영감은 픽 웃었다.

"왜 내 잘못인가. 오죽 행실을 잘 가지면 그 따위 녀석에게 그 꼴을 당한담."

김삼보는 분이 나지 않는 것도 아니었다. 그러나 계집의 소행을 짐작도 하려니와 그놈의 주먹도 아니 생각할 수가 없었다. 계집이 먹여 살리라는 말이 없고 이혼하자는 말만 없는 것이 다행해서 서방질을 해도 눈을 감아 주고 무슨 짓을 하든지 그저 코대답만 하여 주는 터이라 그런 소리가 귓전으로 들릴 뿐이다.

"내가 행실 잘못 가진 게 무어요?"

안협집은 분풀이라도 하여 줄 줄 알았더니 도리어 타박을 주므로 분한데 악이 났다.

"글쎄 무어야! 무엇? 어디 대봐요! 임자가 내 행실 그른 것을 보았소. 어디 보았거든 본 대로 말을 하시우."

딴은 김삼보는 집어서 말할 것이 없었다. 그는 그저 그런 눈치만 채었지, 반박할 증거는 잡은 것이 없다.

"본 거나 다름없지!"

"무엇이 본 거나 다름없어? 일 년 열두 달 계집이 죽거나 살거나 내버려두었다가 이제 와서 한다는 소리가 그것밖에 없어? 살기가 싫거든 그대로 살기 싫다고 그래! 사내답게. 왜 고만 냄새가 나지? 또 어디다가 계집을 얻어 논 게지."

"이년이 뒈지지를 못해서 기를 쓰나?"

"그렇다, 이놈아! 네까짓 녀석 아니면 서방 없을까 봐 그러니, 더러운 녀석!"

김삼보의 주먹은 안협집의 등줄기를 후렸다.

"이년, 그래도 잔소리야. 주둥이 좀 닫치지 못하겠니."

이렇게 서로 툭닥거리며 싸우는 판에 뒷집에서 삼돌이란 놈이 이 소리를 듣고서 가장 긴한 척하고 따라왔다.

"삼보 김서방, 언제 오셨소?"

하고 마당에 들어섰다. 김삼보는 그놈의 상판을 보니까 참았던 분이 꼭두까지 올라온다. 삼돌이는 제법 웃음을 띄우고,

“허허, 오래간만에 만나서 내외분 싸움이 웬일이시우?”

어디서 한잔을 하였는지 얼굴이 불콰하다.

김삼보는 눈을 흘겨 뚫어지도록 삼돌이를 쳐다보았다.

“이놈아! 남이 내외 싸움을 하든 말든 참견이 무어야?”

삼돌이란 놈은 주춤하였다. 그는 비지 같은 눈꼽이 낀 눈을 꿈벅꿈벅하더니,

“그렇게 역정 내실 것 무엇 있수. 말 좀 했기로…….”

“이놈아, 네가 아랑곳할 게 무어야?”

“아랑곳은 할 것 없어도 흥정은 붙이고 싸움은 말리랬으니까 말이오. 나는 싸움 좀 못 말린단 말이오?”

하고 술 냄새를 풍기며 다가앉는다.

“이놈아, 술을 먹었거든 곱게 삭여!”

이번에는 삼돌이란 놈이 빌붙는다.

“나, 술 먹고 어찌하든 김서방이 관계할 게 무어요.”

“이놈아! 남의 내외 싸움에 참견을 하니까 그렇지.”

주고받다가 삼돌이의 멱살을 김삼보가 쥐었다.

“이 녀석, 네가 무슨 뻔뻔으로 이 따위 수작이냐? 내 계집 이놈 왜 건드렸니?”

삼돌이는 조금 발이 저렸으나 속으로 흥 하고 웃었다.

“요까짓 게 누구 멱살을 쥐어? *앙징하게.”

하더니 김삼보의 팔을 잡아 마당에다가 내려갈기니 개구리 떨어지듯 캑 한다.

“요놈의 자식아! 내 말을 좀 들어 보고 말을 해! 네 계집 *험절을 모르고 맴비기만 하면 강산이냐? 이 동리 반반한 사내양반 쳐놓고 네 계

앙징하다
'앙증하다(제격에 어울리지 아니하게 작다)'의 잘못.

험절(險絶)하다
몹시 험하다.

집 건드리지 않은 놈이 없다. 이놈! 꼭 집어 말을 하라면 위에서 아래로 내리섬기마. 이놈, 너도 계집 덕분에 노자냥 노름밑천 푼 좋이 얻어 썼지. 그래 집이라고 오면서 볼받은 것이나마 옥양목 버선 벌이나 얻어 가지고 가는 것은 모두 어디서 나온 것으로 아니? 요 땅딸보 오리 궁둥아! 아무리 속이 밴댕이 같기로. 그리고 또 들어 봐라. 나중에는 주워먹다 못해서 뽕지기까지 주워먹었다.”

안협집이 파래서 달려든다.

“이놈! 네가 보았니!”

“보나 안 보나 일반이지.”

“이 녀석, 네 말을 듣지 않으니까 된말 안된말 주둥이질을 하는구나.”

동리사람들이 모여들었다. 안협집은 삼돌이에게 발악을 하고 김삼보는 듣고만 있다.

한참 있더니 듣다듣다 못하는 듯이 삼돌이란 놈이 안협집에게로 달려들며,

“이년이 뒈지려고 기를 쓰나?”

하고 주먹을 들었다. 동리 사람들이 호령을 하고 말렸다.

“이놈! 저리 얼른 가거라!”

이놈은 변명을 하며 뻗딩겼다. 그러나 여러 사람에게 끌려 저리로 가버렸다.

사람이 헤어지자 노름꾼은 계집의 머리채를 잡았다.

그는 삼돌이에게 *태질을 당한 것이 분하였다. 그뿐 아니라 그렇게까지 계집년의 행실을 온 동리에서 아는 것이 분명하였다.

“이년! 더러운 년! 뽕밭에는 몇 번이나 갔니?”

발길로 지르고 주먹으로 패고 머리채를 잡아당기고 땅에다 질질 끌었다. 그는 이를 갈고 어쩔 줄을 몰랐다. 계집은 울고 발버둥질을 쳤다.

"죽어라! 죽여!"

"그럼 살려 줄 줄 아니? 이년! 들어앉아서 하는 게 그런 짓밖에는 없어."

김삼보는 자기의 무딘 팔다리가 계집의 따뜻하고 연한 몸에 닿을 때에 적지 않은 쾌감을 느끼었다. 그는 그럴수록 더욱 힘을 주어 때리도록 속에 숨겨 있던 잔인성이 북받쳐 올라왔다.

맞은 안협집은 당장에 죽을 것 같았다. 그는 생각하기를 이왕 이리 된 바에야 모두 말해 버리고 저하고 갈라서면 고만이지 언제는 귀밑머리 풀고, *사주단자 보내고, 사당에 예배드린 내외냐. 저는 저고 나는 난데, 왜 이렇게 때리노? 하는 맘이 나며,

"이것 놔라! 내 말하마!"

하고 머리를 붙잡았다.

"뽕밭에는 한 번밖에 안 갔다. 어쩔 테냐?"

삼보는 더욱 머리채를 잡아챘다.

"이년! 한 번?"

이번에는 더 때렸다. 안협집은 말한 것이 후회가 났다. 삼보는 그래도 거짓말을 한다고 그대로 엎어 놓고 짓밟았다. 안협집은 기절을 하였다. 삼보는 귀로 안협집의 숨소리를 들어 보았다. 그러나 숨소리가 없다. 그는 기겁을 하여 약국으로 갔다. 그의 팔다리는 떨렸다. 그가 의사에게서 약을 지어 가지고 왔을 때 안협집은 일어나 앉아 있었다. 삼보는 반가웁기도 하고 분하기도 하여 약을 마당에 팽개쳤다. 그리고 밤새도록 서로 말이 없었다. 이튿날은 벙어리들 모양으로 말이 없이

사주단자
혼인이 정해진 뒤 신랑 집에서 신부 집으로 신랑의 사주를 적어서 보내는 종이.

서로 앉아 밥을 먹고, 서로 앉아 쳐다보고, 서로 말만 없이 옷도 주고 받아 갈아입고 하루를 더 묵어 삼보는 또 가버렸다. 안협집은 여전히 동리집 공청 사랑에서 잠을 잤다. 누에는 따서 삼십 원씩 나눠 먹었다.

『개벽』, 1925. 12.

나도향 단편선

지형근

<h1 style="text-align:center">1</h1>

꽈리

　지형근(池亨根)은 자기 집 앞에서 *괴나리봇짐 질빵을 다시 졸라매고 어머니와 자기 아내를 보았다.

　어머니는 마치 풀 접시에 말라붙은 풀껍질같이 쭈글쭈글한 얼굴 위에 뜨거운 눈물 방울을 떨어뜨리며 아들 형근을 보고 목메이는 소리로,

　"몸이 성했으면 좋겠다마는 *섬섬약질이 객지에 나서면 오죽 고생을 하겠니. 잘 적에 더웁게 자고 음식도 가려 먹고 병날까 조심하여라! 그리고 편지해라!"

하며 느껴 운다.

　형근의 젊은 아내는 돌아서서 부대로 만든 행주치마로 눈물을 씻으며 코를 마셔 가며 울면서도 자기 남편을 마지막 다시 한 번 보겠다는 듯이 훌쩍 고개를 돌리어 볼 적에 그의 눈알은 익을 둥 말 둥한 꽈리같이 붉게 피가 올라왔다.

　"네, 네!"

　형근은 대답만 하면서 얼굴빛에 섭섭한 정이 가득하고 가슴에서 북받치는 눈물을 참느라고 코와 입과 눈썹이 벌룩벌룩한다.

　동리 사람들이 그 집 문간에 모두 모여 섰다. 어렸을 적 친구들은 평생 인사를 못 해본 사람들처럼 어색한 어조로 인사들을 한다.

　어떤 사람은 체면치레로 말 한마디 던져 버리고 그대로 돌아서 저쪽에 가 서는 사람들도 있지마는, 어떤 늙은이는 머리서부터 쓰다듬어 내려 마치 어린애같이 볼기짝을 두드리면서,

　"응, 잘 다녀오게, 돈 많이 벌어 가지고 오게. 허어, 기막힌 일일세.

자네 같은 귀골이 노동을 하려고 집을 떠나간다니 자네 어른이 이 꼴을 보시면 가슴이 막히실 일이지."

하는 두 눈에서는 진주 같은 눈물이 괴어 오르다가 흰 눈썹이 섬세하고 쌍꺼풀이 진 눈을 감았다 뜰 때 희끗희끗한 눈썹 위에는 눈물이 구을러 맺힌다. 노인이 우는 바람에 어머니와 아내의 울음 소리는 더 잦아지며 동리집 노파들도 눈물을 씻고 젊은 장정들은 초상집에 가서 상제 우는 바람에 부질없이 나오는 울음을 참으려는 것같이 코들만 들이마시기도 하고 눈만 *습벅습벅하고 있다.

형근도 눈물을 씻으며 어머니께 인사를 하고 다시 동리 사람을 향하여 작별을 하였다.

자기 아내는 도리어 보는 것이 마음을 약하게 하여 주는 것이며 장부의 할 만한 짓이 아니라는 듯이 보지도 않고 돌아서서 동구로 향하였다. 동리 늙은이와 자별한 친구들은 뒤를 따라와 주며, 어린아이들은 마치 출전하는 장군 앞에 선 군대들같이 앞에도 서고 뒤에도 서서 따라온다.

밤나무

형근은 가다가 돌아다보고 또 가다가 돌아다보았다. 얼마큼 오니까 아이들도 다 가고 따라오던 사람들도 다 흩어지고 자기 혼자몸이 고개 마루턱에 올라섰다.

느티나무

뒤를 돌아다보니 자기가 살던 이십여 호밖에 보이지 않는 촌락이 밤나무 느티나무 사이에 섞여 있다. 자기 집 앞에는 사람들이 흩어지고 어머니와 자기 아내만 여전히 자기 뒤를 바라보고 섰다.

메뚜기

그는 여태까지 나지 않던 눈물이 어디서 나오는지 폭포같이 쏟아진다. 아침해가 기쁜 듯이 잔디 위 이슬에서 오색 빛을 반사

하고 송장메뚜기가 서 있는 감발 위에 반갑게 튀어 오르나 그것도 보이지 않는다.

분홍 저고리에 남 조각으로 소매에 볼을 받아 입고 *왜반물 치마에 부대쪽 행주치마를 입고 백랍 비녀에 가짜 산호반지를 낀 자기 아내 생각을 할 제 스물두 살 먹은 이 젊은 사람의 가슴은 터질 것 같았다.

그는 한 발자국에 돌아서고 두 발자국에 돌아섰다.

멀리 보이는 자기 집은 아침해의 그늘이 비추인 산모퉁이에 가리어 보이지 않는다.

왜반물(倭--)
남빛에 검은빛이 섞인
물감.

2

그는 오 리쯤 가서 단념하였다.

"내가 계집에게 마음이 *끄*을려서 이렇게 약한 마음을 먹다니!"

그는 마치 번개같이 주먹을 내흔들었다. 그리고 벌건 진흙이 묻은 발을 땅이 꺼져라 하고 더벅더벅 내놓았다.

그는 고개를 쳐들었다. 가슴을 내놓았다. 하늘은 한없이 높이 개었는데 넓은 벌판 한가운데 신작로로 나서니까 그 가슴속에는 끝없는 희망이 차는 듯하였다.

가면 된다. 이대로 가기만 하면 내 주먹에 지전 뭉텅이를 들고 온다. 그는 열흘 갈 길을 하루에 가고 싶었다.

그때 강원도 철원군에는 팔도 사람이 다 모여들었었다. 그 모여드는 종류의 사람인즉 어떠냐 하면 대개는 시골서 소작농들을 하다가 동양 척식회사에서 소작권을 잃어버린 사람이 아니면 [*]일확천금의 꿈을 꾸고 허욕에 덤빈 사람들이었다.

그것은 철원에 수리조합이 생기며 그 개간공사로 노동자를 사용하는 까닭도 있지만 금강산(金剛山) 전기철도가 놓이며 철원은 무서운 속력으로 발전을 하는 데 따라서 다소간의 금융이 윤택하여지며 멀리서 듣는 불쌍한 사람들의 마음들을 충동이어 '나도 철원, 나도 평강(平康)'하고 덤비게 된 것이다.

노동자가 모이어 주막이 늘고 창기가 늘었다.

자본 있는 자들은 노동자가 많이 모여들수록 임금을 낮춰서 얼마든지 그들의 기름을 짜내었다. 그러나 그렇게 기름을 짜낸 돈은 또 주막과 창기가 짜내었다. 남은 것은 언제든지 빈주먹이었다.

평화스런 철원읍에는 전기철도라는 괴물이 생기더니 풍기와 질서는 문란할 대로 문란하여졌다.

그래도 경상도, 경기도 여기저기 할 것 없이 모든 것을 잃어버린 불쌍한 농민들은 요행을 바라고 철원, 평강으로 모여들었다.

지형근도 지금 그러한 괴물의 도가니, 피와 피를 빨고 짓밟고 물어

뜨고 볶는 도가니를 향하여 가며 가슴에는 이상의 꽃을 피게 하고 있는 것이나 마치 절벽 위에서 신기루에 홀려서 한걸음 두걸음 끝을 향하여 나가는 것이다.

그는 오십 리를 못 가서 발이 부르텄다. 그는 한 시간에 십 리를 걸었다 하면 지금은 그것의 절반 오 리도 못 걸었다.

그는 발 부르튼 것을 길가에 서서 지긋지긋 눌러 보며 혼자 속으로,

'흥, 올 적에는 기차 타고 온다. 정거장에서 집까지가 오 리밖에 안 되니 그때는 잠깐 걷지…….'

그러나 그는 주머니 속을 생각하여 보았다. 발병이 나지 않고 그대로 줄창 잘 걸어간다 해도 닷새나 돼야 들어갈 것이다. 그러면 주머니에 있는 행자는 얼마냐? 빠듯하게 쓰고도 남을지 말지 하다.

해는 져간다. 가슴에서는 공연히 무서운 생각이 났다. 만일 발병이 더하여 길을 못 가게 되면 어찌하나.

그는 용기가 줄어들고 희망에 구름이 끼는 것 같았다.

그는 비척비척 맥이 없이 걸어가며 궁리해 보았다. 그는 자기가 가는 길가에 아는 사람의 집을 모조리 생각해 보았다.

말할 만한 집이 하나도 없었으나 거기서 한 십 리쯤 샛길로 휘어 들어가면 거기 큰 촌이 하나 있었다. 그 촌 이름을 여기에 쓸 필요가 없으매 그만두지마는 그 촌에는 자기 아버지가 한참 호기 있게 돈을 쓰고 그 근처 읍에 이름 있는 부자로 있을 때 소작인으로 있던 사람이 생각난다.

그는 그를 자기 집 사랑에서 자기 아버지 앞에 황송한 태도로 앉아 있는 것을 보기는 보았을지라도 그의 집을 찾아간 일은 물론 없었다.

'옳지…….'

형근은 무릎을 쳤다.

'김서방을 찾아가면 얼마간이라도 돌릴 수가 있을 터이지, 거저 달래는 것인가? 돌아올 때 갚을걸!'

그는 김서방의 상전이란 관념이 있다. 옛날에 자기 아버지의 은덕으로 살아간 사람이니까 은덕을 베푼 자의 아들의 편의를 보아 주는 것도 떳떳한 일이라 하였다.

즉 자기 마음이 그러니까 남의 마음도 그러하리라 하였다.

그는 *허위단심 김서방 집을 찾았다. 그 집 앞에는 훤한 논과 밭이 있고 집은 대문이 컸다.

주인을 찾으매 정말 김서방이 나왔다. 김서방은 반가워하면서도 놀랐다.

"이게 웬일야?"

김서방은 존대도 아니요 하대도 아니요 어리벙벙하게 말을 해버린다. 형근은 이것이 의외였다. 아무리 세상이 망해서 내가 제 집을 찾아왔기로 어디를 보든지 말버릇이 그렇게 나오지는 못할 것이었다.

"어서 들어가세."

이번에는 하게가 나왔다. 형근의 얼굴은 노래졌다가 다시 붉어졌다.

그는 대답이 없었다. 마당에 서서 해만 바라보았다. 해는 벌써 저쪽 서산 위에 반쯤 걸리었다.

그러나 그는 단념하였다. 자기가 노동을 하러 괴나리봇짐을 지고 나가는 이 시대에서는 무엇보다도 돈이 있어야 한다. 돈만 있으면 무엇이든지 된다. 양반도 되고 남을 부릴 수도 있으니까 자기도 돈을 벌어서 다시 옛날의 문벌을 회복하고 남도 부려 보리라 하였다. 그러니까 지금은 참아야 한다. 숙명적으로 그는 자기가 이렇게 된 것이니까 단념하지 않을 수가 없었다.

옛날에는 문벌만 있으면 무슨 짓—사람을 죽이고도 무사하였던 것이나 마찬가지로 지금은 돈만 있으면 무슨 짓이든지 괜찮다는 관념이 한층 깊어지며 그는 얼핏 목적지에 가서 돈을 벌어 가지고 오고 싶었다.

그는 분을 참고 그 집에서 잤다. 김서방은 옛날의 어린 주인을 잘 대접하였다. 그는 밥상을 내놓으면서도 웃고, 정한 자리를 펴주면서도 웃었다. 또는 떠날 때도 종종 들르라고 하면서 웃었다.

김서방은 지금처럼 만족하고 좋은 때가 없었다. 그것은 다른 것이 아니라 여태까지 자기가 깨닫지 못하였던 자랑을 깨달은 까닭이다. 즉 옛날에 자기가 고개를 숙이던 사람의 자식이 자기 집에 와서 숙식을 빌게 될 만큼 자기가 잘된 것에 만족한 것이었다.

형근은 또 주저주저하였다. 어젯밤부터 궁리도 하여 보고 분한 생각에 단념도 하여 보고 다시 용기도 내어 보던 돈 취할 일, 가장 중대한 일이 그대로 남은 까닭이었다.

그는 눈 딱 감고,

"여쫍쇼!"

하였다. 그는 목소리가 떨리며 자기가 얼마나 비열하여졌는지 스스로 더러운 생각이 났다.

말을 하였다. 김서방은 벌써 알아챘다는 듯이 또 웃으며 생색내고 ※소청한 돈의 삼분지 이를 주었다.

형근은 그 돈을 들고 나오며 분개도 하고 욕도 하고 또는 홀연한 생각이 나서 정신없이 앞만 보고 갈수록 그는 돈이 얼마나 필요한가를 새삼스러이 느끼는 것 같았다.

3

형근은 다리로 자기가 걸어온 것이 아니라 팔과 머리로 다리를 끌어온 것 같았다.

그는 예정보다 사흘이 늦어서 철원에 도착하였다. 그는 한 다리를 건너면서 두 팔을 벌릴 듯이 반가워하였다. 그는 자기더러 오라고 편지를 한 동향 친구를 찾아가서 지금까지 지고 온 봇짐을 벗어 놓을 때 그는 모든 괴로움과 압박에서 벗어나는 듯하였다.

그러나 그의 짐을 벗어 놓은 것은 어깨를 가볍게 함이 아니라 그 위에 더 무거운 짐을 지우기 위함이었다.

그는 자기 친구를 찾았을 때 여간한 환멸을 느끼지 않았다.

우선 그가 있는 집이라는 것은 마치 짐승의 우릿간과 같은데 거기서 여러 십 명 사람들이 도야지들 모양으로 옹기종기 모여 있었다.

땅을 파고 서까래를 버틴 후 그 위에 흙을 덮고 약간의 지푸라기로 덮어 놓은 것이 그들의 집이다. 방 안에는 발에는 감발이며 다 떨어진 진흙 묻은 양말조각이 흐트러 있고 그 속은 마치 목욕탕에 들어간 것 같이 숨이 막힐 듯한 냄새가 하나 가득 찼었다.

물론 광선이 잘 통할 리가 없었다. 캄캄하여 눈앞을 잘 분별할 수 없는 그 속에는 사람의 눈들만 이리 굴고 저리 굴고 하였다. 그는 손으로 더듬어서 그 속을 들어갔다.

발길에는 사람의 엉덩이도 채어지고 허구리도 건드려졌다. 그럴 적마다 그들은 굶주린 맹수 모양으로 악에 바친 듯이 소리를 질렀다.

그는 친구의 권하는 대로 자리에 앉았다. 그리고 여러 사람들에게 인사를 시켰다.

새로이 온 사람이라고 여러 사람들은 절을 하다시피 반가워하였다. 저 구석에서 다섯 *직째나 *학질을 앓던 사람까지 일어나 인사를 하고 눕는다. 그들에게는 이 새로이 온 친구가 반가운 동무라고 함보다도 다시없는 미끼(餌) 였다.

그들은 새로 온 사람의 노자냥 남은 것을 노리어서 그것으로 다만 한때라도 탁주 몇 잔, 육회 몇 접시를 *토색하기 위하여 자기네의 갖은 아첨과 갖은 친절을 다하는 것이다.

어떠한 사람은 동향 사람이라고 가까이하려 하였다. 또 어떤 사람은 동성동본이라고 친절히 하였다. 또 어떠한 사람은 어려서 자기 아버지와 형근의 아버지와 친하였다고 *세교라고 늦게 만난 것을 탄식하였다.

이래서 형근은 처음 이 움 속에 들어올 적에 느끼던 환멸이 어느덧 신뢰하는 마음과 이상과 기쁨으로 가득 차버렸다. 그날 저녁에 노자푼 남은 것으로 그 근처 선술집에서 두서너 사람과 탁주를 먹으려 편지하던 친구에게 물었다.

"자네는 그 동안에 돈 좀 모았나?"

"아직 모으지는 못하였네. 그러나 인제 수 생길 일이 있지."

친구는 당장에 수만금 재산을 한손에 움켜쥘 듯이 말을 하였다. 그것도 그럴 것이 그는 아직까지도 황금덩어리가 멀지 않은 장래에 자기 손 속에 아니 들어올 리가 없으리라고 생각하는 까닭이다.

"설마 천 리 타향까지 나왔다가 맨손 들고 들어가겠나? 지금은 좀 고생이 되지마는 그래도 잘 부비대기를 치면 돈 몇백 원쯤이야 조반 전에 해장하기지."

형근은 또 가슴속이 든든하여지며 이번에는 걸쭉한 막걸리는 그만

두고 입 가볍고 상긋한 약주를 청하였다.

"그러나저러나 여러 형님네가 저를 위해서 어떻게 힘을 좀 써주셔야겠습니다. 형님들은 저보다야 경험도 많으시고 또 그런 데 길도 좋으실 테니까요."

형근은 눈이 거슴츠레해서 안주를 들며 말을 하였다.

"아따, 염려 마시우. 내나 그 형이나 이런 데 와서 고생하기는 마찬가진데 서로 형제나 친척같이 생각할 것이 아니오."

그 중에 머리 깎고 지카다비 신고 *행전 친 노동자가 대답을 하였다.

"그럼 저는 *형장만 꼭 믿습니다."

"글쎄 염려 말아요."

그날 저녁 그는 여러 가지 진기한 것을 보았다. 번화한 시가도 보고 또 술 파는 어여쁜 계집도 보았다. 그리고 여기서 쓰는 말이며 습속을 배웠다.

그는 어리둥절한 가운데에도 속이 느긋하고 만족하여 그대로 하루 저녁을 그 움 속에서 자고 났다. 그는 고린내 나는 발이 자기 코 위에 올려 놓고 허구리를 장작개비 같은 발이 들이 질러도 그것이 화가 나지 않고 그 여러 사람을 오히려 동정하고 불쌍타 하는 생각을 가졌었다. 이들도 지금에는 이렇게 고생을 하지마는 나중에는 모두 돈들을 벌어 가지고 고향으로 돌아가면 호강할 친구들이라고 생각하였다.

그 이튿날 새벽 다섯 시가 되더니 그 같이 자던 사람 중에서 서너 사람은 눈을 비비고 어디로인지 가는 것을 보았다. 그는 어제 자기가 올 적에도 보지 못한 사람이요, 또는 어느틈에 들어왔는지도 알지 못하는 사람들이었다. 그가 나갈 적에 누구 한 사람 인사하는 일도 없고 눈 한 번 거들떠보는 사람도 없었다.

행전(行纏)
바지나 고의를 입을 때 정강이에 감아 무릎 아래 매는 물건. 반듯한 헝겊으로 소맷부리처럼 만들고 위쪽에 끈을 두 개 달아서 돌라매게 되어 있다.

형장(兄丈)
나이가 엇비슷한 친구 사이에서, 상대편을 높여 이르는 이인칭 대명사.

그들이 나갈 적에 부산한 바람에 옆엣사람들이 잠을 깨었다가 그들이 다 나가는 것을 보고,

"간나웨자식들, 나가면 곱상스리 나갈 것이지."

하고 투덜대는데 그의 눈은 무서웠다. 마치 됐다 만나자는 원수를 벼르는 것 같았다. 형근은 그것을 보고 그와 눈이 마주칠까 보아서 눈을 얼핏 감고서 아무리 생각하여 보아도 그러할 리가 없었다. 자기에게는 그렇게 친절히 하던 사람들로는 결단코 하지 않을 일이었다. 그는 그 노동자의 질투를 몰랐으므로 이런 의심을 품었었으나 누구든지 이러한 사회에 있으면 그렇게 험상스럽게 될 수 있을 것을 몰랐던 것이다.

그가 다시 실눈을 뜨고 방 안을 슬그머니 둘러볼 적에는 젖뜨려 놓은 싸리 거적문으로 아침 햇발이 붉은빛을 띠고 들이비치는데, 그 해가 비치는 싸리 거적 위에서는 아까 그 불량한 노동자가 코를 땅에다 대고 코를 고는 바람에 땅바닥의 먼지가 펄썩펄썩 일어났다.

아침에 일어나자 어저께 그 지카다비 신고 각반을 쳤던 노동자가 형근을 깨웠다.

"세수하시우."

그는 세수 *옹배기에 물을 떠서 움 밖에 놓았었다. 형근은 황송하고 고맙다는 말을 하고 세수를 하였다. 그리고 아침 먹는 곳을 물었다.

"나만 따라오시우."

형근은 자기 친구(편지한 친구)를 찾으려 하였으나 그자의 수선 바람에 그대로 끌려갔다.

술집에 가서 해장술에 술국밥을 먹었다. 시골서는 먹어 보지도 못하던 것인데 값도 꽤 싸다 하였다. 물론 돈은 형근이가 치렀다. 인제는 주머니 밑천이라고 은화 이십 전 하나하고 동전 몇 푼이 남았을 뿐이

다. 그러나 그는 내일은 일구멍이 생기겠지 하였다.

　돌아오는 길에 그자는 형근의 행장에 무엇이 있는가 물었다. 그는 조선무명 홑옷 두 벌과 모시 두루마기 두 벌과 삼승버선이 한 벌 있다 하였다.

　그것은 자기 집안이 풍족할 때 자기 아버지가 장만하여 두고 입지 않고 넣어 두었던 것을 이번에 자기 아내가 행장에 넣어 주었던 것이라 그것이 그에게는 다시없는 치장이요 또는 문벌 자랑거리였다. 그자는 그 말을 듣더니 코웃음을 웃으면서 형근을 비웃었다.

　"그까짓 것은 무엇에 쓴단 말이오, 여보!"

　형근이 자기 속으로는 무척 자랑삼아 말한 것이 당장에 핀잔을 받으니까 무안하기도 한 중에 또 이상스러웁고 놀라웠다. 이런 곳에서는 그런 것쯤은 반푼 어치의 값이 없나 보다 하는 생각을 하니까 자기의 말한 것이 창피하기도 하고, 이제는 자기가 무슨 사치하고 영화스러운 생활을 할 수 있게 되었나 보다 할 때 즐거웠다.

그날 저녁에 형근은 지카다비 신은 사람에게 끌려 나왔다.

그가 저녁을 같이 먹으러 가자 하면서 끝엣말에다가,

"내가 한턱 씀세."

하였다.

형근은 막걸리 서너 잔에 얼근하였다. 두 사람이 술집에서 나와서 서너 집 지나오다가 그자는 형근을 툭 치며,

"여보, 일구녕 뚫어 놨쇠다."

하였다. 형근은 눈이 번쩍 띄었다.

"어디요?"

"허허, 그렇게 쉽게 알으켜 주겠소? 한턱 쓰소."

형근은 좋기는 좋지마는 한턱 쓰라는 데는 아무 말도 하지 못하고 다만,

"허허."

하고 반벙어리처럼 한탄 비슷한 대답을 하였을 뿐이다. 그런즉 이런 ※어리보기쯤야 하는 듯이 두서너 번 까불러 보다가 그자가 미리 묘책 하나를 알려 주었다.

그들은 공연히 빙빙 장거리로 돌면서,

"그렇게 합시다. 그까짓 것 무슨 소용 있소. 땀 한 번 배면 고만일걸. 돈푼이나 수중에 들어오거든 양복 한 벌을 허름한 것 사입어요. 그러면 더럼 안 타고 오래 입고 어디 나서든지 대우받고 좀 좋소? 여기서 조선옷 입는 사람들야 헐수할수없는 사람들이나 입지 노형 같은 젊은 이가 뭘 못 해본단 말요. 그렇게 합시다."

형근은 그자의 말대로 곧 귀를 기울일 수는 없었다. 일이 너무 크고

자기의 이성으로는 판단하여 결단하기가 대단히 어려운 까닭이다.

그는 이럴까 저럴까 난처한 생각으로 다만,

"글쎄요, 글쎄요."

하기만 하며 둥싯둥싯 그자의 뒤만 따라다녔다. 그러니까 그자는 화를 덜컥 내며,

"여보, 이런 데 와서는 매사에 그렇게 머뭇거리다가는 안 돼요. 여기가 어떤 덴데 그렇소, 엥? 난 모르오. 엑, 맘대로 하소."

하고 홱 가버리려 하니까 형근은 약한 마음이라 하는 수 없이 그자를 다시 불러,

"그렇게 역정야 낼 것 무엇 있소. 좋을 대로 하십시다그려."

"글쎄, 좋을 대로 누가 하지 않는댔소. 노형이 자꾸 느리배기를 부리니까 그렇지."

옷을 팔았다.

4

형근은 친구에게 끌려서 어떤 앉은술집으로 들어갔다. 그 친구가 두루마기 판 것을 자기 손에 쥐어 줄 줄 알았더니 그것도 그렇게 하지 않고 첫걸음에 가는 곳은 이화(梨花)라는 여자가 술을 파는 내외 술집이었다.

"나만 따라오시우. 내 어여쁜 색시 구경을 시켜 줄 터이니!"

어깨가 으쓱하여지며 두 눈을 찡긋찡긋하는 그자의 뒤를 따라가며 어여쁜 색시라는 말을 들으니까 속으로는 당길심도 없지 않았으나 첫

째 노는 계집 옆에를 가보지 못한 것은 말할 것 없고 그런 종류의 여자라면 겁부터 집어먹을 줄밖에 모르는 그는 가슴이 두근두근하여질 뿐이다.

"이런 데를 오면은 계집 다루는 것도 배워야 합니다."

형근이 쭈뼛쭈뼛하는 것을 보고 그자는 속으로 '네가 아직 철이 안 났구나!' 하는 듯이 코웃음 섞어 말을 하였다.

형근은 그래도 속에는 빳빳한 맛이 있어서 그자에게 멸시를 당하는 것이 창피도 하고 분하기도 하나 사실 뻗딩길 자신도 없었다. 그는 그저 우물쭈물하며 그 뒤를 따라갈 뿐이다. 그렇지만 따라가기는 하면서도 몹시 조심이 되고 조마조마한 생각이 나며 자기 몸에 창피한 곳이나 없나 하는 생각이 나서 걱정이었다.

마루 앞까지 서슴지 않고 들어선 그자는,

"여보, 술 파우!"

하고 소리를 높여 제법 의젓하게 주인을 부르더니 서투른 기침을 하였다.

안방에서는 여러 사람들이 술이 취하여 장거리의 장꾼들처럼 제각기 떠들다가 그 소리에 떠들던 것까지 뚝 그쳤다.

그 왁자지껄하던 무딘 남자들의 거친 목소리를 좌우로 물결 헤치듯이 좍 헤치고 복판을 타고 나오는 연한 목소리는 주인의 목소리였다.

"네, 나갑니다."

이 소리를 듣더니 그자의 눈은 끔뻑하여졌다. 그러더니 형근을 한 번 본 후에,

"이건 손님이 왔는데도…… 아무두 없소?"

하고 짐짓 못 들은 체하고 이번에는 더 높은 소리를 질렀다.

“나갑니다.”

하고 그 여자는 소리를 질렀다. 그러더니 문이 열리며 그 여자의 치맛자락이 문에 스치며 나오는 것이 보였다.

“어서 오십시오, 저 건넌방으로 들어가시지요.”

형근의 눈에는 머리를 치거슬러 빗어 왜밀칠을 하여 지르르 흐르게 하고 횟박 쓰듯 분을 바르고 값 낮은 연지를 입에다 칠하고 금니한 이 사이에서 껌을 딱딱 씹으며 나온 그 이화라는 여자가 몹시 아름다웁게 보일 뿐 아니라 지르신은 버선까지 유탕한 마음을 일으키게까지 하였다.

그자는 이화라는 여자를 보더니,

“오래간만일세그려!”

하며 그 손을 잡았다. 그것은 나는 이렇게 이런 이화 같은 미인과 능히 수작을 하며 손목을 잡을 만한 자격과 수단이 있다는 것을 지형근에게 자랑하고 싶었던 것이었다.

“글쎄요.”

이화라는 여자는 아무렇지도 않은 머리를 다시 만지면서 ‘마뜩지 않게 네가 웬 허게냐’ 하는 듯이 시덥지 않은 어조로 대답을 하여 버렸다.

“그런 게 아니라 이 친구허구 술이나 한잔 나눌까 하고 해서 왔지.”

연해 생색을 내려고 하면서 이화에게 아첨을 하려는 듯이 쳐다본다.

“어서 건넌방으로 들어가세요.”

두 사람은 건넌방으로 들어갔다. 그자는 슬그머니 형근을 보더니,

“어떻소? 괜찮지. 소리 한번 시킬 터이니 들어 보시우.”

상을 들고 이화가 들어왔다. 형근의 눈에는 내외 술집에서 한 *순배에 사오십 전 하는 술상이 얼마나 풍부하고 진미인지 몰랐다.

순배
술자리에서 술잔을 차례로 돌림. 또는 그 술잔

그는 어려서 자기 집이 상당한 재산을 가지고 지
낼 적에도 이러한 음식을 자기 앞에 차려 주는 것
을 먹어 본 일이 없었다.

그는 구미가 동하기보다는 덜컥 가슴이 내려앉
았다. 이 비싼 술값을 어떻게 치를까? 그는 속이
초조해지면서 겁이 났으나 나중으로 그자를 믿었
다. 믿었다는 것보다는 내가 아니, 너 알아 하겠지
하는 마음이 나기는 났으나 그래도 속이 편치는 못
했다.

우선 술잔이 자기에게 돌았다. 형근은 마치 남의
집 부인을 보는 것 모양으로 그 여자를 바라보지
못하다가 술잔을 들면서 바로 보았다.

형근은 그 술 붓는 여자를 이제야 비로소 똑바로
보았다 하여도 거짓말이 아니었다.

형근은 그 여자를 보고 마치 뜻하지 아니한 곳에서 뜻한 사람을 만
난 것같이 놀라지 아니치 못하였다. 반가웁다 하면 반가운 일이요, 괴
변이라 하면 이런 괴변이 또 어디 있으랴.

그 여자는 형근의 고향에서 한동리에 자라난 여자다. 그래도 행세깨
나 한다고 하여 어려서부터 *규중에 들어앉아 배울 것이란 남겨 놓지
않고 배우고 읽힐 것이란 모조리 읽히더니 불행히 그가 열세 살 되던
해 아버지가 돌아가고 홀어미 혼자 그 딸을 길러 오는데 본시 청빈한
집안이라 일가 친척이 있기는 있지마는 인심이 점점 강박하여짐을 따
라 돌아보는 이 없으므로 그 여자가 열네 살 되던 해 그 어머니는 딸을
데리고 자기 친정 오라버니를 따라갔다.

어려서 이웃집에 살았으므로 서로 보고 알아서 말은 서로 하지 않았으나 낯은 서로 익었었던 것이라 지금 보니 노성은 하였으나 어렸을 때 모습이 조금도 변하지 않고 남았었다.

형근은 뚫어지게 자세히 보고 싶으나 피차 *면구한 일이라 슬금슬금 틈을 타서 이리저리 뜯어보면 뜯어볼수록 옛날의 모습이 더욱더욱 분명히 나타난다.

그러나 만일 참으로 이서방 댁 규수라 하면 나를 몰라볼 리가 없는데 나를 보고 그래도 기척이라도 있었을 것이 아닌가.

그는 썩 감개가 무량하여지면서 또는 기가 막힌다는 듯이 술상 귀퉁이에 고개만 숙이고 무슨 생각인지 정신없이 앉아 있었다.

같이 간 그자는,

"여보, 노형은 무슨 생각을 그리 하슈?"

하며 형근을 본즉, 형근은 고개를 들다가 다시 이화를 한번 보더니 그자를 보고,

"뭐 별로이 생각이라고는 하지 않소이다."

"허허, 그럼 왜 고개를 숙이고 계시단 말이오? 대관절 주인하고 인사나 하시우."

형근은 이런 인사를 해본 일이 없으므로 속으로 몹시 조심을 하고 창피한 꼴을 당하지 아니하리라 하였다. 그래서 우선 속을 가다듬느라고 서투른 기침 한 번을 하였다.

솜씨 있는 이화의 통성명하는 것을 받아 어색한 형근의 인사가 있은 후 형근은 이화에게 고향을 물었다.

"고향이 어디슈?"

"○○예요."

“그럼 ○○동리 살지 않으셨소?”

“네.”

“그럼 지○○ 댁을 아시겠소?”

“아다뿐예요. 바로 이웃해 살았는데요. 떠나온 지가 하도 오래니까, 지금도 여태 거기 사시는지요?”

“살지요. 그런데 당신 아버지가 당신 어려서 작고하셨지요?”

“네, 그런 것까지 어떻게 아세요?”

“알죠. 그럼 나를 혹시 못 알아보시겠소?”

이화는 한참이나 다시 자세히 들여다보더니 그래도 알아보지 못한 듯이 고개만 갸웃하고 있다.

“글쎄요, 퍽 많이 뵌 듯하지마는 생각이 잘 나지 않는데요. ○○동리 사셨에요?”

“허허, 너무 오래되어서 그렇게 잊은 것도 *용혹무괴한 일이지마는 이웃해 살던 사람을 몰라본단 말이오? 내가 지○○의 아들이오.”

이화의 눈은 동그래질 대로 동그래지며,

“네!?”

하고 말이 안 나오는 모양이다.

형근도 자기 신세가 이렇게 된 것을 알리기가 부끄럽다는 듯이 말이 없이 앉았고, 그자는 둘이 안다는 것이 신기하다는 듯이 손뼉을 치며,

“아, 그래 서로 알았던가? 그것 참 신소설 같군.”

하는 두 눈에는 질투가 숨은 웃음이 어리었다.

“그런데 여기는 어째 오셨어요? 그렇지 않아도 처음부터 낮은 익어 보이었으나 지주사실 줄야 꿈엔들 알았을 리가 있어요.”

“나 역시 그럴싸하기는 하지마는 어디 분명치가 못하니까 속으로는

용혹무괴(容或無怪)
혹시 그런 일이 있더라도 괴이할 것이 없음.

반가우나 말을 못 한 거 아니오."

형근은 세상을 몰랐다. 그가 고향에서 옛날에 알던 규수(지금의 창녀)를 만나 반가웁기가 한량이 없었지마는 다시 생각하니 아니꼽고 고개를 내두를 만큼 더러웠다.

그는 옛날 일로부터 오늘 이 자리까지 이 이화라는 창녀의 신변을 두르고 싼 환경의 물결이 어떻게 어떠한 자극과 영향을 주고 또는 질질 끌어다가 여기까지 왔는지를 해부하고 관찰하고 판단할 능력이 없었다. 그는 다만 단순한 직관과 박약한 추측으로 경솔한 독단을 내리어 인간을 *평정(評定)하여 버릴 뿐이었다.

이화가 오늘 이 자리에 앉았는 것도 그것이 다른 사회적으로 더 큰 원인이 있는 것은 생각할 여지도 없이 이화 자신이 말할 수 없는 잘못 죄악을 범행한 까닭으로 오늘 이렇게 된 것이라고밖에 생각지 못하였던 것이다.

그러한 관념으로 이화를 볼 때 형근의 눈에는 이화라는 창기가 옛날 이야기에 나오는 음부 독부로밖에 보이지 않았던 것이다.

그것을 생각하면 반가웁던 생각도 어디로 가고 다만 추악한 생각뿐이 나서 그 자리에서 피해 가고 싶을 뿐만 아니라 여태까지 주저하던 맘, 차리려는 생각, 쭈뼛쭈뼛하던 생각은 어디로 가고 마치 죄인을 꿇어앉힌 것같이 우월감과 호기가 두 어깨와 가슴속에 가득할 뿐이었다. 그리고 창기인 이화를 꾸짖어 마음을 고쳐 주고 싶은 부질없는 친절한 마음까지 났다.

자기의 영락, 얼핏 말하면 타락은 어느 정도까지 당연한 일일는지 알지 못하나 첫째 돈 많고 땅 많고 입을 것 먹을 것이 많던 지〇〇의 외아들이 철원바닥에까지 굴러와서 노동자 중에도 그중 엉터리하고 얼리어 한 순배에 사오십 전짜리 술을 사먹으러 왔다는 것은 이화라는 여자가 얼핏 생각하기에는 그렇게 의외의 일이 없을 것이다.

자기가 이렇게 된 것을 그 사람에게 보이는 것도 부끄러운 일이 아닌 게 아니지마는 그 부끄러움까지 지나쳐서 지○○의 아들의 일이 알고 싶지 않은 것도 아니었다.

술잔을 들고 의기 있게 자기가 계집을 기롱하는 솜씨를 보이어 상대자를 위압하려던 그자는 두 사람이 서로 동향 친구라는 이유로 자기 같은 것과는 서로 말할 여지가 없이 이상한 감격과 비극적 분위기에 싸여 있는 것을 보고 자기도 그 분위기 속에 참가를 하든지 그렇지 않으면 그 분위기를 헤쳐 버리고 다른 기분을 만들어야 할 것을 깨닫고 말을 꺼내었다.

"아니, 고향 친구를 만났으면 고향 친구끼리나 반가웠지 딴사람은 술도 못 먹는담?"

재담 섞어 솜씨 있게 말을 한다는 것이다.

이화는 손님의 마음을 거슬리지 않으려고 억지로 웃음을 웃어 마음을 가라앉혀 놓은 후,

"천리 타향에 봉고인이라는 말이 있지 않아요? 조주사 나리는 공연히 그러셔. 그만한 것은 아실 만하시면서. 약주를 처음 잡숫는 것도 아니요 세상 물정도 짐작하실 듯한데 이런 때는 왜 그리 *벽창호야."

이화는 생긋 웃었다. 그 웃음 하나가 조화 부른 웃음이던지 소위 조주사의 마음도 흰죽 풀어지듯 하였다.

"히히, 내가 벽창혼가, 이화하고 말이 하고 싶어 그랬지."

"말은 넌지시 하는 말이 비싼 말이라나? 손님도 계시고 한데 무슨 말을 한단 말이오."

"그럼 언제?"

"글쎄 물어 봐서는 무엇을 하우, 뻔히 알면서……."

하고 웃음 섞인 눈으로 쨍그리고 본다.

"옳지, 옳지."

"글쎄 좀 가만히 있에요. 옳지는 무슨 옳지야. 부증 난 데 먹
는 가물치는 아니고. 이 손님하고 이야기 좀 하게 가만 있어."

하고 고개를 형근에게 돌리려다가 잔이 빈 것을 보더니 조주사란 자에
게 술을 권하였다.

가물치

"자, 약주나 드시우."

하고, 잔이 나니까 다시 형근을 주면서,

"그런데 여기는 어째 오셨에요. 참 반갑습니다. 벌써 우리가 거기서
떠나서 외가로 간 지가 칠팔 년 됩니다."

"그렇게 되나 보."

형근은 자기도 모를 한숨을 쉬더니,

"나 여기 온 거야 말할 것까지 있겠소. 그런데 당신은 어째 이렇게
되었소?"

하며 동정한다는 듯이 눈을 아래로 깔았다. 이 소리를 듣던 조주사라
는 자가,

"왜 어때서 그러쇼. 인제 얼마만 있으면 내 마마가 된다우."

하더니 혼자 신에 겨워서 허리를 안고 웃어 댄다.

두 사람은 그 소리는 들었는지 말았는지,

"그 동안에 제가 지내 온 이야기는 다 해 무엇 하겠습니까? 안 들으
시는 것이 상책이지요."

그의 얼굴에는 수심이 가득하여지면서 목소리가 비통하여진다.

“차차 두고 들으시면 아시지요.”

하고 다시 고개를 숙일 뿐이다.

“그래도 어디 이런 기회가 자주 있겠소? 만난 김이니 이야기 겸 말해 보구려. 대관절 언제 이곳으로 왔소?”

하니까 조주사라는 자가 가로맡아 나오면서,

“온 지 벌써 반년이 되나? 그렇지, 아마?”

하고 말고기 설익은 것 같은 얼굴을 이화에게 가까이 갖다 대며 들여다본다.

“네, 한 반년 돼요.”

이화는 고개를 그자 얼굴에서 비키면서 말을 하였다. 대여섯 잔이 넘어 들어간 술이 얼근하게 돈 조주사라는 자는 자기 얼굴을 피하는 이화를 뚫어지게 보더니 다시 제 손으로 자기 뺨을 한 번 탁 치며,

“왜 그래, 어때 그래? 사내 같지 않아? 얼굴에 뭐 묻었어? 왜 피해.”

하고 왜가리같이 소리를 지르더니 다시 슬쩍 농을 쳐서,

“하하, 그럴 것 뭐 있나? 이런 놈도 있고 저런 놈도 있지. 잘못했네, 응, 그만두세.”

“무얼 잘못했어요. 글쎄 아까 말한 것 있지, 우리는 너무 말을 하면 안 된다니까 그래요, 가만히 있어요.”

“어떻게?”

“색시처럼.”

형근은 우습기도 하고 또 심심치도 않아서 싱긋 웃다가 다시 이화를 보고,

“그 후에 외삼촌 댁에서 언제까지 지냈단 말이오?”

“한 이태 지냈죠.”

"그 후에는?"

할 때, 조주사라는 자가 잔을 들더니 소리를 지른다.

"술 좀 따라! 술 먹으러 왔지 이야기하러 왔나, 퉤퉤."

하고 침을 *타구에 뱉더니 지형근을 보고,

"노형, 실례가 많소. 그렇지만 대관절 말씀요, 술이나 자셔 가면서 이야기를 해야 할 것이 아니오. 이야기 안 하는 나는 어떻게 하란 말씀요, 경계가 그렇지 않소."

"그럴듯한 말씀요. 그럼 우리 약주를 자십시다. 오히려 내가 실례가 많습니다."

"아따, 천만에 그럴 리가 있나요? 두 분 이야기에 내가 방해가 된다면 먼첨 가죠."

이번에는 이화가 두 눈이 상큼하여지며,

"온 조주사도 미치셨소? 그게 무슨 말씀이오, 사내답지 못하게. 두 분이 오셨다가 혼자 가신다니 어디 가보시우, 가봐요. 가지 못해도 바보."

하고 입을 삐죽하였다. 조주사라는 자는 바로 일어서더니 모자도 들지 않고 문 밖으로 나가려 하니까 이화가 본체만체하더니 슬쩍 뒷손으로 그자의 옷자락을 잡으며,

"정말요? 이거 너무 과하구려. 내가 미안하구려. 어서 들어오시우."

하며 일어서서 잡으니까 형근은 *숫보기 마음에 가슴이 덜렁하여,

"이거 정말 노하셨소? 가시려거든 같이 갑시다."

하고 따라 나서려고까지 할 때,

"아니 놔요, 놔, 갈 터야. 그런 법이 어디 있담?"

"잠깐만 참으시우. 자, 들어와요."

조주사라는 자는 못 이기는 체하고 들어오더니 자리에 앉아 깔깔 웃

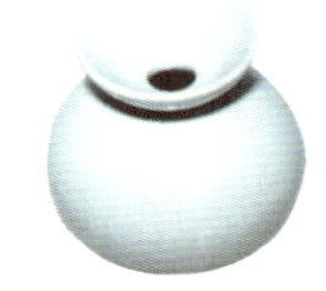

으며,

"가기는 어디를 가, 모자도 안 쓰고……."

하며 술잔을 든다. 형근은 속은 것이 분하고 속인 것이 밉살스러우나 어떻든 홀연해졌다. 이화는,

"정말 붙잡은 줄 아남? 한번 해본 것이지."

이러는 서슬에 술이 얼마간 더 돌아갔다. 조주사는 이화에게 술을 서너 잔 권하였다. 이화는 별로 사양도 하지 아니하고 그 술을 받아먹 었다.

먹구렁이

형근의 머릿속에서는 이화라는 창녀가 마치 하늘에서 죄 짓고 땅에서 먹구렁이 노릇을 하는, 옛날의 삼 신선 중의 하 나이나 마찬가지로 자기의 지은 허물로 말미암아 이렇게 하 게 되었다고 해석할 수밖에 없었다.

옛날에 귀한 것, 깨끗한 것, 아름다운 것은 이화 자신의 잘못으로 다 썩어지고 오늘에 남은 것은 간악한 것, 음탕한 것밖에는 없으리라는 생각밖에 없었다. 즉 이화는 옛날의 ○○의 딸의 죄악의 탈을 쓴 화신 (化身)이다.

착한 자는 언제든지 착하고, 악한 자는 언제든지 악하다. 그것은 날 적에 타고난 숙명 즉 팔자다. 이것이 그의 인생관이다.

그러므로 이화는 팔자를 창기로 타고났으므로 그는 언제든지 창기 밖에 못 된다. 그의 가슴속에나 핏속에는 다른 것은 조금이라도 섞이 었을 리가 없었던 것이다.

형근도 술기운이 돌면서 얼기설기하게 척척 쌓였던 감정이 흥분됨 을 따라서 마치 초가집 장마 버섯 모양으로 떠올라 오기를 시작하였 다. 그는 자기가 아버지에게 듣던 것이나 마찬가지 교훈을 이화에게

하여 주고 어른이 아이에게, 친구가 친구에게, 형이 아우에게 하여 주
는 것 같은 책망과 충고를 하여 주고 싶었다. 말하자면 이웃집 부정한
처녀를 종아리 치는 듯한 심리로 이화를 보고 앉았다.

"왜 당신이 이런 짓을 한단 말이오?"

형근은 젓가락짝으로 상머리를 두들기며 엄연하고 간절한 말로 말
을 하였다.

"당신도 당신 아버지와 당신 집안을 생각해야죠."

형근의 말은 틀은 잡히지 않았으나 꾸밈이 없고 진실하고 힘이 있
었다.

"나는 이런 데서 당신을 보는 것이 우리 누이를 보는 것보다 부끄러

워요.”

　이화의 가슴속에는 대답할 말이 많았을 것이다. 그러나 그는 말이 없었다. 그는 다만 그 말을 듣고 있었다. 방 안은 갑자기 엄숙하여졌다. 조주사라는 자는 처음에는 눈이 둥그래지더니 나중에는,

　“힝.”

하고 코웃음을 웃었다.

　“언제든지 이 모양으로 있을 터이오? 그래도 어째서 마음을 고칠 수 없겠소?”

　이화는 그 ‘마음을 고칠 수 없겠소?’ 하는 소리를 듣고 형근을 기가 막히는 듯이 쳐다보았다. 그러더니 안타까움에서 나오는 눈물이 그의 두 눈에 진주같이 괴었다.

　조주사는 이화가 우는 것을 보더니 제법 점잖은 듯이,

　“손님이 무슨 말씀을 하시면 잘 명심해 들을 것이지 울기는 무엇을 울어.”

하고 덩달아 책망이다.

　“돌아가신 아버님의 이름을 더럽히는 것도 더럽히는 것이거니와.”

하다가 형근은 이화의 눈에서 눈물이 흐르는 것을 보고는 말을 그쳤다. 그는 너무 큰 감격으로 인하여 자기의 감정이 찬지 더운지 알 수 없게 된 것 같았다. 그러나 그는 하던 말을 다시 이어,

　“살아 계신 어머니 생각은 하지 않소?”

할 때, 이화는,

　“어머니는 돌아가셨에요.”

하고 그대로 땅에 거꾸러져 운다.

　형근은 이화가 우는 것을 볼 때 그는 놀랐다는 것보다도 기적을 보

는 것 같았다. 그에게 눈물이 있었을 리가 있으랴. 자기도 자기 아버지가 돌아갔을 때 자기가 억제할 수 없는 눈물이 난 일을 당하여 본 일밖에 참으로 가슴에서 펑펑 넘쳐흐르는 눈물을 흘려 본 일이 없었다. 자기 아버지가 돌아간 것이 자기로 보아서 이 세상에서는 가장 엄숙하고 비통하고 또는 위대한 사실인 동시에, 자기가 그렇게 울어 보기도 아마 전에 없던 일이요 또다시 없을 일일 것이다. 그것은 지금이나 언제든지 그의 가슴에 속 깊이 깊은 인상으로 남아 있는 것이다. 그 인상은 때때로 자기에게 힘있는 정열과 감격을 주어서 이상한 감정의 세례를 받는 때가 있다.

이화가 운다. 샘물을 손으로 막는 것처럼 막을수록 북받쳐 올라오는 울음은 형근의 가슴속으로 푹푹 사무쳐 드는 것 같았다.

울음은 모든 비극을 알리는 음악이니 형근은 이 비극적 장면을 볼 때 말할 수 없이 위대한 사실을 목전에 당한 것 같았다.

꼭 자기 아버지가 돌아갔을 적에 자기가 받은 인상이나 별다름 없이 비통하고 엄숙하였다.

그는 까딱하면 따라 울 뻔하였다. 코도 벌룽거리는 것을 참고 눈에 눈물이 핑그르르 도는 것을 슴벅슴벅하여 참았다.

그러나 형근은 이화가 어째 우는지를 알지 못하였다. 옆에 있는 조주사라는 자는 이화의 어깨를 흔들면서 혀꼬부라진 소리로,

"글쎄, 울지 말어, 내가 다 알어, 이화의 맘을 나는 다 안단 말야. 자, 고만두고 일어나요. 공연히 그러면 무얼 해."

형근은 속으로 알기는 무엇을 안다누. 무슨 깊은 의미가 있나 하는 궁금한 생각이 나나 속으로 참고 여태까지 아무 말도 못 하고 앉아 있다가 이화의 어깨를 조주사란 자 모양으로 흔들어 보며,

“글쎄, 울지 마쇼. 그만 그치쇼. 울지 말아요.”

하였으나 들은 체 만 체하고 엎드려 느껴 울 뿐이다.

형근은 나중에는 민망한 생각이 나서 말없이 앉았으려니까 조주사라는 자는 일껏 흥취 있게 놀 것이 깨어져서 분한 생각이 나서 혼자말처럼,

“울기는 왜 쪽쪽 울어 재수없게, 응! 쯧쯧.”

혼자말같이 중얼거리며 화증을 내고 앉아 있다.

얼마 있다가 이화는 일어서서 아무 말도 없이 얼굴을 외면하고 바깥으로 나갔다.

조주사란 자는 형근을 보더니 눈짓을 하며,

“고만 갑시다.”

하고 입맛을 다셨다. 생각하니 더 앉았어야 재미도 없을 것이요, 또 재미있게 하자면 주머니 속 관계도 있음이다.

형근은 이마를 기둥에 받은 듯이 웬일인지 알 수가 없어서 멀거니 앉았다가 그대로 고개만 끄덕끄덕하고,

“네.”

하였을 뿐이다. 그렇지만 형근은 알 수가 없다. 어째서 창기인 이화의 눈에서 눈물이 났으랴?

얼마 있다가 이화는 손을 씻고 들어오며 머리 단장을 다시 하였다. 조주사라는 자는 일어서며 셈을 하였다.

“왜 그렇게 가세요. 제가 너무 실례를 해서 그러세요.”

하며 미안해한다. 조주사라는 자는 입에 달린 치사로,

“아니 그럴 리가 있나. 다음에 또 오지.”

하며 마루에서 내려섰다. 형근은 여전히 큰 수수께끼를 품고 조주사의

뒤를 따라 내려갔다.

　조주사는 문 밖에 나섰다. 형근이 마당에서 중문으로 나갈 때 이화
는 넌지시,

　"쉬 한번 조용히 놀러 오세요."
하였다. 형근은 대답을 한 둥 만 둥 바깥으로 나왔다. 조주사는 형근을
보더니,

　"아주 재미 없었소."
하며 입을 찡그린다. 형근은 재미가 있고 없는 것은 그만두고라도 이
화의 눈물이 해석할 수가 없어서,

　"대관절 이화가 왜 그렇게 울우?"
하고 물으니까, 조주사라는 자는 손가락질을 하며 혀끝을 채고,

　"허는 수 없어. 으레 그런 계집들이란 그런 것이 아뇨? 아마 노형이
전에 잘살았다니까 지금도 전 같은 줄 알고 그러는 게지."

　"돈 먹으랴고?"

　"암, 어떻게 그런 데서 구해나 줄까 하구 그러는 게 아뇨."

　"구허다니요?"

　"지금은 팔려 와 있지 않소."

5

　형근은 조주사라는 자가,

　"어디 잠깐 다녀가리다."
하고 샛길로 슬쩍 빠져 버리는 것을,

"꼭 다녀오시우. 기다릴 터이니."

하고 어슬렁어슬렁 술에 풀린 다리를 좌우로 내놓으며 큰길거리를 지나갔다.

길가에는 전기등으로 휘황히 차린 *드팀전, 잡화상, 더구나 자기의 평생 한번 가져 보고 싶은 자전거가 수십 대 느런히 놓인 것이 눈에 어른어른하여 불 같은 호기심이 일어나서 그 앞에 서서 그것을 구경도 하다가 다시 돌아서며,

"내 돈만 모으면 꼭 한 개 사서 두고 탈 터이야."

하며 그는 주먹을 쥐며 결심을 하고 머릿속으로는 자기 시골에서 때때 자전거 타고 다니는 면서기를 보고 부러워하던 생각을 하였다.

그는 혼자 자전거 공상을 하다가 그것이 어느덧 변하였는지 양복 입은 면서기가 되었다가, 다시 돈을 많이 가진 촌부자가 되었다가, 그러다가 발부리가 돌을 차는 바람에 다시 지금 철원 와서 노동하려는 지형근이가 되었다.

그는 훗훗한 남풍이 빙그르 자기를 싸고도는 큰길을 지내 놓고 골목길로 들어서다가 어떤 촌색시가 지나가는 것을 보고, 깜박 잊어버렸던 이화가 다시 눈앞에 보였다.

그는 술기운이 젊은 피를 태우는 번뇌스러운 감정 속에 그 이화를 다시 생각하였다.

'조주사 말이 참말이라 하면 이화에게도 어딘지 사람다운 곳이 남아 있었던 것이지. 그러나 만리 타향에서 옛 사람을 만났지만 시운이 글렀으니 낸들 어찌하나.'

하며 개탄하는 맘으로 얼마를 걸어가다가,

'그러나 누가 창기 여자의 울음을 곧이 생각을 한담. 모두 못 믿을

것이지.’

바로 세상 경험이 풍부한 사람처럼 점잖게 결정을 하고 앞에 누가 있는 사람처럼 고개와 손을 내흔들었다.

그는 움에 왔다. 옆에 무성한 풀 냄새가 움을 덮은 진흙 냄새와 함께 답답하게 가슴을 누른다.

노동자들은 웃통 아랫도리를 벗은 채 거적대기들을 깔고 즐비하게 드러누워서들 혹은 코를 골기도 하고 혹은 돈 타령도 하고 혹은 일어나 두 다리를 모으고 앉아 단소도 분다. 한 모퉁이에는 고춧가루를 태우는 것같이 눈을 뜰 수 없는 풀로 모깃불을 놓았다.

단소

모깃불

그는 여러 사람 있는 틈을 지나갔으나 자기를 보고 아는 체하는 사람이 드물었다.

그 중에 키 크고 수염 많이 나고 얼굴 검고 눈이 부리부리한 사람이,

“허허, 대단히 좋으시구려. 연일 약주만 잡수시니. 조주사만 친구고 우리 같은 사람은 친구가 못 된단 말요. 그런 데는 따돌리고 다니니. 허, 젊은 친구가 그런 데 맛을 붙여서는…….”

빈정대는 어조로 말을 하니 형근은 갑자기 할 말이 없어서 주저주저 어색하다가,

“잘못됐소이다.”

하였으나 맨 나중에 ‘젊은 친구가’ 하고 누구를 타이르는 것 같은 것이 주제넘은 것 같아서 혼자 속으로 알아 두었다.

그는 바깥에 좀 앉아서 여러 사람들과 이야기나 할까 하는 생각이 났었으나 그자의 말이 비위를 거슬리므로 그대로 움 속으로 들어가기로 하였다.

움 속은 흙내에 사람의 땀내, 감발에서 나는 악취가 더운 기운에 섞여서 일종의 말할 수 없는 냄새를 낸다. 즉 여우의 굴에서 노린내가 나는 것같이 사람 중에서도 노동자 굴에서 노동자 내가 나는 것이다.

그는 불과 몇 *마장 떨어져 있지 않은 이화 집과 지금 자기가 들어온 이 움 속과의 차이가 너무 현격한 데 아니 놀랄 수가 없었다.

이화는 일개 창부다. 자기는 그래도 그렇지 않은 집 자손으로 힘들여 돈을 벌려는 사람이다. 그 차이가 너무 과한 데 그는 의혹이 없지 않았다.

그가 더듬거려 움 안으로 들어갈 때,

"어디 갔다 오나, 여태 찾았지."

하고 나서는 사람은 자기 동향 친구였다.

"난 길이나 잊어버리지 않았나 하고 한참 걱정을 하였네그려. 그래

서 각처로 찾아다녔지. 대관절 저녁이나 먹었나?"

형근은 웬일인지 이화의 집에 갔었단 말 하기가 부끄러웠다. 그는 그 말을 하면 그 동향 친구가 반드시 자기를 꾸짖을 것 같고 또 이화의 집 갔던 것이 더구나 옷을 팔아서까지 갔었다는 것은 말할 수 없이 분수에 넘치는 경솔한 짓 같았다.

그래서 그는,

"나는 또 자네를 찾았다네."

처음으로 속에 없는 거짓말을 하였다.

"조주사가 한잔 낸다고 해서……."

잠깐 말을 입 속에다 넣고 우물우물하다가,

"그래서 또 한잔 먹지 않았나. 자네하고 같이 가지 못한 것이 대단히 미안하데마는 어디 있어야지……."

동향 친구는 형근의 말에 거짓이야 있을 리 없으리라 믿는 듯이,

"인제는 고만 다니게. 여기가 어떤 덴 줄 아나? 조주산지 그자하고 다니지 말게. 사람 사귀기도 몹시 어려우이."

형근은 실쭉하여지며 대답이 없었다. 속으로 생각에 대체로는 그 친구의 말이 옳은 말이지마는 조주사 같은 친구와 사귀지 말라는 데는 도리어 동향 친구에게 질투가 있는가 하여 적지않이 불목이 있었으나 말로는 나타내지 않았다.

그는 말이 없이 한 귀퉁이를 비비고 드러누웠다.

일부러 눈을 감아 오지 않는 잠을 청하나 찌는 듯이 무더운 기운이 코 속에 꽉차서 잠은 오지 아니하고 답답한 생각에 마음이 바깥으로 나간다.

그는 지금 돈 아는 동물들이 늘비하게 드러누워 있는 곳에서 생각은

이화에게서 멀리하여지지 아니한다. 그는 어두움 속에서 끊이는 듯 이으는 듯 애소하는 듯 우는 듯한 단소 소리가 움 밖에서부터 청아하게 이 움 속으로 흘러 들어와 자기의 몸과 혼을 스치고 지나갈 때 그의 피는 공연히 타는 것 같아서 마음을 어찌할 수 없었다. 그는 고요한 꿈에서 소요하는 것같이 흐르는 듯하고 녹은 듯한 정조에 잠길 때도 있다가, 또는 미쳐 날뛰는 파도 위에 한 조각 배를 띄운 듯이 무서웁게 흔들리는 정열에 마음을 어떻게 진정해야 좋을지 알지 못하기도 하였다.

그는 하는 수 없이 일어섰다. 몸을 털고 나왔다. 그는 움을 뒤 두고 들로 나왔다가 뒷산으로 올라갔다가 다시 내려왔다가 앉았다가 섰다가 하였다. 하늘에는 별이 총총하고 풀에는 이슬이 다락다락하였다.

6

이튿날 아침에 해가 동산에 솟았다. 생명 있는 태양이다. 언제든지 절대의 뜨거움과 광명으로 싼 생명을 가진 태양이다. 태양이 없는 곳에 생명이 없다.

구릿빛 햇발이 온돌방을 비추고 그것이 또한 거짓이 없고 편협함이 없이 이 말하는 구더기 같은 노동자들이 모인 곳에 그의 생명의 빛을 비추어 주었다.

형근이 일어나던 맡에 세수를 하였다. 그는 세수를 하고 아침 안개가 낀 넓은 벌판을 내다보고 호호탕탕한 기운을 모조리 들이마실 듯이 가슴을 벌리고 숨을 들이마셨다. 그는 또 한번 넓은 들에서 이삭이 패어 가는 벼 위에 가득히 내리쪼인 햇볕이 눈부시게 반사하는 것을 보고 알 수 없는 기운이 자기 몸에 가득 차는 것 같아서 두 팔을 들었다 놓았다 하였다.

형근은 여러 사람들과 모여 앉아서 밥 되기만 기다리고 있었다. 노란 조밥을 사기 사발에 눌러 담고 그 위에 외지 한 쪽씩 놓거나 그렇지 않으면 무쪽 두 개씩 놓는 것이 그들의 양식이니 그나마 잘못하면 차례가 못 가거나 양에 차지 않아서 투덜대게 되는 것이니, 형근의 신조는 어떻든 이런 곳이나 이런 밥을 달게 여기고 부지런히 일만 하고 얼마만 *신고(辛苦)하면 그만이라고 스스로 위로하였다.

형근도 남과 같이 밥을 기다렸다. 어저께와 그저께 같이 술을 먹고 지내던 두서너 사람도 옆에 있었다.

그러나 그들은 수상스러웁게 자기를 두서너 번 쳐다보더니,

"여보슈!"

하고 말이 공손하여졌다. 형근은 따라서,

"왜 그러시우."

하였다. 세상 사람도 모두 자기같이 은근하고 친절하였다.

"미안한 말씀이지마는 돈 가지신 것 있거든 이십 전만 취하실 수 없겠소."

형근은 그 말하는 사람보다 자기가 더욱 미안하고 얼굴이 붉어지는 것 같았다. 자기가 남더러 돈 취해 달랠 적 모양으로 그도 무안하리라 하였다.

그래서 그는 주머니를 뒤졌다. 형근은 어저께 술집에서 남은 돈 이십 전이 있는 것을 생각하고 서슴지 않고 내주었다.

"예, 여기 마침 이십 전이 남았구려. 자, 옛소이다."

하고 신기하고 즐거운 마음으로 꾸어 주었다. 속으로는 이따가 주겠지

하였다.

그 사람은 그것을 받더니,

"고맙소이다. 이따 저녁에 갚으리다."

하고는 옆엣사람과 수군거리며 저리로 가버린다.

형근은 한참이나 앉아서 밥을 기다리려니까 배가 고파 왔다. 그리고 여러 사람들을 보니까 그들도 일하러 가는 사람 같지는 않게 배포 유하게 앉아서 이야기들을 한다. 한옆에서는 어떤 자가 다른 어떤 사람더러 오 전짜리 단풍표 담배 한 개를 달라거니 안 주겠거니 하고 싸움이 일어나서 부산하다.

조금 있더니 동향 친구가 왔다.

"여보게, 밥이 다 되었네. 밥 먹으러 가세."

하며,

"밥값이나 있나?"

하였다.

"밥값이라니."

형근은 눈이 둥그래졌다.

"밥값이라니가 무어야? 누가 거저 밥 준다던가? 십오 전씩야."

형근은 기가 막혔다. 오던 날부터 술 먹느라고 그저 모든 것을 다른 사람들에게 밀어 맡기면 될 줄 알았고, 또 그자들도 염려 말아, 염려 말아 하는 바람에 정신없이 지내다가 이십 전까지 아침에 뺏긴 것을 생각하니 허무하다.

"밥은 일일이 사서 먹나?"

"그럼, 누가 밥값까지 낸다던가? 어림없네."

동향 친구는 그래도 주머니에 돈이 얼마 남았을 줄 알고서,

“이거 왜 이러나, 어서 내게.”

형근은 덜렁 가슴이 내려앉아서 동향 친구를 붙잡고 돈이 한푼도 없는 이야기를 하였다.

동향 친구라는 사람은 친구라고 하느니보다 형근 집에 은혜를 입은 사람이니, 같은 양반으로 형근네는 돈푼이나 있고 할 때 그 친구의 아버지가 빚진 것이 있었으나 그것을 갚지 못하여 심뇌하는 것을 형근의 아버지가 알고 호협한 생각에 그대로 탕감을 해준 일이 있다.

지금은 그 아들들이 서로 만났지만 선대의 일들을 서로 가슴속에는 넣어 둔 터이라 그 친구는 형근을 그리 괄시를 하지 않는다.

“그럼 가세.”

그 친구와 밥을 먹었다. 그나마 형근은 신셋밥 같아서 먹고 나서도 몹시 미안하였다.

아침을 먹더니 그 친구가 형근을 보고 이르는 말이,

“누가 어디를 가자거나, 일구녕이 있다거나 도무지 듣지 말게.”
하고 점심값을 주고 가버렸다.

그는 공연히 왔다갔다하며 혼자 심심히 지낼 뿐이다. 조주사가 오늘은 꼭 올 터인데 어제 어디서 자고 아니 오노 하며 오정이 넘어 해가 두시나 되도록 기다렸으나 오지 않았다.

그는 한옆으로 밥 먹을 구멍이 얼핏 생겼으면 좋을 텐데 하는 걱정과 또 조주사나 왔으면 모든 것을 의논하여 보겠다 하고 기다리는 마음도 마음이려니와, 또 한 가지는 이화의 울던 꼴이 생각나고 또는 은근히 한번 오라고 하던 말이 어떻게 박여 들렸는지 잊을 수가 없다. 그나마 하룻밤 하루낮이 지나고 나니까 부쩍 마음이 그리로 키어서 못 견디겠다.

그는 앞산에 올라가서 이화의 집이라도 가리켜 보려는 듯이 부리나케 올라갔다. 그러나 서투른 눈에 복잡해 보이는 시가가 방위도 잘 알 수 없고 어디쯤인지도 몰라서 동에서 떴다가 서에서 지는 해만 공연히 쳐다보며, ‘동서남북’만 외울 뿐, 나중에는 고향이나 바라본다고 남쪽만 내다보다가 그대로 풀밭에서 멀거니 있다가 잠이 들어 버렸다.

잠을 깨고 나니 벌써 해가 서쪽에 기울려 하였다. 그는 무엇에 놀란 사람처럼 벌떡 일어나서 허둥지둥 움을 향하여 왔다.

그는 밥 먹을 시간이 늦은 것도 늦은 것이려니와 조주사가 일할 자리를 얻어 가지고 와서 자기를 찾다가 그대로 가지 아니하였나 하는 걱정이 있음이었다.

그는 때늦은 찬밥을 사먹고 옆엣사람들에게 물어 보았으나 조주사는 다녀가지 않았다 하였다.

그렇게 지내기를 닷새를 넘고 열흘이 넘었다.

조주사라는 자를 장거리에서 한두 번 만났으나 코웃음을 치고 우물쭈물 얼렁얼렁하고 홱 피해 버릴 뿐이요 전과는 딴판이요, 동향 친구는 사람이 입이 무거워서 말은 아니 하지마는 그래도 기색이 좋은 기색은 아니었다. 그뿐 아니라 그 더운 *염천에 그 지저분한 곳에서 여벌 옷 한 벌을 입고 지내려니까 온몸에서 땀내가 터지게 나고 옷이 척척 달라붙어서 거북하고 끈적끈적하기 짝이 없다.

그는 비로소 사람 많이 사는 데 인심 강박한 것을 알았다. 아무도 자기를 위하여 힘써 주는 이 없고 더구나 서로 으르렁대고 뺏어먹으려고 하는 것 뿐인 것을 알았다.

그뿐 아니라 그는 지금까지 시골서는 양반이었고 행세하는 사람이요, 먹을 것은 없으나 그래도 일 군에서 누구라면 알아주기는 하였으

나 지금 여기 와서는 지형근의 존재가 없다. 그뿐이면 오히려 예사이
지마는 입을 것도 없고 먹을 것도 없어 남의 것을 빌어먹다시피 하는
사람이 된 것을 생각할 때 그는 자기가 불쌍하니보다도 웬일인지 가슴
에서 무서운 생각이 날 뿐이다.

자기가 이화를 보고 그 계집이 창기가 된 것을 비웃었으나 그는 오
늘에 거의 비렁뱅이가 된 것을 생각하고 눈
이 아플 만큼 부끄럽지 않을 수가 없었다.

그러나 이곳에 온 지 열흘이 넘도록 그는
일이라고는 붙들어 보지를 못하였다. 자기뿐만
아니라 자기와 같이 잠을 자는 축에도 십여 명이나
그런 사람들이 있다. 그는 이상해서 하루는 물었다.

"당신들도 일자리가 없어서 노시우."

그들은 서로 얼굴들을 보더니 그 중 한 사람이,

"그렇소, 요새는 여름이 되어서 전황한 까닭에
일본 사람들이 일을 하지 않는다우. 그래 일자
리가 퍽 드물죠. 그렇지만 가을만 되면 좀 괜
찮죠."

"가을에는 일본 사람들이 돈을 풀어
놓나요?"

"풀다뿐요? 작년 가을에도 여기 수만
금 떨어졌소. 오죽해야 돈 소내기가 온
다 했소."

형근은 다만,

"네에, 그래요?"

하고 말을 못 했다.

"가을까지만 기다리시우. 그때는 괜찮으시리다. 저것 좀."

하고 전찻길 깔아 놓은 걸 가리키며,

"저것 놓는 데도 돈이 산더미같이 들었소. 지긋지긋합니다."

형근은 말에 배가 불러서 공연히 좋았다. 속으로 가을만 되면 태산만큼은 그만두고라도 그 한 모퉁이쯤은 생기려니 하고 혼자 좋았다.

돈 생기는 생각만 하면 이화 생각이 난다. 이화 생각이 나면 이화 집에 가고 싶다. 젊은 가슴은 그림자를 붙잡으려는 듯한 부질없는 정열로 해서 애를 쓴다.

그는 밤중만 되면 이화 집 앞을 돌아온다. 갈 적에는 혹시 이화의 그림자라도 보았으면 하고 가기는 가지마는 어찌 그런 일에 그러한 공교로움이 있을 리가 있으랴.

갔다가는 헛되이 돌아오고 돌아올 때에는 스스로 다시 안 가기를 맹세한다. 맹세만 할 뿐이 아니라 이화를 멸시하고 욕하고 침뱉었다.

그러나 그 이튿날이 되면은 아니 가려 하다가도 자연히 발길이 그쪽으로 향하여져서 으레 허행일 것을 알면서도 다녀오지 않을 수가 없었다.

하루는 전처럼 그 집 앞을 지나다가 그 집을 기웃이 들여다 보았다. 여간한 대담한 짓이 아니었다. 그는 발길을 돌이켜 누가 쫓아서 나오는 것처럼 머리끝이 으쓱하여 나와서 집 모퉁이를 돌아서며 다시 한 번 훌쩍 돌아볼 제 마침 그 집에서 나오는 사람이 있는 것을 보았다.

그 사람은 다시 말할 것 없는 조주사였다. 형근의 얼굴에는 갑자기 질투의 뜨거운 피가 올라오더니 두 눈에서 번개 같은 불이 솟는 것 같았다.

만일 자기 손에 날카로운 칼이 있다 하면 당장에 조주사를 죽여 버리거나 그렇지 않으면 자기가 죽어 버릴 것 같았다.

그는 그날 종일 잠을 자지 못하였다. 그는 부질없이 몸에 힘이 오르고 엉터리없는 결심과 용기가 생기기 시작하였다.

그는 내일은 내 모가지가 달아나더라도 이화를 만나 보리라 하였다.

그러나 만나 볼 도리는 없었다. 자기의 주제를 둘러보면 부끄러운 생각이 날 뿐이요, 주머니에는 가을에나 들어올 돈이 아직 한푼도 없다.

그는 눈을 감고 생각하였다.

'내 맘이 떴다.'

그러나 비행기를 탄 사람이 바깥을 보지 않고는 떴는지 안 떴는지를 모르는 것처럼 형근은 뜬 것 같기는 하나 또 그렇지 않은 것 같기도 하다.

혹간 냉정히 자기가 자기를 보려다가도 조주사가 생각날 적에는 그는 조주사와 이화는 볼지라도 자기는 볼 수가 없었다.

그는 돈을 얻을 도리를 생각하였다. 그러나 바위 위에서 물을 구하는 것이나 마찬가지였다.

빈궁은 죄악을 만든다는 말이 진리가 아니라고 할 사람은 없을 것이다. 형근은 무슨 분수 이외의 도리가 있다 하면 해보지 않고는 못 배길 만큼 되었다.

그는 동향 친구를 또 생각하였다. 동향 친구는 그 동안 근근이 저축한 돈이 얼마인지는 모르나 쇠사슬로 얽어 놓은 가죽지갑 속에 있는 것을 일전에 무엇을 찾느라고 꺼내는 것을 보았다.

그는 처음에는,

'그렇지만 염치가 어떻게 돈까지 꾸어 달라노?'

하다가는,

‘돈은 또 무엇에 쓰느냐고 하면 대답할 말도 없지.’

하고 눈을 꿈벅꿈벅하다가,

‘그렇지만 내 말이면 제가 돈 몇 환쯤 안 취해 주지는 못하렷다.’

이렇게 혼자 궁리는 하나 맘 뿐이요 몸으로는 할 것 같지는 않다.

그는 또 당장에 단념을 하여 버리는 것이 옳은 듯이,

‘에 고만두어라, 내 마음이 비뚤어 가기 시작을 하는 것이야.’

하고 툭툭 털고 일어나서 빙빙 돌아다녔다. 그날 저녁 동향 친구는 형근을 찾았다.

“여보게, 일자리 생겼네.”

하고 형근에게 달려들 듯하였다. 형근은 너무 의외의 일이라 가슴이 공연히 설렁 내려 앉더니 두근두근하며 손끝이 떨린다.

“어디?”

“글쎄 이리 오게. 떠들면 여러 사람 와 덤비네.”

“모레는 김화(金化)로 가세. 내가 오늘 거기 십장에게 자네 일까지 부탁을 하여 놓았으니까 염려 없네. 금전도 퍽 후하고 일도 그리 되지 않은 것이야.”

형근은 좋은 소식은 좋은 소식이나 또는 마음 한 귀퉁이가 서운하다.

“김화?”

하고 형근은 눈을 크게 뜨며,

“여기서 꽤 멀지?”

하고 초연한 생각이 나타난다.

“무얼, 얼마 된다고. 한나절이면 갈 걸.”

두 사람은 모레 같이 떠나기로 약조를 하였다. 형근은 감사스러운 중에도 무정스러운 감정으로 공연히 마음이 가라앉지 않아서 허둥지둥 엉덩이를 땅에 대지 아니하고 저녁을 먹었다.

저녁을 먹은 뒤에 그는 움 앞에 다시 앉았었다. 이화는 다시 한 번 보지도 못하는구나 하며 한숨을 쉬었다. 그러나 꼭 한 번 오라고 하였으니 의리상으로라도 한 번은 가보아야 할 터인데—하다가 그대로 생각나는 것은 동향 친구 주머니 속에 있는 지전 조각이었다.

'내가 입으로 말을 할 수야 있나? 죽어도 그것은 할 수가 없지.'

말을 하는 입내만 내어 보아도 쭈뼛쭈뼛하여지는 것 같다.

'인제야 일할 구녕이 생겼으니까 나중에 갚는 것도 걱정이 없어졌으니까.'

으쓱한 생각에 마음이 느긋하여졌다. 이화를 찾아가는 것도 그다지 부끄러울 것 없을 것 같았다.

'세상에 사람이 살아가려면 권도라는 것도 있는 법이지마는 나 같아서야 어디 살아갈 수가 있어야지……'

해가 넘어가고 날이 어둑어둑하여지니까 공연히 마음이 처량하여지면서 쓸쓸하다. 오늘 저녁이 아니면 내일 저녁밖에 없는데 하며 담배를 붙여 물고 한바퀴 휘돌아왔다.

와서 보니까 본시 술을 많이 먹지 못하는 동향 친구가 어디선지 술이 잔뜩 취하여 저쪽에다가 거적을 깔고 외따로이 누워 있다.

'이것이 웬일인가?'

하고 곁으로 가보니까 그는 세상을 모르고 잔다.

그의 가슴은 웬일인지 무슨 예감을 받은 사람처럼 떨리더니 그의 머릿속에 번개같이 일어나는 충동이 있다. 마치 어여쁜 여자가 외로이 누운 그 곁에 선 젊은 남자가 받는 충동이나 마찬가지로 주머니에 돈을 지닌 사람이 아무도 보지 않는 곳에 의식을 잃어버리고 누운 것을 본 형근은, 더구나 돈에 대하여 목전에 절실한 필요를 느끼는 그는 무서운 죄악의 충동을 느끼었다.

그러나 그는 그 찰나에 자기가 의식지 못하던 죄악의 충동을 일으킨 것을 깨달았을 때 그는 이를 깨물며 주먹을 쥐고 울 듯이 고개를 내젓고 마음속 깊이깊이 뜨거운 후회로 자기를 깨달았다.

그는 그러한 마음을 한때라도 다정한 친구에게 일으킨 것이 그에게 대하여 무엇이라고 말할 수 없이 미안하였다.

그는 그를 잡아 흔들었다.

"여보게, 이슬 맞으면 해로우이, 들어가세."

목소리는 다정함으로 떨렸다.

"응, 응, 가만 있어."

하며 다시 얼굴을 하늘로 두고 뒤쳐 드러누우며 그는 *풀무같이 숨을 쉬면서 드르렁드르렁 코청이 떨어지듯이 숨을 쉬었다.

"이거 큰일났군."

형근은 그래도 다시 가까이 가서 몸을 추스르려 할 때 그 동향 친구의 지갑이 어디 들어 있는지 그것부터 먼저 보지 아니치 못하였다.

그는 동향 친구를 일으켜 겨드랑이를 부축하였다. 동향 친구는 세상을 몰랐었다. 그러나 눈을 한 번 떠서 형근을 보더니 안심하는 듯이 다시 까부라졌다.

형근의 손은 그 동향 친구의 지갑에 닿았다. 그는 맥이 풀려서 지갑을 꺼내기는 고사하고 친구까지 땅에 떨어뜨릴 뻔하였다.

그는 다시 팔에 힘을 주어 움 속까지 그를 끌고 들어갔다. 바깥에서는 여러 사람들이 이 꼴을 보며 저희들끼리 떠들었으나 거들어 주는 자는 없었다. 그러나 움 속에 들어오더니 아무도 없으므로 별로이 보

풀무
불을 피울 때에 바람을 일으키는 기구. 골풀무와 손풀무 두 가지가 있다.

는 이가 없었다.

형근은 그 컴컴한 움 속에서 그 친구를 든 채 얼마간 섰었다. 내려놓지도 않고 눕히지도 않고 그는 무서운 시련의 기로에서 방황하였다.

그는 눈을 한 번 감았다 뜨며 친구를 눕히는 서슬에 지갑을 뺐다. 그의 손은 이상한 쾌감과 함께 손아귀가 뿌듯한 것을 깨달았다.

그는 친구를 뉘고 달음박질해 나왔다. 그는 사람 적은 곳에 가서 그것을 열지도 못하고 한숨을 길게 내쉬었다. 그는 다시 시원한 가운데에서도 무서움을 품고 그것을 펴지도 못하고 열지도 못하다가 다시 저쪽으로 갔다.

그는 그대로 그것을 손에 움켜쥔 채 공연히 망설이다가 이화 집을 향하여 갔다.

그는 가는 길 으슥한 곳에서 그것을 펴보았다. 그는 그것을 펴보다가 마치 무슨 기운에 눌리는 사람같이 가슴이 설렁하여지며 눈이 등잔만하여지더니 뒤로 물러서,

"에구."

하였다. 그의 손에는 시퍼런 십 원짜리 석 장이 묻어 나왔다.

"이건 잘못했구나."

그는 그대로 서서 오도가도 못 하였다.

자기가 요구하던 것은 그것의 몇분의 일에 지나지 않는다. 이것은 보기만 해도 무서울 만큼 많은 돈이다. 그러나 이것을 지금에 도로 갖다 줄 수도 없고 또 그대로 있을 수도 없다.

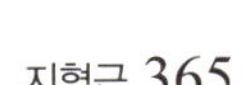

그는 한참이나 떨리는 손을 진정치 못하다가 그대로 눌러 생각해 버렸다. 술 깨기 전에 갖다가 주지, 그리고 쓴 것은 말을 하면 되겠지.

그는 마음을 억지로 가라앉히고 이화 집 문간에 왔다.

그는 전번에 왔을 적이나 별로이 틀림없는 수줍음과 두근거리는 마음으로 발을 들여놓았다.

그는 술을 청했다. 술을 청하는 것보다도 이화를 부르는 것이었다. 그러나 아래채 조용한 방에서 분명히 이화의 목소리로 소리를 하는 모양인데 나오지를 않고 다른 여자가 나와 맞았다.

방은 전에 그 방이다. 발을 늘여서 안에 있는 것이 바깥에서 보인다.

그는 기대가 틀어진 것에 낙심을 하고 어떻든 술을 청하였다.

그새 여자가 들고 들어오며 형근을 아래위로 훑어보더니,

"혼자 오셨에요?"

하였다.

"그럼 여러 사람이 다닙디까."

그 계집은 손으로 입을 막고 웃었다.

"자, 드시죠."

"술도 급하지만 나는 이화를 좀 보러 왔소."

그 계집은,

"네?"

하더니 또 웃는다.

"저는 인물이 못생겼죠? 언젯적부터 이화와 가까우시던가요?"

형근은 자기는 좀 점잖이 말을 하는데 그 계집이 실없이 하니까 속으로 화는 나지만 위엄을 보일 수가 없다.

"이화가 어디 갔소? 잠깐 보자는 이가 있다고 하구려."

그 계집은 문을 열고 나가더니 온 집안이 다 들리게,

"이화 언니! 이화 언니! 당신 나지미(단골 손님) 왔소. 어서 나오."

하며 땍대굴거리며 웃는다.

이화는 무슨 영문을 모르는 듯이 어떤 손님과 자별하게 이야기를 하다가 문을 열고 고개를 내밀면서,

"무어야? 얘가 왜 이래, 실성을 했나?"

하고 형근의 앉아 있는 방을 올려다보고는,

"응, 저이가 왔군."

싱겁게 혼자말을 하고 다시 돌아앉으니까 함께 한방에 있던 젊은 사람(면서기 같은)이 마주 기웃하고 내다보더니,

"저것이 나지미야."

하고 비웃는다.

"온 이주사도, 아무렇기로 내가……."

할때,

"글쎄, 꼭 봐야 하겠다니 좀 가봐요."

하며 그 계집이 *지근거린다.

"나를 그렇게 봐서 무엇을 한다더냐?"

하고 이주사라는 자의 눈치를 보는 것이 그의 눈앞을 졸이는 모양이다.

"가봐 주지. 그것도 적선인데. 내 앞이 되어서 몹시 어려워하는 모양이로군. 그럴 것 무엇 있나?"

"온 말씀을 해두 왜 그렇게 하시우. 누구는 끈에 맨 돌멩입디까? 나 하고 싶은 대로 하고 지내지, 몇십 년 사는 인생이라구."

"그러나 대관절 어떤 자야."

"고향서 이웃집 사는 사람야."

이러는 동안에 형근은 아무도 없는 빈방에 혼자 앉아 술상만 대하고 있으려니까 싱거웁고 갑갑하고 역심이 나서 올 수도 없고 갈 수도 없다. 그뿐이면 고만이게 이화라는 년은 다른 놈하고 앉아서 자기 방을 넘성 쳐다보는 것이 마치 창살 속에 넣어 놓은 청국 사람의 원숭이같이 대접을 하는 것 같아서 속으로 분하고 아니꼬운 증이 나며,

'천생 타고난 기질을 어떻게 하니? 창기는 판에 박은 창기년이다.'

속으로 이렇게 중얼거리는데, 자기 방 계집이 쭈르르 다녀오더니,

"심심하셨죠? 이화는 인제 옵니다."

하고 술을 따라 놓더니,

"과일 잡숫고 싶지 않으세요. 과일 좀 들여 오죠. 이화도 오거든 같이 먹게요."

하더니 제멋대로 이것저것 들여다 놓고 먹어 댄다.

아무리 기다려도 이화는 오지 아니한다. 여전히 아랫방에서 그자와 이야기를 하는 모양이다. 형근은 혼자서 술을 먹을 수가 없어서 그 계집과 서로 대작을 하였다. 그 계집은 어수룩하고 아직 경험 없는 것을 알아채고 어떻게 해서든지 형근의 주머니를 알겨 낼 생각이다. 주제를 보아서 아직 극단의 수단을 내어놓지 않는다.

한 시간이 지나갔다. 형근은 다시 그 계집에게 이화를 불러 달라고 청을 하였다. 그 계집은 술잔이나 들어가더니 형근의 말을 안 듣고 요리 핑계 조리 핑계 한다. 형근도 술잔이나 들어가니까 객기가 나지 않는 것도 아니다.

"가 불러 와."

그는 소리를 질렀다.

"싫소."

"왜 싫어."

윗방에서 왁자하는 것이 자기 때문인 것을 알아챈 이화는 문을 열고 나왔다.

"어딜 가?"

면서기는 어느덧 술이 *곤죽이 되어 드러누웠다가 이화의 치마를 잡았다.

"잠깐만 다녀올 테니 노세요."

"안 돼."

이화는 팩한 성미에 흉허물없는 것만 믿고 치마를 뿌리쳤다.

"안 되기는 왜 안 돼요, 잠깐 다녀온다는데. 누가 삼십육계를 하나?"

면서기는 노했다. 그대로 일어섰다. 이화는 형근의 방으로 안 들어 가고 안으로 들어가 버렸다.

술취한 면서기는 다짜고짜로 형근의 방 *발을 집어던졌다.

"이놈아! 이런 건방진 자식이 술잔이나 먹으려거든 국으로 먹으러 다녀. 너 이화는 봐서 무엇 할 모양이냐? 상판 생긴 것하고 그래도 무 엇을 달았다고 계집 맛은 알아서. 놈 계집 궁둥이 따라다닐 만하다."

형근은 기가 막혀 쳐다볼 뿐이다.

"이놈아, 왜 눈깔을 오랑케 뜨고 보니? 내 얼굴에 무엇이 묻었니, 에 튀튀."

면서기는 침을 방에다 막 뱉는다.

"대관절 이화 어디 갔니? 응, 이화 어디 갔어?"

하고 호통이다. 온 집안 사람이며 술 먹으러 온 사람이 모여들었다.

이화는 이 소리를 듣더니 뛰어나오며 면서기를 달래고 형근에게 연 해 눈짓을 하였다.

“글쎄, 이주사 나리, 이게 무슨 짓요. 약주 취했소. 어서 저 방으로
가시우.”

하고 이주사에게 매달리다가,

“대단 미안합니다. 점잖으신 이가 약주가 취해서 그러신 것을 서로
참으시지. 그렇죠? 어서 약주나 자시지요.”

면서기는 그래도 여전히 형근을 보고 놀려 댄다.

“이놈아, 네가 이놈 노동자가 감히 누구 앞에서 그 따위 짓을 해?
흥.”

형근의 인습 관념에 젖어 있는 젊은 피는 끓었다. 그는 결코 자기가
노동자는 아니다. 양반의 자식이요 행세하는 사람이다. 몸은 비록 흙
속에 파묻혔으나 마음과 기운은 살았다.

“무엇, 노동자!”

형근에게는 그 외에 더 큰 모욕이 없었다. 그는 면서기를 향하여 기
운에 타는 두 눈을 부릅떴다.

“그래 이놈아, 네가 노동자가 아니고 무엇야?”

“글쎄, 그만들 두세요. 제발 저 방으로 가시우.”

하며 이화는 가운데 들어섰다. 형근은 이화를 뿌리쳤다.

그는 이화를 뿌리칠 때,

‘더러운 년! 갈보년!’

하는 소리가 입으로 나오지는 아니하였으나 그의 온 전신을 귀퉁이 귀
퉁이 속속들이 울리는 것 같았다.

형근은 이화를 뿌리치던 손으로 이주사라는 자의 따귀를 보기 좋게
붙이니까 그대로 땅에 나가 뒹굴었다.

“이놈 봐라, 사람 친다.”

하더니 면서기는 윗옷을 벗고 덤비었다.

"어디 또 한번 때려 봐라."

하고 주먹을 들고 덤비려고 사릴 제 옆엣방에서도 툭 튀어 나오고 대문에서도 쑥 들어서는 사람들의 눈은 횃불같이 타면서 형근을 훑어보더니 다시 이주사를 보고,

"다치지나 않았소? 대관절 어찌 된 일요? 말을 좀 하시구려."

옆에 섰던 이화도 말을 아니 하고 그 계집도 말이 없다.

"대관절 손을 먼저 댄 게 누구야?"

하며 형근을 보더니 그 중에 구척같이 키가 크고 수염이 더부룩한 자가 들어서더니,

"여보 이 친구, 젊은 친구가 술잔이나 먹었으면 곱게 삭일 일이지 누구에게다 손찌검하고…… 흥, 맛 좀 보련."

하더니 넉가래 같은 손이 보기 좋게 따귀를 붙이는데 눈에서

넉가래

불이 나며 입에서는 에구구 소리가 저절로 난다. 그는 아무 말 없이 볼따구니만 쥐고 있다.

그러려니까 연신 번갈아 가며 주먹과 발길이 들어오는데 정신이 아뜩아뜩하고 앞이 보이지를 않는다. 그는 에구구 소리만 지르면서,

"글쎄, 나는 잘못한 게 없습니다."

하고 빌어 대면,

"이놈아, 잔말 말어. 너도 세상 맛을 좀 알아야 하겠다."

하고 한 개 더 붙인다. 옷은 갈가리 찢어지고 얼굴에서는 피가 흐른다.

이화는 후닥닥거리는 서슬에 마루 끝에 서서,

"여보, 박서방, 가서 순사를 불러 오. 야단났소. 그저 그만두시라니까 그러는구려."

할 때 형근은 순사라는 소리가 귀에 들릴 제 그는 꿈에서 깬 것같이 정신이 났다.

'이화가 나를 순사에게!'

하고 얻어맞는 중에서도 온 기운을 다 내었다. 초자연의 기운은 그를 거기서 뛰어 여러 사람을 헤치고 문 밖으로 뛰어나갈 수 있게 하였다.

그는 눈 딱 감고 뛰었다. 그러나 때는 늦었다. 문간에 나가자 그 집으로 들어오는 사람이 있었다. 그러나 형근은 그것도 못 보았다. 들어오던 사람은 형근을 보더니 재빠르게 뒤를 따랐다.

형근의 다리는 마치 언덕비탈을 몰려 내려가다 다리의 풀이 빠진 사람처럼 곤두박질을 할 듯하였다. 그의 눈에는 아무것도 보이지 않고 집이나 사람이나 전깃불이 별똥 떨어지듯이 휙휙 지나갈 뿐이다.

뒤에서는 여전히 따라왔다.

"도적야?"

달아나며 이 소리를 귓결에 들은 그는,

'응, 도적?'

'그러면 나를 쫓아오는 것이 아닌 게지.'

그의 머릿속에서는 자기가 지금 어째 도망을 하는지 그 본능은 있었을지언정 의식은 없었던 모양이다.

그러나 그는 다만,

'나는 도적이 아니다.'

하면서도 달음질은 여전히 하였다.

그는 어느덧 움 앞에 왔다.

그는 친구의 이름을 부르고 그 자리에 기진해 자빠져서 기운을 잃었다.

경관과 형사는 그 몸을 뒤져 동향 친구에게 지갑을 보이고,

"당신이 찾던 것이 이것이오? 꼭 틀림없소?"

동향 친구는 눈이 뚱그래서,

"형근이가 그랬을 리가 없는데요."

하니까,

"듣기 싫어. 물건을 찾으면 그만이지. 맞느냐 말야."

하며 경관은 흘뿌린다.

"네."

친구는 가까스로 대답을 하더니,

"그런 줄 알았더면 경찰서에도 알리지 않는걸."

하며,

"여보게 형근이, 정신 차려. 일어나서 말이나 좀 하게. 속시원하게. 도무지 이게 웬일이란 말인가."

하며 비쭉비쭉 운다.

형근은 아직까지도 깨지 못하고 그대로 누워 있다.

7

형근은 그날로 경찰서 구류간에서 잤다. 어려운 취조가 끝난 뒤에 형근은 검사국으로 넘어갔다. 그 이튿날 신문에는 아래와 같은 신문 기사가 났다.

○○○출생으로 철원군 ○○○리에서 노동을 하는 지형근(池亨根)

(○○) 지난 ○월 ○일 자기 동향 친구의 주머니에 있는 삼십 원을 그
친구가 술이 취하여 자는 틈을 타서 절취하여다가 ○○리 이화라는 술
집에서 *호유하다가 철원 경찰서 형사에게 체포되어 취조를 마치고
검사국으로 압송하였다더라.

『조선문단』, 1926. 3~5.

1900년_1세 경북 대구 출생. 현경운의 4형제 중 막내. 호는 빙허(憑虛).

1907년_8세 당숙 현보운의 양자로 입양.

1912년_13세 동경의 세이죠(成城)중학 입학.

1915년_16세 이길우의 딸과 결혼.

1917년_18세 대구에서 이상화, 이상백, 백기만 등과 동인지 ≪거화≫를 발간.

1918년_19세 세이죠중학교 졸업. 상해 호강대학 독일어 전문학교 입학.

1919년_20세 학교를 중퇴하고 귀국.

1920년_21세 ≪개벽≫ 11월호에 처녀작 단편 「희생화」 발표. 단편 「빈처」 탈고. 조선일보사 입사.

1921년_22세 단편 「빈처」와 「술 권하는 사회」 발표.

1922년_23세 중편 「타락자」, 「인」, 「유린」, 「피아노」 발표. 나도향, 이상화, 홍노작, 박종화, 박영희 등과 함께 ≪백조≫ 동인으로 참가. 「타락자」(조선도서) 간행.

1923년_24세 ≪동명≫ 편집 동인. 장편 「지새는 안개」 발표. 시대일보사 입사.

1924년_25세 단편 「까막잡기」, 「운수 좋은 날」, 「그리운 흘긴 눈」, 「발」 발표.

1925년_26세 단편 「불」, 「새빨간 웃음」, 「B사감과 러브 레터」 발표. 동아일보사 입사. 『지새는 안개』(한성도서) 간행.

1927년_28세 「해뜨는 지평선」 발표.

1933년_34세 『적도』 ≪동아일보≫에 연재.

1935년_36세 「할머니의 죽음」 발표.

1936년_37세 베를린 올림픽 마라톤 우승자 손기정의 일장기 말살사건으로 1년간 복역.

1937년_38세 출옥 후 창작에 몰두.

1938년_39세 장편 『무영탑』을 ≪동아일보≫에 연재.

1939년_40세 『흑치상지』를 ≪동아일보≫에 발표. 장편 『적도』와 『무영탑』(박문서관) 간행.

1941년_42세 장편 『선화공주』를 ≪춘추≫에 연재. 『현진건단편집』(박문서관) 간행.

1943년_44세 3월, 숙환으로 제기동 자택에서 별세.

1902년_1세 서울 청파동 출생, 나성연과 김성녀의 6남매 중 장남.

1909년_8세 기독교 청년회관 부설 공옥보통학교 입학.

1914년_13세 배재학당 입학. 교지 편집에 관여.

1918년_17세 경성의전 입학. 도일 후 와세다 대학 영문과에 입학하려 했
  으나 조부로부터 송금이 끊기자 귀국.

1922년_21세 홍사용, 이상화, 박종화 등과 동인지 ≪백조≫ 창간. 단편
  「젊은이의 시절」, 「별을 안거든 울지나 말걸」, 「옛날 꿈은 창백하더
  이다」 발표. 장편소설 『환희』 연재.

1923년_22세 단편 「십칠 원 오십 전」, 「춘성」, 「여이발사」, 「행랑자식」 발표.

1924년_23세 ≪시대일보≫ 사회부 기자.

1925년_24세 잡지 ≪여명≫의 편집 동인. 장편 『어머니』 연재. 단편 「정
  의사의 고백」, 「계집하인」, 「벙어리 삼룡이」, 「물레방아」, 「꿈」, 「뽕」
  등 발표. 주관적인 애상과 감상을 극복하고 객관적인 사실주의적 경
  향을 보여 주었다고 평가됨.

1926년_25세 단편 「지형근」, 「화염에 싸인 원한」 발표. 일본에서 귀국
  후 8월 26일 사망. 작가로서 완숙의 경지에 접어들려 할 때 요절함.

 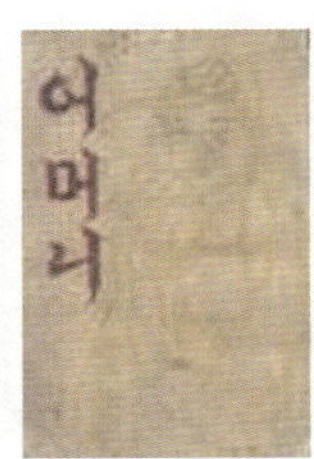 

소설의 존재 근거와 해석 능력
—현진건과 나도향의 소설을 '다시' 읽기 위하여—

정 선 태 (국민대학교)

***

　소설에 대한 정의는 일일이 헤아릴 수 없을 정도로 다양하다. 그 점이 바로 소설을 가장 소설답게 하는 것이라 할 수 있다. 어떤 특권적인 정의도 용납하지 않는 존재의 다양성 또는 개방성이야말로 '값진' 소설을 값지게 하는 근거이다. 우리는 우리의 삶을 균질화하고 획일화하는 권력에 저항하는 과정에서 삶의 의미를 다시 읽어내고 그렇게 함으로써 삶의 다양하고 풍부한 의미를 확인한다. 그런점에서 소설과 삶은 크게 다르지 않다. 거칠게나마 '소설은 삶의 양상을 언어를 통해 재현한 예술'이라 말한다면, 그 존재 근거는 '다양한 삶'이라 할 수 있다. 우리들의 다양한 삶이 하나의 시선=권력에 포획될 수 없을진대, 아니 포획되어서는 안 될진대 어찌 소설의 의미를 하나의 렌즈나 방법으로 포착

할 수 있을 것인가. ‘해석의 혼돈’ 또는 ‘해석의 무정부 상태’라고 말하는 사람이 있을 수 있으나, 우리의 삶을 구성하는 것이 수많은 우연=사고(accident)라는 점을 받아들인다면 조금도 혼돈이나 무정부 상태를 두려워할 필요가 없다. 오히려 질서야말로 폭력을 전제로 하지 않는가. 그러니까 중요한 것은 지금–여기에서 ‘어떤 소설’을 읽는 우리들=독자들의 위치와 가치관과 세계관과 인간관이다.

거창하게 들릴지 모르지만 이렇게 말을 꺼내는 것은 소설을 바라보는 우리의 시선이 지나치다 싶을 정도로 ‘권력’의 눈치를 보는 데 익숙해져 있다는 것을 지적하기 위해서이다. 특히 중고등학교의 ‘교과서’에서 배운 방식으로 소설을 읽는다는 것 자체가, 소설의 존재 근거를 생각할 때, 어불성설이다. 물론 ‘아는 만큼 보인다’는 말이 웅변하듯 소설이라는 텍스트를 여행하기 위해서는 다양한 ‘장비’가 필요하다. 인물, 사건, 배경, 문체, 구성 원리 등등에서부터 작가의 전기, 소설의 생산 환경, 이데올로기 등등에 이르기까지. 그러나 이런 ‘장비들’을 모두 갖추기란 지난한 일이다. 우리의 삶이 가장 효과적인 장비일 수 있다는 점을 인식한다면 문제는 의외로 쉽게 해결될 수 있다. 다시 말해 우리의 삶과 소설 속의 삶이 만나는 것, 그것이 소설의 풍요로운 지층을 탐사하는 데 가장 유효하고도 의미 있는 ‘방법’이 될 수 있다는 점에 수긍한다면, 우리는 소모적인 ‘눈치작전’에서 벗어나 소설들에 출몰하는 이질적인 삶과 사유의 흐름 속에서 ‘예전에 미처 몰랐던’ ‘나’와 ‘나’의 분신들이 뿜어내는 숨결을 호흡할 수 있을 것이다.

*　*　*

　한국 근대소설사를 대표하는 인물에 속하는 현진건(1900~1943)과 나도향(1902~
1926)의 경우는 어떠한가. 1920년대 초반, 한국 근대 단편소설을 본궤도에 올려놓은 작
가로 손꼽히는 현진건과 나도향의 작품들, 예컨대 「운수 좋은 날」, 「빈처」, 「술 권하는 사
회」, 「벙어리 삼룡이」, 「물레방아」, 「뽕」 등은 거의 '국민소설' 이라 할 수 있을 만큼 널리
알려져 있다. 하지만 이들 작품에 대한 '해석과 이해'가 지나치게 문학권력에 의존하고
있다는 점은 제쳐두고라도, 그것이 다른 작품들을 보는 시선에까지 심각한 수준으로 영
향력을 행사하고 있다는 것은, 해석의 다양성과 개방성을 고려할 때, 가볍게 넘기고 갈
문제가 아니다. 몇몇 대표작을 푯대처럼 내세워놓고 다른 작품들을 그것의 기준으로 위
계화(位階化)하는 방식이야말로 일종의 폭력이라 할 만하다. 이를 테면, 독자에 따라 다르
긴 하겠지만, 현진건이라는 작가를 떠올릴 때면 「운수 좋은 날」이나 「빈처」가 따라 나오
고, 나도향이라는 작가를 떠올릴 때면 「벙어리 삼룡이」나 「물레방아」가 따라 나오는 식이
다. 그런 다음에는 이 '대표선수'를 기준으로 하여 다른 작품들에 '한계'를 할당한다.
　예컨대 현진건 문학의 대표작으로 꼽히는 「운수 좋은 날」이 뛰어나다는 것은 많은 사
람들이 동의하는 바와 같다. 그런데 어떤 점에서 그러한가라고 반문하면 궁색해지기 일
쑤이다. 탄탄한 구성, 구체적인 묘사, 리얼리티의 확보 등의 측면에서 뛰어나다고 말할
수 있겠지만, 우리는 그의 다른 작품들뿐만 아니라 다른 작가의 많은 작품들에 대해서도
얼마든지 같은 이유를 들어 '뛰어나다'는 평가를 내릴 수 있다. 물론 뛰어난 작품이 많아

나쁠 것은 없다. 문제는 ‘교과서적인 잣대’로 작품들을 평가할 때, 각 작품들이 지니는 특성이나 장점들을 놓치기 쉽다는 점이다. 그리고 이러한 사태는 흔히 독자 자신의 판단을 다른 권위=권력에 맡겨버릴 때 발생한다.

　이미 말했듯이 지금−여기의 삶이 소설 속의 삶과 ‘맞짱을 뜨지’ 못하는 ‘이해와 감상’은 원숭이의 그것에서 한 걸음도 나아가지 못한다. 독자들이 자신의 삶과 사유 속에서 찾아낸 장비=방법으로 소설의 의미를 발굴하지 못한다면, 또 소설 속 인물의 삶과 사유가 지금−여기 나의 그것들과 만나지 못한다면, 우리의 소설 읽기=여행은 이른바 안내자가 지시하는 대로만 움직여야 하는 ‘패키지 관광’과 크게 다르지 않게 될 것이다. 다른 장소와 시간에 자신을 투영함으로써 또 다른 나를 발견하는 과정인 여행이 이러한 관광과 구별된다는 것은 굳이 말할 필요도 없을 것이다.

***

　그러면 어떻게 해야 할까. 이 선집에 실려 있는 현진건의 작품들은 1920~30년대에 씌어졌다. 그런 만큼 식민지시대의 현실을 일정 정도 ‘반영’하고 있는 것이 사실이다. 그런데 식민지시대라는 ‘조건’은 우리가 흔히 빠지기 쉬운 함정이다. 왜냐하면 이 ‘조건’을 마치 작품들을 읽는 데 ‘실용적(?)’인 척도로 활용하는 경우가 많기 때문이다. 다음은 「운수 좋은 날」의 마지막 장면이다.

하여간 김첨지는 방문을 왈칵 열었다. 구역을 나게 하는 추기—떨어진 삿자리 밑에서 나온 먼지내, 빨지 않은 기저귀에서 나는 똥내와 오줌내, 가지각색 때가 켜켜이 않은 옷내, 병인의 땀 썩은 내가 섞인 추기가 무던 김첨지의 코를 찔렀다.

(중략)

발로 차도 그 보람이 없는 걸 보자 남편은 아내의 머리맡으로 달려들어 그야말로 까치집 같은 환자의 머리를 꺼들어 흔들며,

"이년아, 말을 해, 말을! 입이 붙었어, 이 오라질 년!"

"……"

"으응, 이것 봐, 아무 말이 없네."

"……"

"이년아, 죽었단 말이야, 왜 말이 없어."

"……"

"으응, 또 대답이 없네. 정말 죽었나 버이."

이러다가 누운 이의 흰창을 덮은 위로 찌뜬 눈을 알아보자마자,

"이 눈깔! 이 눈깔! 왜 나를 바라보지 못하고 천장만 보느냐, 응."

하는 말 끝엔 목이 메었다. 그러자 산 사람의 눈에서 떨어진 닭의 똥 같은 눈물이 죽은 이의 뻣뻣한 얼굴을 어룽어룽 적시었다. 문득 김첨지는 미친 듯이 제 얼굴을 죽은 이의 얼굴에 한데 비비대며 중얼거렸다.

"설렁탕을 사다 놓았는데 왜 먹지를 못하니, 왜 먹지를 못하니……괴상하게도 오늘

은! 운수가, 좋더니만⋯⋯." (현진건, 「운수 좋은 날」, 109~110쪽)

　겨울비가 추적추적 내리는 날, 인력거꾼 김첨지의 하루는 이렇게 마무리된다. 식민지 시대 간난신고(艱難辛苦)의 삶을 살아내는 '하층계급'의 일상을 탄탄한 구성을 바탕으로 하여 사실적으로 그려내고 있다는 점에서 이 소설은 현진건의 작품 세계에서뿐만 아니라 한국 근대문학사의 '명작'으로도 손색이 없다. 그런데 이 작품을 읽을 때 식민지 시대라는 '조건'을 가리고 본다면 어떨까. 우리는 이 작품을 "식민지 시대 하층민의 고통스러운 삶을 반어적 수법으로 그린 수작(秀作)"이라는 평가에 어렵지 않게 동의한다. 그런데 주의해야 할 것은 식민지 시대라는 조건이 이 작품을 평가하는 '특권적인' 기준으로 활용되는 경우가 많다는 점이다. 말할 필요도 없이 시대적 조건은 작품 생산의 중요한 토대이다. 그러나 그것이 작품을 해석하는 데 전가의 보도처럼 이용된다면 이는 다양한 해석의 가능성을 차단한다는 측면에서뿐만 아니라 소설을 읽는 우리의 인식을 확장하는 데 장애로 작용한다는 측면에서 문제가 아니라 할 수 없다.

　그러니까 "떨어진 삿자리 밑에서 나온 먼지내, 빨지 않은 기저귀에서 나는 똥내와 오줌내, 가지각색 때가 켜켜이 않은 옷내, 병인의 땀 썩은 내가 섞인 추기"로 가득한 김첨지네 방도 식민지였기 때문에, 중병에 걸린 김첨지의 아내가 설렁탕 한 그릇 제대로 먹지 못한 것도 식민지였기 때문에 등등 모든 것을 시대상황으로 환원해 버리고 싶은 유혹에 너무 쉽게 빠져버리는 것이다. '환원'이라는 말을 사용했거니와, 우리는 의식적으로나 무의식적으로나 식민지 시대에 생산된 문학 작품들을 읽을 때 '이해와 감상'의 근거를 시대

상황으로 되돌려버리곤 한다.

하지만, 조금만 관심을 갖고 바라본다면 우리는 어렵지 않게 이 시대의 '김첨지들'을 만날 수 있다. 아니, 바로 독자인 '나' 자신이 김첨지와 같은 처지에 처해 있을 수도 있다. 환원론이 갖는 잘못은 현재를 살아내고 있는 우리의 모습을 은폐하거나 무시한다는 데 있다. 식민지 시대라 저렇게 힘겨운 삶을 살았구나라고 생각하는 순간, 이 소설은 한갓 자기 위안의 수단에서 조금도 나아지지 않는다. 식민지 시대를 살았던 김첨지와 신자유주의의 파도가 삶의 구석구석을 장악해버린 이 시대를 살고있는 우리들 사이의 다른 점과 같은 점은 무엇인지를 손쉬운 환원론에 빠지지 않고 따져 보아야, 이 소설은 비로소 그 풍요로운 의미 영역을 독자들에게 내보일 것이다.

***

「운수 좋은 날」 뿐만 아니라 이른 바 '하층민'를 주인공으로 한 현진건의 다른 작품들, 예를 들면 「고향」이나 「신문지와 철창」 등을 읽을 때에도 이러한 태도가 필요하다. 「고향」에서 '나'의 주목을 끄는 인물, "두루마기격으로 기모노를 둘렀고, 그 안에서 옥양목 저고리가 내어 보이며, 아랫도리엔 중국식 바지"를 입은 사내의 파란만장한 삶과 우리의 삶은 얼마나 같고 다른지를 진지하게 물어야 한다. 그렇지 않고 식민지 시대니까 그랬을 것이라는 판단을 내려버리고 나면, 우리는 더 이상 그 사내를 만날 필요가 없다. 독자인 '나'가 소설 속 관찰자인 '나'의 눈과 귀를 빌어 그 사내와 깊이 있는 대화를 나눌 수 있어야 한다. 그러면 그 사내는 지금-여기의 '나'에게 세상을 바라보는 새로운 눈과 귀를 열어줄 수 있을 것이다.

「운수 좋은 날」―「고향」―「신문지와 철창」으로 이어지는 계열의 소설도 그렇지만, 「빈처」―「술 권하는 사회」―「타락자」로 이어지는 '지식인'을 주인공으로 한 소설들도 현진건 문학의 성취를 고스란히 보여준다. 이 계열의 작품들을 읽을 때에도 우리는 앞서 말한 환원론적 해석의 유혹에 빠지지 않아야 한다.

처가 덕으로 집간도 장만하고 세간도 얻어 우리는 소위 살림을 하게 되었다. 처음에는 그럭저럭 지내었지마는 한 푼 나는 데 없는 살림이라 한 달 가고 두 달 갈수록 점점 곤란해질 따름이었다. 나는 보수(報酬) 없는 독서와 가치 없는 창작으로 해가 지고 날이 새며 쌀이 있는지 나무가 있는지 망연케 몰랐다. 그래도 때때로 맛있는 반찬이 상에 오르고 입은 옷이 과히 추하지 아니함은 전혀 아내의 힘이었다. 전들 무슨 벌이가 있으리요, 부끄럼을 무릅쓰고 친가에 가서 눈치를 보아 가며 구차한 소리를 하여 가지고 얻어 온 것이었다. 그것도 한 번 두 번 말이지 장구한 세월에 어찌 늘 그럴 수가 있으랴! 말경에는 아내가 가져온 세간과 의복에 손을 대는 수밖에 없었다. 잡히고 파는 것도 나는 알은체도 아니하였다. (현진건, 「빈처」, 48쪽)

아직 아무도 인정해 주지 않은 무명작가인 나를 다만 저 하나가 깊이깊이 인정해 준다. 그러기에 그 강한 물질에 대한 본능적인 요구도 참아가며 오늘날까지 몹시 눈살을 찌푸리지 아니하고 나를 도와 준 것이다.

'아아, 나에게 위안을 주고 원조를 주는 천사여!'

마음속으로 이렇게 부르짖으며 두 팔로 덥썩 아내의 허리를 잡아 내 가슴에 바싹 안았다. 그 다음 순간에는 뜨거운 두 입술이…….

그의 눈에도 나의 눈에도 그렁그렁한 눈물이 물 끓듯 넘쳐흐른다.

(현진건, 「빈처」, 61~62쪽)

내세울 것이라곤 표제를 금박으로 칠한, "구차히 얻어 산 몇 권의 양책(洋冊)"밖에 없는 어느 지식인과 이런 남편을 둔 덕에 '현실적'이지 않을 수 없는 아내의 심리적 갈등과 화해를 그린 「빈처」는 한국 근대소설사의 '고전명작'으로 자리 잡은 지 오래다. 어떻게 이 소설이 '고전명작'의 반열에 오르게 되었는지 그 과정을 간단하게 설명할 수는 없다. 식민지 시대 "천품은 별로 없으나 어쨌든 무슨 저작가로 몸을 세워 보았으면 하여 나날이 창작과 독서에 전심력을 바"친, 그러나 세상으로부터 인정도 받지 못하고 제 앞가림도 못하는 무능한 남정네로 '전락'한 어느 지식인의 내면풍경인 일상적 삶을 캔버스로 하여 세밀하게 묘사하고 있다는 점에서 이 소설을 평가하는 데 인색할 필요는 없을 것이다.

그런데 「빈처」 역시 식민지 시대를 특권적인 해석의 기준으로 삼는 평가들이 적지 않다. 즉, 식민지 시대 물질적 고통을 감수할 수밖에 없었던 지식인의 삶을 사실적으로 형상화하고 있다는 평가가 그 예이다. 그러나 이런 지식인이 꼭 식민지 상황이어서 이런 고통을 당했던 것일까. 식민지 근대라는 상황이 조선인의 삶을 몇 겹으로 짓누르고 있었다는 것을 부정하려는 것은 아니다. 21세기 지금-여기에서도 「빈처」의 '나'와 같은 인물들은 얼마든지 있다. 그리고 이 소설을 읽는 우리 역시 언제든지 '나'가 처한 상황에 직면할 수 있을 것이다.

그때 우리는 어떻게 할 것인가. '나'의 행동이나 진술이 그 대답일 수 있는가. "살 도리를 좀 하라"는 아내의 말에, "막벌이꾼한테 시집을 갈 것이지 누가 내게 시집 오랬어! 저 따위가 예술가의 처가 다 뭐야!"라며 몰풍스럽게 쏘아붙이던 '나'가, 새 신발 한 켤레에 기뻐하는 아내의 모습을 보고 "하릴없이 정신적 행복에만 만족하려고 애를 쓰지마는 기실 부족한 것"이라고 '반성'하며 부부의 일상적인 행복을 복원한다는 내용의 이 소설이 우리에게 전하는 것은 무엇인지 물어야 한다. 우리 시대의 궁핍한 지식인들이 "나에게 위안을 주고 원조를 주는 천사여"라는 헌사를 바칠 때 '빈처들'은 어떻게 반응할 것인가.

「빈처」는 이 물음들에 어떻게 대답할 것인지 신중히 고려하고 난 다음에야 이 작품이 '고전명작'일 수 있는지를 판단해야 한다. 「빈처」가 꼭 그렇다는 것은 아니지만, 의심스러운 시대에 문학 권력을 자처했던 이들의 '명령'에 따라 '명작'으로 규정된 작품들에 의문을 품을 수 있을 때, 우리는 '해석 권력'의 자장(磁場)에서 벗어날 수 있을 것이다. 그때야 우리는 「빈처」가 아니라 현진건의 다른 작품들을 자신의 '명작'으로 선택할 수 있을 여지를 확보하게 된다. 「B사감과 러브 레터」, 「할머니의 죽음」 그리고 「사립정신병원장」 등 그의 작품을 다시 읽어야 하는 이유가 여기에 있다. 문제는 우리의 해석 능력이다.

***

그는 건넌방으로 뛰어들었다. 그러나 색시는 없었다. 다시 안방으로 뛰어들었다. 그러나 또 없고 새서방이 그의 팔에 매달리어 구원하기를 애원하였다. 그러나 그는 그것을 뿌리쳤다. 다시 서까래에 불이 시뻘겋게 타면서 그의 머리에 떨어졌다. 그러나 그는 그것을 몰랐다. 부엌으로 가보았다. 거기서 나오다가 문설주가 떨어지며 왼팔이 부러졌다. 그러나 그것도 몰랐다. 그는 다시 부엌으로 가보았다. 거기도 없었다. 그는 다시 건넌방으로 들어갔다. 그때야 그는 색시가 타죽으려고 이불을 쓰고 누워 있는 것을 보았다. 그는 색시를 안았다. 그리고는 길을 찾았다. 그러나 나갈 곳이 없었다. 그는 하는 수 없이 지붕으로 올라갔다. 그는 비로소 자기의 몸이 자유롭지 못한 것을 알았다. 그러나 그는 자기가 여태까지 맛보지 못한 즐거운 쾌감을 자기의 가슴에 느끼는 것을 알았다. 색시를 자기 가슴에 안았을 때 그는 이제 처음으로 살아난 듯하였다. 그는 자기의 목숨이 다한 줄 알았을 때, 그 색시를 내려놓을 때는 그는 벌써 목숨이 끊어진 뒤였다. 집은 모조리 타고 벙어리는 색시를 무릎에 뉘고 있었다. 그의 울분은 그 불과 함께 사라졌을는지! 평화롭고 행복스러운 웃음이 그의 입 가장자리에 엷게 나타났을 뿐이다. (나도향, 「벙어리 삼룡이」, 269~270쪽)

'한국인의 가슴 속에 영원히 남을 명장면' 중의 하나라고 많은 사람들이 말하는 「벙어리 삼룡이」의 마지막 부분이다. 습작 수준의 「출학(黜學)」을 시작으로 병리학적 상상력으로 가득한 「젊은이의 시절」, 「별을 안거든 울지나 말걸」에 이르러 갓 스무 살 청년의 예민한 감수성을 유감없이 보여주었던 나도향의 소설은 「여이발사」, 「행랑 자식」 등을 통과하면서 자신을 둘러싼 삶의 풍경과 욕망의 흐름을 포착하기 시작한다. 「벙어리 삼룡이」—「물레방아」—「뽕」으로 이어지는 이른 바 '에로티시즘의 시학'으로 충만한 소설들이 나도향의 '장기'로 알려지기 시작하면서 프로페셔널이 아닌 아마추어 독자들은 이 계열의 소설들에 '중독'되어 버리고 말았다.

주인을 위해 몸과 마음을 진심으로 다 바쳤던 '삼룡이'가, "마치 언제 폭발이 될는지 알지 못하는 휴화산 모양으로 그의 가슴속에는 충분한 정열을 깊이 감추어 놓았으나 그것이 아직 폭발될 시기가 이르지 못한" 그 삼룡이가 주인 아들의 '색시'을 만나면서 성적 욕망에 눈을 뜨고, 급기야 모든 것을 불태우고 죽어서야 색시를 품에 안고 "평화롭고 행복스러운 웃음"을 되찾는다는 줄거리의 이 소설을 아름답게 보지 못할 이유는 별로 없다. 그리고 방원과 그의 계집 그리고 신치규 사이의 삼각관계를 틀로 '애욕'의 끝을 비극적으로 그린 「물레방아」나 안협집의 이악스러운 삶과 그녀를 둘러싼 남정네들의 음습한 욕망의 그늘을 형상화한 「뽕」 역시 훌륭한 작품으로 보지 못할 이유는 별로 없다. 이 소설들의 '가치'는 독자에 따라 얼마든지 다를 수 있겠지만.

그런데 문제는 이들 작품이 많은 '전문가'에 의해 '명작'으로 자리매김됨으로써 나도향의 다른 작품들이 상대적으로, 무시까지는 아니더라도 홀대를 받아왔다는 점이다. 이는 「벙어리 삼룡이」—「물레방아」—「뽕」 계열을 나도향 소설의 정점에 놓고 그 외의 작품들을 그 기준에 따라 위계화한 결과라 할 수 있다. 거듭 강조하거니와 작품에 대한 평가는 독자의 해석 능력에 따라 얼마든지 달라질 수 있다. 그리고 능동적이고 적극적인 독자라면, 다시 말해 자신의 삶과 사유를 도약대로 '소설적 진실'의 세계와 맞서 대결을 벌일 수 있는 독자라면 당연이 기존의 '해석 권력=문학 권력'이 규정해온 '정전'의 틀을 벗어나야 한다. 그래야 '소설적 진실'의 세계에서 독자인 '나'의 분신들을 만날 수 있으며, 이를 재료로 정신의 근거지를 강화할 수 있다. 정신의 근거지가 자기동일성을 강화하는 폐쇄회로가 아니라 열림과 흐름을 지향하는 실천의 에너지를 공급하는 동력이어야 한다는 것은 말할 필요도 없다. 소설의 존재 이유가 바로 여기에 있다.

***

나도향 문학에서 그다지 주목받지 못했던 두 편의 소설 「여이발사」와 「전차 차장의 일기 몇 절」을 보기로 하자. 1923년에 발표된 「여이발사」와 1924년에 발표된 「전차 차장의 일기 몇 절」은 1930년대 박태원이나 이태준의, 도시를 배경으로 한 소설들을 예비한 작품처럼 보일 정도로 작가의 감각이 돋보인다. "입던 네마키(자리옷)를 전당국으로 들고 가서 돈 오십 전을 받아 들었다. 깔죽깔죽하고 묵직하며 더구나 만든 지가 얼마 되지 않은 은화 한 개를 손에다 쥐일 때 얼굴에 왕거미줄같이 거북하고 끈끈하게 엉켰던 우울이 갑자기 벗어진 듯하였다"라는 말로 시작되는 이 소설은 동경(東京) 거리의 이발소에서 있었던 에피소드를 중심으로 '나'의 심리가 '돈'과 '여이발사' 사이에서 어떻게 움직이는지를 그린 수작이다. 특히 여이발사가 '나'를 보고 웃은 것이 '나'를 마음에 두고 있어서가 아니라 머리카락에 가려 있던, 어렸을 적에 간기를 앓아 쑥을 뜸을 뜬 자죽 때문이었다는 반전은 '독자의 기대'를 씁쓸하면서도 통렬하게 배반함으로써 미적 체험을 고양한다.

「전차 차장의 일기 몇 절」은 어느 전차 차장이 차안에서 우연히 만난 여성의 변화를 경성이라는 식민지 도시의 풍경과 함께 보여주는 작품이다. "입은 것은 때가 지지리 끼고 자락이 갈갈이 찢어진데다가 얼굴은 며칠이나 세수를 하지 않았는지 새까맣게 절었는데 발은 벗은 채 짚신 하나만 신"고 있던 사람이 머리에는 금비녀를 꽂고 발에는 비단신을 신은 여성(기생)의 모습과 양머리(서양머리)에 구두를 신은 여성(신여성)의 모습을 동시에 연출하면서 차장인 '나'를 현혹한다. 청년회관, 종로, 남대문 등 전차를 따라 경성의 풍경을 눈에 선하게 보여주면서 '나'와 '그(녀)' 사이의 미묘한 심리전을 그려 보이는 이 작품은 충분히 뛰어난 작품일 수 있다.

「여이발사」와 「전차 차장의 일기 몇 절」과 더불어 우리가 주목해야 할 것은 「행랑 자식」과 「지형근」이다. 「행랑 자식」은 눈을 치우다가 '주인어른(박교장)'의 발에 쏟았다는 이유로 꾸중을 들으면서 곤욕을 치르는 행랑아범의 아들 '진태'와 가난한 그의 가족의 하루를 간결한 호흡의 문체와 대화를 중심으로 밀도 있게 그린 작품이다. 나도향은 어머니의 심부름으로 동무의 아버지가 운영하는 전당포에 들러 돈을 바꾼 진태의 행동과 심리를 다음과 같이 그린다.

전당표와 돈을 받아들었다. 이제는 싸전으로 갈 차례다. 석 되나 닷 되나 한 말 쌀을 파는 것은 오히려 자랑거리지마는 닷곱은 팔기가 참으로 부끄럽다. 구차한 것이 죄악은 아니지마는 진태에게는 죄지은 것처럼 부끄럽다. 그는 싸전에 가서 종이봉지에 쌀 닷곱을 싸들었다.

(중략)

이번에는 나무가게로 갈 차례다. 나무가게로 갔다. 이십 전 어치를 묶었다. 그것을 새끼에다 질빵을 지어서 둘러메고 쌀은 여전히 옆에다 끼었다. 행길로 고개를 숙이고 가다가는 어깨가 아프고 손, 발, 귀가 시려서 잠깐 쉬다가 저쪽을 보니까 자기 집 들어가는 골목을 조금 못 미쳐서 학교 선생님 한 분이 오신다.

진태는 얼핏 일어났다. 그리고 선생님이 오시기 전에 먼저 그 골목으로 들어가야 하겠다 하였다. 그리고 줄달음질을 하였다. (나도향, 「행랑 자식」, 235쪽)

가난한 자신의 모습을 선생에게 보이기 부끄러워 서두르다 진태는 그만 쌀을 엎지르고 만다. 또 다시 혼쭐이 날 수밖에 없다. "그는 위로해 주는 사람 하나 없고 쓰다듬어 주는 사람 하나 없었다." 이렇게 가난한 행랑집 자식의 '재수 없는' 하루를 그리고 있는 이 작품을 "식민지 시대 하층민의 운운"한다면 그야말로 난센스다. 어느 가난한 소년의 신산한 내면풍경을 보여주고 있다고 하는 것만으로 충분하다. 그리고 그 다음에 남는 것은 지금 우리의 해석 능력을 동원하여 우리 시대의 '진태'와 '교장'과 '전당포주인'과 '싸전주인' 등등의 모습을 그리는 일이다.

***

「지형근」은 일용직 노동자의 고통스러운 삶을 그리고 있다. ‘지형근’은 돈벌이를 위해 가족들을 남겨두고 철원으로 향한다. 소설 「지형근」이 그리고 있는 철원은 이러하다.

그때 강원도 철원군에는 팔도 사람이 다 모여들었었다. 그 모여드는 종류의 사람인 즉 어떠냐 하면 대개는 시골서 소작농들을 하다가 동양척식회사에 소작권을 잃어버린 사람 아니면 일확천금의 꿈을 꾸고 허욕에 덤빈 사람들이었다.

그것은 철원에 수리조합이 생기며 그 개간공사로 노동자를 사용하는 까닭도 있지만 금강산(金剛山) 전기철도가 놓이며 철원은 무서운 속력으로 발전을 하는 데 따라서 다소간의 금융이 윤택하여지며 멀리서 듣는 불쌍한 사람들의 마음들을 충동이어 ‘나도 철원, 나도 평강(平康)’ 하고 덤비게 된 것이다.

노동자가 모이어 주막이 늘고 창기가 늘었다.

자본이 있는 자들은 노동자가 많이 모여들수록 임금을 낮춰서 얼마든지 그들의 기름을 짜내었다. 그러나 그렇게 기름을 짜낸 돈은 또 주막과 창기가 짜내었다, 남은 것은 언제든지 빈주먹이었다.

평화스런 철원읍에는 전기철도라는 괴물이 생기더니 풍기와 질서는 문란할 대로 문란하여졌다.

그래도 경상도, 경기도 여기저기서 할 것 없이 모든 것을 잃어버린 불쌍한 농민들은 요행을 바라고 철원, 평강으로 모여들었다.

지형근도 지금 그러한 괴물의 도가니, 피와 피를 빨고 짓밟고 물어뜯고 끓이고 볶는 도가니를 향하여 가며 가슴에는 이상의 꽃을 피게 하고 있는 것이나 마치 절벽 위에서 신기루에 홀려서 한 걸음 두 걸음 끝을 향하여 나가는 것이다.

(나도향, 「지형근」, 323~324쪽)

수리조합이 생기고 전기철도가 놓인 철원·평강은 근대적 개발 열풍에 휩싸인 식민지 조선의 축소판이라 할 수 있다. 지형근은 "그러한 괴물의 도가니, 피와 피를 빨고 짓밟고 물어뜯고 끓이고 볶는 도가니"로 향한다. "절벽 위의 신기루에 홀려서" 그곳으로 향한다. 그 '괴물의 도가니'에는 성실한 동향 친구, 타락할 대로 타락한 기생충과 같은 존재인 조주사, 그리고 창기가 된 동향의 여자 친구 이화가 기다리고 있었다. 어찌할 것인가. 이 시대에는 "돈만 있으면 무엇이든지 된다. 양반도 되고 남을 부릴 수도 있으니까 자기도 돈을 벌어서 다시 옛날의 문벌을 회복하고 남도 부려 보리라"는 신념을 가진 지형근은 결국 돈의 부림을 받는 노예가 되고 만다. 조주사의 꾐에 넘어가 착실하게 모아 둔 동향 친구의 돈을 훔쳐 이화의 술집에서 탕진한다. "빈궁은 죄악을 만든다는 진리"를 몸소 체현하듯 지형근은 도망을 치다 경찰에 붙잡힌다.

「벙어리 삼룡이」 계열의 작품에 익숙한 독자들은 이 작품이 조금은 낯설게 보일 것이다. 그러나 이 소설이 담고 있는 의미를 현재의 상황에서 재맥락화한다면 「벙어리 삼룡이」 계열의 작품에서 읽어낼 수 없었던 전혀 다른 삶의 풍경과 의미를 길어올릴 수 있을 것이다. '화폐'가 모든 것을 지배하는 시대에 그것을 좇아 부나방처럼 모여드는 것은 식민지 시대나 지금이나 다를 바가 없다. 개발붐이 일 때마다 요란하게 끓어오르는 '괴물의 도가니'는 지금도 여전히 친구를 배신하게 하고, 순진한 여성을 창부로 만들어버리며, 급기야는 자신을 파괴하는 지점에까지 이르고 만다. 이것은 개인적인 차원의 문제가 아니다. 자본주의 사회가 안고 있는 구조적인 문제이다. 비정규직 노동자를 양산할 수밖에 없는 신자유주의 파도 속에 살고 있는 우리가 지형근의 삶의 궤적을 식민지였기 때문에 그랬다고 어떻게 말할 수 있겠는가.

***

「빈처」나 「운수 좋은 날」은 물론 훌륭한 소설일 수 있다. 「벙어리 삼룡이」나 「물레방아」 역시 그러하다. 그러나 이들 몇몇 작품을 둘러싸고 있는 '해석의 권력'의 위광(威光)에 눈이 멀어 다른 소설들이 담고 있는 풍부한 의미들을 놓쳐서는 안 된다. 이때 필요한 것이 독자들의 해석 능력이다. 소설은 삶을 다양한 방식으로 재현한다. 그렇게 다양한 방식으로 재현된 소설들을 만나기 위해서는 지금-여기 우리의 삶과 사유를 그 속에 밀어넣을 수 있어야 한다. 그래야 현진건이나 나도향의 비교적 덜 알려진 소설들도 독자들에게 '의미의 속살'을 보여줄 것이다. 그래야 다른 작가들의 다른 작품들로 향할 수 있는 힘을 획득하게 될 것이고, 소설은 우리의 해석 능력에 응답해 그 존재 근거를 드러낼 것이다. 어디로든 열려 있고 어디로든 흐를 수 있는, 혼돈 속의 질서를 지향하는 것이 소설의 윤리이자 삶의 윤리인지도 모른다.

　마무리하기로 하자. 소설을 읽는 방법은 다양하다. ‘가장 탐욕스러운 장르’인 소설은 인간의 생물학적 삶에서부터 정신적 삶에 이르기까지 실로 다양한 국면을 그려낸다. 그런 만큼 소설을 보는 방법은 원론적으로 하나일 수가 없다. 엄밀하게 말하자면, 소설에 대한 해석이나 감상은 그 작품을 보는/읽는 사람의 수와 맞먹는다고 해야 옳을 것이다. 그런데 우리는 흔히 어떤 작품은 어떠어떠하다는 명제를 너무 쉽게 받아들이곤 한다. 그 명제를 ‘권위있는’ 비평가가 제시했을 경우 해석의 의존도는 높아지는 경향을 보인다. 능동적 독해=해석을 포기한 채 ‘교과서적’인 이해와 해석에 너무나 쉽게 동의해 버리곤 하는 것이다.

　그리하여 우리의 소설 읽기는 권위 있는 비평가나 개론서가 제시하는 ‘작품의 이해와 감상’을 재확인하는 수준에서 머무는 경우가 허다하다. ‘해석의 권력’이 지시하는 대로 소설을 읽고 궁극적으로 그 권력에 동의하는 것, 이것이야말로 소설의 존재 근거를 무시하는 것이나 다름이 없다. 소설의 존재 근거를 확인하는 것, 그것은 ‘해석의 권력’에서 벗어나면서 우발적 생성의 힘으로 가득한 삶의 다양한 양상을 확인하는 것과 다르지 않다. 이 확인 과정에서 우리는 삶과 사유의 에너지를 공급받는다. 우리 스스로가 해석의 능력을 배양해야 하는 이유도 여기에 있다. 권위자나 전문가들의 조언은 참조사항일 뿐이다. 그들이 우리의 삶을 대신 살아줄 수 없듯, 소설을 대신 읽어줄 수도 없지 않겠는가.